D0919714

La paroissienne

Denis Monette

La paroissienne

ROMAN

www.quebecloisirs.com

UNE ÉDITION DU CLUB QUÉBEC LOISIRS INC.

Avec l'autorisation des Éditions Logiques
© 2007, Les Éditions Logiques
Dépôt légal – Bibliothèque nationale du Québec, 2007
ISBN 13 Q.L. 978-2-89430-806-6
(Publié précédemment sous ISBN 978-2-89381-973-0)

Imprimé au Canada par Friesens

À Roxane,
épouse aimante et dévouée
de mon fils,
avec ma plus profonde
considération.

Prologue

Quelques feuilles jaunies jonchaient déjà le sol. Les écureuils, privés des écoliers qui étaient retournés en classe, taquinaient les quelques tout-petits et leur maman, afin d'obtenir une noix, une parcelle de leur biscuit ou un flocon de céréale tombé par mégarde. Dans la rivière, tout près de la clôture de broche, deux ou trois canards, plus entêtés que les autres, n'avaient pas encore quitté leur petit étang, dans l'espoir qu'un vieillard compatissant ou un tout jeune enfant leur lance une croûte de pain ou des brisures de croustilles.

C'était frisquet, et le vent, complice des nuages, annonçait une pluie quasi automnale. Jeudi 15 septembre 1960, Rhéaume Bréard, comme chaque matin ou presque, avait choisi le banc le plus près de la berge, afin d'y apercevoir encore quelques yachts de plaisance, une chaloupe ou un canot, même si le temps des vacances était déjà terminé. Le parc Nicolas-Viel était presque désert à dix heures du matin, et le sexagénaire en profitait pour venir y respirer l'air pur et lire quelques pages de son gros bouquin, pendant que sa femme, Thérèse, depuis quelque temps alitée, dormait encore profondément avec l'aide de calmants ordonnés par son médecin traitant. Thérèse était

malade. Gravement malade. Atteinte d'un mal qui ne pardonnait pas. Se levant avec difficulté, elle se rendait à la salle de
bain en s'agrippant au bras de son mari ou de la gardienne,
quand celui-ci s'évadait pour retrouver son souffle. Durant
l'été, Thérèse avait pu s'allonger dans une chaise de jardin
munie d'un matelas souple, mais depuis septembre, elle gardait le lit. Parfois, avec peine, elle réussissait à se lever seule et
à se rendre jusqu'à la fenêtre d'où elle lançait quelques grains
de céréales aux moineaux qui l'attendaient en rang d'oignons
sur la corde à linge. Puis, de retour au lit, souriante, sereine,
elle savourait le plaisir inavouable qu'elle venait de s'offrir.
Thérèse adorait les oiseaux, les moineaux surtout, qu'elle trouvait sans défense et qu'elle appelait ses «petits». Ces moineaux,
jamais les mêmes d'une année à l'autre, elle les considérait
comme «ses enfants». Parce qu'elle n'en avait jamais eus.
Parce que le Tout-Puissant ne l'avait pas gratifiée de la joie
d'être mère. Sans que Rhéaume s'en plaigne, sans aucun reproche ni soupir de sa part. Parce que, aujourd'hui tout comme
hier, il aimait sa femme profondément. Thérèse, si belle, si
pulpeuse, qu'il comblait de gâteries. Thérèse qui, maintenant
émaciée, vieillissante, n'affichait plus qu'un visage sans couleur et des mains décharnées. Thérèse, qu'il aimait encore
tendrement.

Rhéaume tentait de se plonger dans son livre, mais à tout
moment quelque chose venait le déranger. Un chien qui se mit
à aboyer alors que son maître le maintenait solidement en
laisse. Puis, une fillette d'environ deux ans qui, se promenant
avec sa maman, déposa sa poupée de chiffon sur le banc de
Rhéaume. Sa mère s'empressa de la reprendre, mais le liseur,
sortant une fois de plus de son chapitre, prit le temps de sourire à l'enfant. À deux bancs du sien, à sa gauche, une femme

était, elle aussi, absorbée dans un livre. Rhéaume ne la voyait que de profil, mais elle lui semblait fort jolie. Cheveux noirs jusqu'aux épaules, mignon béret gris porté sur le côté, à la française, elle avait les jambes croisées et ne semblait se laisser distraire par quoi que ce soit. Pas même par la bambine qui tentait de lui montrer sa poupée. Rhéaume regarda la rivière, et le bruit des vagues sur les roches se rendit jusqu'à lui telle une musique. Le ciel était de plus en plus gris, et la dame qui lisait s'était levée pour ne pas être surprise par la pluie. Elle passa devant son voisin de banc sans même lui jeter un regard, alors que ce dernier aurait certes apprécié qu'elle dise qu'on allait avoir une ondée. Que ça… Bref, n'importe quoi pour la voir de plus près et tenter d'hériter d'un sourire. Mais il se contenta de la regarder s'en aller, non sans remarquer qu'elle avait la démarche altière ainsi qu'un port de tête un tantinet hautain, alors qu'elle replaçait sur ses épaules un châle rouge, négligemment jeté, qu'elle avait failli perdre.

Se levant à son tour afin de réintégrer sa demeure avant que le ciel gris ne se noircisse davantage, Rhéaume Bréard pressa le pas. Peu à peu, le parc se vida de ses quelques badauds, enfants et petits chiens. Au loin, Rhéaume discernait encore la dame au châle rouge qui, rapidement, empruntait la rue Laverdure. «Tiens, tiens, elle habite dans le coin…», songea-t-il. Puis se la remémorant au moment où elle avait croisé son banc, il se souvint que la dame au béret gris arborait un lourd maquillage. Les yeux surtout, avec ombre à paupières et mascara. Ce qui la rendait encore plus attrayante. Pressant davantage le pas, Rhéaume emprunta l'avenue d'Auteuil, arriva rapidement chez lui et grimpa les quelques marches de pierre de sa luxueuse résidence. Comme Thérèse sommeillait encore sous l'effet des sédatifs, il pria la gardienne – une dame âgée du voisinage – de rentrer chez elle, qu'il n'aurait plus à sortir de la journée.

– Vous désirez que je revienne demain, monsieur?

– Heu… non, ma sœur Juliette sera là demain. Mais si vous êtes libre dimanche… En après-midi, peut-être?

– Comptez sur moi, rien ne m'attend. Vous savez, à mon âge…

L'homme la remercia et la dame partit en ouvrant son parapluie, des gouttelettes s'étaient mises à tomber. Regardant par la fenêtre tout en chaussant ses pantoufles, le maître des lieux entendit sa femme se lamenter. Un geignement, un filet de voix venant de la chambre. Il s'y précipita et Thérèse, pâle comme un drap, faible et ayant peine à bouger lui dit:

– J'ai mal partout… Je pense que c'est rendu aux os. Je sens…

Il lui fit signe de se taire, s'approcha du lit et, dans un geste d'affection, lui épongea le front. La sueur y perlait, l'angoisse s'y lisait et la souffrance creusait des rides profondes sur son visage. C'était comme si le mal tentait de s'extirper par les pores de la peau. Pour ne pas l'affoler davantage, Thérèse avait fermé les yeux. Elle ne voulait pas que Rhéaume y saisisse la douleur extrême qu'elle combattait encore en retenant son souffle.

– Tu veux que je t'apporte un jus? Tu aimerais te lever?

Elle hocha négativement la tête, puis laissa échapper un long soupir.

– Tiens! Si je remontais ton oreiller? Juste un peu…

Elle lui fit signe que oui, mais lui retint le bras lorsqu'il voulut la remonter trop haut.

– Non, ne me fais pas bouger le corps, j'ai mal…

Rhéaume Bréard comprit que sa femme traversait un dur moment. Pire que la veille, mais moins pénible que lorsque le grand mal lui avait torturé le foie.

– Un peu d'eau, ma chérie?

– Non, rien, ça va, ça diminue… Tu, tu… es allé au parc?

– Oui, mais pas longtemps ce matin, la grisaille m'en a chassé. Il y avait très peu de gens, un enfant ou deux, les bancs étaient tous libres. Tu sais, depuis la rentrée des classes…

– Pourquoi toujours le même parc, Rhéaume? Il y en a un plus près, juste un peu plus à l'est…

– Oui, mais il n'y a pas d'eau, Thérèse, pas de rivière, pas de canards…

La femme, dont les cheveux étaient devenus gris depuis sa maladie, se releva d'elle-même dans ce lit trop chaud, et lui murmura:

– Regarde comme j'étais belle à trente ans, Rhéaume. Tu t'en souviens? Ta sœur disait que je ressemblais à l'actrice Carole Lombard.

Jetant un regard sur le portrait que sa femme pointait du doigt, Rhéaume Bréard répliqua:

– Tu étais plus belle qu'elle, Thérèse, plus féminine, plus élégante… Et tu l'es encore, tu sais.

– Allons, ouvre-toi les yeux, voyons! Je ne suis plus que l'ombre de moi-même.

– On avance tous en âge, ma femme, moi comme les autres. Sans être ce que nous étions, on a encore du charme.

– Quelle douce consolation! Ça vient de Juliette, ces mots-là?

– Ma sœur? Bien sûr que non! Juliette a toujours été laide.

– Rhéaume… Voilà qui n'est guère gentil pour elle.

– Mais c'est sans méchanceté que je dis cela, Thérèse. Tout le monde sait que Juliette n'a jamais été belle. Elle a hérité du visage de mon père! De ses yeux perçants, de son nez pointu et de son très long menton. Une tête d'aigle ou presque… Et pas coquette pour deux sous, celle-là!

– Oui, mais charitable et généreuse. Elle m'est très dévouée...

– Elle a de grandes qualités, je le sais et j'en remercie le bon Dieu. Une vraie samaritaine! Elle sera encore ici demain. Pour toi, pour t'être utile. Il faut dire que seule, sans mari, sans enfants... Les vieilles filles ont tout leur temps.

– Qu'elle pourrait employer à autre chose, Rhéaume, voyager, partir au loin en groupe; elle a de bonnes amies... Mais non, Juliette a le cœur sur la main. Tout comme ta défunte mère.

– Oui, le visage du père, mais le dévouement de la mère. Si seulement elle avait été un peu plus fière d'elle... En apparence, du moins. Elle aurait pu se trouver un mari, elle était charmante avec les gens. Mais non, aucun orgueil dans son allure, jamais pimpante. Encore aujourd'hui... Regarde-la et regarde-toi!

Rhéaume, constatant sa bévue, se tut. Il détourna la tête et, Thérèse, le regard ailleurs, lui dit:

– Tu as bien fait de t'arrêter... Juliette a la santé.

– Oui, je sais, excuse-moi, mais, parfois, je ne te vois pas...

– À l'agonie? Mourante? Tu as peur des mots, mon mari?

– Ne sois pas défaitiste, je t'en supplie. Tant qu'il y a de la vie...

– Non, trêve d'espoir, mes jours sont comptés, je le sais. N'en parlons plus, veux-tu? Et là, si tu m'aidais juste à m'asseoir tout en remontant doucement mon oreiller, je prendrais peut-être une tasse de thé.

Chapitre 1

C'est au printemps de 1930 que Rhéaume Bréard avait posé les yeux sur Thérèse Duclos pour la première fois. Stagiaire dans une banque, alors qu'il allait graduer en administration, il était allé livrer des documents chez un avocat de la rue Notre-Dame où mademoiselle Duclos était secrétaire. Blonde, bien tournée, les yeux pers, le sourire éclatant, elle l'avait séduit d'un seul regard. Jusqu'à ce jour, aucune jeune fille ne l'avait fait fléchir, pas même la sœur d'un étudiant de sa faculté, pourtant jeune et jolie. De son côté, Thérèse Duclos avait eu deux cavaliers, un à l'âge de seize ans, puis un deuxième avec lequel elle avait rompu récemment.

Rhéaume, bouleversé par la gentillesse et la beauté de Thérèse, y pensait encore le soir venu. Il avait peine à contenir son émotion, sans se rendre compte qu'il venait d'avoir un sérieux coup de foudre. Thérèse, pour sa part, l'avait trouvé beau garçon, poli, distingué et débordant de charme. Sans être subjuguée comme lui l'était, elle devait admettre, en son for intérieur, que le jeune universitaire lui avait fait bon effet. Quelques jours passèrent et, encore sous le choc de ses battements de cœur, Rhéaume retourna au bureau de l'avocat sous prétexte d'y cueillir un dossier pourtant incomplet. Pour revoir Thérèse, bien sûr, et pour causer avec elle du doux printemps et de l'été qui viendrait. La semaine suivante, plus audacieux, de plus en plus épris, il lui demanda carrément si elle était libre et, sur réponse affirmative de celle qu'il convoitait, il l'invita sur-le-champ à souper dans un restaurant de la rue Sainte-Catherine, ce qu'elle accepta sans hésiter un seul instant. Ce qui valut à Rhéaume de sortir du bureau de l'avocat avec le numéro de téléphone de la jolie secrétaire et un rendez-vous en bonne et due forme pour le samedi suivant. Fou de joie, déjà amoureux ou presque, il se retint toutefois, le soir venu, de parler de sa douce rencontre à son père, à sa sœur aînée, et encore moins à son insolent jeune frère de dix ans son cadet, qui l'aurait sans aucun doute taquiné. Thérèse Duclos, moins secrète, en avait glissé un mot à sa mère ainsi qu'à son unique frère de trois ans plus jeune qu'elle, à qui elle ne cachait rien. Thérèse avait perdu son père quelques années auparavant, alors que Rhéaume, pour sa part, était devenu orphelin de mère à l'âge de quinze ans.

Le soir convenu, il l'avait invitée dans un charmant restaurant italien où ils avaient mangé des pâtes gratinées, bien arrosées d'un carafon de vin. Puis ils s'étaient mis à parler d'eux. Elle d'abord. Vivant avec sa mère et son frère, elle avait vingt-cinq ans et travaillait depuis cinq ans pour cet avocat chevronné qui la traitait bien. Elle avait suivi un cours commercial d'une école privée de bonne réputation et était rapidement devenue une excellente sténodactylo. Jean-Marc, son jeune frère, se destinait au droit, mais tout ce qui touchait la justice l'attirait, même… la police! La santé de sa mère était frêle, elle ne faisait osciller la «balance» qu'à quatre-vingt-dix livres. Une femme toute menue qui tricotait l'hiver venu et qui jardinait quand l'été s'annonçait.

Ne voulant en savoir plus pour l'instant, la trouvant belle et distinguée à souhaits, Rhéaume Bréard se fit une joie de parler un peu de lui. Son père était banquier, passablement à l'aise, et ne s'était jamais remarié après la mort de son épouse, emportée par la tuberculose, alors qu'Alain, le petit dernier, n'avait que cinq ans. Un enfant qui s'était annoncé dix ans après Rhéaume au grand dam des Bréard, qui ne s'y attendaient guère. Choyé par sa mère qui le «catinait», Alain devint très tôt une petite peste à qui «maman» pardonnait tout. À la mort de celle-ci, c'est Juliette, l'aînée de la famille qui, à tout juste dix-huit ans, avait pris les rênes du foyer. Son père avait exigé qu'elle abandonne ses études et la vocation religieuse qu'elle entrevoyait. Juliette Bréard fut donc, malgré elle, contrainte à prendre la relève de sa défunte mère, à accomplir les tâches ménagères et à tenter «d'élever» ce petit frère détestable qui tapait du pied au moindre reproche. Toujours sans la moindre réprimande du père qui imputait le caractère de l'enfant au chagrin d'avoir perdu sa maman. Mais le temps, ce grand maître, avait fini par atténuer tout doucement la douleur de la perte de leur mère. Juliette avait fait contre mauvaise fortune bon cœur et acceptait sa dure condition comme une seconde vocation. Sans amies, sans prétendant, sans rien d'autre que son dévouement. Peu intéressée par les garçons, ces derniers ne se sentaient guère attirés par cette fille laide qui portait des souliers lacés de religieuse parce qu'elle avait, disait-elle, les chevilles faibles. Oui, «laide», avait précisé Rhéaume, sans pour autant la dénigrer, elle était si courageuse… Mais, hélas, elle était le portrait tout craché… de leur père!

Après la soirée, il avait raccompagné Thérèse chez elle, mais avait refusé d'entrer pour rencontrer sa mère. Pas dès la première sortie. La sentant intéressée, il se risqua à lui demander si, la semaine suivante, il pourrait l'inviter encore, et la jeune femme, enchantée de sa soirée, lui avait répondu: «Oui, téléphonez-moi. La semaine prochaine ou quand le cœur vous en dira, monsieur Bréard. Et puis, vous permettez que je vous appelle Rhéaume?»

Il était rentré à la maison avec des étincelles dans les yeux. Au point que Juliette, fine observatrice, lui avait demandé:

– Tu arrives d'où, toi? Tu as l'air heureux... Une fille, j'imagine?

Embarrassé d'abord, puis sûr de lui, il lui avait répondu:

– Oui, Juliette, une fille! Une charmante jeune fille de mon âge. Et je te parie tout ce que j'ai qu'elle va devenir ma femme!

– Hé! Pas si vite, frérot, tu as tes études, tu n'as pas d'argent de côté. S'il fallait que papa t'entende parler ainsi.

– Pas un mot, je t'en supplie. Ni à lui ni à Alain, qui s'empresserait de me trahir. Juste entre nous, Juliette, si tu veux bien. Mais tu vas voir: Thérèse est une fille distinguée.

– Thérèse? Quel joli prénom! Celui de la sainte que j'invoque souvent. C'est sainte Thérèse qui m'incitait à devenir religieuse. Toutes les faveurs que je lui demande, je les obtiens. Alors, si ta petite amie s'appelle Thérèse, elle est déjà dans mes bonnes grâces. Elle est sûrement douce et jolie...

– Oui, très belle. Un visage d'ange, une taille enviable...

Juliette Bréard, malgré elle, avait légèrement froncé les sourcils.

Ils se revirent maintes fois. Ils allèrent au cinéma voir, entre autres, le film *The Divorcee*, avec Norma Shearer, qui venait de remporter l'Oscar de la meilleure actrice pour ce rôle. Rhéaume fit la connaissance de la mère de Thérèse qu'il trouva charmante, et rencontra Jean-Marc, son frère, un gars très sympathique. Thérèse avait remarqué que Rhéaume ne lisait que les journaux, ce qui l'ennuyait un tantinet. Elle qui était une passionnée de lecture, elle qui avait dévoré l'œuvre de Balzac tout comme le meilleur de Flaubert, elle qui se penchait maintenant sur les auteurs contemporains. Sans insister, elle l'initia peu à peu à la lecture de romans en lui prêtant *La faute de l'abbé Mouret* d'Émile Zola, alors que de son côté, elle plongeait dans *Regain* de Jean Giono, qu'on venait tout juste de publier. Puis ce fut lui qui daigna l'inviter à rencontrer sa famille. Monsieur Bréard père s'était montré affable et courtois et apprécia le maintien et le savoir-vivre de mademoiselle Duclos. Juliette la trouva un peu trop jolie et excessivement coquette, mais comme l'invitée avait de la classe et qu'elle se prénommait «Thérèse», elle obtint vite son indulgence. Du haut de ses quinze ans, Alain avait tout mis en œuvre pour avoir l'air d'un homme. Complet gris, chemise blanche, cravate de soie, cheveux bien placés, il avait fait bonne impression et se conduisit si bien que Thérèse le vouvoya comme s'il était un homme. Ce qui le rassura et lui fit dire à haute voix, après la soirée: «Toute une femme que l'amie du grand frère!» Mais le père, d'un regard quelque peu sévère, le fit taire. À son âge, il n'avait pas à se prononcer sur des sujets d'adultes ayant atteint leur majorité. Il n'avait qu'à retrouver ses quinze ans et ses manuels scolaires. Ce que fit le gamin, non sans se priver d'être encore… garnement!

Thérèse avait été ravie de l'accueil de Donat Bréard malgré son air sévère. Elle avait même réussi à apprivoiser Juliette, un peu revêche au départ, mais conquise par sa «piété» dont elle avait fait état et qui n'était, somme toute, qu'un culte envers sa sainte patronne et envers la Vierge Marie, à qui elle allumait des lampions devant leur statue à l'église. Le jeune Alain l'avait trouvée très belle et surtout bien tournée avec ses formes rondes et ses jambes superbes. La dulcinée de son frère lui rappelait certaines actrices dont il découpait les photos dans les revues. Sans être Jean Harlow, Thérèse Duclos n'avait rien à envier, selon lui, aux actrices américaines avec ses cheveux blonds et sa généreuse poitrine. Envieux, mais pas bête, il se demandait ce qu'elle avait bien pu trouver d'irrésistible chez son frère aîné. Lui qui, sans être laid comme Juliette, avait tout de même hérité du menton de son père. Ce que Thérèse avait constaté, bien entendu, tout en trouvant Rhéaume fort séduisant pour autant. Même si elle devait admettre qu'Alain, avec les traits de sa défunte mère, serait le plus beau des Bréard.

La planète Pluton était découverte, Greta Garbo donnait le ton à la mode, le joueur de baseball Babe Ruth était le plus haut salarié avec 80 000 $ par saison, le pont Jacques-Cartier avait été inauguré, les Canadiens de Montréal remportaient la coupe Stanley, et Rhéaume Bréard avait demandé Thérèse Duclos en mariage. Donat Bréard s'était d'abord opposé, alléguant que son fils devait terminer ses études et amasser plus d'argent, mais Rhéaume refusait de lui prêter oreille. Il était amoureux fou de Thérèse et ne voulait à aucun prix risquer de la perdre. Ils avaient tous deux vingt-cinq ans, donc en âge de décider eux-mêmes et, contrairement à monsieur Bréard, la mère de Thérèse ne s'élevait nullement contre ce projet, même si la fréquentation avait été de courte durée. Juliette parvint à faire entendre raison à son père. Heureuse de voir son frère si bien se caser, il n'en demeurait pas moins que ses tâches seraient diminuées à la maison: «Un de moins à prendre soin!»

Afin de tenter de dissuader son fils une dernière fois, monsieur Bréard invoqua le fait que les logements étaient rares en automne, mais Thérèse avait tout prévu. Les nouveaux mariés habiteraient chez madame Duclos jusqu'au printemps. La maison était grande, il y avait une chambre inoccupée au second plancher, un joli balcon… Et comme Jean-Marc accueillait d'avance et à bras ouverts son futur beau-frère… Donat Bréard dut donc s'incliner, et le samedi 8 novembre 1930, Rhéaume Bréard épousait, dans la plus stricte intimité, Thérèse Duclos, la seule femme qu'il ait aimée à ce jour. La mariée était en blanc, mais en robe trois-quarts, pas même jusqu'à la cheville. Un chapeau de velours blanc, une cape du même tissu sur sa robe de crêpe et un tout petit bouquet de roses blanches tenu d'une main gantée. Mais elle était superbe avec ses cheveux blonds jusqu'aux épaules, à la Marlene Dietrich, comme le voulait la mode. Lui, dans un élégant complet noir, cravate grise et guêtres noires sur des souliers gris, avait fière allure. «Un très beau couple!» murmuraient les invités et les gens venus «écornifler» dans la petite église. Un léger buffet arrosé de champagne suivit chez les Duclos, et le photographe de renom engagé pour l'occasion croqua dans le salon le plus joli des portraits de noces. Juliette Bréard avait revêtu une robe de soie de teinte bourgogne et lacé ses souliers noirs fraîchement cirés. Sans maquillage, sans le moindre bijou, elle avait tout de même appareillé à sa robe un bonnet de velours noir orné d'une rose de soie bourgogne, ce qui rehaussait sa toilette d'un cran. Alain Bréard, habillé comme un homme, les cheveux savamment lissés, paraissait nettement plus vieux que son âge. Deux tantes de la mariée s'étaient jointes, avec leur époux, à la réception, mais du côté des Bréard, personne d'autre. Les quelques parents éloignés du paternel étaient depuis long-temps tombés des branches de l'arbre familial.

En 1931, vivre dans la maison de madame Duclos où le gîte était gratuit et, bien souvent, la nourriture, était une chance inouïe pour Thérèse et Rhéaume. C'était la dépression: les monnaies dégringolaient, les banques faisaient faillite et les gouvernements ne pouvaient honorer leurs dettes. Rhéaume terminait ses études tant bien que mal, mais il avait perdu son emploi à temps partiel. Souvent, son père lui remettait, à l'insu des Duclos, de rondelettes sommes d'argent afin de l'aider à prendre ses responsabilités. Thérèse avait conservé son em-ploi de secrétaire chez l'avocat, tout en acceptant une diminu-tion de salaire, imputée à une baisse de la clientèle. Jean-Marc, le beau-frère, s'entendait à merveille avec Rhéaume et ni lui ni la mère ne nuisaient à l'intimité du couple. Malgré sa bonne volonté, Rhéaume avait petit à petit délaissé la lecture de ro-mans pour se replonger dans tous les journaux qu'il achetait régulièrement. Il avait suivi le procès d'Al Capone condamné à onze ans de prison à Chicago pour fraude fiscale. Aux Indes, Gandhi avait été libéré et les négociations d'indépendance débutaient avec l'Angleterre. Aux États-Unis, l'Américain Fre-derick Allison venait de découvrir l'halogène et la compagnie Schick présentait le rasoir électrique. Enfin, à New York, c'était l'inauguration en grande pompe de l'Empire State Building.

Furetant ici et là dans les journaux de son mari, Thérèse avait eu vent du succès de Bing Crosby avec deux chansons au palmarès, tout comme elle avait appris que, dans le domaine de la mode, les gants de suède assortis aux souliers et au sac à main étaient très populaires. Pour les hommes, il était de mise d'avoir deux mouchoirs, dont un seulement pour l'apparence, porté à l'avant du veston. En France, Maurice Chevalier abandonnait la chanson pour se consacrer au cinéma et, à Hollywood, un nouvel acteur du nom de Clark Gable, qu'elle trouvait fort séduisant, débutait sa carrière. Côté littérature, Antoine de Saint-Exupéry venait de publier *Vol de nuit,* qu'elle se promettait d'acheter, alors qu'au cinéma français, Michel Simon jouait dans le film *La Chienne,* tourné par Jean Renoir. Le paquet de cigarettes était haussé à 20 cents, ce qu'elle désapprouvait, puisqu'elle fumait, et le billet de tramway, rendu à 6 cents. Mais ce qui la tourmentait, ce qui l'angoissait beaucoup, c'était qu'après neuf mois de mariage elle n'était toujours pas enceinte. Rhéaume, peu enclin à la paternité, ne s'en souciait guère, mais elle, avec son «cœur de mère», s'en inquiétait intérieurement.

Après un long et dur hiver durant lequel les gens tentaient de remonter la côte de leurs déboires, Rhéaume se mit en quête d'un logis pour Thérèse et lui. Non pas qu'ils ne se sentaient pas bien chez madame Duclos, mais ils avaient tous deux envie d'une plus grande intimité, d'un petit nid juste pour eux. Thérèse comptait également sur une «vie à deux» pour enfin devenir enceinte et tenir un enfant dans ses bras. Elle croyait que le fait d'habiter chez sa mère retenait quelque peu leurs élans de ce côté. Qui sait si, dans sa pudeur et sa retenue à cause de sa mère et de son frère, elle n'entravait pas cette fécondation qu'elle espérait tant? Rhéaume avait finalement en main le certificat d'études sur lequel il comptait et, peu de temps après, décrochait un bon emploi comme administrateur-adjoint au siège social d'une chaîne de magasins pour dames.

Thérèse, toujours secrétaire chez le même avocat, avait vu son salaire «regrimper» de quelques dollars par semaine, ce qui la rassura sur son emploi. Ils cherchèrent et dénichèrent un joli trois pièces avec balcon sur la rue Saint-Vallier, tout près du travail de Thérèse. Un logis pour deux, trois tout au plus, lorsque les gens plaçaient la «bassinette» du bébé dans leur chambre. Mais, malgré la vie à deux, le petit nid coquet et les élans d'amour plus fréquents, Thérèse, d'un mois à l'autre, n'était pas en voie d'être mère. Alarmée, découragée, elle avait consulté un médecin qui lui avait annoncé, après de sérieux examens, qu'elle avait «un grave problème du côté des ovaires» et qu'elle devrait, hélas, se faire à l'idée… Thérèse avait pleuré, beaucoup pleuré, et Rhéaume avait tenté de la consoler en lui disant: «Qu'importe, ma chérie, nous tenterons d'être heureux à deux. Tu sais, un enfant…» Peinée, amèrement déçue, elle lui avait mis la main sur la bouche pour ne pas entendre ce qu'il allait ajouter.

1932, et la Terre roulait sur de la ouate et des cailloux. Au fil des mois, au gré des hauts et des bas, Paul Doumer, président de la République française, était assassiné et Franklin Delano Roosevelt devenait président des États-Unis. Thérèse venait d'acheter *Le nœud de vipère* de François Mauriac, alors que Rhéaume croyait la surprendre en lui offrant *Voyage au bout de la nuit* de Louis-Ferdinand Céline, qu'elle avait déjà commandé. À Hollywood, une mignonne enfant du nom de Shirley Temple tournait son premier film et Helen Hayes, grande dame du cinéma, remportait l'Oscar de la meilleure actrice. C'était aussi l'année de la découverte de la vitamine D et du neutron. À Los Angeles, on accueillait les Jeux olympiques, et Rhéaume avait l'œil sur une Chevrolet de 692 $ qu'il n'avait pas les moyens de se payer. Tous ces événements et faits divers, Thérèse les retrouvaient dans la pile de journaux qu'achetait son mari. Aussi bien en anglais qu'en français. Le paquet de cigarettes était encore à 20 cents, ce qui rassurait la jeune femme malgré le dédain de son mari qui ne supportait pas l'odeur du tabac. Et Donat Bréard, le paternel, avide de sports, surtout de hockey, eut du mal à se remettre de la coupe Stanley remportée, cette année-là, par les Maple Leafs de Toronto.

Juliette, profitant du fait que les gens étaient pris à la gorge, obtint, pour la moitié du prix demandé, une jolie petite maison sur la rue Lacordaire dans le quartier Hochelaga. Un chez-soi d'un seul étage, sans sous-sol, juste assez grand pour elle. Exaspérée d'être la femme à tout faire de la résidence familiale, elle avait annoncé à son père qu'elle partait, en lui laissant Alain qui, à dix-sept ans, pouvait se débrouiller sans elle, qu'elle voulait vivre sa vie, œuvrer auprès des malades dans les hôpitaux. Monsieur Bréard, pris de court, dénicha à son tour un duplex pour un prix dérisoire. Il loua le haut à bas prix à une petite famille dans le besoin et habita le rez-de-chaussée avec Alain qui verrait, tant bien que mal, à l'entretien.

Après bien des espoirs suivis de quelques doutes, puis constatant qu'elle ne serait jamais mère, Thérèse avait soulevé, lors d'une visite chez son beau-père, le fait qu'elle aimerait adopter un enfant. Donat, laissant tomber sa fourchette dans son assiette, lui avait répondu sèchement:
– Un Bréard, ça fait des enfants, ça n'en adopte pas!
Regardant Rhéaume, elle le vit baisser les yeux pour ensuite les lever au plafond en guise d'approbation. Avant qu'elle ne puisse répliquer, son beau-père ajouta:
– Si Dieu a décidé de ne pas vous en donner, Thérèse, il faut vous soumettre à Sa volonté.

Tremblante, elle osa murmurer:

– Mais il y a tant d'enfants abandonnés dans les orphe-linats...

Et monsieur Bréard, implacable, enchaîna vertement:

– Des bâtards, ma fille! Des enfants dont on ne sait rien! Et pas un de ceux-là, fille ou garçon, ne portera mon nom!

Elle s'était tue parce que Rhéaume n'avait rien dit. Le lui reprochant le soir venu, il avait murmuré:

– Mon père n'a pas tort, ma femme. Un Bréard...

Elle l'interrompit:

– Mais nous ne serons jamais parents, Rhéaume, le comprends-tu?

La serrant contre lui, il lui susurra à l'oreille:

– Allons, nous allons quand même être heureux, toi et moi... Et puisque c'est la volonté de Dieu. C'est Lui qui fait les lois...

Elle s'était consolée en séchant ses larmes sur l'épaule de son mari et, cette nuit-là, se donnant corps et âme à celui qu'elle aimait, confiante de contrer le bon Dieu, elle espéra encore une fois, en invoquant le Ciel et tous les saints... En vain.

La montre n'arrêta pas sa course et, deux ans plus tard, ayant troqué le logement contre une jolie maison de la rue Dickson, non loin de chez Juliette, le couple Bréard menait un train de vie plus enviable. Toujours à l'emploi de la chaîne de magasins pour dames, Rhéaume en était devenu l'administra-teur en chef, avec cinq personnes du bureau, dont les compta-bles, dans son service. Son salaire avait été haussé et, tout en restant prudent, Thérèse et lui se payèrent du bon temps. Un voyage à Paris, un autre à Londres, des sorties dans les boîtes de nuit les plus huppées de la métropole, la voiture neuve, une Chevrolet Master de 745 $, et les salons de mode de renom où s'habillait désormais Thérèse, femme très en vue et de plus en plus belle. L'avocat pour qui elle travaillait encore l'avait mise en charge du bureau avec une généreuse augmentation de salaire. Avec une tête à la Ann Sothern et un corps de déesse à la Paulette Goddard, Thérèse Bréard attirait de plus en plus la clientèle… masculine! Loin de passer inaperçue, elle recevait parfois les avances de clients fortunés, mais Thérèse, fidèle à son Rhéaume dont elle était follement éprise, les refusait avec un doux sourire.

Sans cesse à l'affût de livres, elle s'était plongée dans *La machine infernale* de Jean Cocteau, et *Le visionnaire* de Julien Green, mais le soir venu, pendant que Rhéaume épluchait ses journaux, elle écoutait quelques émissions de radio. Surtout musicales. Son mari l'avait même surprise à fredonner *Un amour comme le nôtre*, le succès de l'heure en France. À Hollywood, Donald Duck faisait ses débuts au cinéma et Clark Gable, qui n'était plus un débutant, décrochait l'Oscar du meilleur acteur pour son rôle dans le film *It Happened One Night* alors que sa partenaire, Claudette Colbert, remportait celui de la meilleure actrice. En France, Fernandel était très populaire, déclassant même Michel Simon, un acteur de renom. L'Italie gagna la Coupe du monde de soccer et quatre ans après son mariage, Thérèse Duclos, devenue madame Bréard, s'était enlevé de la tête le désir d'être mère. «À la grâce de Dieu!», avait-elle fini par s'écrier, mais le Seigneur resta sourd à ses prières, et la fort jolie femme, pulpeuse, déploya toutes ses énergies au bonheur de son mari. Lui, ambitieux, sans aucune fibre paternelle dans l'âme, ne songeait qu'à gravir les échelons et à se tailler une place au soleil. Comblant sa femme de bijoux, de parfums et de toilettes dernier cri, il était fier de l'exhiber, de dire à tous: «Je l'ai aimée dès que je l'ai vue. Elle est si belle!»

Un an plus tard, madame Duclos, brave mère et charmante belle-mère, rendait l'âme après une sévère pleurésie. Jean-Marc, inconsolable, vendit la maison, partagea la somme avec Thérèse et partit vivre en Alberta afin de perfectionner son anglais et tenter de devenir, non pas avocat, mais le plus fin limier de la force constabulaire. Orpheline, sans père ni mère, sans frère désormais, Thérèse jeta son dévolu tout entier sur Rhéaume qui l'adorait. Ce mari qu'elle admirait, qu'elle vénérait, et avec lequel elle souhaitait passer sa vie, même si, fort épris des affaires, il était moins porté sur «la chose». Rhéaume la comblait, Rhéaume l'aimait... Le reste du monde n'avait plus d'importance.

Les années tout comme les nuages se multiplièrent et se dispersèrent. Les saisons se succédaient et les hivers trop froids étaient entrecoupés par des voyages dans le Sud que s'offraient les Bréard. Rhéaume avait changé d'emploi, il était maintenant administrateur en chef au siège social d'un institut bancaire. Désormais bien nanti, il avait même aidé son vieux père à faire l'acquisition d'une maison du nord de la ville. Une spacieuse maison détachée comme Donat Bréard en rêvait depuis toujours. Pas de locataires, pas de voisins collés... Une maison de riches, quoi! Même si son avoir avait passablement fondu avec le temps. Souhaitant s'y installer avec Alain, celui-ci lui annonça qu'il projetait de s'exiler aux États-Unis, faire son propre chemin dans la vie et réussir là où l'on croirait en lui. Parce que, au sein de la famille, le petit dernier avait été laissé pour compte. «Rien de bon pour mon frère à l'horizon...», disait de lui Rhéaume. «Un parasite de la pire espèce!», répondait le père, en parlant du benjamin. Mais, sûr de lui, beau à en faire chavirer les femmes, Alain Bréard savait qu'il aurait plus de chance du côté américain, sans bâtons dans les roues. Acteur? Il en doutait. Mais attaché de presse ou *manager*... Il partirait en laissant derrière lui Mimi, Janine et Priscilla, une danseuse, une chanteuse et une barmaid, toutes trois éprises de lui, sans savoir ni l'une ni l'autre qu'elles se le partageaient.

Monsieur Bréard fit quand même l'acquisition de la vaste résidence de pierres de l'avenue d'Auteuil, dans le quartier Ahuntsic, quitte à l'habiter seul. Invitée à le rejoindre dans son «palais», Juliette refusa, préférant sa petite maison de la rue Lacordaire. Donat, ulcéré, lui avait alors crié: «S'il en est ainsi, tu es déshéritée, ma fille! Jamais cette maison ne t'appartiendra!» Ce dont Juliette se foutait. Elle avait maintenant un salaire de l'hôpital et n'attendait rien de son grognon de père qui, naguère, l'avait traitée telle une domestique. Dame de sainte Anne de sa paroisse, entourée d'amies d'occasion, elle pouvait aisément se permettre des sorties avec elles.

La seconde guerre avait passé, laissant le monde entier bouleversé. Rhéaume s'en était sauvé avec la complicité d'un médecin, ami de la famille, mais Alain, plus courageux malgré ses torts, avait fait son service militaire. Ce qui avait déjoué ses plans pour la Californie. Mais ce n'était que partie remise, avait-il dit à son père qui, de cette façon, le gardait auprès de lui. Service militaire, certes, mais avec les «connections» de Donat et d'anciens camarades, il ne fut pas envoyé outre-mer. Il était sur la liste, mais son nom reculait de page en page et, lorsqu'on ne put faire autrement que de penser à lui pour aller combattre les Nazis, la guerre était finie. Sans hésiter, Alain s'empressa de plier bagages et de partir vers son destin. Et ce, malgré les cris aigus de son père et ses menaces.

«Tu seras déshérité tout comme ta sœur! Cette maison ne sera jamais à toi! Et je ne te laisserai pas un sou…» Alain, sachant qu'il partirait le lendemain, lui avait répliqué: «Gardez-la votre maison, papa, c'est tout ce que vous avez, et laissez-la à Rhéaume après votre mort. Là où je vais, j'en aurai trois comme la vôtre sur les plus hautes collines. En peu de temps, croyez-moi!» Le matin venu, brise d'automne dans les cheveux, Alain Bréard quittait Montréal pour aller s'établir à Los Angeles, Santa Barbara ou dans les parages. Avec des rêves plein la tête et trois belles filles en peine derrière lui.

«Ainsi va la vie!», disait souvent Rhéaume à Thérèse lorsqu'elle lui rapportait un fait divers. Et c'est dans cet «ainsi va…» que Donat Bréard rendit l'âme quelques années plus tard, laissant à Rhéaume ses quelques économies et sa maison quasi payée. Sans que Juliette s'y objecte. Sans qu'on puisse joindre Alain, ne sachant où il était, pour l'avertir du décès de son père. Thérèse et Rhéaume s'empressèrent de se départir de leur maison afin d'emménager dans la superbe résidence où, déjà, madame Bréard se sentait châtelaine, et Rhéaume, de trois degrés plus élevé.

La somptueuse demeure de l'avenue d'Auteuil attirait les regards. De toute façon, dans la tête des gens du quartier, seuls les riches habitaient sur cette avenue séparée d'un terre-plein. Thérèse et Rhéaume, croyants et pratiquants, assistaient chaque dimanche à la dernière messe de l'église Saint-Nicolas, située à un coin de rue de leur maison. Pour être plus en vue, bien entendu. Thérèse causait avec quelques dames de la paroisse, mais que cordialement. Elle ne voulait pas qu'on empiète dans sa vie privée ou qu'on lui demande d'un trait, comme c'était souvent le cas: «Vous avez des enfants? Ils vont à l'école?» Elle avait certes passé outre à l'idée de fonder une famille, mais elle s'était toujours sentie gênée de ne pas être mère. Comme si ce manque dans la vie d'une femme pouvait être un péché. En ce temps d'après-guerre, toutes les femmes avaient eu des enfants, sauf les trop âgées ou les… stériles! Un diagnostic qui la rendait honteuse d'elle-même et dont elle gardait le secret. Sans s'être jamais questionnée, ni avoir demandé aux médecins si ce n'était pas plutôt lui, son mari, qui était incapable d'être géniteur. Mais comme Rhéaume se foutait éperdument de ne pas avoir d'enfants, ce n'était certes pas lui que la question embarrassait. D'autant plus qu'il répondait, chaque fois que c'était lui qu'on questionnait: «Que voulez-vous, ma femme ne peut pas en avoir.»

Il travaillait de plus en plus, il avait même accepté de gérer les fonds d'une autre compagnie à temps perdu. Pour avoir encore plus d'argent, pour vivre plus largement et rouler dans sa Cadillac flambant neuve, alors que Thérèse, habillée par les grands couturiers, se pavanait en Mercedes, tout en utilisant un fume-cigarette d'argent pour tirer des bouffées de ses Black Cat. Un couple riche, très à l'aise, quelque peu snobinard, que les gens du quartier n'osaient approcher. Loin de sa petite école, Thérèse Duclos! Loin de son premier emploi et de sa diminution de salaire! Elle roulait maintenant sur l'or! Mais son cœur n'avait pas changé et, malgré les apparences et cette soudaine fierté, elle était des plus généreuses lorsque venait le temps des dons de charité. Et chaque année, le 31 octobre, jour de l'Halloween, elle dépensait une fortune en bonbons et en chocolats pour choyer les enfants qui sonnaient à sa porte. C'était, pour elle, le soir le plus radieux qui soit. Juste à voir, sous les déguisements, des minois d'enfants lui sourire en tendant leur sac, quelques larmes de joie humectaient ses paupières.

Juliette venait de temps à autre souper avec eux. Une Juliette ravie du bonheur de son frère, peu envieuse, sauf de son jardin fleuri, l'été. Juliette, bonne, aimable, mais toujours aussi laide, qui s'exclamait, néanmoins, devant une robe ou un collier que portait sa belle-sœur. Juliette qui trouvait Thérèse si belle, sans même se rendre compte qu'avec un peu de bon vouloir... Mais non, Juliette, fidèle à elle-même, qui portait encore des souliers noirs lacés d'infirme, parce qu'elle avait, insistait-elle, les chevilles faibles.

— Aucune nouvelle d'Alain? lui demanda Rhéaume.

— Non. Pourquoi en aurais-je? Il a mis une distance entre nous depuis qu'il a appris que son père avait fini par mourir. Une adresse retrouvée dans un tiroir que j'ai encore égarée depuis, mais il a sans doute déménagé. Une vraie queue de veau, celui-là!

— Il t'avait pourtant répondu.

— Oui, mais quand j'ai vu qu'il n'éprouvait aucun chagrin, je l'ai sermonné comme ce n'est pas possible. Quel ingrat! Après tout ce que papa lui a donné...

— Comme quoi, Juliette?

— Bien... le gîte, l'hospitalité... Il l'a fait vivre, tu sais.

— C'était normal, c'était son fils. Non, le père ne lui a rien donné, Juliette. Rien qui vaille, pas même son appui. C'est peut-être pourquoi il est parti.

— Tu ne vas quand même pas le défendre, Rhéaume! Qu'est-ce qu'on lui a fait, nous, pour ne plus exister pour lui? Je l'ai élevé cet enfant-là! Je me suis sacrifiée...

— Je sais, Juliette, ne t'emporte pas. Et je ne le défends pas, crois-moi. De toute façon, avons-nous vraiment besoin de lui? Moi, il ne me manque pas.

— Moi non plus, mais tu sais, parfois, je pense...

– Tu penses à quoi?

Sans se soucier de blesser sa belle-sœur, Juliette répondit:

– Bien, tout d'un coup qu'il serait marié et qu'il aurait des enfants? Un ou deux petits Bréard à gâter! Et voir notre nom se perpétuer…

Tout allait trop bien, Rhéaume travaillait jour et nuit en vue d'une retraite prématurée. Il rêvait de voir l'Italie, l'Australie et le Japon, alors que Thérèse lorgnait plutôt du côté de la Suisse et de l'Allemagne. Plus mondaine que dans son jeune temps, attirée par les défilés de mode et les magasins renommés, elle lisait moins qu'avant. Un roman de temps à autre, mais le plus récent remontait à deux ans. Elle avait lu presque d'un trait *Le Survenant* de Germaine Guévremont, pour ensuite se plonger dans *Les mains sales* de Jean-Paul Sartre, qu'elle avait moins apprécié. Côté musique, elle aimait l'opérette, et sa chanteuse préférée était Mathé Altery, dont elle possédait quelques disques. Au Québec, Claire Gagnier attirait aussi son attention, quoique dans les boîtes de nuit, elle aimait applaudir les vedettes internationales de passage comme Luis Mariano, Annie Cordy, ou encore Dorothy Lamour, qu'elle était allée entendre chanter au chic cabaret *Chez Paree*. Rhéaume aimait lui faire plaisir et la distraire. Parce que les têtes se tournaient sur son passage et qu'il était celui dont elle était la femme. Parce que, de son côté, peu porté sur la lecture, sauf les journaux, peu friand de musique, sauf des *crooners* comme Frank Sinatra et Tony Bennett, il n'aimait pas la danse, ne fumait pas et ne buvait qu'à l'occasion, un doigt de rhum dans une boisson gazeuse ou un cognac. Mais il adorait voyager, s'instruire, tenter d'apprendre d'autres langues afin d'impressionner ses collègues. Mais sa passion première, surtout et avant tout, était les chiffres.

Oui, tout allait pour le mieux dans le meilleur des mondes au sein de ce couple uni, jusqu'à ce que Thérèse, un certain matin d'automne, se mette à tousser. Légèrement d'abord, puis de plus en plus fortement. Alarmé, Rhéaume lui conseilla d'aller consulter le médecin, mais elle persistait à dire que ce n'était que passager. Sans doute un début de rhume…

– Cesse au moins de fumer, Thérèse, ça ne t'aide pas!

– Allons, le pire que ça peut être, c'est une bronchite et j'ai un bon sirop et des pastilles contre ce malaise.

Sa négligence la fit tant tarder à voir son médecin que, lorsqu'elle s'y décida, on lui fit subir de sérieux examens, mais le mal était fait. Le cancer qui s'était développé à son insu, on ne savait trop où, avait déjà atteint un poumon. Rhéaume mit tout en œuvre, spécialistes, traitements, voyage aux États-Unis pour des analyses supposément plus perfectionnées, mais rien n'y fit et, de jour en jour, Thérèse maigrissait. Oui, le mal était fait, elle le savait maintenant. Et il se répandait, ce que ni Rhéaume ni elle ne savaient encore. La voyant décliner, se décharner, il en fut profondément bouleversé. Pas Thérèse! Pas si jeune! Ils avaient tant de choses à voir tous les deux…

– Et juste au moment où je prends ma retraite…, lui avait-il dit.

– Que veux-tu, c'est la volonté de Dieu, mon mari. Tout comme les enfants qu'il n'a pas voulu me donner dans le temps…

Rhéaume sentait des larmes s'accrocher à ses paupières. Pas sa Thérèse! Pas celle dont tous les hommes avaient rêvé! Pas l'éblouissante madame Bréard de la plus belle rue du quartier. Mais le sort en avait été jeté et, plus forte, plus courageuse que lui, Thérèse remettait son vague espoir entre les mains du Tout-Puissant, de sa sainte patronne et de la Vierge

Marie. Juliette venait lui tenir compagnie, lui préparer ses repas et tenter de la distraire. Pour l'entretien de la maison, deux femmes de ménage se relayaient. Et le médecin, ce brave docteur de la famille, venait tous les jours prendre le pouls de sa patiente et lui signer des ordonnances de plus en plus fortes pour que la malade ne souffre pas. Au grand désespoir de Rhéaume qui avait rayé de ses projets tous les voyages prévus au calendrier. À son grand désarroi aussi alors que, le matin, pour oublier sa peine et sa détresse, il allait s'asseoir sur le banc du parc qu'il avait adopté au bord de l'eau. Avec, maintenant, un livre à la main. Plus souvent qu'autrement, la biographie d'un politicien.

La regardant dormir après le départ de la gardienne, il laissa échapper un soupir, et elle ouvrit les yeux.

– Tu es découragé, n'est-ce pas?

– Non, pas découragé, Thérèse, affligé. Je ne peux pas croire que tu… Comment vais-je pouvoir vivre sans toi?

– N'y pense pas… J'ai encore du temps devant moi. Je suis là, Rhéaume. Pas comme j'étais, bien sûr, mais je suis encore là.

Il lui prit les mains et se retint de les serrer dans les siennes de peur d'en briser les jointures. Puis, levant les yeux sur elle:

– Tu veux une autre tasse de thé?

– Non, trop boire me force à me lever et j'ai mal… Non, rien pour moi, va plutôt te servir à dîner… Juliette t'a fait cuire un jambon.

– Brave Juliette, elle reviendra quand? Demain peut-être? Elle ne t'en a rien dit?

– Non, pas demain, mais la gardienne peut revenir si tu désires sortir.

– Oh! juste quelques heures en matinée. Le temps de lancer des croûtes aux canards et de lire mon dernier chapitre, s'il ne pleut pas.

– La gardienne viendra, Rhéaume, tu n'as qu'à l'appeler. Et si tu vois des moineaux, donne-leur du pain. Ils doivent avoir faim, les pauvres petits, l'hiver s'en vient…

Rhéaume Bréard se leva, sortit tout doucement, et Thérèse ferma les yeux pour se replonger dans le néant engendré par l'effet des calmants. La pluie avait cessé, les enfants revenaient de l'école pour le dîner et le soleil tentait péniblement de percer un nuage rebelle. Il mangea quelque peu, repéra de la musique de jazz à une station non identifiée puis, douloureusement envahi par toutes les déceptions de la morne saison qui s'éteignait, il s'endormit sur le divan, une main sur le genou, l'autre sur la poitrine… à la hauteur du cœur.

Chapitre 2

Vendredi 16 septembre 1960, Rhéaume s'était levé assez tôt afin de profiter de l'avant-midi à son parc favori. Souffrante, Thérèse retenait ses grimaces de douleur, pour que son époux n'en soit pas perturbé et qu'il n'ait pas à changer ses plans de la journée. Il lui servit un jus d'orange, déposa un baiser sur son front et voulut s'asseoir au pied du lit pour causer, mais elle l'en empêcha en lui disant: «Non, pas sur le lit, dès qu'il bouge, ça fait mal. Prends le fauteuil si tu veux jaser un peu.» Il n'insista pas, devinant que sa femme lui cachait les souffrances atroces que lui causait tout mouvement et, calé dans le fauteuil, il lui fit part de ce qu'il avait lu dans les journaux qu'on lui livrait très tôt. On parlait de la démission d'Antonio Barrette, de Maurice Richard qui annonçait sa retraite, des Jeux olympiques qu'on aurait peut-être à Montréal dans huit ou douze ans… Bref, un tollé de nouvelles qui n'intéressait pas la malade. D'ailleurs, plus rien ne l'intéressait, pas même la mode ou le monde du spectacle qu'elle suivait de près, avant. Ni les dernières parutions côté romans; elle ne lisait plus, ça l'épuisait. Néanmoins, elle écoutait encore de la musique et demandait parfois à Juliette ou à la gardienne de faire tourner le microsillon de Mathé Altery sur lequel celle-ci interprétait, de sa voix cristalline, treize valses viennoises. Thérèse, mal en point, souffrante et sentant qu'elle ne s'en sortirait pas, se laissait tout doucement aller. Les calmants accompagnés de pilules pour contrer la douleur se succédaient au rythme ordonné par le médecin. Avec, parfois, un demi de plus, tellement le mal aux os était insoutenable. Voyant qu'elle avait fermé les yeux, qu'elle sommeillait, Rhéaume sortit sur la pointe des pieds et attendit que la gardienne arrive. L'apercevant enfin, il lui ouvrit et la pria de préparer le petit déjeuner de sa femme, sans trop la quitter des yeux jusqu'à son retour. À moins qu'elle ne dorme, bien entendu.

Arrivé au seuil du parc Nicolas-Viel, Rhéaume fut agréablement surpris d'y voir un peu plus de monde que la veille. C'était pourtant frisquet, la rosée ruisselait encore sur la pelouse non piétinée, mais les mères avaient bien emmitouflé leurs bébés dans les carrosses, et les bambins qui couraient portaient des petits coupe-vent ou des gilets de laine à capuchon. Fort heureusement pour lui, son banc habituel était libre et le jeune retraité s'empressa d'y déposer sa veste, son livre et un sac rempli de noix avant de se diriger vers le bord de la rivière et d'y lancer quelques croûtons à deux canards qui, d'un élan, plongèrent sur le butin. Il revint s'asseoir, donna du pain à quelques petits moineaux, nourrit les écureuils, huma l'air automnal à pleins poumons et regarda un yacht se diriger lentement vers la marina non loin de là. Plissant les yeux pour entrevoir l'autre côté de la rivière, il put distinguer dans une chaloupe, un homme accompagné d'un gros chien blanc. Sans doute un pêcheur de barbottes, car c'était tout ce qu'on trouvait, ou presque, dans la rivière des Prairies. Regardant à droite, puis à gauche, quelle ne fut pas sa surprise de voir, assise sur un banc un peu plus éloigné que la veille, la dame aux cheveux noirs, les verres fumés sur le dessus de la tête et un livre dans ses mains. Pourquoi s'était-elle éloignée d'un banc? Craignait-elle qu'il l'ennuie? Se faisant discret, Rhéaume ouvrit le bouquin pris au hasard dans la bibliothèque de Thérèse et se plongea, malgré lui, dans *Le livre ouvert,* un recueil de poèmes de Paul Éluard qu'il avait confondu avec la biographie d'un diplomate français. Il le fureta brièvement et le déposa sur le banc. La poésie n'était pas sa passion; pire, il ne connaissait de nom aucun poète, sauf Nelligan parce qu'il était du pays. Un petit écureuil revint quérir une autre noix, puis en vint un autre, mais Rhéaume ne comptait pas passer la matinée dans ce parc; il avait des courses à faire, le pharmacien à visiter, quelques denrées à acheter, et la gardienne n'était pas là pour la journée.

Il s'apprêtait à tout ranger et à se lever lorsqu'il vit la dame qui en faisait autant sur l'autre banc. Ne voulant pas avoir l'air de l'imiter, il attendit qu'elle se lève et qu'elle parte avant de reprendre ses effets. Curieusement, la dame emprunta le sentier qui passait juste devant son banc. Tout en tenant son livre, ses verres fumés sur les yeux et le regard en direction de la rivière, il remarqua qu'elle portait une jolie jupe dans les tons orangés, une blouse blanche et un châle en gros tricot noir jeté sur ses épaules. Très bien coiffée, parée d'un joli collier de bois de chêne et chaussée de souliers de cuir noir à talons hauts, elle passa devant lui sans le regarder, mais laissa tomber, par mégarde, le signet de son livre. Se précipitant pour le ramasser, Rhéaume se rendit compte qu'elle poursuivait sa route, sans s'apercevoir de sa bévue.

— Madame, madame…, lui cria-t-il en la suivant d'un pas pressé.

Elle se retourna et, sans le craindre, la tête haute, lui demanda:

– Oui, qu'y a-t-il, monsieur?

– Votre signet a glissé de votre livre, je viens de le ramasser.

S'en saisissant, la dame lui répondit:

– Oh! Merci monsieur! Comment ai-je pu? Ce signet de cuir tressé me vient d'une amie. Il est si précieux! Merci encore et excusez ma maladresse…

– Bien, voyons donc! Ça peut arriver à tout le monde d'échapper quelque chose. Et comme il est précieux, je suis encore plus fier de vous l'avoir rendu, croyez-moi.

– Merci, mille fois merci, lui dit-elle, en avançant d'un pas.

Mais Rhéaume, subjugué par son élégance et l'odeur du parfum qu'elle dégageait, osa lui demander:

– Il est intéressant votre livre? Vous y sembliez plongée…

– Ah bon! Vous m'observiez? répliqua-t-elle en souriant.

Mal à l'aise, ne sachant que dire, c'est elle qui enchaîna:

– Je plaisantais, monsieur, n'en soyez pas gêné. Vous savez, avec le peu de gens qu'on croise dans un parc, il est normal qu'on en vienne à se reconnaître. Ce que je lis, c'est un roman de Guy Des Cars, *La demoiselle d'opéra*; c'est tendre et dur à la fois. Vous connaissez cet auteur?

– À vrai dire, non, mais il doit figurer dans la bibliothèque de mon épouse. Elle achète tous les romans qu'on publie d'une année à l'autre. C'est beaucoup plus de son ressort…

– Et vous? Vous lisez quoi en ce moment, demanda-t-elle, tout en se penchant pour apercevoir le titre qu'il avait à la main.

– Rien de précis, j'ai pris ce livre par inadvertance, c'est de la poésie, ça ne m'intéresse pas. Je suis plutôt féru de politique.

– Je vois… L'homme qui lit les journaux du matin, qui écoute les bulletins de nouvelles à Radio-Canada, et qui suit de près tout ce qui se passe au Sénat.

– Non, plus maintenant, je suis retraité, j'ai délaissé ce genre d'activités. Je ne voudrais pas être indiscret, mais vous habitez tout près d'ici?

– Oui, sur la rue Laverdure. Depuis le mois de mai seulement. Pas loin de l'église, un beau logis avec vue sur le nord-ouest.

– L'église… L'église Saint-Nicolas?

– Oui, en effet.

– Vous êtes donc une paroissienne! Nous sommes tous deux de la même paroisse… Quelle coïncidence! Parce qu'il y a une autre église…

– Oui, Saint-André-Apôtre, mais elle est fréquentée par les gens qui habitent à l'ouest du boulevard Saint-Laurent. Je n'y ai guère accès.

– Curieux, je ne vous ai pas encore entrevue à la messe de onze heures.

– J'y vais très tôt, à la messe de neuf heures, l'église est moins bondée.

– Voilà pourquoi! Je suis un fidèle de la grand-messe, moi!

– De toute façon, nous sommes de la même paroisse et du même parc à ce que je vois, ajouta-t-elle en souriant.

Puis, avant qu'il puisse répondre, elle ajouta:

– Je m'excuse, mais il faut que je me sauve. J'ai un rendez-vous en fin de matinée. Merci encore pour le signet et bonne journée.

– À vous de même, et soyez prudente avec vos souliers raffinés, la rosée est encore fraîche.

Elle s'était éloignée et Rhéaume Bréard la suivait encore des yeux. Une paroissienne! Une nouvelle venue dans le quartier! Et belle à outrance avec ses cheveux noirs et ses yeux maquillés. Puis, le charme rompu, retrouvant ses facultés, il s'en voulait de ne pas lui avoir demandé son nom. Ni si elle était mariée et si elle avait des enfants. Mais c'eût été sans doute indiscret d'aller jusque-là. Quoique... par curiosité. Sans trop savoir pourquoi, malgré lui, Rhéaume se sentait intéressé par cette femme ni grasse ni maigre qui avait tant de classe. Pulpeuse certes, enrobée comme il les aimait, l'inconnue du parc le laissait perplexe, voire troublé. La quarantaine bien sonnée, selon son évaluation, elle n'était sûrement pas libre. Les vieilles filles n'avaient pas cette allure. Il n'avait qu'à penser à Juliette... Mais, sortant une fois de plus de sa rêverie, c'est à Thérèse qu'il songea. Sa superbe Thérèse d'autrefois qui n'était plus que l'ombre d'elle-même. Thérèse qui souffrait et qui l'aimait encore. Thérèse Duclos qui n'avait aimé aucun autre homme que lui. Rhéaume emprunta le sentier à son tour, quitta le parc et regagna l'avenue d'Auteuil. D'un pas plus lent cependant, car il savait qu'il allait retrouver sa femme, ses rictus, ses horribles douleurs... Il regarda sa montre et pressa quelque peu le pas. Au diable la pharmacie et l'épicerie, son temps était écoulé. La dame aux yeux maquillés avait pris ce qu'il lui restait de moments libres pour les courses. La gardienne devait déjà s'impatienter...

Rhéaume Bréard rentra chez lui et la dame âgée qui veillait sur Thérèse le salua et partit. Il monta l'escalier, déposa le recueil de Paul Éluard dans la bibliothèque et, poussant la porte de la chambre, il aperçut Thérèse qui, assise ou presque dans le lit, cherchait par la fenêtre les moineaux qu'elle avait délaissés.

— Tu as fait une bonne promenade? Tu as nourri les canards?

— Oui, tout ça, mais comme c'était plutôt frisquet...

— Tu as quand même mis du temps. Oh! C'est vrai, le pharmacien!

— Oui, lui mentit-il, les pensées ailleurs, le regard au loin.

Le dimanche, alors que sa sœur Juliette était venue visiter Thérèse en après-midi, Rhéaume en profita pour sortir et se rendre jusqu'au parc, au cas où la belle inconnue serait là. Mais il revint très vite: elle n'y était pas. Contrarié, rentrant déçu à la maison, il fut accueilli par Juliette:

— Tu n'as pas marché longtemps. Le vent était trop fort?

— Non, je suis allé jusqu'au parc, mais tu sais, le dimanche, il y a beaucoup d'enfants. Les petites familles l'envahissent, s'emparent des tables pour un dernier pique-nique et, quand il n'y a plus de tables de libres, les mères prennent les bancs qui longent les allées. Pour les retraités et les vieux du quartier, c'est durant la semaine qu'ils sont accessibles, les parcs. Il faut laisser la chance aux enfants les fins de semaine; ils sont en classe cinq jours sur sept.

— Mais il y a l'autre parc, plus à l'est...

— Le parc Ahuntsic? Oui, je sais, mais je n'y vais pas souvent. Il n'y a pas d'eau et c'est nettement plus bruyant dans ce coin-là. Non, je crois que je vais lire un peu, je n'ai pas fait le tour de tous mes journaux.

— C'est ça! Et moi, je vais regarder les feuilles tomber!

— Oh! Juliette, je m'excuse! Je croyais que Thérèse...

— Nous avons bavardé dix minutes, mais elle dort maintenant; elle n'a même pas voulu manger. Dis-moi, elle ne se lève plus, à ce que je vois?

– Presque plus… Parfois, mais après cinq minutes dans le salon, elle veut regagner sa chambre. Elle a des étourdissements et je la vois se crisper dans le fauteuil. Elle le trouve trop ferme; elle préfère le matelas de son lit.

– Il faudrait quand même la forcer à manger un peu; elle n'a que la peau et les os.

– On ne peut la forcer; elle régurgite; elle ne garde pas grand-chose. Tu sais, c'est incurable ce mal-là, Juliette. On ne pourra pas…

– Pour qui me prends-tu? Une arriérée? Je sais bien que ça ne se guérit pas, Rhéaume! J'ai lu sur le sujet, tu sais, et j'en ai vu bien d'autres partir de la grande maladie là où je travaille, mais il me semble que la fin pourrait être atténuée. Le fait de se lever, de marcher un peu, de regarder un film à la télévision…

– C'est rendu aux os, Juliette! Le comprends-tu? Il n'y a rien de plus douloureux, paraît-il. Comment veux-tu qu'elle marche quand elle se contracte juste à se tourner de bord dans son lit!

– Bon, ça va, ne t'emporte pas, je ne la savais pas rendue là.

– Mais je ne m'emportais pas, c'est plutôt toi… Et puis, qu'importe. Si tu savais comme ça m'est pénible de l'entendre gémir chaque nuit. Certains soirs, je ne réussis pas à fermer l'œil tellement je suis aux aguets.

– Tu ne crois pas qu'elle serait mieux à l'hôpital? Aux soins prolongés? Avec des infirmières pour s'en occuper?

– Elle ne veut pas quitter la maison, Juliette. Elle veut mourir ici; elle le répète sans cesse. Et je veux respecter ses dernières volontés. Bien sûr qu'elle serait mieux entourée, mieux soignée à l'hôpital, surveillée de plus près, mais elle ne veut pas en entendre parler. Elle trouve encore le moyen de s'étirer le cou malgré le mal que ça lui cause pour voir si les moineaux sont sur la corde à linge. Elle ne veut rien quitter. Elle écoute Mathé Altery ou Luis Mariano dans des opérettes de toutes sortes et ça l'apaise.

– Pauvre Thérèse! Elle n'a pourtant pas mérité ça... Bon, je me sauve. Avant d'être rendue chez moi, c'est un très long trajet, tu sais.

– Tu ne veux pas rester à souper avec nous? Heu... avec moi?

– J'aimerais bien, mon cher frère, mais voyager en autobus le soir...

– Je te payerai le taxi, Juliette. Reste, je suis si souvent seul...

Le regardant, elle lui mit une main sur l'avant-bras, et lui répondit:

– Bon, ça va, je reste, attends-moi une seconde, je sors le chaudron et je mets l'eau sur le rond du poêle. Je vais te préparer un bon souper, rien qui vienne du restaurant, cette fois. Que dirais-tu d'un bœuf braisé? lui cria-t-elle de la cuisine.

– Ce serait un régal! Et qui sait si Thérèse ne se laissera pas tenter. Tu le fais aussi bien que la mère, disait le père. Au fait, pas encore de nouvelles d'Alain de ton côté?

– Lui? L'Américain ou presque? Non, aucune. J'ai gardé une adresse, mais je doute qu'elle soit encore valable. De toute façon, il sait où on habite, non? C'est à lui à prendre de nos nouvelles.

– Tu as raison, et si la famille ne lui importe guère, qu'il aille au diable! Je l'imagine en train de conquérir de belles Américaines...

Revenant au salon, Juliette répliqua:

– Belles? Plutôt riches! L'argent passe avant tout pour lui. Rappelle-toi de toutes celles... Sauf la chanteuse et la barmaid, elles avaient toutes des sous, celles qu'il amenait danser, le p'tit dernier.

— Ouais... Un vrai Casanova, pour ne pas dire un profiteur. Faut dire qu'il s'est élevé tout seul, celui-là. Pas trop instruit non plus...

— J'ai fait ce que j'ai pu, Rhéaume, j'étais quand même pas sa mère!

— Je sais, je ne te reproche rien, mais disons qu'il n'a pas eu notre chance. Il était bien jeune quand la mère est partie...

— C'était à lui de se rallier à nous! Forte tête, celui-là!

— Parce que le père ne l'aimait pas. Toujours sur son dos, souviens-toi.

— Pas tant que ça! C'est lui qui jouait sans arrêt avec les nerfs du père! Bon, je retourne à la cuisine si tu veux souper de bonne heure.

Juliette allait quitter le salon, mais, se tournant avant de franchir la porte, elle demanda à Rhéaume:

— Dis donc, le frère de Thérèse, Jean-Marc, il s'informe d'elle de temps en temps? Il vient la voir?

— La voir, non, il est toujours en voyage, avec ses enquêtes. Mais il l'appelle souvent, il lui parle au bout du fil. Il l'encourage, il lui dit qu'il l'aime et ça la réconforte.

— Parle-moi de ça! En voilà un qui n'est pas un sans-cœur!

— Le compares-tu à Alain? Tu sais, pour le p'tit frère, Thérèse n'est qu'une belle-sœur, tandis que...

— Oui, je sais, mais n'empêche que le p'tit frère ne s'est pas montré à la mort du père, et ça, je ne lui pardonnerai pas!

— Voyons, Juliette! On l'a jamais trouvé! On savait même pas où il était niché. C'était bien avant que tu retrouves son adresse qui n'est maintenant même plus bonne. Rappelle-toi, tu m'avais même dit l'avoir sermonné dans une réponse à sa lettre...

– Sermonné? Pire, je l'avais assommé! C'est vrai que le père était déjà enterré, j'en oublie des bouts, mais je lui reprochais de ne lui avoir jamais écrit de son vivant; je le traitais d'ingrat, de mouton noir de la famille... Je l'ai tellement invectivé que je l'ai perdu de vue; il n'a jamais répondu à mes injures. Espèce de lâche! Plus rien depuis!

– L'important, c'est qu'il avait appris que son père était mort. Et nul doute, comme tu dis, que ça l'avait laissé froid comme du marbre. Mais il aurait pu te revenir, téléphoner, s'amender. Au moins à toi, Juliette. Tu étais sa deuxième mère...

Rhéaume se rendit compte que son dernier murmure s'était estompé, qu'il parlait seul et que Juliette avait regagné à grands pas la cuisine; l'eau qui allait servir aux pommes de terre bouillait déjà. Fermant le téléviseur, il ouvrit la radio et syntonisa CBF-FM, où l'on s'apprêtait à faire tourner le célèbre *Clair de lune* de Debussy, qui serait suivi d'un extrait de *La Traviata*, interprété par Richard Verreau. S'adossant, il appuya sa tête sur le haut du coussin de velours, ferma les yeux pour se détendre un peu lorsqu'un cri, venant de la chambre, le fit sortir en sursaut de son assoupissement.

– Ouche! Oohh! Rhéaume, es-tu là?

Il se précipita au chevet de Thérèse qui, avec un comprimé dans la main, lui murmura:

– Je n'ai plus d'eau... Fais ça vite, j'ai mal, ça ne se décrit pas!

Rhéaume s'empressa d'aller lui remplir son verre d'eau fraîche et, revenant en vitesse dans la chambre, il se rendit compte que Thérèse dormait. Souffrante, ne pouvant attendre une minute de plus, elle avait avalé, avec un reste de salive, le comprimé qui allait la soulager.

Lundi, plus tard en matinée, retour au parc Nicolas-Viel pour Rhéaume et, malheureusement, la dame aux cheveux noirs n'y était pas. Déçu, le quinquagénaire donna tout de même des croûtons aux canards et des noix aux écureuils, avant de quitter son banc habituel et arpenter le chemin qui menait aux grilles d'entrée du lieu. Avec une certaine hésitation, il s'aventura sur la rue Laverdure pour tenter de deviner où habitait la belle inconnue, mais les duplex étaient multiples, et ceux avec de grands balcons au deuxième étage, assez nombreux. Il tourna à droite sur la rue Prieur et revint sur l'avenue d'Auteuil où sa maison était dans les huit premières de la rue, côté ouest. Il rentra, et Thérèse, qui causait avec son frère Jean-Marc au téléphone, avait demandé à la gardienne de se retirer dans le boudoir afin d'être plus à l'aise dans sa conversation.

– Déjà de retour, monsieur Bréard? Vous n'avez même pas pris une heure!

– Oui, je sais, mais ne partez pas tout de suite, s'il vous plaît. J'aimerais aller faire quelques courses, acheter du pain, du lait et du fromage chez Dionne. Et de là, en un pas ou deux je serai à ma petite pharmacie, non loin de la rue Fleury. Ça vous va? Madame est bien?

– Oui, pas trop souffrante ce matin. Je ne l'ai pas entendue se plaindre, et elle ne m'a pas réclamé le calmant qu'elle prend vers onze heures. Elle m'a dit qu'elle allait le garder pour plus tard.

– Voilà qui est bon signe, elle bénéficiera d'un certain répit; elle a tellement souffert ces derniers temps. Bon, je pars et je reviens d'ici trente minutes.

– Ne vous pressez pas, monsieur Bréard, j'ai encore du temps de disponible. En autant que mon après-midi soit libre...

Il avait acquiescé de la tête et avait vite refermé la porte avant qu'elle ne lui raconte ce qu'elle comptait faire de sa journée.

Au Marché Dionne, où il était un client régulier, le gérant causa avec lui, s'informa de la santé de sa femme et lui suggéra de belles côtelettes de porc, à rabais ce jour-là. Rhéaume sortit avec ses provisions, se rendit à la pharmacie pour renouveler une ordonnance et s'enquérir des bienfaits d'un sirop contre la toux en prévision des rhumes d'automne. Il revint en empruntant la rue Prieur sans croiser qui que ce soit sauf un chien, à l'intersection de Grande-Allée, qui aboyait tellement qu'il l'aurait sûrement mordu s'il en avait eu l'occasion. Mais Rhéaume l'ignora, emprunta l'avenue d'Auteuil et grimpa les quelques marches de sa maison, désolé de n'avoir aperçu nulle part, ce jour-là, la nouvelle venue dans son quartier.

Évitant les jours de pluie, ce n'est que le jeudi suivant que Rhéaume emprunta de nouveau l'allée du parc. Avec des arachides pour les écureuils, un sac de miettes de pain pour les moineaux et un livre saisi au hasard: *Journal d'un homme de 40 ans,* de Jean Guéhenno, parce que le titre, tout comme la couverture avec ses canons, donnait au bouquin un aspect plus viril, moins à l'eau de rose que d'autres, au cas où la dame...

Il contourna l'allée principale, marcha en direction de son banc et, avant même que l'eau de la rivière attire son regard, il l'aperçut. Elle! La dame de nulle part dont il ne savait rien encore, mais qui l'intriguait. Sur le banc voisin du sien cette fois, verres fumés sur les yeux, un roman avec le signet tressé bien en vue dépassant d'une page. Il prit place sur «son banc» coutumier, heureux de le retrouver vide une fois de plus, et, oubliant les moineaux et les écureuils, il déposa son livre un tantinet bruyamment sur son siège, juste assez pour que ça la dérange et qu'elle regarde en sa direction.

– Excusez-moi, il m'a glissé des mains; j'ai été maladroit, lui dit-il.

Elle referma son livre, haussa ses verres fumés dans ses cheveux, lui sourit gentiment, et lui dit:

– Bonjour, monsieur. Belle matinée, n'est-ce pas? Vous venez vous détendre vous aussi? J'espère ne pas vous déranger; le banc d'à côté n'a pas été nettoyé. J'ai dû me rapprocher…

– Vous m'en voyez fort aise, madame! Me déranger? Vous? Allons donc! C'est plutôt moi qui crains d'enfreindre votre quiétude. Vous sembliez si loin, plongée dans votre roman. Je ne voudrais surtout pas…

– Non, non, il n'y a pas que la fiction, monsieur. La réalité a ce grand don de nous faire découvrir le voisinage. Je ne connais encore personne, vous savez…

Elle était vraiment belle ce jour-là. Encore plus belle que les autres fois, se disait-il intérieurement. Avec sa jupe de lin rouge, son veston noir, ses boucles d'oreilles en forme de coquillage, ses cheveux épars sur les épaules et ce maquillage lourd et sombre qui lui donnait un regard enjôleur.

– Je peux… Vous êtes… madame?

– Voyer, Lucille Voyer. C'est vrai, nous ne nous étions pas présentés…

– Et moi, Rhéaume Bréard, administrateur retraité, fervent de ce parc et inconditionnel des canards et des écureuils dont je suis le mécène!

Elle éclata de rire et lui dit:

– Tant qu'à causer, monsieur Bréard, nous serions certes plus à l'aise sur le même banc. Je vous offre volontiers une partie du mien.

Rhéaume ne s'était pas fait prier pour changer de banc et se rapprocher, ainsi, de la belle dame dont il connaissait maintenant le nom. Humant le parfum qu'elle dégageait, il se rendit compte qu'il allait de pair avec la forte personnalité qu'elle affichait.

– Vous arrivez à la fin de votre roman, si je ne m'abuse?

– Oui, presque, et c'est le meilleur de Guy Des Cars à ce jour. Il fait montre de plus de tendresse dans celui-là. Et vous, vous en débutez un à ce que je vois?

– Un bien grand mot: j'ai fouillé par ci par là: je l'ai pris à la sauvette sans même me soucier du titre. Le format de poche me convenait.

Lucille sourit et, spontanément, lui demanda:

– Déjà retraité? N'êtes-vous pas un peu jeune pour être un adepte des bancs de parc, monsieur Bréard?

– Oui, peut-être… Cinquante-cinq ans, c'est jeune, mais retraité est un terme vague en ce qui me concerne. J'ai encore quelques clients que je conseille de temps en temps. Quoique j'aie quitté de plein gré l'emploi que j'occupais.

– Est-ce indiscret de vous en demander la raison?

– Non, pas du tout, madame Voyer. Ma femme est très malade… Gravement malade. Elle est atteinte du grand mal incurable. Elle n'en a plus pour longtemps.

Faisant mine d'être affectée, Lucille posa une main sur sa poitrine, en guise de stupéfaction.

– Mon Dieu! Quel drame! Je suis désolée, pardonnez-moi.

– Je n'ai rien à vous pardonner, voyons, vous n'en saviez rien. Et puis, en parler à quelqu'un d'autre me réconforte parfois.

– Est-elle… Elle est encore jeune, je présume. Comment a-t-elle pu être victime de ce mal sournois et impitoyable?

– Thérèse a mon âge, nous sommes de la même année. Je suis du début de janvier, elle, de la fin de juillet. Mais elle a tellement fumé… Je la prévenais, j'avais peur, elle toussait, mais elle refusait de consulter le médecin. Et le mal s'est aggravé.

– Quelle tristesse… Si jeune encore. Et… vos enfants?

– Nous n'avons pas d'enfants. Ma femme n'a jamais pu être mère. Un problème d'organes, je ne sais trop, mais remarquez que sa stérilité ne m'a guère déçu. Moi, les enfants, vous savez…

– Vous n'aimez pas les enfants?

– Si, si, je les aime. Ceux des autres, surtout. Mais, jeune et ambitieux, je n'étais pas attiré… Honnêtement, ça ne m'a jamais manqué.

– Vous venez d'une famille nombreuse?

– Non, trois enfants seulement. Ma sœur aînée habite à Montréal, mon jeune frère, la Californie. Mais, lui, il y a belle lurette qu'on ne l'a pas vu. On n'a même pas pu le rejoindre pour l'enterrement de mon père.

– Oh! comme c'est navrant. Et… votre mère?

– Ma mère est morte avant d'avoir quarante ans. Je n'avais que quinze ans quand elle est partie et, Alain, le plus jeune, cinq ans seulement. Nous avons dix ans de différence, lui et moi. Et c'est Juliette, ma sœur, qui a pris la relève. Elle a eu bien du mérite: elle n'avait que dix-huit ans. C'est sans doute ce sacrifice qui l'a fait passer à côté du mariage; elle est restée célibataire. Mais avec toutes mes histoires, j'y pense, je risque de vous ennuyer. Je parle trop, je crois…

– Mais non, au contraire, c'est une marque de confiance, monsieur Bréard. Vous savez, on regarde une personne et on ne peut s'imaginer tout ce qu'elle a vécu jusqu'à ce que le cœur s'ouvre. Dans votre cas, si joyeux, si souriant, cherchant les écureuils sous les bancs, jamais je n'aurais pu imaginer...

– Et vous, madame Voyer, est-ce indiscret de vous demander...

– Si je suis mariée? D'où je viens? Ce que je fais dans la vie? Bien sûr que non, monsieur Bréard, répondit-elle, en riant. Les confidences, c'est du donnant, donnant. Alors, non, je ne suis pas mariée, je ne le suis plus, je suis veuve. Je me suis mariée, il y a treize ans, avec un Américain alors que je vivais aux États-Unis, mais il est décédé tragiquement sept mois plus tard.

Estomaqué, Rhéaume la regardait, ne sachant plus quoi dire.

– Nous étions dans la même voiture, poursuivit-elle, il roulait vite. J'ai vu le ravin et j'ai pu sauter juste avant que mon mari plonge en bas de la falaise, accroché encore à son volant. Il est mort sur le coup. On a eu peine à le reconnaître tellement il était massacré.

Lucille racontait l'effroyable événement sans sourciller, ce qui surprit Rhéaume, mais peut-être que dix ans plus tard...

– Vous... vous en êtes sortie indemne?

– Pas tout à fait, il roulait vite et mon saut précédé d'un élan m'a projetée sur le bord de la chaussée. Les bras, une jambe, les hanches, le cou, tout était écorché, mais mon visage fut épargné. Je n'ai mis que quelques jours à m'en remettre, sans aucune séquelle. Les médecins étaient stupéfaits. Aucune cassure, plusieurs ecchymoses, mais rien de grave.

– Vous avez dû être atterrée... Comment êtes-vous parvenue à vous remettre de ce choc?

– J'ai subi une légère commotion nerveuse, j'ai tremblé de partout, mais, pour le chagrin, je l'ai vite surmonté. Nous n'étions mariés que depuis sept mois et nous ne nous étions fréquentés que deux mois avant notre union. Harry, c'était son nom, voulait beaucoup plus une compagne d'aventures qu'une épouse. D'ailleurs, comme votre femme, je n'ai pas eu d'enfants, je n'en ai guère eu le temps. Mon mari, Dieu ait son âme, était un homme d'affaires assez bien nanti et j'ai retiré ses parts de la compagnie dont il était l'un des directeurs. J'ai ensuite vendu la maison et je suis allée vivre à New York où j'ai appris l'art du maquillage de la scène, comme celui de tous les jours. Et depuis, je gagne ma vie de cette façon. Je suis maquilleuse à contrat, voilà pourquoi je viens souvent ici. Pour me ressourcer, pour sortir des studios où je passe parfois de longues journées. Aussi bien dans les stations de télévision que dans les galas de mode. J'ai aussi une clientèle privée qui vient chez moi pour un savant maquillage de grande occasion ou pour des conseils sur les soins de la peau.

– Pourquoi ne pas avoir ouvert votre propre salon, madame Voyer?

– Parce que l'administration et moi, vous savez... Tiens! Si je vous avais connu avant, peut-être bien... Mais, là, ça va, je me débrouille fort bien ainsi.

– Vous n'avez pas songé à acheter avant de louer dans les parages?

– Non, je ne veux plus rien posséder. D'ailleurs, lors de mon séjour à New York, j'ai perdu beaucoup d'argent dans de mauvais placements.

– Vous habitiez où, avec votre mari, avant d'aller vous installer à New York?

Évitant de répondre à la question, Lucille Voyer lui dit en riant:

– Je n'avais pas tout à fait terminé, monsieur Bréard, nous parlions de mon avoir…

– Oh! excusez-moi, quelle impolitesse de ma part! Je vous ai interrompue! Pardonnez-moi et poursuivez, je vous en prie.

– J'allais vous dire qu'avec ce métier je vivais bien, mais ce n'est plus la fontaine d'antan. L'argent de Harry s'est envolé. Ah! ces escrocs! On nous incite à placer notre argent et l'agence fait faillite. Vous savez, ces placements à risques…

– Oui, ceux que je déconseille fortement à mes quelques clients. Il y a des banques pour les affaires! Mais vous venez à peine d'arriver dans le quartier. Étiez-vous encore à New York l'an dernier?

– Non, j'habitais Outremont, mais dans un immeuble vieillot et sans ascenseur. Moi, trois étages à pied… J'y suis restée peu de temps… Cessons ce bavardage, j'ai l'impression de gâcher votre journée avec tous ces propos sur l'argent, les déménagements, les placements…

– Non, au contraire, ça m'intéresse grandement. N'oubliez pas que j'ai travaillé en administration toute ma vie, madame Voyer.

– Oui, je sais bien, mais lorsque je songe à votre pauvre femme…

– Hélas, j'y pense constamment, mais qu'y puis-je? J'ai une gardienne qui vient lui tenir compagnie lorsque je viens ici.

– Elle est encore à la maison? Dans son état?

– Thérèse refuse l'hospitalisation. Elle préfère terminer sa vie chez elle… Mais nous avons des infirmières qui viennent chaque jour ou presque, le médecin de famille qui la suit de très près…

– Des infirmières? Vous ai-je dit que j'ai fait mon cours d'infirmière aux États-Unis juste avant d'épouser Harry?

– C'est vrai? Alors, vous devez être familière avec sa grave maladie.

– Bien sûr, j'ai même assisté des personnes à l'ago... Excusez-moi, je ne voulais pas dire une telle chose.

– Mais, c'est presque le cas, ne vous retenez pas, madame Voyer.

– J'ai fait mon cours, mais je n'ai pas gradué. Comme j'allais me marier, j'ai tout abandonné. Par contre, on ne perd pas pour autant tout ce qu'on a appris, les soins d'accompagnement, ça ne s'oublie pas. J'en ai fait durant le dernier trimestre et rendue là, être infirmière ne suffit pas; il faut de la diplomatie, de la compassion et rester discrète.

– Dites, j'y pense, puisque vous avez fait votre cours, vous accepteriez de venir rencontrer ma femme, de lui parler, l'encourager, l'aider si possible? Les infirmières qui viennent ne lui donnent pas toujours le soutien dont elle aurait besoin, et Thérèse s'en rend compte. Il y en a même une qu'elle ne veut plus voir dans ses quartiers. Il y a bien sûr ma sœur Juliette qui vient la visiter, mais elle ne sait quoi lui dire. Moi non plus, je l'avoue. Nous sommes là à la regarder s'éteindre, alors que vous, avec les mots qu'il faut, vous pourriez l'aider à remonter la côte. Moralement, du moins. Et votre rémunération serait celle de ces infirmières qui viennent...

– Je ne sais pas, monsieur Bréard, j'ai mon travail, je n'ai pas beaucoup de temps libre. J'aimerais bien, mais avec mon horaire...

– De temps en temps, le matin, par exemple. Une matinée ou deux que vous prenez pour venir ici. Je sais que le parc est plus apte à la détente, mais si vous saviez tout le bien que vous lui feriez. Et à moi, donc! Je suis exténué, je me sens si esseulé...

Lucille le regarda, referma son livre, se leva et lui répondit:

– Laissez-moi y réfléchir pendant quelques jours. Je ne vous promets rien…

– Comme c'est aimable à vous, madame Voyer. Prenez le temps qu'il faut. Le seul fait de savoir que vous y songez est un espoir pour moi.

– Je dois partir, monsieur Bréard… J'attends des clientes en fin de matinée.

– Mais vous ne m'avez rien dit de votre famille, nous en étions là, nous n'en avons pas eu le temps…

– Je n'ai ni père ni mère, ni frère ni sœur. Je suis seule dans la vie. Est-ce que cela vous suffit?

– Évidemment, mais si vous aviez la gentillesse d'ajouter votre âge…

– Dix ans de moins que vous, tout comme votre frère, mais début avril, lança-t-elle en riant.

Rhéaume était rentré tout pimpant et se départit vite de la gardienne qui se demandait bien d'où lui venait cette bonne humeur soudaine. Comme Thérèse ne dormait pas, il s'empressa de prendre place dans le fauteuil de sa chambre, pour lui dire:

– J'ai fait une rencontre qui va t'être bénéfique, ma femme.

– Ah, oui? Qui donc? Le frère André ressuscité?

– Ne plaisante pas, Thérèse, c'est sérieux. J'ai fait la connaissance d'une dame du quartier qui était infirmière aux États-Unis. Une femme remarquable qui habite sur la rue Laverdure depuis le mois de mai. Une paroissienne, Thérèse!

Laissant poindre un rictus causé par la douleur, elle répondit presque dans un râle:

– Et puis après?

– Songe un peu! Cette dame habite près d'ici et serait prête à venir te tenir compagnie, à t'appuyer de ses conseils!

– Ses conseils? Je me meurs, Rhéaume! C'est pas de conseils dont j'ai besoin, mais de calmants plus forts, le comprends-tu? Ta garde-malade, que veux-tu que j'en fasse? J'en ai déjà deux qui se succèdent pour contrôler ma pression et mes médicaments. Penses-tu qu'une troisième va améliorer mon état?

– Je n'en sais rien, mais tu pourrais te départir de celle que tu n'aimes pas. Lucille… je veux dire, madame Voyer, n'est pas diplômée, mais elle a terminé son cours. Elle pourrait t'aider, te seconder, elle a déjà assisté des malades aux prises avec…

– N'aie pas peur des mots, Rhéaume. Le cancer! Quand je les entends avec leur «maladie incurable» ou «le grand mal». Est-ce si honteux que d'avoir le cancer? On a peur du nom parce qu'on sait que ça ne pardonne pas, mais il faut être assez fort pour voir les choses en face. Moi, tant qu'à souffrir comme ça…

Rhéaume n'osait rien dire et Thérèse, mal en point, poursuivit:

– Lucille! Tu as dit Lucille! Tu l'appelles déjà par son prénom?

– Non, non, c'est madame Voyer, voyons. C'est parce qu'elle s'est présentée avec son prénom que je me suis échappé.

– Voyer… C'est le nom de son mari, au moins?

– Non, elle a repris son nom de fille, elle est veuve, son époux est mort dans un accident, il y a treize ans. Sept mois après leur mariage. C'est une veuve sans enfants. Lui était Américain et, j'y pense, elle ne m'a pas donné le nom de famille de son défunt mari. J'imagine que ce n'est pas nécessaire… Aux États-Unis, on reprend son nom après un décès ou un divorce, je crois. Et puis, à quoi bon!

– Elle est de notre âge? Plus jeune? Plus vieille?

– Non, plus jeune, quarante-cinq ans, mais une femme mûre et avertie.

– Que fait-elle dans la vie, cette madame Voyer?

– Elle est maquilleuse. Elle travaille à contrat pour la télévision et les galas. Elle a des clientes privées pour les soins de la peau...

– C'est ça, une femme fardée pour moi qui n'ai plus que mes os! Tu penses que ça m'intéresse de la voir ici avec ses produits de beauté? Tu veux m'humilier davantage, Rhéaume?

– Mais non, calme-toi... Avec une femme comme elle, tu n'entendrais pas parler sans cesse de médicaments, de prises de sang et de tout ce qui te déprime. Tu pourrais même remonter la côte. Et ce n'est pas parce que tu as maigri que tu en es moins jolie. Tes yeux, ton cou élancé, ta taille fine...

– Rhéaume! S'il te plaît! Vois clair! Je suis émaciée!

Constatant qu'elle n'était pas dans l'une de ses bonnes journées, il se leva et quitta tout doucement la chambre en lui disant:

– Ça va, Thérèse, je n'ai rien dit. Oublie tout ça... De toute façon, je ne l'ai pas encore engagée, cette dame-là. Et puis, elle a son travail, elle n'aurait eu qu'une matinée ou deux à te consacrer. Mais ne t'en fais pas, tu n'auras pas à la subir. Nous n'allons rien changer à tes habitudes.

Il sortit sans que sa femme réplique. Restée seule, songeuse, Thérèse s'en voulait un peu de contrarier celui qu'elle avait tant aimé. Il ne cherchait qu'à atténuer son état, qu'à adoucir ses derniers jours, et elle s'emportait contre lui. Au point de l'affliger. Elle s'endormit sur quelques dards qui lui assaillaient les hanches et, à son réveil, voyant Rhéaume à son chevet avec un jus de légumes et des croûtons sur un plateau, elle lui sourit, le remercia de sa bienveillance, et lui dit:

– Tu sais, j'ai repensé à la dame dont tu me parlais ce matin. J'étais nerveuse, pardonne-moi, mais si tu crois que cette personne me ferait du bien, demande-lui de venir. Je verrai bien…

Ravi, heureux pour elle, et pour lui surtout, Rhéaume s'excita:

– Tu vas voir, Thérèse, elle va te remonter! Elle parle bien, elle a de belles manières, elle est élégante, racée…

– Est-elle jolie, Rhéaume?

– Oui, on doit en convenir, mais pas autant que toi, ma chérie.

– Cesse de plaisanter. Est-elle très belle, cette femme?

– Elle est bien de sa personne, oui, les cheveux noirs, les yeux bruns, un peu enrobée cependant, mais féminine et très maquillée; c'est là sa carte de visite. Mais, crois-moi, je suis sincère: aucune femme en ce bas monde n'aura été aussi jolie que toi, Thérèse. Aucune!

Le lendemain matin, madame Voyer n'était pas au parc, ce qui déçut grandement Rhéaume, qui la cherchait de tous côtés. Mais le jour suivant, vêtue d'un pantalon vert olive et d'un chemisier jaune, elle était sur son banc, terminant enfin *La demoiselle d'opéra* de son auteur préféré. Il pressa le pas au risque de l'interrompre et s'exclama:

– Madame Voyer! Enfin! Vous voilà!

Surprise, elle leva les yeux, lui sourit et lui dit:

– Serais-je la bienfaitrice de la patrie pour qu'on me cherche de la sorte?

– Mieux encore, celle qui pourra sortir ma femme de sa détresse!

Sans hésiter, Rhéaume se fit une joie de raconter à Lucille sa conversation avec Thérèse et le désir de cette dernière à la recevoir. Sourcillant, madame Voyer se fit un peu prier, pré-textant qu'elle avait accepté de nouveaux contrats dont un en matinée. Rhéaume la supplia de laisser tomber ce dernier, allant jusqu'à lui offrir le double du cachet qu'il lui rapporte-rait, mais la dame fit mine de s'en offusquer:

— Ce n'est pas qu'une question d'argent, monsieur Bréard. Je n'ai qu'une parole et une réputation à protéger. Je n'ai rien signé encore, j'en conviens, mais si je les laissais tomber pour me rendre au chevet de votre femme, ce ne serait pas pour un surplus d'argent, croyez-moi. Je gagne bien ma vie.

Penaud, quelque peu honteux de sa proposition, Rhéaume s'en excusa et plaida si bien sa cause que Lucille Voyer, fei-gnant l'apitoiement, accepta l'offre généreuse du retraité tout en étalant noir sur blanc:

— Je veux bien faire un essai, monsieur Bréard, mais si votre femme s'insurge contre ma présence, je ne veux pas être la cible de vos reproches si je mets un terme à l'engagement. De plus, je pourrais m'y rendre trois matinées par semaine, pas davantage. J'ai mes clientes, des contrats du soir à respecter…

Avait-elle dit trois matinées? C'était plus que ce que Rhéaume avait espéré. Quelques jours plus tôt, elle avait peine à lui en accorder deux. Ce qui lui permettrait de se départir, non seulement d'une infirmière, mais éventuellement des deux. Gardant son calme, il lui répondit:

— Tout ce que vous voudrez, madame Voyer! Planifiez vous-même votre horaire, quitte à le modifier au gré de vos contrats. Si vous saviez comme ça va faire du bien à Thérèse… D'au-tant plus que vous êtes infirmière.

— Si peu… Le sait-elle? Ma profession est tout autre maintenant.

— Oui, j'ai tout expliqué à ma femme qui n'a besoin, en fait, que d'une agréable présence. Avec ces infirmières qui se succèdent, ça devient morbide pour elle. Mais avec vous, avec votre charme… Thérèse était d'une telle élégance autrefois.

On avait convenu du lundi pour la première visite. Rhéaume lui avait offert de venir la quérir, mais elle lui avait répondu: «Voyons, monsieur Bréard, j'irai à pied: vous habitez la rue voisine! Si je marche jusqu'au parc, je suis sûrement capable de me rendre chez vous!» Il lui donna son adresse et la remercia de tout cœur alors qu'elle lui promettait d'être là vers neuf heures trente le lundi suivant. Ils se quittèrent et Rhéaume pressa le pas afin d'annoncer la bonne nouvelle à sa femme qui, très souffrante ce jour-là, ne l'écouta que d'une oreille distraite, en grommelant quelques mots qu'il ne put saisir.

C'est avec effort que Thérèse s'était donné un coup de peigne de façon à cacher sa repousse blanche, et avec autant de courage qu'elle avait appliqué son rouge à lèvres et enduit, du bout du doigt, l'arrière de ses lobes de quelques gouttes d'eau de toilette. Rhéaume avait remonté son oreiller pour qu'elle soit assise ou presque, malgré la douleur qui la tenaillait à la hanche. Maintenant présentable, selon lui, il attendit que la visiteuse se manifeste. Le carillon tinta à l'heure convenue, et c'est précipitamment que Rhéaume descendit pour ouvrir la porte. Il accueillit madame Voyer chaleureusement et l'aida à retirer son imperméable noir par ce jour grisâtre. Mais, sous le manteau, quelle distinction! Lucille avait revêtu un joli tailleur vert feuille sur un chemisier sable qu'elle avait rehaussé de rangs de perles afin de rendre un peu d'éclat à son très sombre maquillage. Et cette odeur qu'elle dégageait et qui le séduisait! *L'Interdit* de Givenchy, lui avait-elle dit. Il lui offrit un café qu'elle refusa et, sachant que Thérèse était inconfortable dans son lit, il pria son invitée de bien vouloir le suivre au premier palier. En grimpant les marches recouvertes d'un tapis moelleux, Lucille Voyer put jeter un coup d'œil à la spacieuse demeure. Comme c'était beau, comme c'était riche! songeait-elle en apercevant les tentures de velours rouge et le canapé de style Louis XV du grand salon avec, juste au-dessus, sur un mur satiné blanc, un portrait de Madame de Pompadour. Sans parler des statues de marbre, des tableaux de maîtres contemporains et des reproductions de peintres d'antan comme Fragonard, Degas et Renoir, dans des encadrements de prix. De jolies potiches, des vases colorés remplis de fleurs séchées et, dans la salle à manger, de superbes rideaux brodés ainsi qu'un lustre de cristal massif au-dessus de la table de verre sur pattes plaquées or. Tout avait été si bien pensé. Il fallait certes que madame Bréard soit une femme distinguée et de bon goût pour avoir surhaussé d'un tel faste l'intérieur d'une maison déjà impressionnante de l'extérieur. Et que dire de la Cadillac stationnée dans l'entrée, qui n'avait pas échappé à son œil attentif.

Rhéaume poussa la porte, fit entrer Lucille et dit à sa femme qui regardait l'étrangère sans la moindre réaction :

– Voici madame Voyer, Thérèse. Celle dont je t'ai parlé…

Lucille soutint le regard froid de la malade sans se départir de son sourire de commande et, s'approchant du lit, tendit la main.

– Vous allez bien ce matin, madame Bréard?

– Non. Excusez-moi de ne pas vous serrer la main, j'ai mal.

Lucille recula, alors que Rhéaume, empressé, lui approchait le fauteuil.

– Bon, je vous laisse, je descends. Entre femmes…

– Ne ferme pas la porte, Rhéaume, il fait chaud ici, et avec ces odeurs de parfum…

– Est-ce que le mien vous dérange, madame Bréard? Je peux m'éloigner un peu…

– Non, non, ça va, c'est juste que le vôtre mêlé au mien… Vous savez, ça fait longtemps que je n'ai pas senti autre chose que les odeurs d'alcool à friction, les désinfectants pour le lit et la morphine que le docteur m'injecte quand les pilules ne sont pas assez fortes. Et ce ne sont pas les infirmières qui se parfument… Vous êtes également infirmière, si j'ai bien compris?

– Heu… je l'ai été, mais peu de temps. Aux États-Unis, cependant.

– Pas diplômée, à ce que mon mari m'a dit. Vous n'avez jamais pratiqué, vous n'avez pas…

– J'ai fait tous mes stages, madame, lui répondit froidement Lucille.

– À l'interne? Aide-malade, si je comprends bien.

– On n'est pas aide-malade aux États-Unis, madame Bréard, on est stagiaire et, quand le devoir appelle, infirmière.

– Et là, vous n'êtes que maquilleuse! Ce qui n'est pas la même vocation.

– Non, en effet, lui répondit Lucille, qui la sentait agressive. Je ne suis que maquilleuse, comme vous dites, mais j'en retire d'excellents bénéfices. Et je préfère la vue d'un fard à joue à celle du sang.

– Comme quoi la maladie, ce n'était pas pour vous.

– Ce qui n'empêche pas l'assistance et le soutien, madame Bréard. J'ai vu beaucoup de patients dans votre état. J'ai toujours su…

Thérèse l'interrompit brusquement:

— Parlant d'assistance, pourriez-vous descendre mon oreiller? Je n'en peux plus d'être dans cette posture, moi! Rhéaume était si excité de votre visite qu'il en a oublié le confort de sa femme.

Lucille l'aida à se laisser glisser sur le dos, et Thérèse lui lança:

— D'habitude, quand l'infirmière me descend, elle me soutient le cou.

Voyant que la partie était loin d'être gagnée, Lucille lui demanda:

— C'est vous sur cette jolie photo, cheveux au vent?

Ravie du compliment, Thérèse lui répondit:

— Oui, c'était il y a cinq ans, au cours d'un voyage. Avant la maladie…

— Et là, cette jeune femme avec une cape de fourrure, c'est vous aussi? Quelle élégance! Vous étiez sûrement mondaine, madame Bréard!

— Et je le suis encore! Mais dans ma tête seulement! Parce que les vêtements chics, les fourrures, les bijoux, les souliers de soie, ça ne sert plus à rien maintenant.

— Allons, vous avez encore bon teint… Si vous le vouliez, avec un peu de crème hydratante et un léger fond de teint…

Thérèse la fixa dans les yeux et lui lança sèchement:

— C'est une ex-infirmière qui me parle comme ça? Êtes-vous sourde et aveugle, madame Voyer? Je me meurs, bon Dieu!

Surprise, ne s'attendant pas à une telle réplique, Lucille enchaîna:

— Oui, je sais, madame Bréard, je tente de vous réconforter, de vous changer les idées. Vous savez, partir dans la dignité…

— On a des prêtres pour ça, madame! La dignité, c'est dans l'âme que ça se passe, pas dans le visage! Vous voulez bien me donner le calmant, là, à gauche, celui qui est bleu et blanc.

– Vous les prenez à volonté?

– Non, c'est l'heure, et quand j'ai trop mal…

– On ne dirait pourtant pas que vous avez si mal. Vous avez…

– Oui, j'ai mal, je suis tiraillée en dedans, madame! Et je suis fatiguée aussi, répondit la malade, en avalant le comprimé.

– Préférez-vous que je parte? Vous pourriez vous reposer.

– Ce serait aimable de votre part. Trop parler m'affaiblit.

Lucille se leva et Thérèse la dévisagea de la tête aux pieds. Rondelette certes, mais séduisante et, surtout, très attirante. Ses soyeux cheveux noirs noués en un chignon, son maquillage un peu trop lourd mais savamment appliqué, ses lèvres quasi parfaites avantagées d'un rouge flamboyant, et ce tailleur de qualité qu'elle lui enviait. Madame Voyer était, aux yeux de Thérèse, le genre de femme à avoir tous les hommes à ses pieds. Ses rangs de perles, sa bague en or sertie d'une émeraude, ses ongles fins et longs, habilement polis. Les jambes un peu lourdes amincies par des bas noirs et des souliers à talons hauts d'un cuir de qualité.

– Je vous laisse vous reposer, madame Bréard. Pour une première visite, il ne faudrait pas abuser. Je vois que vous aimez la musique?

– Oui, oui, mais plus tard, en après-midi, dans la soirée. Là, je m'endors.

Lucille poussa tout doucement la porte entrouverte et se retourna pour lui demander:

– Vous permettez que je revienne vous voir?

– Bien, si vous le désirez… Mon mari ne vous a-t-il pas engagée?

– Une façon de parler, madame, je viens seulement pour vous aider…

Mais Lucille ne put poursuivre, Thérèse était déjà dans un profond sommeil. Regardant autour d'elle, examinant les tableaux sur les murs, les photos de toutes ces années, la visiteuse en conclut que la mourante avait très bien vécu. Choyée même! Gâtée! Comme toutes les femmes sans enfants qui étaient tombées sur des maris riches. Sans savoir que, jadis, Thérèse et Rhéaume avaient cohabité avec la belle-mère et le beau-frère pour joindre les deux bouts.

Elle descendit sans faire de bruit, mais Rhéaume, au son de ses pas, s'empressa de gravir quelques marches.

— Madame Voyer! Je n'ai rien entendu, je me suis fait discret. Tout s'est bien passé, j'espère?

— À merveille, monsieur Bréard. Votre épouse est charmante et fort courageuse face à son mal. Ensemble, nous viendrons à bout de son humeur changeante, vous verrez, elle sourit déjà beaucoup plus.

— Comme j'en suis fier! J'ai eu bon instinct, n'est-ce pas? Ma femme n'a besoin que de soutien pour oublier... Je veux dire: que de la compagnie d'une dame comme vous pour enjoliver sa fin de vie...

— Tel est mon but, monsieur Bréard. Présentement, elle dort, elle a réclamé un calmant et elle s'est assoupie. La prochaine fois, nous causerons chiffons, elle et moi. Elle semble aimer les bijoux, les parfums...

— Thérèse assistait à tous les défilés de mode. Elle achetait parfois des ensembles de ces salons qui présentaient le prêt-à-porter, mais la plupart du temps, elle demandait à sa couturière de lui confectionner telle robe ou telle toilette du soir, en y ajoutant sa touche personnelle. Même les toilettes des vedettes très en vue.

– Dans ce cas, nous allons bien nous entendre, elle et moi. Bon, je me sauve, c'est de plus en plus gris. Je reviendrai mercredi.

– C'est bon. Au revoir, madame Voyer! Merci encore de votre amabilité.

La jolie dame lui sourit à l'en faire trébucher et reprit le chemin de sa maison. Resté seul, Rhéaume demeurait ébloui. Il ressentait, il ne savait trop quoi, mais Lucille Voyer, son regard, son élégance… Il la surveillait encore de la fenêtre du salon lorsqu'il entendit Thérèse lui crier d'une voix presque tonitruante:

– Rhéaume! Apporte-moi des glaçons, mon eau n'est pas buvable!

Enjambant le salon pour se retrouver à la cuisine, il s'empara des cubes de glace du congélateur, monta l'escalier, poussa la porte et aperçut sa femme, le verre à la main, grimaçant de douleur. La laissant se remettre du dard qui lui trouait les os, il s'avança, rafraîchit son eau, et lui demanda timidement:

– Et puis?

– Et puis, quoi? répondit-elle sèchement.

– Bien, madame Voyer, voyons! Comment l'as-tu trouvée?

– Je ne l'aime pas! As-tu d'autres choses à me demander?

Chapitre 3

Le mercredi, lorsque Lucille se présenta à la résidence des Bréard, Thérèse refusa de la recevoir, prétextant des douleurs intenses accompagnées d'une migraine. La veille, dans sa tentative de la convaincre que la visite de madame Voyer allait lui être bénéfique, Rhéaume s'était fait répondre: «Je n'ai pas besoin d'elle! On ne sait même pas d'où elle vient, cette femme-là! Elle m'est antipathique! Est-ce assez clair?» Il n'avait pas insisté, se disant qu'elle serait mieux disposée le lendemain, mais Thérèse, qui avait demandé à ce que sa «garde-malade» régulière vienne le mercredi en matinée, mit son mari dans l'embarras lorsque Lucille se présenta, et aperçut l'autre infirmière monter l'escalier. Rhéaume lui expliqua tant bien que mal que sa femme avait passé une mauvaise nuit, mais Lucille, devinant que la malade ne désirait pas la voir, reprocha à Rhéaume de ne pas l'avoir avisée de ce brusque changement d'horaire. Pour le rendre encore plus mal à l'aise, évidemment.

— Je croyais que ça irait mieux ce matin et que votre présence l'aiderait à surmonter son humeur acide.

— Voyons, monsieur Bréard, souffrante comme elle est, avec son infirmière déjà à son chevet…, répondit-elle impudemment.

– C'est parfois le moral qui la mine. Je suis désolé...

– Vous n'avez pas à l'être, je vais retourner chez moi, mais vendredi, si la même histoire se répète, je ne reviendrai plus. Si votre femme n'a aucune envie de me recevoir et de profiter de mon soutien, je ne m'imposerai pas. Je préfère reprendre le contrat délaissé que d'être reçue telle...

– Non, non, n'ajoutez rien de plus, ce n'est que passager, madame Voyer. Je suis certain que Thérèse pensera tout autrement demain. Elle a passé une bien mauvaise nuit...

– Elle pensera tout autrement? Que vous a-t-elle dit pour que vous en arriviez à une telle conclusion? Elle ne m'aime pas, ça se voit!

– Au contraire, elle n'a eu que de bons mots à votre endroit. Elle a adoré s'évader de son mal en causant de défilés de mode, en... Je ne sais pas ce que vous lui avez dit, mais elle m'a semblé emballée de votre visite. Ce n'est que temporaire... Son humeur change à la cadence de ses douleurs. Dites, puis-je vous offrir un café? Nous pourrions passer à la cuisine...

– Non merci, je préfère rentrer, monsieur Bréard. J'attends des clientes cet après-midi et ça me permettra d'être mieux disposée à les recevoir.

Lucille allait franchir la porte lorsque Rhéaume, nerveux, lui lança à la dérobée:

– Vous aurez vos gages pour la matinée. Vous vous êtes dérangée...

Se retournant, le fixant froidement, elle lui répondit:

– Je ne suis pas ici pour ce que vous me payiez, monsieur Bréard. Je serais venue bénévolement si vous n'aviez pas insisté pour m'engager. Je suis passablement à l'aise, j'ai tout ce qu'il me faut. Et comme je n'ai fait que passer, je ne veux pas être rémunérée pour ma courte visite; il n'en est pas question. J'offre mes services, je ne les vends pas. Et ça m'embête d'être considérée comme celle dont c'est le gagne-pain que de venir prendre soin de votre femme. Alors, s'il vous plaît, ne me parlez plus d'argent de cette façon, et si vous tenez vraiment à ne rien me devoir, j'ai une adresse et une boîte aux lettres.

– Excusez-moi, je me suis mal exprimé, je suis gauche ces temps-ci… Ma femme me stresse, sa maladie m'angoisse…

Changeant soudainement de ton, lui offrant un sourire sympathique, Lucille Voyer lui mit sa main gantée sur l'avant-bras pour lui dire en guise d'encouragement:

– Ne vous en faites pas, monsieur Bréard, ne soyez pas tourmenté de la sorte, je reviendrai, ne craignez rien. Ensemble, vous et moi allons venir à bout de sa réticence. Allez vous détendre, vous êtes dans tous vos états, ce qui n'est guère bon pour diminuer l'hypertension dont vous m'avez avoué souffrir.

Elle sortit et Rhéaume, la regardant s'en aller, laissa échapper un soupir de soulagement. Pendant un instant, il avait cru la perdre, certain qu'elle ne reviendrait plus. Il lui fallait maintenant convaincre Thérèse de faire preuve de bonne volonté. D'autant plus que, pour la première fois, Lucille Voyer lui avait touché le bras.

Le lendemain, doucereusement, Rhéaume s'approcha de sa femme dans le but de la persuader de revoir madame Voyer qui lui redonnerait une certaine joie de vivre. La sentant réfractaire, il lui demanda, tout en lui prenant la main:

– Accorde-lui une autre chance, Thérèse. La première impression n'est pas toujours la bonne. Avec elle, tu peux au moins parler de dentelles, de parfums, de tout ce que tu as tant aimé. Tandis qu'avec les infirmières austères, surtout celle d'hier, tu ne parles que de maladie, et ça ne sent que le camphre dans ta chambre.

– Parce qu'elle me frotte, la garde-malade! Parce qu'elle tente de diminuer mon mal quand la hanche m'élance! C'est bien beau le moral, Rhéaume, mais c'est le corps qui me fait mal! On dirait que tu n'as rien compris encore! Si tu n'en peux plus de m'entendre ou de me voir me tordre de douleur quand ça survient soudainement, rentre-moi à l'hôpital! De cette façon, tu seras débarrassé et tu pourras décompresser!

– Thérèse! Doux Jésus! Pourquoi t'en prendre ainsi à moi? Je ne veux que ton bien, je fais tout pour te soulager, mais il se peut que je me trompe parfois. Madame Voyer, ce n'est pas pour te soigner que j'ai songé à elle, tu as ton médecin pour ça; c'est pour te divertir, pour te faire oublier le mal quand les douleurs te laissent un peu de répit. Pas plus, Thérèse!

– Je sais, je suis… Je suis vilaine, n'est-ce pas? Après s'être tant aimés tous les deux…

Voyant des larmes couler sur les joues de sa femme, Rhéaume s'empressa de la réconforter:

– Mais je t'aime encore, ma chérie! Comme au premier jour! Et toi aussi, je le sais! C'est normal que tu t'en prennes à moi quand tu as mal, tu n'as que moi sur qui jeter ton désarroi. Le médecin l'a expliqué; dans les cas de longue maladie, le conjoint devient le souffre-douleur. Ne t'en fais pas et sèche tes larmes, je suis là pour la joie comme pour la peine.

Thérèse s'épongea les yeux de son papier-mouchoir, puis, l'ayant laissé tomber à côté de la poubelle, elle murmura à son mari:

– D'accord, fais-la revenir, ta madame Voyer. Je vais tenter…

Tout heureux, Rhéaume l'interrompit et s'écria, en lui serrant les doigts:

– Tu vas voir: elle va te remonter, cette femme-là! J'ai confiance en elle! Elle ne te laissera pas te décourager comme ça, elle va te revigorer, elle…

– Oui, oui, mais assez, je suis fatiguée. Oh! J'oubliais… Vendredi, Juliette vient aussi passer la journée.

– Ah non! Pas le même jour que madame Voyer!

– Bien… ça ne devrait rien changer. Madame Voyer ne sera ici que pour la matinée. Ensuite, j'aurai ta sœur pour me changer les idées et te faire à souper.

– J'aurais pu m'en passer… Si je l'appelais?

– Non, laisse-la venir, ne change pas ses plans. Tu la connais? Elle est très soupe au lait!

– Bon, ça va, mais je vais la garder en bas, loin de madame Voyer et toi durant votre rencontre. Juliette a le nez fourré partout!

Il laissa sa femme se reposer, enchanté d'avoir obtenu une seconde chance pour la dame si distinguée. Thérèse, restée seule et encore éveillée, affichait un sourire au coin de la lèvre. Pressentant que son mari plaiderait pour le retour de cette femme qu'elle n'aimait guère, elle avait demandé à Juliette de bavarder un peu avec cette dernière et de tenter de déceler pourquoi elle avait tant de réticence à recevoir madame Voyer. Une requête qui avait beaucoup plu à la vieille fille qui n'acceptait aucune intruse dans les parages de sa belle-sœur et encore moins… de son frère!

En ce vendredi tant attendu par Rhéaume, c'est sa sœur qui se pointa la première. Elle eut à peine le temps d'aller embrasser sa belle-sœur et de s'informer de sa santé qu'on sonnait à la porte d'entrée. Redescendant l'escalier, Juliette arriva face à face avec Lucille Voyer, que son frère s'empressa de lui présenter.

– Enchantée, madame, lui dit Lucille en lui serrant la main. Votre frère m'a parlé de vous avec tant de bienveillance.

– Ah oui? Vous m'en voyez surprise. Il n'a pas l'habitude d'être très généreux en compliments envers sa grande sœur. Pas chaud ce matin, n'est-ce pas? Il n'y aura plus grand monde au parc, avec ces vents qui nous traversent.

– En effet, répondit Lucille, il faudra oublier les bancs et lire chez soi, dorénavant.

Puis, se tournant vers Rhéaume, exhibant ainsi son dos à Juliette, elle demanda à ce dernier:

– Votre femme va bien, ce matin? Pas trop souffrante?

– Non, et d'assez bonne humeur, vous verrez. Il y a de ces jours où le répit la fait renaître à la vie. Et vous, madame Voyer, beaucoup de travail depuis mercredi?

– Les rendez-vous se sont succédé; j'ai honoré deux contrats… Oui, effectivement, les journées ont été chargées.

Constatant qu'on l'ignorait totalement, Juliette, insultée, tourna les talons et se dirigea vers la cuisine. Dès lors, il fallait s'y attendre, elle détesterait cette pimbêche de madame Voyer! Parce qu'elle était trop sûre d'elle, trop empressée envers son frère, trop élégante et trop maquillée. Bref, trop belle pour être dans ses bonnes grâces. Ah non! Elle n'allait pas prendre sa place aux côtés de Thérèse, celle-là! Une étrangère! Une femme qu'on ne connaissait même pas! Une maquilleuse de surcroît, pas même une infirmière! De son côté, Lucille Voyer n'avait pas aimé, à première vue, cette vieille fille encore plus laide qu'elle ne l'imaginait. Condescendante en plus! Descendant l'escalier avec un port de reine alors qu'elle n'était qu'une «plébéienne de la rue Lacordaire». Sans aucun raffinement, habillée comme… «la chienne à Jacques»! Et pourquoi était-elle là si tôt ce matin? Pour la passer au peigne fin? Pour tenter de lui trouver «des poux» et la critiquer méchamment devant sa belle-sœur? Mais apercevant le doux sourire de Rhéaume alors qu'elle ajustait sa broche en forme d'étoile sur son tailleur noir, elle comprit à quel point cet homme l'admirait. Et il était vrai que ce matin-là, comme si elle avait été prévenue d'une attaque, sans savoir pourtant que Juliette l'attendrait de pied ferme dans le grand escalier, Lucille avait tout mis en œuvre pour être au comble de l'élégance. Tailleur discret, blouse de soie beige, boucles d'oreilles en larmes d'or, broche et bracelets, bague 14 carats sertie de perles et de diamants, bas noirs et escarpins de soie à talons fins. Sans penser une seconde à la moribonde qui, dans le creux de son lit, avait eu grand mal à endosser une chemise de nuit de coton mauve, piquée de petites roses blanches. Cette pauvre Thérèse qui, malgré des douleurs à la hanche, aux chevilles, aux bras et aux poignets, avait réussi, d'une main tremblante, à s'appliquer un peu de rouge à lèvres et à faire glisser une bague dans son annulaire squelettique.

Lucille monta, poussa légèrement la porte et, à sa vue, Thérèse sursauta.

– Vous êtes entrée comme une mouche. Vous m'avez fait peur...

– Excusez-moi, madame Bréard, j'aurais dû frapper, mais je ne l'ai pas fait par crainte de vous réveiller.

– Je ne dors pas tout le temps! Je vais dormir pour l'éternité bientôt! Façon de parler, mais n'empêche...

– Ne soyez pas pessimiste, madame Bréard, votre état de santé est stable; il y a parfois de ces miracles...

– Avec de la morphine? Vous voulez rire, vous? Vous repasserez pour les miracles!

Puis, regardant de près sa visiteuse, elle lui dit:

– Vous êtes d'un chic... Est-ce vraiment nécessaire pour vous rendre au chevet d'une malade?

– Eh bien, peut-être! Vous ne voyez que des infirmières en blanc, votre tapis, vos rideaux, votre plafond... Que du blanc! Même vos draps sont blancs... Ça ne vous remonte pas un peu de regarder de beaux vêtements?

– Oui, si on veut, quoique ça me peine de ne pouvoir en porter. J'aime beaucoup votre sac à main.

– Oh! Comme je suis distraite; j'ai justement un petit quelque chose pour vous dans mon sac. Attendez que je trouve...

Lucille sortit une toute petite boîte bleue ficelée d'un ruban blanc et Thérèse, l'ouvrant, y découvrit deux tubes de rouge à lèvres et un fard à joue. Rien d'agressant, des tons pastel.

– C'est gentil, je vous remercie, mais ce n'était pas nécessaire, j'en porte si peu et j'en ai tellement.

– Je n'en doute pas, mais avec ces nouvelles teintes, voilà qui vous permettra de vous sentir à la fine pointe de la mode. La prochaine fois...

– Non, ne m'apportez rien la prochaine fois, c'est du gaspillage, je ne porte plus ces choses-là, sauf pour vous recevoir, mais je préfère encore ce que j'ai dans mon tiroir. Au fait, vous ne portez pas de parfum, aujourd'hui?

– Non, j'ai compris, je ne veux pas perturber votre environnement. J'ai fait un brin de toilette avec un pain de savon citronné, rien de plus.

– Bah... ça ne me dérange pas tant que ça, si vous voulez en porter. La première fois, ça m'a saisie, mais on s'habitue, faut croire.

La voyant grimacer en se laissant glisser sur l'oreiller, Lucille s'approcha d'elle, sortit un flacon d'huile de son sac à main et en retira le bouchon.

– Que voulez-vous? Pourquoi prenez-vous ça?

– Je vais vous frictionner le dos, madame Bréard. Vous allez ressentir une chaleur, un bienfait…

Se raidissant, remontant sa couverture, Thérèse lui cria:

– Je vous défends de me toucher! Vous m'entendez? De quel droit osez-vous prendre cette liberté? J'ai une infirmière pour ce genre de traitement!

Sans perdre son calme, Lucille referma le flacon et lui répondit, sans toutefois lui sourire:

– Vous oubliez que je suis infirmière, moi aussi.

– Non, vous ne l'êtes pas! Rien ne le prouve! Et que je ne vous reprenne plus à tenter de m'approcher de la sorte!

– Voyons, Thérèse, c'était pour votre bien. Vous permettez que je vous appelle Thérèse? Vous pourriez en faire autant…

– Non! Je suis madame Bréard! Pas de prénoms, pas de familiarités, madame Voyer! Je ne vous le permets pas et, comme ça va là, vous êtes en train de me mettre hors de moi.

– J'en suis désolée, lui répondit Lucille, avec un tantinet d'empathie. Vous voulez que j'ouvre les rideaux, que je rafraîchisse votre eau?

– Non, rien de tout ça! Juliette va s'en charger, elle est ici pour la journée. Partez, madame Voyer, c'est suffisant pour aujourd'hui, j'ai envie de dormir, je ne me sens pas bien. Partez et… Oui, oui, vous reviendrez; ça plaît à mon mari de s'imaginer que vous pouvez me remonter le moral. Mais, partez maintenant, je ne me sens pas à l'aise avec vous à mes côtés. Il y a quelque chose qui me dérange…

– Nous allons finir par bien nous entendre et nous comprendre, vous verrez, madame Bréard. Parfois, il faut mettre du temps… Bon, je me sauve, je vous laisse vous reposer, mais promettez-moi d'essayer au moins le fard à joue.

– Je ne vous promets rien du tout, je ne me regarde même plus dans un miroir! Partez avant que je ne devienne désagréable!

Lucille Voyer se leva, prit son sac à main et sortit tout doucement en lui disant: «Au revoir, madame Bréard», sans obtenir de réponse. L'entendant descendre, Rhéaume se précipita et, les sourcils froncés, le regard inquiet, balbutia:

– Déjà? Ça fait à peine trente minutes… A-t-elle…

– Non, non, charmante, mais souffrante. Elle a plus besoin de sommeil que de compagnie aujourd'hui. Dites-le à votre sœur.

– Vous… vous allez revenir?

– Bien sûr, dès lundi. Votre femme et moi devenons peu à peu de bonnes amies malgré ses sautes d'humeur. Mais il faut la comprendre, elle a tant de douleurs inattendues. Son moral est bon, cependant. Je lui ai offert des tubes de rouge à lèvres, du fard à joue, et elle en a été ravie.

– Comme c'est délicat de votre part, madame Voyer.

– De bien petites choses, croyez-moi, mais qui font effet dans son état. Bonne journée à vous, monsieur Bréard, et, si vous sortez, prenez un foulard: le vent n'est pas très galant aujourd'hui.

Rhéaume la suivit des yeux une fois de plus, et Juliette, qui surveillait son départ, se pointa et apostropha son frère.

– Elle sort d'où, cette femme-là? Même pas un bonjour pour moi avant de partir! Mal élevée, je trouve!

– Tu n'étais pas là, tu étais cachée dans la cuisine. Tu trouves ça mieux élevé, une attitude comme la tienne?

– Elle n'avait qu'à te dire de me saluer. Je me demande bien pourquoi tu la veux ici, celle-là! Avec les infirmières et moi, Thérèse n'avait pas besoin d'elle.

– Juliette! Trop, c'est trop! Ces choses-là me regardent! Je veux bien de tes visites, de ton dévouement pour Thérèse, mais ne te mêle pas de mes affaires, je sais ce que je fais!

Défiante, même si le ton avait monté, la sœur aînée lui rétorqua:

– De l'argent gaspillé! Une femme qui vient on ne sait d'où…

– C'est une paroissienne, Juliette! Pas tout à fait une inconnue. Elle va, tout comme toi, à la messe le dimanche, et le curé semble la considérer. Si tu arrêtais parfois de médire, de calomnier. Madame Voyer remonte le moral de Thérèse avec sa joie de vivre. Elle lui a même offert des produits de beauté, ce matin. Du fard à joue, du rouge à lèvres, tout ce qui plaît encore à Thérèse. Tiens, je l'entends qui appelle. Je monte.

– Je te suis au cas où tu aurais besoin d'aide, répliqua Juliette, sans rien ajouter aux propos acerbes de son frère.

Rhéaume poussa la porte, Juliette le suivit, et tous deux aperçurent Thérèse, les poings serrés, les larmes sur les joues, assise ou presque, qui hurla dès qu'elle vit son mari:

– Je ne veux plus la voir! Jamais, Rhéaume! C'est une damnée, cette femme-là! Elle me met hors de moi! Viens, Juliette, aide-moi à me recoucher, à me calmer. Regarde comme je tremble… C'est elle!

Rhéaume, debout dans la porte, estomaqué, regardait la scène. Il avait peine à en croire ses yeux. Jamais Thérèse n'avait été dans un état pareil. Il regardait Juliette qui la recouchait, qui la calmait en lui massant les épaules, et il ne comprenait pas. Madame Voyer lui avait pourtant dit que la rencontre avait été charmante. Sa femme était-elle en train de perdre la raison? Le mal s'était-il étendu jusqu'au cerveau? Décontenancé, voyant que Juliette l'affrontait d'un regard réprobateur, il recula, ferma la porte derrière lui et descendit s'asseoir au salon. Avec, ancrée dans son cœur, l'image du rouge à lèvres et du fard à joue ouverts, écrasés, épars comme si c'était du sang... sur le tapis blanc.

Juliette passa la journée et la soirée à s'occuper de sa belle-sœur qui avait retrouvé une certaine sérénité. Pensif, Rhéaume était allé marcher pour respirer l'air pur, malgré le vent qui lui cinglait le cou. Il sentait que Thérèse souffrait, que le mal progressait, qu'elle s'en allait... Peiné pour madame Voyer qui avait déployé tant de bonne volonté, il ne savait comment lui dire que sa femme ne la désirait plus auprès d'elle. À moins qu'en plaidant sa cause encore une fois... Oui, il n'allait pas baisser les bras: s'il fallait que Lucille ne revienne plus!

Le soir venu, Juliette regarda, avec sa belle-sœur, un épisode de *Perry Mason* à la télévision. Thérèse avait un faible pour les intrigues policières. Elle préférait de beaucoup écouter ses opérettes, mais, de temps en temps, quelques téléromans la captivaient. *En haut de la pente douce*, pour revoir Jean Coutu, son beau *Survenant*, et *Joie de vivre*, parce qu'elle aimait Huguette Oligny, qu'elle considérait comme une grande actrice. Rien d'autre. Pas même un livre: ses yeux s'y refusaient. Quelques téléthéâtres à l'occasion, une ou deux émissions de chansons, Lucille Dumont, Félix Leclerc, ses préférés... Mais rien ne surpassait les valses de Mathé Altery et les sérénades de Luis Mariano.

Cette fois, Rhéaume dut livrer un vibrant plaidoyer, pour que Thérèse accepte de laisser revenir madame Voyer chez elle.

– Je ne veux pas te l'imposer, crois-moi, mais si tu faisais juste un effort, ma chérie.

– Je n'ai rien à lui dire: elle m'est antipathique.

– Tu n'as qu'à parler de ce qui se passe à la télévision, de ce que tu as vu, de ce qu'elle regarde, de la musique qu'elle aime. Un bel échange…

– Pourquoi insister de la sorte? N'ai-je pas le droit de mourir en paix entourée de ceux que j'aime? Pourquoi cette femme? Je souffre de partout, Rhéaume! Laisse-moi au moins partir dans la tranquillité…

Constatant qu'elle était au bord des larmes, il lui murmura:

– Tu as raison, excuse-moi, je vais lui dire de ne plus revenir. Moi, tout ce que je voulais, c'était d'honorer son engagement. Je l'ai payée jusqu'en décembre… Mais, ça n'a pas d'importance, Thérèse, ton bien-être m'est plus précieux.

– Payée d'avance? Sans même penser que je pourrais ne pas en être satisfaite? Voilà ce qui s'appelle jeter son argent par la fenêtre!

– Bah, peu importe, je ne suis pas à mille dollars près, tu sais, mentit-il en baissant la tête.

– Mille dollars? Pour ses courtes visites? Es-tu tombé sur la tête? Le tarif d'une psychologue pour une simple maquilleuse! Les infirmières privées coûtent moins cher!

– Je n'ai reculé devant rien, Thérèse, je voulais tellement enjoliver tes jours, te redonner le sourire, te voir oublier la…

– Bien, à ce prix-là, fais-la revenir, la Lucille Voyer! Je ne l'aime pas, mais je vais tenter de m'en accommoder. Mille dollars! Juste à y penser… Mais, je préfère me taire. Laisse-la continuer ses visites, Rhéaume, elle me regardera dormir s'il le faut, mais elle va gagner son argent jusqu'à la dernière cenne. Ça se peut-tu, charger des prix semblables!

– C'est moi qui ai fixé les gages, pas elle. Je voulais tellement qu'elle accepte, qu'elle soit auprès de toi…

– L'argent parle, n'est-ce pas? Ah! La… Je me retiens, mais laisse-la continuer jusqu'en décembre. Je vais lui parler de chansons, comme tu dis, mais elle ne va pas nous rire au nez avec un congédiement payé d'avance.

– Tu ne vas quand même pas être vilaine avec elle, n'est-ce pas?

– Non, non, je sais vivre. Je ne vais pas l'assommer, ne t'inquiète pas, mais elle a besoin d'aimer les valses chantées par Mathé Altery parce qu'elle va en avoir plein les oreilles, en me regardant dormir! Aie! Pas surprenant qu'elle soit si bien habillée, la fausse garde-malade! À mille dollars la cliente, on ne s'habille pas sur la rue Saint-Hubert! Quand j'y pense… Laisse-moi maintenant, je suis épuisée, j'ai trop parlé, j'ai besoin de dormir. Donne-moi mon calmant, fais vite, je sens une douleur venir et elle va me grimper dans le dos jusqu'aux omoplates.

Rhéaume s'exécuta et, quelques minutes plus tard, sa femme sommeillait. Se retirant sur la pointe des pieds, il descendit au salon, ouvrit son journal, puis le déposa sur le tabouret pour réfléchir. Il n'était pas fier de lui. Tous ces mensonges que sa pauvre femme avait avalés. Lui qui, d'habitude, avait toujours été d'une honnêteté déconcertante. Surtout envers Thérèse. Il avait menti, il avait créé de toutes pièces un petit scénario qui avait donné des résultats. Sans être capable de regarder Thérèse dans les yeux cependant. Mais, subitement, ses pensées bifurquèrent et il soupira d'aise en revoyant les grands yeux noirs, la bouche rouge et souriante, et le port de reine de Lucille. Balayant d'un revers de main ses mensonges, enterrant sa conscience ébranlée, oubliant sa femme et son chemin de croix, il se cala dans son fauteuil, apaisé par la joie de recevoir pendant encore deux mois, celle qu'il avait failli perdre… encore une fois.

Le lendemain, à sa visite hebdomadaire, le médecin avait trouvé sa patiente fort agitée. Non seulement elle dépérissait, mais son moral était à plat. Elle déprimait, elle si forte devant la maladie et même la fin imminente.

– Quelque chose ne va pas, madame Bréard? Je vous sens lointaine…

– J'ai mal, donnez-moi des médicaments un peu plus forts.

– C'est déjà fait. Mais je ne parle pas physiquement: vous n'avez aucun enthousiasme, vous êtes songeuse.

– Rien d'important, docteur, je suis contrariée, rien de plus.

– Est-ce indiscret de vous en demander la cause?

– Oui, c'est personnel, ça se passe entre ma tête et mon cœur. Rien de grave, ne craignez rien, mais on ne peut pas être sans cesse souriante, dans mon état. Avec ce mal et le temps qui passe…

– Ne soyez pas défaitiste, madame Bréard, je serais prêt à parier que l'an prochain…

– L'an prochain? Dieu m'en garde, docteur! Avec ces douleurs qui s'accentuent de jour en jour. Je souffre, c'est inimaginable!

– Oui, je sais, et nous faisons tout pour vous soulager. Vous avez cependant, soyez-en bénie, un seuil de douleur élevé. Rares sont les malades qui ont un tel bouclier. Tiens! voilà monsieur Bréard! Est-ce notre entretien qui vous a intrigué?

– Votre entretien? Non, je n'ai rien entendu… Je venais juste voir si ma chère femme avait besoin de quoi que ce soit.

– Non, Rhéaume, de rien. Le docteur dit avoir laissé à l'infirmière de meilleurs calmants, mais il veut que tu les gardes à distance et me les donnes quand je les réclame. J'y pense! Avez-vous peur que j'en finisse, docteur? Si c'est le cas, c'est mal me connaître.

— Mais non, madame Bréard, sauf que ces narcotiques sont très puissants et doivent être comptés et contrôlés. S'il fallait que sous leur effet qui affecte parfois la mémoire, vous en preniez un de plus… Vous comprenez? Or, avec votre mari et les infirmières… Mais, on ne vous laissera pas souffrir, ne craignez rien. Votre mari…

Le médecin allait poursuivre, mais Thérèse était tombée dans un profond sommeil. Faisant signe à Rhéaume de le suivre, il descendit l'escalier et, attristé par l'état de sa patiente, avertit monsieur Bréard:

— Votre femme n'en a plus pour bien longtemps. Je doute qu'elle puisse voir le Nouvel An. Si, dans les derniers moments, ça devenait trop pénible pour vous, nous pourrions l'hospitaliser.

— Non, docteur, je veux respecter sa dernière volonté: celle de mourir ici, dans cette chambre, avec le chant des oiseaux, avec, si possible, votre précieuse assistance.

Le médecin le rassura et les deux hommes se serrèrent la main. Une fois seul, épuisé, Rhéaume s'installa pour une sieste qui lui redonnerait l'énergie nécessaire pour affronter les heures à suivre.

Le dimanche, surprise! Alors que Thérèse ne s'y attendait pas, elle vit surgir dans sa chambre nul autre que son frère Jean-Marc, qui avait pris l'avion de l'Alberta, la veille, pour venir la voir. Heureuse, les yeux embués, elle voulut faire un effort pour s'ajuster dans son lit, mais il lui dit:

— Non, ne bouge pas d'un pouce, je vais m'approcher de toi.

Le frère cadet tira un fauteuil et, s'emparant de la main moite de sa sœur, il se retint pour ne pas pleurer devant elle. Sa grande sœur dont il avait été si fier n'était plus qu'une loque humaine. Il la regardait et avait peine à en croire ses yeux. Les cheveux maintenant gris, presque blancs, les joues creuses et osseuses, le cou ravagé par la maigreur et les rides, les bras quasi squelettiques, il s'efforçait de ne rien laisser paraître. Se penchant, l'embrassant sur le front, il parvint à lui demander:

— Comment vas-tu? Pas trop pénible ce grand mal?

— Le cancer, Jean-Marc. N'aie pas peur des mots. Et regarde tout ce qu'il a rongé. Je m'en vais tout doucement... Mais je suis si contente de te voir. Tu es venu exprès pour moi?

— Bien sûr! Et tu en vaux la peine, ma grande! Je n'ai qu'une sœur, qu'une seule parente, toi, personne d'autre.

— Tu n'as jamais trouvé la perle rare? Toi, si bel homme...

— J'ai fréquenté plusieurs femmes, mais la perle, comme tu dis, non. En Alberta, la mentalité est différente d'ici. D'ailleurs, je ne me plains pas d'être seul, j'ai une vie si chargée. Toutes ces enquêtes... On en résout une, une autre surgit aussitôt, mais j'adore mon travail dans le milieu de la justice. J'étais fait pour ça. J'aurais même aimé être juge, ajouta-t-il en riant.

— Que fais-tu de tes temps libres?

— Je lis, je vais au cinéma, j'ai des amis, nous allons au restaurant... Bref, je ne m'ennuie pas, Thérèse, et comme j'avance en âge...

— Allons donc, à peine la cinquantaine! C'est encore si jeune...

— La cinquantaine ancrée! Tu sais, je pourrais prendre ma retraite si je le voulais, mais que vais-je faire de ma petite vie, seul à la maison? Et revenir ici ne m'intéresse pas. Je ne suis plus sous le charme de ma province natale; l'Alberta, c'est beaucoup plus calme. Et toi, Thérèse, tu es bien entourée? Rhéaume prend bien soin de toi?

– Oui, il m'appuie constamment, le docteur vient régulièrement, les infirmières aussi, Juliette se dévoue corps et âme… On veille beaucoup sur moi. Tout va, sauf elle…, lui murmura-t-elle.

– Elle? Qui, elle?

– Lucille Voyer! Une maquilleuse qui prétend avoir été infirmière et qui vient trois fois par semaine pour me remonter le moral. Je ne peux pas la sentir, mais Rhéaume l'a payée jusqu'en décembre. Imagine! Mille piastres le contrat pour l'entendre me parler de chiffons et de maquillage. Il y a quelque chose de faux chez cette femme, mais dès que j'en fais part à Rhéaume, il est contrarié. Il ne jure que par elle pour m'aider à remonter la côte alors que mes jours sont comptés. Ne lui en parle surtout pas, Jean-Marc, je veux que ça reste entre nous, mais j'ai hâte qu'elle débarrasse le plancher. Juliette non plus ne l'aime pas.

– D'où vient-elle? Une annonce dans les journaux?

– Non, non, une femme que Rhéaume a rencontrée au parc au début de septembre. Une paroissienne de la rue voisine. D'une conversation à l'autre avec elle, il a fini par l'engager. Tu sais comme il peut être naïf… Mais n'en parlons plus, je l'entends qui monte.

En effet, malgré le tapis qui feutrait les bruits, Thérèse avait entendu les marches craquer à deux reprises. Rhéaume poussa la porte, et son beau-frère, d'un ton enjoué, lui lança:

– Pas grosse, la grande sœur, mais forte comme un bœuf! Je vois qu'elle est bien traitée. Avec un mari qui l'aime…

– Ça, tu n'as pas à en douter, le beau-frère. Et elle le sait! Thérèse a toujours été la seule femme de ma vie. Quelle belle vieillesse nous aurions pu avoir… Oh! Excuse-moi, chérie.

– Ça va, ne t'excuse pas, ça semble si sincère, mais quitte à me répéter, c'est Lui en haut qui décide de tout. Pas d'enfants, pas de vieillesse… En autant qu'il vienne me chercher en douceur.

– Ne parle pas ainsi, lui murmura Jean-Marc: ça me trouble, ça me fait mal. Dites, je repars demain soir, mais si je venais déjeuner avec toi, Rhéaume, ça t'embêterait? Moi, les buffets d'hôtels…

– Heu, non… C'est que…

– Que quoi? cria Thérèse d'un ton exaspéré.

– C'est que le lundi matin, madame Voyer vient pour sa visite.

– Qui est-elle? demanda Jean-Marc, comme si de rien n'était.

– Une ex-infirmière qui remonte le moral de Thérèse. Une dame des environs qui se fait un devoir de rehausser la qualité de vie de ta sœur, Jean-Marc. Et le lundi matin…

À cette litanie, Thérèse avait grimacé, elle avait même froncé les sourcils. Sa «qualité de vie»… Rehaussée par la Voyer! Elle ne releva pas la remarque, mais répliqua à Rhéaume:

– Reçois mon frère à déjeuner, voyons! Il nous visite une fois par année! Avoir su, nous l'aurions même hébergé… Ce qui n'empêchera pas la Voyer… pardon, madame Voyer, de venir tenter de me divertir.

Puis, regardant Jean-Marc, elle ajouta:

– Et tu auras l'occasion de la connaître. Veuve en plus! On ne sait jamais…

De fortes bourrasques de vent et, malgré cet inconvénient, à neuf heures pile, Lucille Voyer sonnait à la porte des Bréard. Rhéaume, gêné d'avoir le beau-frère à déjeuner, se leva pour aller lui ouvrir sans toutefois démontrer trop d'enthousiasme. Jean-Marc était aux aguets. Il lui fallait être réservé, voire prudent. Lucille entra avec un large sourire que Rhéaume lui rendit sans exagération. Puis, courtois, poli, il lui présenta Jean-Marc, son beau-frère de l'Alberta, de passage pour visiter sa sœur. Lucille, face à cet homme qui l'observait d'un peu trop près, se montra affable. Beaucoup plus qu'avec Juliette lors de leur rencontre. Elle lui serra la main, s'informa de l'Alberta, de sa ville, Calgary, d'Edmonton… comme si elle y avait déjà séjourné. Ayant senti, dès le premier regard, que Jean-Marc Duclos se méfiait d'elle, il lui fallait l'amadouer, déployer tout son charme, afin qu'il puisse dire d'elle à sa sœur qu'elle était la meilleure personne du monde. C'était mal le connaître. En bon enquêteur qu'il était, Jean-Marc s'empressa de la questionner sur son cours d'infirmière aux États-Unis, sur ce qui l'avait fait changer de vocation et, avant que Lucille ne sache plus quoi répondre, Rhéaume vint au secours de sa protégée:

– Jean-Marc! S'il te plaît! Laisse madame Voyer reprendre son souffle, elle vient à peine de retirer son imperméable.

– Oh!… C'est vrai! Je m'excuse, madame, c'est chaque fois plus fort que moi, je suis curieux de nature.

– Je vois, lui répondit Lucille, avec un sourire contraint. Votre femme va bien ce matin, monsieur Bréard?

– Heu… oui, elle vous attend. Venez que je vous conduise auprès d'elle, ajouta-t-il avec empressement.

Ce qui n'échappa pas à Jean-Marc qui scrutait également Rhéaume de près.

– Ne vous donnez pas la peine, je connais le chemin. Terminez plutôt votre café avec votre beau-frère; détendez-vous.

Lucille Voyer monta gracieusement l'escalier sous l'œil inquisiteur de Jean-Marc, qui murmura à Rhéaume:

– Assez belle femme! Élégante et fière! Un peu ronde, cependant…

Ce matin-là, ne sachant pas qu'elle allait faire la connaissance d'un autre membre de la famille, Lucille était restée fidèle à son amour-propre. Ayant revêtu un pantalon noir avec de fines rayures verticales grises, elle avait opté pour un joli blouson gris sur lequel tombait un rang de perles. Cheveux épars, elle arborait aux oreilles de délicates perles et était chaussée de souliers de cuir noir à talons peu élevés, mais effilés. Son parfum avait envoûté Rhéaume tout comme Jean-Marc. Dans cette tenue un peu plus décontractée, elle avait troqué *L'Interdit* contre le *Shalimar* de Guerlain. Ce que sentit Thérèse dès que Lucille ouvrit la porte de la chambre.

– Ah! C'est vous? Votre parfum est trop lourd pour une heure aussi matinale. Moi, le matin, j'y allais en douceur, madame Voyer. Je portais *Vol de nuit* qui était plus doux, plus discret que le *Shalimar* que j'ai reconnu dès que vous avez posé le pied sur le palier.

– J'en tiendrai compte, madame Bréard, et je n'entraverai plus votre paisible environnement avec des odeurs trop vives… Veuillez m'en excuser.

– C'est juste que le matin, au réveil, avec mes nausées…

– Je comprends et je peux l'enlever si vous le désirez.

– Non, c'est fait, ne changeons rien. Mais, donnez-moi vite un comprimé, j'ai mal à en frapper les murs.

– On n'a pas augmenté la dose? de lui demander Lucille.

– D'un peu, mais le mal est plus fort que toutes les doses! De plus, il me faut crier à tue-tête pour que Rhéaume vienne m'en donner un après les avoir tous comptés. C'est une manie… Et comme il est d'une lenteur… j'ai le temps de souffrir dix minutes de plus avant que le calmant fasse effet.

– Suis-je en droit de vous donner le médicament? Je ne croirais pas…

– C'est la personne qui se trouve à mes côtés qui me soulage quand vient le moment! Et comme vous avez été infirmière… Ne vous en faites surtout pas avec le nombre, je ne suis pas suicidaire et je n'en ai pas pris encore; ce sera le premier de la journée. Mon frère peut vous le confirmer, il a pris le jus d'orange avec moi dès son arrivée.

– Je ne mets pas en doute votre parole, madame Bréard. D'ailleurs, j'ai justement rencontré votre frère, il y a quelques instants. Un homme charmant, bien élevé, fort agréable…

– Oui, et un vrai détective! Il est enquêteur! Parfois, je le compare à Perry Mason. Rien ne lui échappe!

– Histoire de changer de sujet, vous avez eu la possibilité de voir la superbe robe que portait Michelle Tisseyre à la télévision hier soir?

– Non, mais je présume qu'elle était splendide. Elle a tant de goût, tant de classe!

De fil en aiguille, la conversation bifurqua sur la mode, sur une nouvelle chanson de Yoland Guérard et, tout doucement, sous l'effet du calmant, Thérèse ferma les yeux sur ses douleurs. Lucille descendit, reprit son imperméable et son sac à main, refusa le café que Rhéaume lui offrait, et souhaita un bon voyage de retour au frère de la moribonde. Pressant le pas pour rentrer chez elle, elle laissa échapper un soupir de… satisfaction! Sa persévérance portait ses fruits. Pour la première fois depuis leur première rencontre, Thérèse Bréard avait été aimable avec elle. Ce qui laissait la porte… grande ouverte!

Novembre avait été froid et Lucille, souvent la proie de vents redoutables, tenait le coup et se rendait régulièrement chez la malade, qui la recevait maintenant avec une certaine courtoisie. Pas encore amies, ça ne viendrait jamais, mais moins mégère qu'elle ne l'avait été auparavant. Décembre venait de poindre et Thérèse, de plus en plus maigre, donnait des signes alarmants d'essoufflement. Le médecin venait, augmentait la force des cachets, hochait la tête, tentait de l'hospitaliser, mais sans succès. Avec des nausées de plus en plus fréquentes, sans doute un effet secondaire de son tout nouveau médicament, elle ne mangeait plus ou presque. Un bouillon que l'infirmière réussissait à lui faire avaler, un peu de riz à la vapeur que Juliette lui préparait, quelques céréales, un jus de légumes… Rien de solide qu'elle risquait de régurgiter. Malgré la faiblesse, en dépit du mal, elle avait gardé ses facultés les plus essentielles. Aucune perte de mémoire, aucune incongruité dans ses propos, encore lucide et attentive à tout ce qui se déroulait autour d'elle. Mais sa fierté s'était étiolée. Les cheveux blanchis par la douleur, elle avait peine à se hisser d'un pouce ou deux pour qu'on change sa «jaquette» pratique. Refusant de se regarder dans la glace, elle ne se préoccupait plus des toilettes de Lucille Voyer et encore moins de tout ce qui se passait à la télévision. Thérèse Bréard n'avait, dorénavant, qu'un seul souci, soulager le mal qui la rongeait. Plus d'une fois par jour, Rhéaume devait lui tenir tête pour qu'elle respecte la dose ordonnée. Les infirmières n'en venaient pas à bout; elle étirait sans cesse le bras pour s'emparer de la fiole. Un long bras maigre aux ongles grisâtres qui tentait d'agripper les puissants calmants qui, seuls, parvenaient à la soulager. L'une d'elles eut la brillante idée de dissimuler le flacon dans un fond de tiroir, mais Thérèse vociféra tellement, qu'on dut le remettre sur la table de chevet, mais sans qu'elle y ait accès.

Le mercredi 7 décembre, alors que madame Voyer était à son chevet en matinée, Thérèse l'avait ainsi implorée:

— Soyez gentille, soyez humaine, ne soyez pas comme les autres et glissez-moi un calmant dans la main, madame Voyer.

— Je ne peux pas, madame Bréard, je n'y suis pas autorisée et, aux dires de votre époux, vous en avez avalé un il y a moins d'une heure.

— Ça paraît que ce n'est pas lui qui souffre! Oui, j'en ai pris un, mais ça m'en prendrait quatre de plus! Voyez! Je ne dors même pas! C'est comme si j'avais laissé fondre une aspirine! Ces calmants n'ont plus d'effets sur moi, et ce stupide docteur qui ne veut pas passer à autre chose...

— Vous... vous seriez peut-être mieux traitée à l'hôpital. On vous soulagerait...

— Je ne vous ai pas demandé un conseil, mais un calmant! Est-ce si difficile à comprendre? Donnez-moi au moins le flacon! Si seulement je pouvais l'atteindre! Ils ont tellement peur que j'y parvienne qu'ils le reculent de jour en jour. Comme si j'avais la force de me lever... Je ne peux même plus m'étirer le bras sans hurler de douleur.

Compatissante ou feignant de l'être, Lucille lui dit, en lui prenant la main:

— Ça me fait mal de vous voir souffrir de la sorte... Vous êtes certaine qu'un cachet de plus ne serait pas dangereux? Si seulement j'en étais convaincue...

— Si vous avez des scrupules à me le donner, madame Voyer, faites juste le rapprocher en le glissant sur la table de nuit. Dès votre départ, ce qui ne saurait tarder, je m'en saisirai alors que vous descendrez l'escalier.

— Mais il n'y aura personne pour vous faire boire de l'eau.

— Je l'avalerai avec ma salive, ne craignez rien. Mais, de grâce, ne me laissez pas souffrir comme les autres. Je ne veux pas un calmant pour mourir, madame Voyer, juste pour dormir. Le bon Dieu viendra bien en temps et lieu…

Lucille se leva, s'empara de la fiole d'une main gantée, geste prévu, et laissa tomber sur la table de nuit, non un, mais deux comprimés qu'elle poussa de l'index jusqu'à la portée de la moribonde. Suivant le mouvement des yeux, Thérèse lui demanda:

– Deux? N'est-ce pas un peu trop? Si Rhéaume voyait…

Lucille l'avait fait taire en lui essuyant la salive aux commissures des lèvres. Puis, impassible, droite, altière, elle lui murmura, en la regardant droit dans ses yeux vitrés:

– N'oubliez pas que j'ai été infirmière, madame Bréard. Des cas comme le vôtre, j'en ai assisté plusieurs. Rendue où vous en êtes, un autre comprimé n'aura aucun effet. Avec deux, vous allez mieux dormir et moins souffrir. Faites-moi confiance.

– Bien, si vous le dites… Je veux bien vous croire, moi, j'ai si mal… On dirait que le cancer me ronge jusqu'à la langue, j'ai peine à parler, à prononcer les mots correctement parfois.

– Allons, taisez-vous, reposez-vous, cessez de vous agiter.

– Les pilules sont comptées… On ne risque pas…

– Avec tous les gens qui les manipulent, qui donc pourrait tenir un tel calcul? Même votre mari peut se tromper d'une ou de deux… Mais si vous craignez une remontrance, je peux en remettre une dans le flacon…

– Non, non, je les ai, je les garde! Partez, maintenant, j'ai tellement mal!

Lucille se dirigea vers la porte, offrit un sourire complice à madame Bréard qui lui rendit un rictus, et, refermant la porte derrière elle, aperçut Rhéaume qui montait lentement l'escalier. Lui faisant signe de ne pas faire de bruit en posant un index sur sa bouche, elle le força ainsi à redescendre et lui susurra:

– Elle dort profondément, ne la dérangez pas… Attendez qu'elle vous réclame. Elle est si épuisée. Pauvre femme!

Rhéaume, sans rien dire, l'aida à enfiler son manteau, tout en humant le parfum qui se dégageait de son cou.

L'horloge sonnait les heures et Thérèse dormait toujours. Rhéaume, lui-même épuisé, se permit une sieste dans son immense fauteuil et, à son réveil, fut surpris d'entendre le tic-tac atteindre quatre heures. Thérèse dormait encore? Jamais elle ne sommeillait aussi longtemps; le mal était trop intense pour lui offrir un si grand répit. Inquiet, il monta tout doucement les seize marches qui le séparaient de l'étage et, l'oreille appuyée contre la porte de la chambre de sa femme, il n'entendit pas le moindre son, pas même le léger râle qu'elle avait l'habitude d'émettre. Poussant délicatement la porte, il s'avança prudemment de peur de l'éveiller et, face au grand lit, il fut surpris de voir sa femme étendue sur le dos, les mains jointes, la bouche ouverte. Paralysé un moment par le choc et la stupeur, prêt à reculer, il n'osait s'approcher, mais sa conscience eut enfin raison de son soudain repli. L'observant de plus près, ne percevant aucun souffle, il se pencha et posa l'oreille sur le buste émacié de sa femme. Tremblant de partout, Rhéaume se replia et s'agrippa fortement au cadre de la porte. Thérèse était morte!

Ce fut d'abord l'affolement passager, puis l'effarement total. Le médecin appelé pour constater le décès était intrigué par le fait que la patiente ait ingurgité, selon le calcul de Rhéaume, deux narcotiques de plus que la dose ordonnée. Comment avait-elle fait pour atteindre le flacon? D'autant plus qu'il n'était pas renversé et que le couvercle avait été replacé. Jean-Marc, d'abord consterné par le décès de sa sœur, tenta d'aider le médecin de son savoir-faire en accusant presque son beau-frère. Rhéaume s'emporta, répliquant à qui voulait l'entendre qu'il n'avait pas vécu avec résignation la longue agonie de sa femme pour l'aider brusquement à mettre fin à ses jours. Jamais il n'aurait pu faire un tel geste. Même par amour. Et sa femme, courageuse, n'avait aucune idée suicidaire. Elle attendait, en priant le soir, la volonté du Tout-Puissant. Mais il manquait deux comprimés, ceux qui avaient été fatals à Thérèse et, aussi intrigué fut-il, le médecin ne semblait pas vouloir donner suite à l'incident. Thérèse aurait pu, dans un sursaut d'énergie, un reste de force, s'étirer au point d'atteindre la fiole et de la remettre en place après avoir avalé les deux comprimés pour dormir et alléger ses souffrances. Si elle avait eu envie d'en finir, elle aurait pris toutes les pilules; elle ne voulait qu'atténuer le mal, conclut-il. Mais Jean-Marc lorgnait maintenant du côté de Lucille Voyer, la dernière à avoir vu Thérèse de son vivant. Et si c'était elle qui, par compassion, avait soulagé la malade sans en mesurer les conséquences? On la fit venir, mais elle s'effondra en larmes en apprenant le décès de madame Bréard. De véritables larmes que Rhéaume tentait d'apaiser en la serrant contre lui. Puis, mise en doute par Jean-Marc devant le médecin, elle bondit et s'emporta:

— Comment osez-vous? J'aimais cette dame comme une sœur!

— Parfois, sans en mesurer la portée…, murmura le médecin.

— Voyons, docteur! De quel droit aurais-je donné un calmant à madame Bréard? Je n'y étais pas autorisée! Je n'étais là que pour la divertir, moi! Je n'étais pas l'une de ses infirmières!

— Ne vous emportez pas, madame Voyer, lui lança Jean-Marc. Nous tentons juste d'élucider… Parce que ce n'est pas un comprimé que ma sœur a pris de trop, mais deux.

— Raison de plus! Qui donc aurait donné deux calmants d'une telle force à une agonisante? Elle a sans doute réussi à les atteindre... Ah! Monsieur Bréard, si j'avais su où me mènerait cette aventure, jamais je n'aurais accepté cet engagement. On me regarde, on me soupçonne...

— Non, non, madame Voyer, on vous questionne tout simplement, déclara le médecin. Tout comme nous l'avons fait avec monsieur Bréard avant vous, et comme nous le ferons avec les infirmières qui étaient là hier...

— Vous savez, nous étions trois, même quatre avec Juliette, à lui donner ses médicaments, reprit Rhéaume. Il se peut que le comptage des comprimés, manipulés par tous, n'ait pas été exact... Je ne suis pas infaillible... Reste à voir si ce sont les calmants qui ont eu raison d'elle ou la fin imminente qui l'attendait. Elle était vraiment rendue au bout...

Lucille regardait Rhéaume qui lui tendait un mouchoir afin d'essuyer le mascara qui coulait et, déconcertée, haussait les épaules, ne sachant plus comment éviter le regard accusateur du beau-frère posé sur elle.

— Si on exigeait une autopsie, docteur! clama Jean-Marc. On pourrait alors savoir si ce sont ces pilules de trop qui l'ont tuée!

— Non, pas d'autopsie! Pas de charcuterie! répliqua Rhéaume. J'ai trop de respect pour ma femme, même morte, pour l'imaginer subissant cette boucherie.

— Monsieur Bréard a raison, l'autopsie ne serait d'aucune utilité, rétorqua le médecin. Madame Bréard vivait sur du temps emprunté. Elle allait mourir d'un jour à l'autre de toute façon. Si elle a réussi à prendre, ne serait-ce qu'un calmant de trop, c'est qu'elle devait souffrir terriblement. Était-ce le cas, madame Voyer?

– Heu… oui, bien entendu. Madame Bréard avait peine à articuler, et quand elle m'a priée de partir, c'était pour dormir, tenter d'apaiser les douleurs avec le comprimé déjà ingurgité plus tôt. Elle était livide, elle grimaçait de douleur, mais elle avait fini par s'endormir. Je l'ai vue sombrer dans un sommeil profond avant de la quitter. J'ai même demandé à monsieur Bréard qui montait de ne pas faire de bruit. Je ne comprends pas… À moins qu'un brusque réveil un peu plus tard… Qui sait si elle n'a pas trouvé la force de se glisser jusqu'à sa table de chevet? Et je me demandais pourquoi ces narcotiques si forts n'étaient pas plutôt dans un tiroir, hors de sa portée, bien dissimulés…

– C'est que ma femme piquait une crise quand elle ne les voyait pas sur sa table de chevet. Juliette peut en témoigner; elle a aussi tenté de les ranger. Ça rassurait Thérèse de les voir; c'était son dernier appui, de lui répondre Rhéaume d'un ton paisible.

– Ne vous en faites plus, madame, lui dit le médecin. Le cas est réglé; j'ai signé l'acte de décès et je n'ai pas inscrit ces calmants qui demeurent un mystère. On ne peut tout de même pas ouvrir une enquête sur la mort d'une femme qui n'avait plus que quelques heures à vivre. Monsieur Bréard a vécu un tel calvaire… Et que dire de son dévouement. Bon, je dois maintenant vous quitter, mais vous avez toute ma sympathie, monsieur Bréard. Vous également, monsieur Duclos. Courage!

Lucille avait enfilé son manteau et s'apprêtait à partir à son tour lorsque Rhéaume l'arrêta:

– J'espère que vous ne vous sentez pas trop offensée, madame Voyer. J'ai également été la proie des allégations de mon beau-frère. Ce qui est impardonnable dans les deux cas, mais il aimait tellement sa sœur, et il est féru d'enquêtes…

Elle lui offrit ses condoléances, pressa le pas et rentra vite chez elle où elle avala, à son tour, un léger sédatif… pour se détendre. Jean-Marc Duclos ne l'avait pas saluée en la voyant partir. Au contraire, il lui avait jeté un dernier regard de méfiance qui l'avait glacée. Mais, comme tout s'était terminé favorablement, Lucille se versa un verre de vin et, installée dans son fauteuil préféré, ses souliers et son foulard éparpillés sur le tapis, elle revoyait la scène où elle avait poussé, de sa main gantée, le second comprimé à la portée de Thérèse. Sans remords, sans regret, sans même sourciller.

L'église Saint-Nicolas était passablement remplie de fidèles pour le service funèbre de Thérèse Bréard, née Duclos. Rhéaume ne l'avait exposée que deux jours: la famille étant peu nombreuse, les amis, plutôt rares. Juliette n'avait pas quitté le salon, sauf pour aller prendre une bouchée. Sans cesse aux côtés du corps inerte de sa belle-sœur, elle accueillait les quelques visiteurs qui se présentaient pour offrir leurs condoléances. Rhéaume avait fait déposer sur le cercueil un énorme cœur de roses rouges avec les mots: *À toi, à tout jamais.* Quelques ex-collègues de travail, deux voisins immédiats, d'autres aussi qu'il ne connaissait que de vue, étaient venus le soutenir dans son épreuve. Jean-Marc, vivement affligé par la mort de sa sœur unique, ne quittait guère le salon. Se tenant loin de son beau-frère qu'il ne sentait pas profondément attristé par le décès, il s'était rapproché de Juliette afin de partager sa peine avec elle. Rhéaume, loin d'être indifférent au départ de sa femme, en était, au contraire, très affecté. Mais, gardant un sang-froid inébranlable, il recevait les gens avec respect et dignité. Il leur vantait le courage de sa tendre épouse, le long combat qu'elle avait livré, sa délivrance… Et ce, sans verser la moindre larme. Rhéaume avait trop pleuré en silence, durant la longue agonie, pour verser encore des pleurs, mais on pouvait discerner dans ses yeux une buée constante. Malheureux de la perte de Thérèse, il était néanmoins contrarié de l'absence de Lucille, qui n'avait pas osé se présenter au salon funéraire. Par crainte de revoir Jean-Marc et d'avoir à soutenir le regard glacial de Juliette. Elle avait fait parvenir une gerbe de fleurs avec une carte remplie de mots choisis, mais elle n'était pas venue honorer la défunte de sa présence. Rhéaume aurait tant souhaité la voir surgir, lui offrir un fauteuil, la remercier de tout ce qu'elle avait fait... Mais surtout la voir pour être certain qu'elle n'avait pas encore, en elle, l'odieux souvenir du doute dont elle avait été victime.

Ils étaient donc nombreux à l'église Saint-Nicolas, par ce froid matin de décembre. Des curieux qui avaient entendu parler d'elle; et des dames de sainte Anne, par solidarité pour Juliette. Puis des collègues de Rhéaume ainsi que le boucher, le médecin, les infirmières, le pharmacien, le coiffeur du quartier, le gérant de banque et son épouse, quelques mondaines restées fidèles et, dans le premier banc, la parenté. Un service comme tant d'autres, sans apparat, sauf pour le cercueil de bronze qui avait dû coûter une fortune. Après l'*Ave Maria* de Gounod, à la fin de la messe, descendant l'allée avec Juliette à son bras derrière les porteurs, Rhéaume aperçut dans l'un des derniers bancs du côté droit, nulle autre que Lucille Voyer, qui se faisait discrète, mais qui ne put s'empêcher d'échanger un regard bienveillant avec le veuf éploré. Sentant son cœur battre plus fort, Rhéaume la regarda une seconde fois, pour mieux distinguer ses yeux sombres enduits de mascara et d'ombre à paupières grise. Emmitouflée dans une cape noire avec capuchon orné de renard, Lucille avait, pour coiffe, un tout petit carré de dentelle. Un missel à la main, elle détourna les yeux lorsqu'elle sentit les regards de Juliette et de Jean-Marc se poser sur elle, au moment où les cloches tintèrent. Juliette, le mouchoir sur la bouche, avait susurré au frère de sa belle-sœur qui la suivait:

– Vous avez vu qui est là? Elle a osé! Quelle indécence!

Il acquiesça en silence et elle, délaissant le bras de son frère sur le parvis de l'église, ne pouvant contenir sa hargne, ajouta:

– C'est elle qui l'a tuée! Je pourrais le jurer! J'en mettrais ma main au feu!

Chapitre 4

Quelques jours après la mise en terre de la dépouille, Rhéaume était allé souper dans un petit restaurant avec Juliette qui, du bout des doigts, levait sa tasse de thé qui accompagnait sa gélatine citronnée.

– Un autre décès dont Alain n'aura rien su…, murmura-t-elle.

– À quoi bon tenter de le joindre? Il ne serait pas venu de toute façon. Thérèse n'était que sa belle-sœur.

– N'empêche que Jean-Marc, avec son flair, aurait pu le retracer.

– Ne me parle surtout pas de lui, Juliette! Il me regarde à peine depuis la mort de sa sœur qu'il qualifie de suspecte. Il accuse même cette pauvre madame Voyer…

– Pas rien que lui, Rhéaume. Moi, celle-là…

– C'est injuste de douter de quelqu'un de la sorte. Tu devrais t'en confesser, Juliette. Madame Voyer ne venait que pour distraire Thérèse, pas pour la soigner. C'est le hasard qui a voulu qu'elle soit là à ses derniers moments. Imagine comment elle doit se sentir maintenant. Vous l'avez tous ignorée, même accusée du regard. Pas surprenant qu'elle soit restée à l'écart. C'est impardonnable de traiter une si bonne personne de la sorte.

– Chacun a droit à son opinion! Quant à la confession, oublie ça, je n'ai rien sur la conscience, moi!

– Jean-Marc aussi devrait se repentir et m'offrir au moins ses excuses. Je me souviens du temps où lui et moi étions main dans la main chez sa mère. Et là, on se regarde comme chien et chat! Thérèse était mourante! On ne peut quand même pas parler d'assassinat avec une malade qui comptait ses derniers souffles! Il joue un peu trop à la police, le beau-frère!

– Bon, ça va, changeons de sujet, Rhéaume. Que prévois-tu faire pour Noël? Je sais bien que ce n'est pas le temps de se réjouir, avec le deuil, mais tu n'es pas pour rester seul à la maison. Que dirais-tu de venir souper chez moi? C'est toujours moi qui me déplace. Pourquoi pas toi, cette fois, maintenant que tu le peux? Un petit tour du côté de la rue Lacordaire.

– Heu… oui, si je n'ai aucun empêchement.

– Un empêchement? Lequel? Tu es tout seul dans la vie!

– Heu… oui, je sais… Je voulais dire, une grippe, une maladie.

– Bien voyons, tu es fort comme un bœuf! Tu acceptes mon invitation? Je sais comment faire cuire une tourtière et une poitrine de dinde, tu sais.

Quelque peu malgré lui, Rhéaume acquiesça d'un mouvement de la tête sans lui avouer, toutefois, que l'empêchement qu'il souhaitait était une invitation à souper de Lucille Voyer.

Décembre fila en douce; les gens avaient décoré leur maison, sauf Rhéaume qui, face à son deuil, avait passé outre par obligation. Rien à choisir, aucun cadeau pour Thérèse qui, dans le néant, n'avait plus besoin de ces présents que s'offrait encore le monde des vivants. Il trouva quand même le temps de se rendre à la pharmacie et d'acheter des savons parfumés et des rondelles de chocolat à la menthe pour Juliette. Une délicatesse pour le repas de Noël qu'il irait, à reculons, prendre chez elle. Car, depuis le regard échangé à l'église, à l'enterrement de sa femme, avec Lucille Voyer, il n'avait eu aucune nouvelle d'elle. Il s'était attendu à un coup de fil, à un mot, il avait espéré une rencontre fortuite chez l'épicier, mais non, rien. Comme si la belle dame s'était volatilisée. Il s'était même empressé d'aller déposer dans sa boîte aux lettres, une carte de remerciements pour les fleurs et les condoléances. Il avait cru, ce faisant, qu'elle lui adresserait un mot encourageant, mais, hélas, rien ne vint. C'est donc désemparé, triste et esseulé, qu'il avait endossé son manteau, le 25 décembre, en fin d'après-midi, pour aller manger une pointe de tourtière et une tranche de dinde chez Juliette. En tête-à-tête! Sans avoir rien à se dire, ou si peu. Elle avait apprécié les pains de savon et les chocolats et, de son côté, elle avait offert à son frère des gants de laine tricotés de ses mains, pour sa marche quotidienne. Rhéaume, quelque peu déprimé, se sentant plus vieux qu'il ne l'était dans cette maison qui avait l'air d'un sanctuaire, avait hâte que la soirée s'achève. Reprenant la route assez tôt en prétextant une chaussée glissante, il se retrouva chez lui, devant son téléviseur, au moment où des enfants de chœur entonnaient des cantiques de Noël. Ému, se remémorant sa jeunesse, songeant à sa mère partie si jeune, à Thérèse qui n'était plus à ses côtés, il sentit une larme glisser et se figer sur sa joue. Lamentablement seul, il regagna sa chambre et se jeta sur son lit sans même se dévêtir. Pleurant comme un enfant, il tenta de s'alléger des lourds chagrins qui martelaient son âme. Sa mère, sa femme, son beau-frère qui l'avait renié, tous ces départs… Et surtout, l'absence de celle qui hantait encore ses pensées les plus secrètes.

Or, dès le lendemain, après une nuit blanche à se torturer, ne pouvant plus se retenir, il se risqua à téléphoner à celle qui l'obsédait jour et nuit depuis leur «dernier» regard.

– Oui, allô?

– Madame Voyer! C'est vous? Heureux d'entendre le son de votre voix, c'est…

– Monsieur Bréard! Je vous ai reconnu, bien sûr. Vous allez bien?

– Oui, très bien… Non, qu'est-ce que je dis, je suis mal en point, mais pas physiquement. C'est le moral qui ne suit pas.

– Allons, ça se comprend: vous venez tout juste d'enterrer votre femme. Et, pour plusieurs, le temps des Fêtes est une période de cafard et non de réjouissance. Mais, avec le temps…

– Écoutez, parlant de temps, je ne veux pas prendre tout le vôtre, madame Voyer, mais je me demandais si, pour le jour de l'An…

– Si quoi? Si j'ai des projets? Si votre appel est une invitation, vous m'en voyez désolée, car j'ai déjà accepté de passer la veille et le jour même de la nouvelle année chez une amie.

– Bon, une fois de plus, je m'y serai pris trop tard. J'aurais dû appeler avant Noël, tenter ma chance, mettre ma retenue de côté. Mon idée était de vous inviter à souper quelque part, à célébrer ensemble…

– L'idée n'était pas bête, monsieur Bréard, mais j'aurais quand même décliné votre invitation. Vous venez à peine de perdre votre épouse, et avec votre sœur aux aguets et les mauvaises langues du quartier… Vous savez, ça prend si peu de choses pour faire jaser. Sans compter votre beau-frère…

– Oubliez-le, celui-là: nous sommes en froid, lui et moi.

– Je suis désolée, vraiment navrée, mais comme je vous le disais… Les festivités durent deux jours chez cette amie.

– Vous y allez… accompagnée?

— Non, j'y vais seule. Plusieurs femmes y seront sans leur mari ou leur ami, à moins que ces derniers se soient imposés. C'est une longue fête entre collègues, et dans mon métier...

— Oui, je vois et je n'insiste pas, madame Voyer. Je profite de l'occasion pour vous souhaiter une très heureuse année.

— À vous également, monsieur Bréard. La paix et la santé.

— Heu... avant de raccrocher, permettez-vous que je vous rappelle en janvier? J'aimerais tellement vous revoir...

Flattée, sûre d'elle, Lucille Voyer répondit doucereusement:

— Bien sûr, monsieur Bréard. Il serait bête d'attendre que les bancs de parc dégèlent avec la fonte du printemps.

Janvier 1961 venait de se lever en douceur, laissant derrière lui tout ce qui avait été déplorable pour les âmes de bonne volonté, et n'imprégnant dans leur mémoire que les bons souvenirs. Rhéaume sentait en son cœur un peu des deux. Il souhaitait oublier les terribles souffrances de sa femme bien-aimée, mais il voulait garder, gravée en son cœur à tout jamais, la magnifique Thérèse d'autrefois qu'il avait tant aimée. On ne connaissait rien encore de cette année nouvelle qui ouvrait à peine les yeux. On ignorait qu'en avril le Russe Youri Gagarine, ramené d'un voyage cosmique, passerait 108 minutes en orbite autour de la Terre. Pas plus qu'on ne savait que la vente de la margarine deviendrait légale au Québec et que Maurice Richard serait élu au temple de la renommée en juin.

Rhéaume Bréard n'avait qu'une idée en tête: revoir Lucille Voyer avant qu'elle ne décide de quitter le quartier, à son insu, pour se rapprocher du centre-ville. De plus en plus seul dans sa vaste maison, il n'avait d'autre choix que de s'avouer qu'il aimait Lucille, et qu'elle devait en être consciente. Tout en s'excusant en pensée à sa défunte femme. Il voulait à tout prix revoir madame Voyer, l'inviter, la courtiser, et ce, malgré les bourrasques qui viendraient du côté de Juliette et les invectives de son beau-frère. Il aurait cinquante-six ans bientôt et devait penser à sortir de sa torpeur, à vivre, à retrouver un semblant de jeunesse avant que l'austère vieillesse ne vienne l'immobiliser. Et, selon lui, Lucille Voyer était la seule femme capable de lui offrir cette… renaissance! Le samedi 7 janvier, Juliette lui téléphona et l'invita chez elle pour souper et souligner son anniversaire de naissance, qui aurait lieu deux jours plus tard. Très poliment, il refusa, prétextant un début de mal de gorge, ce qu'elle fit semblant de croire. Rhéaume s'empressa de téléphoner à Lucille Voyer et, surprise au bout du fil, elle lui répondit:

– Monsieur Bréard! Comme je suis contente! Vous avez passé un beau jour de l'An?

– Heu… oui, mais, vous savez, chez ma sœur une fois de plus…

– Oui, je comprends, mais il y a toujours moyen de faire d'une situation contrariante un moment agréable.

– Sans doute, mais dites-moi: à la dernière minute, comme ça, vous seriez libre pour un souper au restaurant, ce soir?

– Ce soir? C'est que… J'avais…

– Madame Voyer…, je vous en prie, ne me refusez pas cette joie si vous le pouvez. C'est mon anniversaire lundi, et le célébrer avec vous, ce soir, serait le plus beau cadeau de ma vie.

Sachant qu'il aurait un an de plus en janvier sans toutefois en connaître la date, Lucille, qui avait tout prévu, lui répondit:

– Écoutez, j'avais une sortie en vue, mais rien d'important. Comme c'est votre anniversaire, j'accepte, monsieur Bréard.

J'annulerai la visite chez la copine où je devais me rendre. On remettra cela à un autre soir, elle et moi. Alors, c'est oui, je vous accompagnerai. Vous comptez me prendre à quelle heure?

– Vers sept heures, si cela vous convient. Et nous irons où bon vous plaira! Moi, je n'ai pas de préférence, je mange de tout.

– Non, non, étonnez-moi, je vous suivrai où bon vous semblera. En autant que le vin soit bien chambré, nous passerons une agréable soirée.

Il avait revêtu son plus bel habit et, au volant de sa Cadillac, s'était arrêté devant la demeure de Lucille, rue Laverdure, pour ensuite gravir les quelques marches et sonner. Elle ouvrit avec l'aide d'une chaîne qui partait de l'étage supérieur et lui lança du haut de l'escalier: «Je descends, je suis prête», pour ne pas avoir à le faire entrer. Rhéaume retourna à la voiture et attendit qu'elle arrive pour lui ouvrir galamment la portière. Lucille s'engouffra sur la banquette de velours et Rhéaume, lui jetant un coup d'œil, ne put s'empêcher de remarquer le magnifique manteau de vison et le chapeau assorti de style cosaque qu'elle portait. Un arôme délicat s'installait dans la voiture et, le voyant humer, elle précisa: «Ce soir, c'est *L'Air du Temps* de Nina Ricci que je porte; j'aime changer de parfum selon les occasions.» Conquis, ébloui, Rhéaume avait peine à croire que cette magnifique créature allait être à lui seul pour la soirée! Fier comme un paon, comme il l'avait été jadis avec Thérèse, il l'amena dans un bon restaurant italien, le *Renaldo*, situé au premier palier d'un immeuble de la rue Saint-Hubert, là où s'étaient établis de nombreux commerces. Lucille n'osa pas lui avouer qu'elle avait déjà apprécié la table du chic endroit avec… un autre. Ils prirent place dans un coin discret et, après avoir été servis, il leva son verre à sa santé. Mais elle répliqua: «Non, à votre anniversaire!» tout en retirant de son sac à main un petit cadeau qu'elle voulait qu'il n'ouvre qu'au dessert. Il la regardait, elle était sublime! Un superbe tailleur noir avec collet et manches garnis de filets d'or sur une blouse de ton or de grande qualité avec, juste à l'encolure, une jolie broche en forme de feuillage sertie d'une pierre topaze et d'un onyx. Tout comme les tiges agrémentées des mêmes pierres qui lui servaient de pendants d'oreilles. Des bijoux qui s'agençaient avec son chignon d'ébène luisant qu'elle avait lissé d'une main ferme afin de mettre en évidence le savant maquillage de ses yeux ainsi que ses lèvres orangées. Dieu qu'elle était belle! Bien sûr, les têtes s'étaient tournées... Avec son chapeau de vison unique, on aurait pu jurer qu'elle descendait en droite ligne d'un tsar. Quand vint le moment d'ouvrir son présent, Rhéaume lui murmura:

– Vous n'auriez pas dû... Voilà qui me gêne...

Elle sourit et ne répondit rien, le laissant plutôt découvrir le joli flacon d'eau de toilette que contenait l'étui. Fort surpris, heureux, ouvrant grands les yeux, elle lui dit:

– C'est *Canoë*, de Dana. Il vous ira à merveille, Rhéaume.

Se rendant compte qu'elle l'avait appelé par son prénom, elle allait s'en excuser quand il l'interrompit:

– Pourquoi pas les prénoms? Et pourquoi ne pas nous tutoyer, Lucille, si nous sommes pour nous revoir... Oh!...

– Vois, c'est toi qui es mal à l'aise maintenant, lui dit-elle en riant.

– C'est que j'avance des faits, j'énonce, je t'implique, je ne te demande même pas...

– Si je suis intéressée? Bien sûr que je peux l'être. Je suis libre, tu l'es devenu, et depuis toutes ces rencontres... Si tu souhaites des fréquentations, je ne saurais dire non, Rhéaume.

– C'est vrai? Quelle joie, Lucille! Quel bonheur! C'était mon souhait le plus cher! Mais il faut fêter une telle décision! Que dirais-tu d'un autre doigt de vin rouge?

– Non, j'opterais plutôt pour une crème de menthe. C'est l'heure du digestif, tu sais.

– Évidemment! Où donc avais-je la tête? Et je t'accompagnerai avec un Prince Hubert de Polignac, le plus subtil des cognacs.

Les semaines se succédèrent et, de fil en aiguille, les fréquentations de Lucille et Rhéaume se transformèrent en relation intense. Il passait de longues fins de semaine chez sa dulcinée, où elle lui cuisinait de bons petits plats. Elle se rendait aussi chez lui, où ils menaient la grande vie en cet hiver qui s'achevait. Tout cela à l'insu de Juliette, bien entendu, qui se demandait pourquoi son frère lui rendait si peu ses appels. Elle le trouvait ragaillardi au bout du fil et, pas folle, se doutait bien que Rhéaume avait des activités, des amis, peut-être même une compagne occasionnelle rencontrée dans le cercle de ses ex-collègues, mais jamais elle n'aurait songé à Lucille Voyer! Cette dernière, voulant faire de son amant un homme à la page, lui fit modifier sa garde-robe et s'évertua à le rajeunir de dix ans en l'entraînant dans les restaurants où l'on pouvait danser et dans les boîtes de nuit où l'on présentait, les fins de semaine, trois spectacles avec têtes d'affiche à l'honneur. Et, comble de sa réussite, elle avait convaincu Rhéaume de camoufler ses cheveux gris avec une teinture qu'elle lui appliquait elle-même. Le 4 avril, jour de l'anniversaire de Lucille, il l'invita au *Ritz-Carlton* pour un somptueux souper et lui offrit une torsade en or 14 carats, qu'elle enfila à son cou et qui lui descendait jusqu'à la taille. Un bijou de prix sur lequel il n'avait pas lésiné pour plaire à celle dont il était devenu fou.

Juliette, se rendant un jour chez son frère, faillit tomber à la renverse quand elle l'aperçut, tel un *dandy*, cheveux bruns au vent, lunettes dernier cri, pantalon et gilet de velours côtelé, mocassins de cuir beige aux pieds.

— Es-tu tombé sur la tête, toi? Tu joues à quoi?

— Je ne joue pas, je me suis rajeuni, Juliette. Avec la maladie de Thérèse, j'avais dix ans de plus sur les épaules, je les ai enlevés tout simplement.

— Allons donc! Je parierais qu'il y a une femme derrière tout ça!

— Hum… non, mais si c'était le cas, qu'est-ce que ça changerait?

— Bien, voyons donc! Ta femme! Ça fait même pas six mois…

— Je ne compte pas vivre un deuil de sept ans pour autant, Juliette. J'étais seul bien avant qu'elle ne meure, souviens-toi. Mais j'avance en âge, et les belles années qu'il me reste, je veux les vivre, tu comprends? Sans perdre de temps!

— Bien, ça semble déjà en marche, si je me fie aux odeurs de parfum qui se dégagent de ton salon! répliqua sèchement Juliette.

Sans faire allusion pour autant aux nombreuses émanations qu'elle avait maintes fois senties, lors des visites de… la Voyer!

Le printemps s'était vraiment installé avec ses bourgeons près d'éclore, ses premiers lilas de mai, et la relation amoureuse de Lucille et Rhéaume se poursuivait de plus belle. Il la choyait de mille et une façons; il lui offrait tant de présents à tout moment que c'est elle qui dut y mettre un frein:

– Arrête! Tu me gâtes trop! Attends au moins les anniversaires…

– Je t'aime, Lucille, et ces gratifications ne sont que les gages de mon amour pour toi. J'en suis rendu au point que je ne dors pas de la nuit quand ta jolie tête ne repose pas sur l'autre oreiller.

– Tu exagères! Cesse de me voir comme une déesse, Rhéaume, je ne suis qu'une femme avec ses qualités et ses défauts.

– Non, une femme extraordinaire, unique, Lucille! Laisse mon cœur t'avouer ce qu'il retient trop souvent par timidité. Tu sais, un peu de vin délie la langue. Tu es si belle! Est-ce que je rêve? M'aimes-tu au moins?

– Bien sûr, quelle question! Et je te défends de prendre un verre de plus, car je ne peux t'inviter pour la nuit; j'ai une cliente qui doit venir très tôt demain. Alors, la décence…

– Comme c'est cruel! Tu vois? Une autre nuit blanche en vue pour moi!

Le 5 mai 1961, quelques jours plus tôt, le pape Jean XXIII avait reçu la reine Élisabeth II et le prince Philippe en audience privée, ce qui avait ravi les Italiens venus en grand nombre pour tenter d'apercevoir la jolie souveraine. Et ce même jour avait lieu le premier voyage dans l'espace, d'une durée de quinze minutes, de l'astronaute américain, Alan B. Shepard. Un sujet qui intéressait Rhéaume. La conquête du cosmos le captivait. Le 10 mai, un avion d'Air France s'écrasait dans le Sahara; bilan: soixante-dix-huit morts. Ce qui n'empêcha pas Lucille de se rendre à New York, sans Rhéaume, la fin de semaine suivante. Un voyage d'affaires, une conférence sur les produits de beauté, lui avait-elle dit. Resté seul, il en profita pour se faire inviter chez Juliette afin de tout lui avouer. Il était temps que sa sœur cesse de le soupçonner sans oser lui poser de questions. Elle avait préparé un petit rôti de veau avec des carottes, et lui avait versé un demi-verre de vin blanc. Juliette n'était guère portée sur l'alcool et détestait voir les gens lever le coude et perdre leurs facultés. Au dessert: une bagatelle à la vanille accompagnée d'un café. Rhéaume la regarda et lui annonça:

– Il vaut mieux que tu le saches, Juliette: j'ai quelqu'un dans ma vie et j'en suis très heureux.

– Je le savais! Je m'en doutais depuis longtemps! Un peu vite en affaires, mais comme ça ne me regarde pas... Une personne de bonne famille, au moins?

– Une femme adorable, et comme tu la connais, je ne tournerai pas inutilement autour du sujet: je fréquente Lucille Voyer.

La bouche ouverte, les yeux plus grands que nature, Juliette, la tasse à la main, bafouilla:

– Non, pas elle... tu... tu ne me ferais pas ça... Tu plaisantes ou quoi?

– Non, Lucille et moi sortons ensemble depuis plusieurs mois. C'est très sérieux, tu sais. Nous sommes même devenus intimes, si tu comprends ce que je veux dire.

Se levant, pointant son index maigre en sa direction, elle lui cria:

– C'est donc elle: tes cheveux teints, tes habits trop jeunes pour toi, ton parfum digne d'un éphèbe? À quand le mascara? Plusieurs mois, dis-tu? La fréquentais-tu au moment où l'on mettait ta femme en terre? Elle? Cette bonne à rien? La cuisse légère en plus? Jamais je ne te pardonnerai cet affront!

Rhéaume, blanc comme un suaire, fou de rage, se leva, prit son veston et cria:

– Je ne te permettrai jamais d'insulter de la sorte la femme que j'aime! Tu ne me reverras plus, Juliette! J'ai ma vie à vivre et je me fous de la tienne! D'ailleurs, moins je te verrai, mieux ce sera! Reste coincée dans ton cœur de pierre!

Voyant qu'il s'en allait et qu'elle risquait de ne plus le revoir, elle le retint par la manche pour le prier:

– Non, pas encore une rupture de famille! Il y a bien assez de l'autre qui ne donne plus signe de vie. Non, Rhéaume, ne me laisse pas toute seule dans ma misère... J'ai peut-être trop parlé, je me suis emportée, ce n'est pas ce que je voulais dire...

– Mais tu l'as dit, Juliette! Méchamment! Tu m'as blessé...

– Arrête! Tu connais mes sautes d'humeur, non? Fréquente-la, ta madame Voyer, mais ne me demande pas de lui faire de belles façons, je ne l'aime pas cette femme-là. Comme Thérèse qui l'a endurée pour ne pas te déplaire quand elle venait chez vous...

– Pas un mot de plus! Tu n'auras pas à la côtoyer, ne crains rien. Lucille ne semble pas te porter dans son cœur, elle non plus. Avec la face de carême que tu lui faisais quand tu la croisais... Bon, je pars; merci pour le souper, et prends soin de ta santé.

– Tu vas encore me donner de tes nouvelles, n'est-ce pas? Tu ne vas pas me rejeter, je n'ai que toi...

– Non, ne t'en fais pas, tout sera comme avant, mais ne reviens jamais plus sur ma vie privée. Ça, c'est sacré!

Rhéaume sortit pour se rendre à sa Cadillac. Restée seule, encore en furie, grimaçant de dépit, Juliette s'empara du téléphone, fouilla dans son petit carnet d'adresses et s'apprêtait à demander à l'opératrice de la mettre en communication avec Jean-Marc à Calgary. Mais, dans un affolement soudain, elle raccrocha. Elle craignait que, dans un excès de colère, le beau-frère évincé téléphone à Rhéaume pour l'engueuler rudement.

Ce qui aurait eu pour effet de couper ses liens avec son frère, auquel elle s'agrippait de toutes ses forces.

Le 16 mai, le président John F. Kennedy débarquait à Ottawa pour sa première visite officielle au Canada. Lucille, l'apercevant à la télévision, s'était écriée: «Quel bel homme!» Ce qui avait irrité Rhéaume qui, un tantinet offensé et jaloux, avait remarqué que le président, beaucoup plus jeune que lui, était de la génération de Lucille, non de la sienne. Pour camoufler son dépit, il avait répliqué: «Madame Kennedy est également une fort jolie femme. Et très élégante!» Ce que Lucille approuva sans se sentir désavantagée par cette flatterie à l'égard de la première dame des États-Unis. Un soir, furetant dans les disques de sa bien-aimée, il nota qu'elle achetait régulièrement les chansons du palmarès américain. Sans le lui reprocher, il lui demanda:

– Tu n'aimes pas les artistes d'ici, ma chérie?

– Oui... mais pas au point d'acheter leurs disques. J'en ai sûrement quelques-uns, entre autres ceux de Colette Bonheur dont j'aime le timbre de voix, mais à part elle... Non, je préfère les Américains qu'on voit rarement ici, les Georgia Gibbs, Patti Page, Tony Bennett, Dean Martin...

– Aucun opéra ni opérette?

– Non. Ça, c'étaient les goûts de ta défunte femme, Rhéaume, pas les miens! Je suis plus moderne, moi, plus de mon temps! lui répondit-elle, sans se demander si elle l'avait blessé ou chagriné.

Mais c'est le 25 mai qui devait s'avérer une journée mémorable dans leurs solides fréquentations. Ce soir-là, Lucille l'avait invité à souper; elle s'essayait avec un nouveau mets et désirait son opinion. Il était arrivé avec la bouteille de vin sous le bras et s'empara vite d'un tablier afin de mettre, lui aussi, la main à la pâte dans ce qui semblait compliqué. La recette, une blanquette de veau badigeonnée de sauce blanche, ne fut pas un grand succès: préparée à deux, on avait oublié certains ingrédients. Ils préférèrent en rire et se consoler dans le vin, le café et les pâtisseries françaises qui clôturaient le repas. Puis, assis l'un contre l'autre, la main dans la main, ils regardèrent un bulletin de nouvelles où l'on annonçait que le roi Hussein de Jordanie avait épousé, le jour même, la Britannique Antoinette Avril Gardiner. Subjuguée par l'union, émue par la jeune femme, Lucille épongea même une larme. La regardant, Rhéaume lui demanda:

— Est-ce le fait de voir un roi épouser une jeune femme sans noblesse, fille d'un officier, qui te chavire ainsi?

— Non, c'est le fait qu'ils se marient. Je suis encore comme une enfant devant cette cérémonie. Jeune, je me rendais à l'église le samedi pour voir les mariés, entendre les cloches sonner… Ça m'a toujours fait pleurer, ce moment de bonheur.

Sautant sur l'occasion, l'embrassant dans le cou, Rhéaume lui murmura:

— Et si je te demandais de devenir ma femme, Lucille Voyer?

Feignant l'étonnement, elle ouvrit grands les yeux et lui répliqua:

— Ai-je bien entendu? Tu me demandes en mariage, Rhéaume?

— Oui, tu n'as rien imaginé, c'est mon plus cher désir, Lucille. Si tu m'aimes assez pour accepter, bien entendu.

— Pourquoi toujours ce doute? Ne suis-je pas à tes côtés? Ne sommes-nous pas ensemble chaque jour ou presque?

— Alors, dans ce cas, tu me réponds de quelle façon?

– Par un oui, voyons! Un grand oui, Rhéaume! Je serai très heureuse d'être ta femme et de porter ton nom. Mais si je m'attendais à cela… Est-ce le roi de Jordanie qui…

– Non, j'avais l'intention de te demander en mariage depuis un mois. Je n'attendais que l'occasion, et le Ciel me l'a donnée avec ce bulletin de nouvelles. Nous allons nager dans le bonheur, Lucille…

– Sans plus avoir à nous quitter le soir venu, à rentrer chacun chez soi… J'ai l'impression de rêver, Rhéaume! Je vais devenir madame Bréard! Je vais porter ton nom et vivre dans ta grande maison!

– Tu n'y vois pas d'inconvénient? Le fait qu'une autre avant toi…

– Mais non, voyons! Une si belle maison décorée avec tant de goût. Nous ne changerons rien ou presque… Mais, dis-moi, tu comptes m'épouser quand, mon beau prétendant?

– Le plus tôt possible. Le temps de rencontrer le curé, de trouver un petit samedi intime, et le tour sera joué. Puis, nous ferons un beau voyage de noces reposant, dans la détente, dans…

– Aurai-je le choix de l'endroit, dis?

– Bien sûr. Et si tu as déjà songé à…

– Tahiti! s'exclama-t-elle, en se serrant contre lui.

Rhéaume Bréard fronça les sourcils. Lucille venait de lui soumettre le voyage de noces le plus onéreux de la Terre, alors que lui, intérieurement, considérait qu'une charmante auberge au cœur des Laurentides…

Quelques jours plus tard, quoique embarrassé à cause du décès encore récent de sa femme, Rhéaume se rendit au presbytère afin de s'entretenir avec le curé. Lorsqu'il l'entendit parler de mariage, ce dernier afficha une petite moue. Ce que Rhéaume avait prévu, et qui le gêna davantage.

– Je sais que c'est tôt après le départ de Thérèse, mais il y a quelques années que j'en vis le deuil, si vous comprenez ce que je veux dire, monsieur le curé.

– Oui, je l'admets, monsieur Bréard, mais vous vous engagez à être pointé du doigt par les paroissiens qui, eux, trouveront que le deuil a été de courte durée.

– Qu'importe! Je ne dois rien à personne, aucune explication sur ma façon d'agir! Je suis libre de mes choix…

– Oui, oui, ne vous emportez surtout pas, mais qui donc est l'heureuse élue qui portera votre nom?

– Madame Voyer, Lucille Voyer, la veuve que vous connaissez, je crois.

– La dame aux multiples chapeaux? La directrice de mode?

– Non, Lucille est maquilleuse professionnelle. Elle travaille pour la télévision.

– Ça, je le savais, je confondais les tâches. Je la connais en effet, elle vient à la messe le dimanche, mais de là à vous dire que nous avons de longues conversations, elle et moi… Je ne sais rien d'elle, sauf qu'elle est veuve et qu'elle habite la rue Laverdure. Vous savez, elle se mêle très peu aux autres paroissiennes, elle n'est pas dame de sainte Anne.

– Non, et elle n'y est pas obligée, n'est-ce pas? De toute façon, nous sommes libres tous les deux et nous voulons nous unir le plus tôt possible. Vous avez un petit samedi matin disponible bientôt? Nous pourrions même nous marier dans la sacristie: il n'y aura que nous, ceux qui nous serviront de père, et un ou deux invités. Ce sera des plus intimes… Ma sœur viendra, bien sûr, mais à peine cinq personnes.

– Disons que vous arrivez dans le temps le plus occupé, si vous parlez de juin ou juillet, mais laissez-moi consulter mon registre.

Le vieux curé, lunettes sur le bout du nez, parcourait les samedis à venir, lesquels, au grand dam de Rhéaume, semblaient tous réservés. Se grattant la tête, il fouina davantage et dit à monsieur Bréard:

– J'ai des mariages de prévus jusqu'au mois de septembre, mais si vous acceptiez de vous marier à sept heures du matin, je pourrais vous offrir le 15 juillet. J'ai un autre mariage à neuf heures le même jour, mais pas grandiose: des gens plus pauvres... Avec une messe basse, vous pourriez quitter l'église, mariés, à huit heures. Aimeriez-vous consulter madame pour la date et l'heure suggérées?

– Non, ça va, nous la prenons, cette date. Lucille me laisse le tout entre les mains. Va pour le 15 juillet; nous serons là avec le lever du soleil.

– Aimeriez-vous des chantres? Des fleurs sur la balustrade?

– Non, juste l'organiste pour un *Ave Maria* durant la messe et un air religieux pour la sortie. Pas de *Marche nuptiale*: à notre âge, ce serait ridicule. Je veux que tout soit discret et, surtout, pas de fleurs: Lucille n'aura qu'une rose sur son gant et un léger corsage, m'a-t-elle confié.

– Bon, soit, tout semble en règle. Ce dont j'ai besoin, c'est de votre extrait de baptême, celui de madame, ainsi que du certificat de décès de son premier mari.

– Heu... j'imagine qu'elle a tout cela, même si son premier mariage a été célébré aux États-Unis... Mais, ne craignez rien: nous serons en règle.

Puis, lui serrant la main, Rhéaume quitta vite le curé pour aller, d'un pas alerte, annoncer la bonne nouvelle à celle qu'il aimait.

Lorsque Rhéaume lui fit part des arrangements avec le curé, Lucille se montra satisfaite, quoique le «sept heures du matin» était un peu tôt pour elle, pas tout à fait dans ses cordes. Mais comme ce serait vite fait et qu'un déjeuner suivrait à la résidence de Rhéaume vers dix heures, elle se débarrasserait assez tôt des quelques invités, Juliette en tête. C'était d'ailleurs elle-même, la future mariée, qui avait eu cette idée, alléguant que le restaurant, vers midi, imposait trop de temps à tuer. Tout ce qu'elle désirait, c'était se marier, boucler ses valises et s'envoler le soir même en voyage de noces... avec son mari! Elle prévint Rhéaume qu'elle irait à son tour voir le curé avec les certificats exigés, un soir de la semaine.

Il n'en demandait pas plus, tout heureux à l'idée que cette très belle femme, aux rondeurs sensuelles, serait bientôt son épouse. N'étant plus des enfants, ils avaient tous deux mis à l'épreuve leur savoir-faire dans un lit, et Rhéaume était enchanté des ardeurs de Lucille. Depuis longtemps sevré, il trouvait qu'elle faisait très bien l'amour, qu'elle savait ce qu'un homme désirait, qu'elle était langoureuse, charnelle... Ce que Thérèse, de nature prude, n'avait jamais été.

Lucille, souriante, gracieuse, s'était présentée au presbytère avec tout ce que le curé attendait d'elle. L'attestation du décès de Harry, authentifiant son veuvage, et son certificat de baptême prouvant qu'elle était de nationalité canadienne. Cela fait, elle avait dit à Rhéaume:

— Avise ta sœur, à présent. Et si elle sursaute, dis-lui de rester chez elle!

— Lucille! Voyons! C'est ma seule sœur... Avec le petit frère qui ne donne pas signe de vie...

Constatant qu'elle avait été un peu rude, Lucille se ravisa:

119

– Oui, je sais et je comprends, mais je ne voudrais pas qu'elle s'interpose entre nous. C'est de notre vie à deux qu'il s'agit...

– Ne t'en fais pas: Juliette grogne sans cesse, mais elle ne mord pas. Et elle n'osera pas manquer un tel événement, elle qui ne sort jamais et qui n'a dans sa vie que deux vieilles dames pour jouer aux cartes avec elle.

– Bon, je te la laisse et je m'occupe d'aviser Maxence, le maquilleur qui doit me servir de père. Toi, tu fais le reste de ton côté. Pour ce qui est des vêtements: ton complet noir avec une cravate de soie bourgogne fera amplement l'affaire. De mon côté, je porterai quelque chose de joli, mais je t'en réserve la surprise. Si tu savais comme je suis contente, Rhéaume!

Quelques jours plus tard, Juliette faillit s'évanouir lorsque Rhéaume lui annonça au téléphone son mariage avec Lucille Voyer.

– Tu ne vas pas faire ça! s'exclama-t-elle. Pas un tel outrage à ta défunte qui, sous terre...

Rhéaume l'interrompit vivement:

– Juliette, je t'en prie, laisse ta regrettée belle-sœur hors de tout cela! Je me remarie, un point, c'est tout! Tu es invitée de bon cœur, tu viens ou tu ne viens pas, point à la ligne! Et si tu acceptes d'être des nôtres, tu as besoin d'être charmante avec Lucille ou je te retourne chez toi en taxi!

– Tu t'emportes contre moi, maintenant? Après tout ce que j'ai fait durant la longue agonie de Thérèse? Je t'ai soutenu, Rhéaume! Pas comme une sœur, mais comme une mère! Ah, non! Tu ne vas pas me mettre au pied du mur de cette façon! Pas à mon âge! On pourrait jurer que tu souhaiterais que je ne sois pas là! C'est elle, je suppose?

– Non, Lucille n'a rien à voir avec mes propos. Je n'aime pas te brusquer, Juliette, mais c'est la seule façon de te faire comprendre que tu ne peux pas toujours changer le cours de la vie. Je me remarie en juillet, nous sommes en pleins préparatifs, je t'invite, il y aura un buffet de qualité servi à la maison...

– Si je comprends bien, je n'ai pas le choix. Je m'incline et je m'y rends ou je reste chez moi.

– Désolé, mais c'est le cas, et contrairement à ce que tu dis, tu as le choix: les deux éventualités que tu viens d'énumérer. Lucille n'aura qu'un ami qui lui servira de père, aucun autre invité. C'est très matinal: à sept heures; c'est le seul moment qu'on pouvait nous offrir.

– En juillet? Ce qui ne donne pas grand temps...

– Pourquoi en aurais-tu besoin?

– Pour m'acheter une robe neuve! Ta future femme remarque tout!

– Pas nécessaire, c'est intime, choisis parmi tes robes de sortie, tu en trouveras certainement une. Avec un bouquet de corsage...

– Je verrai, mais dis-moi: qui te servira de père, à toi?

– Un ex-collègue de travail. Tu ne le connais pas. Il a accepté et il sera là avec son épouse. Un couple charmant, tu verras.

– Tu aurais pu tenter de retracer le p'tit frère, non?

– Lui? Jamais! Je n'ai même pas reçu un coup de fil de sa part quand il a fini par apprendre que Thérèse... Que le diable l'emporte! Je l'ai rayé de ma liste, celui-là!

– Bon, bon, ça va, oublie-le, c'est ton droit. Quant à moi... Bien, j'irai, Rhéaume! Je ne laisserai pas mon frère se remarier sans un brin de parenté à ses côtés. Quoique, sept mois seulement depuis...

Il l'avait rapidement interrompue:

– Bon, réglé! On en reparlera d'ici là.

Ils avaient raccroché et, se frottant les mains, Rhéaume marmonna:

– Matée, la vieille fille! Dans ma poche! Et elle a besoin d'être aimable avec sa future belle-sœur, sinon…

De son côté, encore choquée par la nouvelle, détestant Lucille Voyer, Juliette marchait de long en large en maugréant. Puis, devant sa glace, elle bougonna: «Elle a fini par l'avoir, la gueuse! Pis lui, fou comme tous les hommes… Comme si une femme comme elle pouvait être amoureuse d'un type aussi ennuyeux que mon frère. C'est son argent qu'elle vise! Et lui, aveugle et sourd à la fois… Ah! bonne sainte Anne! Dites à Thérèse d'intervenir!» Pas encore satisfaite de ce défoulement solitaire, le soir même elle téléphona à Jean-Marc, en Alberta, pour lui annoncer la «très mauvaise nouvelle». Ce dernier, outré, lui répondit:

– Donc, le beau-frère épouse la meurtrière de sa femme…

Juliette, embarrassée, lui répliqua:

– Le terme est un peu fort, Jean-Marc, vous n'y allez pas de…

– Main morte? Non! Parce que je vois clair, moi! Si vous préférez, je peux dire «la pousseuse de pilules», mais ça revient au même. J'en suis même à me demander si Rhéaume n'était pas de connivence avec elle.

– Jean-Marc! Pour l'amour du ciel, taisez-vous! Vous n'avez pas le droit de douter de mon frère de cette façon. Il adorait Thérèse, il a tout fait pour la sauver!

– Ce qui ne l'a pas empêché de s'éprendre de la maquilleuse du vivant de ma sœur, et ce qui ne le retient pas de la marier sept mois plus tard, alors que la dépouille de sa femme repose depuis peu dans un cercueil de bronze. Avouez que ça soulève l'indignation!

– Heu, oui, peut-être, mais Rhéaume est un homme honnête qui ne ferait pas de mal à une mouche. Ne me faites pas regretter de vous avoir appelé, Jean-Marc. Moi, tout ce que je voulais, c'était que vous sachiez que votre beau-frère…

– Je ne suis plus de la famille. Ma sœur est morte et je ne suis que l'ex-beau-frère de Rhéaume. De plus, vous ne m'avez appelé, Juliette, que pour avoir un complice de votre indignation. Et voilà que mes déductions vous font peur. Vous regrettez votre appel…

– Bon, suffit! Sur ces mots, je raccroche, Jean-Marc! Je ne voulais pas que ça tourne au vinaigre, mais avec vous, enquêteur de chaque instant… De toute façon, ils sont libres tous les deux et vous n'émettez que des suppositions. Oui, je regrette de vous avoir téléphoné! Accuser mon frère de la sorte! Douter de lui! Elle, peut-être, mais pas lui!

Juliette raccrocha avec force, indiquant à son interlocuteur, par ce geste, qu'il n'aurait plus de ses nouvelles. Assise dans sa berceuse, le cœur en panique, elle priait maintenant la bonne sainte Anne pour que Jean-Marc ne vienne pas farfouiller dans les affaires de Rhéaume. Ni de Lucille. Car être compromise était sa pire hantise.

Juin s'écoulait avec rapidité et Rhéaume, agité, ne savait que faire pour combler sa dulcinée. Sorties, concerts, cadeaux, grands restaurants… Il craignait tellement que Lucille change d'idée. De son côté, enfermée dans sa petite maison de la rue Lacordaire, Juliette ne s'était pas montré le bout du nez avenue d'Auteuil depuis sa conversation avec Jean-Marc. Elle craignait tellement que ce dernier, sur un coup de tête, appelle Rhéaume pour l'engueuler vertement. Ou qu'il lui écrive une lettre d'injures. Elle téléphonait régulièrement à Rhéaume pour prendre de ses nouvelles, mais c'était surtout pour se rassurer face à son indiscrétion, que son frère ne lui aurait jamais pardonnée. Quant à Lucille, elle en était à ses derniers préparatifs. Elle avait acheté sa toilette et avait pu se défaire de plusieurs contrats déjà signés. Elle avait gardé, malgré les réticences de Rhéaume, ses services occasionnels dans les studios de télévision. Pour ne pas se sentir «retraitée», lui avait-elle expliqué. Mais c'était beaucoup plus pour ne pas être à ses côtés à longueur de journée. Elle avait besoin de cette évasion, des blagues de Maxence, du contact avec les vedettes, avec les studios, avec ce milieu qui la gardait jeune. Elle allait devenir la femme d'un homme de dix ans plus vieux qu'elle. Il n'était pas question qu'elle se mette à son... diapason! Pas avec le peu d'énergie qu'il déployait malgré ses efforts évidents. Pas avec le peu d'intérêt qu'il avait pour la vie culturelle et les sorties nocturnes. Rhéaume Bréard, à cinquante-six ans, était déjà vieux! Elle, avec ses quarante-six ans, se sentait encore comme à trente ans; enjouée, dynamique et débordante de joie de vivre! Ce qu'elle n'avait pourtant jamais laissé paraître... sur le banc du parc! Un soir, alors qu'ils soupaient ensemble au restaurant, elle lui demanda:

– Tu as tout réservé pour le voyage de noces?

– Heu... non, pas encore. Je voulais justement t'en parler...

– Rhéaume! Nous sommes à un mois du mariage!

– Écoute, Lucille, j'ai une proposition à te faire. Tahiti, c'est le bout du monde, je n'ai vraiment pas envie d'un si long voyage. Du moins, pas pour l'instant. Je suis fatigué, je souffre d'un début d'angine de poitrine et je me remets à peine de tout ce que je viens de vivre. Si tu éprouves un peu de compassion pour moi, peut-être seras-tu en mesure de faire une concession. Une seule, ma chérie! Et tu sais que je te donnerais la lune...

– Alors, c'est quoi? Tu veux qu'on reste ici? Qu'on remette…

– Non, non, pas un compromis de la sorte, je voudrais seulement qu'on change de destination. Un ex-collègue à moi m'a suggéré un luxueux appartement à Palm Beach en Floride. Un vaste appartement digne des vedettes de cinéma qui, dit-on, s'y rendent à l'occasion. Avec piscine privée, la mer tout près… Ce serait moins loin, moins long pour s'y rendre, et je pourrais reprendre du poil de la bête. Mais je ne te l'impose pas, je te le propose, Lucille. Si tu tiens à tout prix à Tahiti, je ferai les démarches dès demain.

Le sentant épuisé par tous les bouleversements survenus depuis un an, Lucille ne put exiger de lui qu'il déploie, non sans risques, le peu d'énergie qu'il lui restait. Déçue, mais affichant un air compréhensif de peur qu'il ne devienne moins généreux, elle lui répondit:

– Ça va, Rhéaume. Palm Beach, l'appartement, ce que tu voudras. On a tellement d'années devant nous… Tahiti peut attendre.

Il soupira d'aise alors que, souriante quoique contrariée, elle avait mis sa main dans la sienne en guise d'encouragement. La future madame Bréard savait très bien comment tirer les ficelles de… son pantin!

Le 23 juin, on pouvait lire dans les journaux que l'avion-fusée X-15 avait établi le record de un mille à la seconde à la base aérienne d'Edwards, en Californie. Ce qui fascinait Rhéaume, mais qui laissait Lucille totalement indifférente quand il lui en parlait avec enthousiasme. Elle était cependant fidèle à l'émission *Les belles histoires des pays d'en haut* et sauta de joie lorsque la belle «Donalda», Andrée Champagne, fut couronnée Miss Télévision 1961, succédant ainsi à Denise

Filiatrault. Des histoires de vedettes, des faits divers, qui laissaient Rhéaume complètement désintéressé. Il attendait fébrilement que le mois s'écoule et que juillet surgisse avec son remariage en vue. Mais le 29 juin, il ne put s'empêcher de dire à sa future que les Américains étaient parvenus à placer sur orbite trois satellites simultanément. Sur quoi, elle avait haussé les épaules.

Enfin! Juillet et ses beaux jours! Le cœur de l'été, le chaud soleil, les enfants sur les balançoires, les écoliers en vacances depuis une semaine… Rhéaume se remémorait le banc de parc où il avait fait la connaissance de Lucille. Quel heureux hasard! Mais ni l'un ni l'autre n'y était retourné depuis. Pas quand on pouvait profiter d'un coin de lecture de la superbe véranda de Rhéaume et s'y détendre dans des chaises longues. Les jours se succédaient, et Rhéaume, de plus en plus nerveux, attendait le samedi qui allait lui donner cette merveilleuse femme pour la vie. Elle, de son côté, s'affairait à tout mettre en œuvre pour le jour tant espéré. Elle habitait encore son logis, mais elle avait convenu avec le propriétaire de le sous-louer à une jeune comédienne dès qu'elle le quitterait pour prendre possession de sa vaste maison. Elle avait réussi à se départir de beaucoup de choses, et la comédienne en question avait sauté sur l'occasion pour obtenir, à bon compte, tous les appareils ménagers et les meubles de qualité du salon et de la chambre à coucher. Bref, Lucille était prête. Elle passait ses soirées chez Rhéaume pour éviter le brouhaha de son logement. Ils regardaient la télévision ensemble, ils écoutaient de la musique, ils faisaient de longues marches dans le quartier, mais ils n'invitaient personne. Surtout pas Juliette, qui aurait trouvé fort indécent de les voir partager, de temps en temps, le grand lit qui avait appartenu… à l'autre!

Le 12 juillet, Rhéaume Bréard, heureux, agité, se présenta chez Lucille avec le journal du matin à la main.

– Écoute! C'est formidable! Un satellite *Midas* de 3 500 livres, destiné à repérer le lancement de projectiles ennemis, est mis en orbite de...

– Assez! Ça ne m'intéresse pas, Rhéaume!

Surpris par l'interruption et le regard sévère de Lucille, il lui demanda:

– Mais... qu'as-tu donc? Tu n'es pas bien? D'habitude...

– Cesse de me parler de ce qui se passe dans l'espace! Ça ne m'intéresse pas! Surtout pas trois jours avant le mariage! Je suis une femme, Rhéaume, pas un militaire. Est-ce que je t'ennuie, moi, avec ce qui se fait dans le domaine de la mode? Ça t'intéresse de savoir que le plus récent parfum de Nina Ricci s'appelle *Capprici*? Tu aimerais que je te décrive la robe que portait Gina Lollobrigida lors d'un récent gala? Alors...

La bouche ouverte, pantois, ne sachant plus quoi dire, il marmonna quelques excuses, mais elle resta de marbre. De plus en plus confus, il s'excusa encore une fois et voulut la prendre dans ses bras, mais elle se désista. Pour la première fois.

La veille du mariage, elle resta chez elle comme le voulait la coutume, pour mieux le surprendre le lendemain. Mais dans l'après-midi qui avait précédé, elle lui avait confié au bout du fil:

– Je suis navrée pour avant-hier, j'étais fébrile, je ne voulais pas m'emporter de la sorte. Il est vrai que l'espace ne m'intéresse pas, mais j'aurais dû être moins prompte. Je n'ai pas l'habitude d'être...

– Ne dis rien de plus, ma chérie, on a tous nos moments d'impatience. De plus, avec le mariage qui vient, c'est moi qui ai eu tort de… Mais n'en parlons plus, veux-tu? Demain, c'est une autre vie qui commence. J'ai peine à le croire, Lucille. Je t'aime…

Sans lui rendre son aveu, elle se contenta de clore l'entretien en lui disant:

– Il faudra te coucher de bonne heure, ce soir. Prends un cachet pour dormir, sinon l'anxiété va te garder éveillé jusqu'au matin. Dommage que nous ayons à nous lever si tôt…

– Ça en vaudra la peine, non? Notre mariage, Lucille! Notre union!

Elle avait soupiré au bout du fil, pour ensuite ajouter:

– J'ai hâte que ce soit terminé, que les autres rentrent chez eux et qu'enfin nous partions.

– Pour n'être que deux? Toi et moi, ma chérie?

– Pour regarder la mer du grand balcon que ton ami t'a décrit. Pour sentir le sable chaud sous nos pieds… Pour boire entre ciel et terre le champagne qu'on offre aux nouveaux mariés, répondit-elle en évitant une fois de plus de répondre aux questions amoureuses de son futur mari.

Le 15 juillet 1961 se leva enfin. Prêt pour la cérémonie, Rhéaume arriva à l'église trente minutes avant l'heure convenue. Le curé l'avait gentiment accueilli et lui avait tenu compagnie jusqu'à ce que le collègue de travail qui devait lui servir de père arrive avec son épouse, toute de rose vêtue. Cinq minutes plus tard, Juliette descendait de la voiture taxi qu'elle avait réclamée et Rhéaume fut heureux de la voir, d'autant plus qu'elle avait fait un gros effort pour être présentable. Elle s'était acheté un tailleur d'été vert pomme, qu'elle avait endossé sur une blouse blanche assez soyeuse, avec appliqués. Elle ne portait pas de bouquet de corsage, elle avait préféré une broche avec grappe de perles qui se mariait aux délicates boucles d'oreilles. Sur son sac à main noir, elle avait épinglé une rose blanche. Sans doute pour «la constance» qu'elle redoutait de ne pas trouver dans cette union. Chaussée de ses éternels souliers noirs lacés, elle avait quand même mis un peu de rouge à lèvres et un léger fard à ses joues creuses. Sur sa tête grise, elle avait fixé un petit chapeau de paille d'un vert sombre, tressé si serré qu'on aurait dit un nid d'oiseaux. Rhéaume la présenta au curé ainsi qu'au couple, et elle se montra affable, voire aimable.

À sept heures moins trois minutes, juste à l'heure, la porte s'ouvrit et Lucille fit son apparition au bras de Maxence, le maquilleur qui lui servait de père. Et ce fut le choc! Pour Rhéaume comme pour Juliette! Jamais Lucille n'avait été aussi belle! Maquillée comme elle seule pouvait le faire, elle avait lissé ses cheveux pour en faire un joli chignon crêpé sur le dessus de la tête, qu'elle avait entouré de roses de soie beiges qui retenaient, captif, un tout petit voile qui descendait jusqu'à la nuque. Sa toilette était unique! Une jolie robe de dentelle beige avec, sur les épaules, un châle du même tissu qui se terminait en pointe, au bas du dos de la superbe toilette. Toute de beige vêtue, elle portait un bouquet de corsage garni de roses pêche. Sur son délicat gant de dentelle, une seule rose d'un rouge ardent. Sous le bras, un petit sac à main perlé, jumelé à ses escarpins à talons hauts et fins. Avec un sourire d'ange, elle quitta le bras de Maxence, que le petit groupe trouva «extravagant», et s'agenouilla à côté de Rhéaume qui la regardait avec tant d'amour, qu'une larme avait glissé jusqu'à l'œillet de sa boutonnière. La cérémonie fut brève, la messe aussi, et les mariés empruntèrent l'allée centrale sur un air liturgique de l'organiste, alors que Juliette, croisant son regard, lui rendit son sourire d'un branle de bouche croche. L'*Ave Maria* de Schubert avait ému Rhéaume, mais Lucille était restée impassible. Seul son sourire de commande témoignait de son bonheur. Par politesse pour les invités, par délicatesse pour... son mari. Sur le parvis de l'église, le photographe demandé fit une photo du petit groupe, monsieur le curé inclus, et ce dernier se tournant vers Lucille, lui dit:

— J'ai été très surpris d'apprendre que vous étiez née à Toronto et que vous aviez été baptisée le même jour dans une petite chapelle de l'hôpital dont j'oublie le nom. Mais j'ai été encore plus étonné de lire que votre père, Gustave Voyer, avait été avocat, puis juge. Votre mère, cependant...

Lucille, embarrassée devant Rhéaume, lui répondit:

— Mon père a toutefois terminé sa carrière en reprenant la toge d'avocat. Il n'aimait pas avoir à condamner les inculpés.

Rhéaume, ahuri, stupéfait, entra dans la conversation:

— Mais... tu ne m'avais pas dit cela, ma chérie...

— Sans doute parce que tu ne m'as rien demandé, mon mari! s'exclama-t-elle en riant.

Pour ensuite ajouter en regardant le curé:

— Vous savez, nos fréquentations ont été brèves. C'est maintenant que nous allons apprendre à nous connaître.

— Évidemment, madame Bréard. Tous mes compliments encore une fois. Il faut que je me sauve, un autre mariage m'attend.

Le photographe croqua les nouveaux mariés seuls devant un buisson fleuri et tous regagnèrent leur voiture. Rhéaume avait sa Cadillac; le collègue, sa propre voiture; et Juliette monta dans la Chevrolet jaune de Maxence. Pour quelques coins de rue seulement, mais sans klaxonner; c'était, selon

Rhéaume, un jeu enfantin; et d'après Lucille, ridicule à une heure aussi matinale, avec seulement trois voitures. Ils arrivèrent avenue d'Auteuil et les convives n'eurent d'autre choix que d'offrir leurs vœux au couple, le verre à la main, à neuf heures du matin. Lucille avait étiré le temps avec le curé pour ne pas être de retour à la maison trop tôt. Maxence, assez affriolant dans son complet de lin bleu poudre, causait avec le collègue de Rhéaume, encore très bel homme pour son âge.

Le traiteur se présenta un peu plus tard avec ses plats, et tous se régalèrent des bouchées délicates qu'on trouvait seulement dans ces maisons spécialisées. Le vin coula peu, sauf pour le maquilleur qui, fort turbulent, ne dédaignait pas le mousseux. Juliette adressa à peine la parole à sa belle-sœur, outrée de la voir prendre la place de «sa chère Thérèse» dans cette maison où l'on pouvait encore sentir sa présence, et préféra causer avec la dame vêtue de rose que Lucille avait laissée de côté. Maxence ne cessait de répéter à Rhéaume qu'il avait épousé la plus belle femme du monde... après Sophia Loren! Ce qui avait fait rire les invités, sauf Juliette, qui le trouvait trop bavard, trop maniéré avec son auriculaire en l'air! On s'installa sur la terrasse où des tables et des chaises de jardin les attendaient, et l'on babilla de tout et de rien, jusqu'à ce que le couple invité par Rhéaume manifeste le désir de partir, habitant assez loin de la métropole. Maxence, sur un signe discret de Lucille, décida de s'éclipser à son tour et offrit à mademoiselle Bréard de la reconduire chez elle. Ce que la vieille fille accepta, histoire de sauver le prix de la course en taxi. Elle embrassa son frère, effleura à peine, de ses lèvres sèches, la joue de sa belle-sœur, et monta à bord de la voiture jaune de «l'écervelé» quelque peu enivré. Restés seuls, Rhéaume s'approcha de sa femme, lui prit la main dans la sienne, admira l'éclat de l'énorme diamant qu'il lui avait offert, et lui murmura:

– Si tu savais comme je suis heureux! Toi! Enfin, ma femme!

Il se pencha pour l'embrasser, elle lui offrit son front. Puis, retirant la rose rouge de son gant, elle lui dit:

– Il faudrait songer à nous préparer pour l'avion de ce soir. Tu sais, se lever tôt comme ce matin... Je crois que je vais sommeiller durant le vol au-dessus des nuages. Demande au traiteur de tout ranger.

Rhéaume s'exécuta et ramassa la rose rouge qu'elle avait laissé tomber par terre pour la déposer dans un verre d'eau oublié. À l'intérieur, enfoncée dans le moelleux divan du salon, les jambes allongées sur un tabouret, retrouvant sa quiétude, reprenant son souffle, Lucille affichait un léger sourire. Elle était enfin devenue madame Rhéaume Bréard! La maîtresse des lieux! Avec tant de choses à changer... Ce morne décor, la vieille Mercedes de Thérèse. Tant de choses, tant de projets... Mais, pour l'instant, la nouvelle madame Bréard n'avait qu'une seule idée en tête: fouler de ses pieds, au plus tôt, le sable chaud de Palm Beach... à défaut de celui de Tahiti!

Chapitre 5

L e voyage de noces avait été... un fiasco! Pas tant pour Rhéaume que pour Lucille, qui n'avait pas aimé le «luxueux appartement» qui s'était avéré fort ordinaire, et encore moins la piscine, qui n'était pas privée, mais bondée d'autres locataires du même complexe résidentiel. Une piscine où de très belles jeunes femmes dans la vingtaine se faisaient courtiser par les superbes *lifeguards* musclés qui l'avaient ignorée, elle, avec ses rondeurs et son *middle age*, comme on la qualifiait là-bas. Et ce, malgré son chapeau de paille orné de rubans vaporeux noirs et orangés, ses énormes anneaux de gitane, ses yeux ensorceleurs très maquillés et son déhanchement provocant qui n'allumaient plus, hélas, les gars de vingt-cinq à trente-cinq ans. Certes, quelques têtes se tournaient encore... Des têtes blanches!

Or, déçue de ne pas être dans la course des favorites de la piscine ni de la plage, la nouvelle madame Bréard en vint à blâmer intérieurement son mari vieillissant, sans songer qu'avec son propre tour de taille... Lucille était frustrée et sa mauvaise humeur se manifestait jusque dans la salle à manger du chic restaurant de l'endroit où, vêtue telle une *star* de l'écran, elle se faisait encore damer le pion par les nymphettes aux seins fermes et à la taille fine, qui se trémoussaient dans leurs… *pedal pushers!* Elle regardait Rhéaume et, en dépit de tous ses efforts pour le rajeunir, elle le trouvait défraîchi. Vieux et incolore, figé dans ses attitudes trop «dignes» pour un *dandy.* Lui n'était là que pour elle. Amoureusement fou d'elle! Il ne comprenait pas que sa femme lève le nez sur Palm Beach, alors que, comblé par le soleil, la mer et ses vagues, il ne s'en faisait pas outre mesure avec les varices qu'il affichait aux chevilles. Lucille, qui n'avait pas vraiment pu évaluer les avantages ou les imperfections physiques de son mari au cours de leurs quelques relations avant leur mariage, les voyait aujourd'hui en plein soleil sous les palmiers alors qu'il se promenait à longueur de journée, en maillot de bain démodé et chaussé de sandales de moine. Malheureusement pour lui, ses attributs n'étaient guère évidents et ses défauts, fort nombreux. Sans afficher le gros bedon de plusieurs hommes de sa génération, Rhéaume avait un corps flétri, une peau flasque, des rides assez prononcées et une démarche chancelante qui n'avait rien de jeune. Somme toute, il affichait ses cinquante-six ans. De la tête aux pieds! On ne lui aurait pas donné un an de moins, mais facilement quatre de plus. Ce qui avait contrarié Lucille. Elle ne s'attendait pas à un corps de *muscle man* comme on en voyait sur la plage, mais non plus à un corps plus enclin vers la vieillesse qu'à la jeunesse prolongée, avec son dos voûté et ses fesses tombantes. Ce qu'elle n'avait pas remarqué dans leurs ébats en pleine noirceur, lors de leurs relations intimes peu avant leur union. Pourtant, Lucille n'était guère une *pin up* de calendrier avec ses rondeurs et son début de double menton, mais avec dix ans de moins que lui, sa démarche était encore souple, voire houleuse, et sa peau était ferme. Avec vingt livres en moins, elle aurait pu faire concurrence à plusieurs femmes de trente ans, mais, hélas, aucune diète ne venait à bout de son surplus de poids qui rendait ses hanches trop lourdes et ses mollets trop gras. Et ce qui la mettait en rogne, c'était qu'au bras de Rhéaume elle était davantage… désavantagée! Un constat d'échec qui la blessait encore plus. Elle aurait préféré être là avec Maxence, son copain dans la trentaine, enjoué, bien fait, beau gars, même s'il n'aurait eu d'yeux que pour les mâles bronzés au sourire *Pepsodent*, qui défilaient par centaines dans des maillots pastel qui laissaient tout deviner. Oui, un Maxence à la langue pendante, au lieu d'un vieux mari qui lui parlait encore des «découvertes de l'espace». Sans même, de son balcon, jeter un œil sur une sculpturale beauté blonde qui, dans un bikini à pois jaunes, se déhanchait… de façon indécente!

La lune de miel avait été plutôt de fiel. Lucille avait certes rempli son devoir d'épouse, mais avec si peu d'empressement que Rhéaume était resté éberlué. Loin de l'image du couple qui venait à peine de se marier, on aurait pu jurer qu'ils étaient unis depuis des décennies. Malgré l'ardeur et l'amour de son mari, elle ne répondait qu'avec déférence à ses avances. Et dès qu'il avait eu sa part de jouissance en dépit de son angine, elle se tournait du côté gauche pour s'endormir, inassouvie, parce que non participante. Mais elle feignait si bien l'orgasme, certains soirs, que Rhéaume croyait à un sursaut d'extase de sa part. «Je t'aime…», lui répétait-il tout au long de l'acte conjugal, alors qu'elle répondait par un murmure dont il ne distinguait pas la teneur. «As-tu dit, moi aussi…?» se risquat-il lors d'un échange. «Non, j'ai dit qu'il était passé minuit, que j'étais crevée…», lui répondit-elle, tout en bâillant effrontément alors que, sur elle, la sueur au front, il tentait de la combler avec le peu de souffle qu'il lui restait.

Elle avait hâte de rentrer à la maison, de s'emparer des lieux, d'y mettre sa touche personnelle. À bord de l'avion qui les ramenait, naïvement il lui demanda:

– Tu as aimé ton voyage, ma chérie? Palm Beach, le sable...

– Oui, oui, répondit-elle, impatientée.

– Quel drôle de ton... Ça ne va pas? T'ai-je offensée sans...

– Non, non, cesse de toujours te culpabiliser, Rhéaume! Un inconvénient mensuel féminin, ça ne te dit rien? lui mentit-elle sans retenue.

– Ah! c'est donc ça! Pardonne-moi, j'avais oublié cette particularité... Tu sais, Thérèse, à l'âge qu'elle avait...

– Je t'en prie, ne me parle pas d'elle! Pas en plein ciel! Garde-la dans ton cœur si tu veux, mais ne m'embête pas avec ce qu'elle était, ce qu'elle faisait. C'est moi ta femme à présent et je ne veux pas vivre dans son ombre, tu comprends? Surtout pas de comparaisons, ce serait déplacé!

– Mais jamais je n'oserais, voyons...

L'hôtesse de l'air passait avec son chariot, et Rhéaume, empressé, demanda à son adorée:

– Un verre de jus de fruits? Une limonade, ma chérie?

– Non, un double scotch sans glaçons, répondit-elle fermement, tout en offrant son plus gracieux sourire à la jeune femme.

Elle avait défait ses valises et rangé ses vêtements dans la chambre d'invités, ce qui surprit Rhéaume:

– Pourquoi cette chambre, Lucille? Ce n'est pas la chambre des maîtres.

Se retournant brusquement, elle lui répondit:

— Tu ne penses tout de même pas que nous allons partager la chambre de ta défunte femme, ainsi que son lit, Rhéaume!

Abasourdi, il répliqua timidement:

— Je ne comprends pas, nous l'avons tout de même utilisé, ce lit, avant... J'ai fait tourner le matelas, j'ai acheté de la literie neuve. Tu ne t'en plaignais pas lorsque...

— Écoute! Je n'avais pas le choix, c'était le seul lit double de la maison! Toi, tu n'as qu'un lit simple dans ta chambre, et il en va de même pour la chambre d'invités, occupée par Juliette de temps en temps. Et c'est toi qui m'imposais le lit de ta femme! Je me demande encore comment tu pouvais faire ça! Ta concubine dans le lit de ta défunte! Ce n'est pas le sang-froid qui te manquait, Rhéaume Bréard! Mais, à partir de maintenant, tout va changer. La chambre de Thérèse avec balcon va devenir une jolie pièce de lecture, de musique et de passe-temps divers. Toi, tu gardes ta chambre, et moi, je prends celle-ci qui sera plus pratique. J'ai toujours été habituée à...

— Lucille! Tu n'y penses pas? Tu veux faire chambre à part?

— Oui, pourquoi pas? À notre âge..., ajouta-t-elle d'un ton plus doucereux en voyant sa grande contrariété.

— Nous venons à peine de nous marier, ma chérie.

— Je sais, mais faire chambre à part n'exclut pas les visites d'un lit à l'autre..., répondit-elle d'un ton enjôleur. Et puis comme tu ronfles à bouche ouverte... Tu veux vraiment m'imposer des nuits blanches?

— Bien sûr que non, je te comprends, mais j'aimais voir ton joli visage sur l'oreiller voisin, sentir ton corps contre le mien...

— Ce qui se poursuivra, ne crains pas, quand je viendrai me glisser entre tes draps.

Chatte ou plutôt renarde, sournoise, rusée, Lucille avait réussi à le remettre en haleine et à faire de cette séparation de corps un jeu sensuel et troublant. Pour lui, du moins, qui l'imaginait déjà, poussant la porte de sa chambre, entièrement nue sous un déshabillé transparent. Changeant de sujet alors qu'elle l'avait bien en main, elle lui dit:

— Nous irons souper au restaurant ce soir. Nous fêterons notre retour de la sorte. Ensuite, nous mangerons plus souvent ici, les sorties se feront plus rares.

— Ah, oui? Pourquoi?

— Parce qu'avec tout le chambardement que je compte faire ici, je n'en aurai guère le temps.

— Quel chambardement? Tu m'avais dit que la maison, telle qu'elle était, avait un certain cachet, qu'elle était de bon goût...

— Oui, au temps de Thérèse, bien sûr. Mais tu ne crois tout de même pas que je vais vivre dans les vieilleries de ta première femme, Rhéaume! C'est lourd, c'est chargé, c'est passé de mode! Même le lustre de la salle à manger! Cette maison va rajeunir de vingt ans avec moi, tu verras!

— Ce qui risque de nous coûter une petite fortune, Lucille!

— Et puis? Ce n'est pas l'argent qui manque, ton compte de banque déborde! C'est bien beau des intérêts, mais quand ça ne sert pas... Et comme disait mon père: le coffre-fort ne suit pas le corbillard!

Aussitôt dit, aussitôt fait... Quelques jours plus tard, Lucille avait fait publier une annonce dans *La Presse* afin de se départir de tout ce qu'il y avait dans la maison, au grand désespoir de Rhéaume qui n'avait conservé que le mobilier de sa chambre à coucher. Le salon avait été dépouillé de ses meubles de style Récamier, de ses jolis tableaux et des lampes qui en rehaussaient l'aspect. Les tentures de velours avaient été données à Maxence, tout comme le tapis rose qu'il avait lui-même enlevé avec soin. Un brocanteur avait récupéré les meubles et les lampes pour un prix dérisoire, et Juliette, de justesse, avait réussi à obtenir, par l'intervention de Rhéaume, un tableau représentant Désirée Clary, l'une des maîtresses de Napoléon. Outrée de voir son frère délesté de tous les biens que Thérèse aimait tant, elle lui en avait fait part en catimini, mais Rhéaume, s'abstenant de lui donner raison, avait préféré se ranger du côté de sa nouvelle épouse qui, déjà, le menait par le bout du nez. Il avait presque pleuré lorsque le superbe lustre de la salle à manger fut décroché et vendu à un antiquaire pour le tiers de sa valeur. Ce lustre que Thérèse avait naguère choisi avec grand soin et qui avait illuminé tant de soupers à deux ou avec des invités. Lucille Voyer-Bréard avait pratiquement vidé la maison! Elle n'avait gardé que la machine à laver et quelques articles de jardinage. Bref, ce qui ne valait rien à ses yeux. Elle n'avait pas hésité à jeter à la poubelle les chaudrons, les poêles à frire, les ustensiles, les pains de savon et tout ce que contenait le garde-manger et le réfrigérateur, sauf quelques denrées non périssables, sans même songer aux pauvres de la paroisse, comme le lui reprochait son mari. Tout ce qui avait appartenu à la défunte était parti, éparpillé ou pilonné, bref, disparu… tout comme elle! Avec une grande maison vide à sa portée, elle fit venir un décorateur de renom et, avec son aide, remeubla le tout… à la moderne. De la cave au grenier! Avec Rhéaume qui, déboussolé, voyait ses dollars s'envoler! Un nouvel aménagement qui, selon Juliette, allait coûter toute une «beurrée» au nouveau marié. Et pas tellement au goût de la vieille fille qui, comme son frère, préférait l'ancien décor de Thérèse à celui de Lucille. Les tableaux abstraits sur les murs ne représentaient rien qui puisse toucher le cœur. Les rideaux et les tentures étaient fades, sans chaleur. Bref, du merveilleux agencement ancestral de Thérèse, il ne restait plus rien. La nouvelle madame

Bréard l'avait remplacé par... une vitrine de magasin! Des meubles pâles et sans éclat, un lustre plus petit et sans luminosité, un vivoir auquel les meubles de rotin donnaient un air campagnard. Un réel méli-mélo dans lequel Rhéaume, ne reconnaissant plus son «château» d'antan, ne se sentait guère confortable. Car, malgré tout l'argent dépensé, Lucille en avait fait un cottage simplet meublé comme un bungalow. Juliette, en visite une fois de plus, avait murmuré à son frère: «C'est aussi laid que c'était beau!» Ce que Lucille, l'oreille aux aguets, avait pu saisir, et qui créa un terrible froid entre elles. À l'avantage de la nouvelle madame Bréard qui cherchait, depuis longtemps, à se débarrasser... de la grenouille de bénitier!

L'année s'acheva tant bien que mal sur les quelques joies et les nombreux déboires de Rhéaume. Peu satisfait des rares rapprochements de Lucille, il en était à se demander, tout comme plusieurs autres d'ailleurs, si celle qu'il aimait encore, ne l'avait pas épousé pour son argent. Il en était presque à regretter d'être allé si souvent à ce parc où il avait fait sa connaissance. Parce que depuis, malgré ses invitations à le suivre, Lucille refusait carrément de faire des marches de santé et d'aller, tout comme avant, regarder l'eau de la rivière alors qu'il nourrirait les canards. C'est donc seul que Rhéaume avait repris cette habitude qui lui accordait un certain répit. Songeur, il se questionnait sur ses sentiments. Il l'aimait! Oui, dès qu'il la voyait vaporeuse, les cheveux noirs descendus aux épaules, maquillée à outrance, enduite de *Shalimar*, il l'aimait! Comme un esthète pour qui l'apparence extérieure serait primordiale. Consciente de son emprise, Lucille ne ménageait pas ses efforts pour le séduire, se laisser caresser de temps en temps, se nourrir de ses mots d'amour, en échange d'un manteau de lynx qu'il lui payait le lendemain ou de l'échange de la Mercedes

140

de la défunte contre une Lincoln Continental d'un rouge flamboyant.

Lorsque la période des Fêtes s'annonça, Lucille refusa de recevoir Juliette à la maison. Elle ne voulait, pour le réveillon, que deux ou trois amis qui travaillaient dans les studios de télévision avec elle, dont Maxence et Yvette, une blonde maigrelette qui ricanait sans cesse et que Rhéaume ne pouvait supporter. Comme il s'objectait à ce genre de soirée la veille de la Nativité, Lucille l'enjoignit d'aller veiller chez sa sœur et de réciter son chapelet avec elle. Pour la première fois, profondément vexé, il s'emporta:

– Écoute-moi bien, Lucille! Je te passe tous tes caprices, je ne te refuse rien, mais je ne me laisserai pas diminuer de la sorte! Tes amis, je ne les veux pas ici! C'est plutôt toi qui vas aller veiller avec eux ailleurs! Moi, j'invite ma sœur, mon ex-collègue qui m'a servi de témoin et sa dame. Voilà! Tu restes ici en bonne hôtesse ou je les reçois seul! Mais tu ne vas pas m'évincer de ma propre maison... Assez, c'est assez! Je t'aime, mais pas au point de devenir bonasse!

– Oh, là! Une colère? Qu'est-ce que ça veut donc dire, Rhéaume? Je n'ai plus de droits dans «ta» maison? Je t'ai tout simplement dit que Juliette ne cadrerait pas...

– C'est ma sœur et elle cadre partout! Surtout chez moi! Ce sont tes amis qui ne cadrent pas ici, Lucille! Il te faudra changer d'attitude, remplir ton rôle d'épouse, te...

– Me quoi? Me soumettre? C'est ce que tu voulais dire, n'est-ce pas? Alors là, tu frappes un nœud, mon cher! Je ne suis pas Thérèse, moi! J'ai quarante-six ans, je suis de la nouvelle école! C'est toi qui es de l'ancienne, et ça...

– Est-ce la nouvelle école qui t'interdit de remplir ton devoir conjugal, Lucille? Ça m'a coûté tout ce que j'ai ou presque pour que cette maison soit à ton goût, et tu te prélasses dans ta chambre dernier cri alors que je moisis dans la mienne. Où sont donc passées les fameuses visites promises? «J'irai frapper à ta porte...», me disais-tu. Depuis notre retour de voyage de noces, deux relations sexuelles, Lucille Voyer! Deux! Et c'est moi qui suis allé frapper à ta porte deux fois pour te les quémander! Si tu me trouves peu invitant, répugnant même...

– Rhéaume! Arrête! Voilà qui n'est pas bon pour ton angine..., lui dit-elle en baissant le ton graduellement.

Se rendant compte qu'il n'était pas le pantin qu'elle croyait, elle changea d'attitude pour lui dire sinueusement:

– Tu as raison sur certains points, je l'admets. Il est préférable que je reste ici, que je reçoive ta sœur et ton couple d'amis. Excuse-moi, Rhéaume, mais il m'arrive d'oublier que je suis madame Bréard et non la simple maquilleuse de studios que j'étais. J'ai ce côté jouvencelle qui m'empêche de mûrir, mais tu fais bien de me rappeler à l'ordre. Tu ne me refuses rien, tu me gâtes sans cesse et je deviens vilaine. Pardonne-moi, c'est une faute d'inattention. J'avertirai les amis que je reçois nos invités et je serai à la hauteur, je te le promets. Je vais même me réconcilier avec ta sœur ou, du moins, tenter de l'amadouer.

Estomaqué, n'en croyant pas ses oreilles, Rhéaume se demandait si elle était sincère ou si elle se payait sa tête. La regardant, voyant ce doux sourire sur son visage, il s'approcha d'elle. Elle le laissa déposer un baiser sur son front tandis que lui, enivré par l'odeur de *L'Air du Temps*, oublia pour un moment tout ce qu'elle avait pu lui dire ou lui faire depuis leur mariage, pour s'éprendre de nouveau follement d'elle. Le sentant encore une fois à sa merci, Lucille lui passa la main dans les cheveux:

– Il y a une repousse... Il serait temps pour le colorant.

– Non, Lucille, je veux les garder gris désormais. Je n'aime pas les cheveux teints chez un homme, ça ne fait pas viril…

– À ta guise. Tu as sans doute raison. Oublions la teinture.

Soupirant d'aise, il quitta le salon pour se rendre à la cuisine sans s'être rendu compte que, parmi tous les compromis que Lucille avait faits, elle n'avait pas parlé d'aller frapper à la porte de sa chambre, le soir venu. Ni le lendemain ni le jour d'après. Mais Rhéaume, heureux de l'avoir quelque peu secouée pour mieux la raisonner, oublia pour quelque temps ces privations qui s'ajoutaient aux autres.

Lucille Voyer, de son côté, faisant fi de madame Rhéaume Bréard, avait organisé quelques sorties avec sa bande d'amis à l'insu de son mari. Avec sa Lincoln Continental! Dans les plus jolies boîtes de nuit et les restaurants les plus huppés du centre-ville. Faisant fi aussi, sans que Rhéaume ne s'en rende compte, de son faux cri du cœur. Bien sûr qu'elle recevrait gentiment le collègue et sa dame insignifiante. Et Juliette serait de la soirée, bien entendu. Si Lucille s'était amendée, pour ne pas dire humiliée, aux yeux de son mari, c'était pour ne pas le voir s'éloigner d'elle déjà. Elle avait besoin de lui et de son argent pour combler tous ses rêves enfouis. Quitte à en payer l'addition par une ou deux nuits en feignant l'orgasme dans son lit.

1962 avait surgi en coup de vent, et son premier mois s'était écoulé si vite que Lucille ne l'avait pas vu passer. Le 10 janvier avait été marqué par les villages engloutis sous 40 pieds de boue au Pérou. On avait dénombré 4 000 morts. Le 16, c'était une junte militaire qui chassait le président Balaguer du pouvoir en République dominicaine. Rhéaume suivait aussi, bien sûr, tout ce qui se passait dans l'espace, mais sans désormais en faire mention à sa femme. Un vendredi soir de la fin de janvier, Lucille lui avait téléphoné des studios où elle travaillait encore pour lui dire qu'elle allait prendre un verre avec Maxence et Yvette, la maigrelette, et Rhéaume en profita pour se rendre chez Juliette qu'il n'avait pas revue depuis les Fêtes. Heureuse de le revoir, sa grande sœur lui servit un café et une pointe de tarte aux pommes et, remarquant sa mine défaite, lui demanda calmement:

– Il y a quelque chose qui ne va pas, n'est-ce pas?

– Non, non, tout baigne dans l'huile…

– Rhéaume! Pas à moi, je t'en prie. Tu n'es pas venu ici que pour me rendre visite, tu sembles en avoir gros sur le cœur, toi.

– Pas à ce point, mais comme tu es ma seule confidente, je t'avouerai que je pensais être plus heureux que je le suis avec Lucille.

– Je le savais! Je le sentais depuis des semaines! Pas facile celle-là, n'est-ce pas? Pas tout à fait du genre que tu croyais, non? Moi, je l'avais deviné! J'étais certaine que tu ne nagerais pas dans le bonheur avec elle! Mais comme tu n'écoutes personne…

– Ce n'est pas que je regrette, Juliette, c'est que…

– Que quoi?

– Que je suis trop vieux pour elle. Elle est jeune, fringante et enjouée, tandis que moi… Tu sais, mes dernières années avec Thérèse ont fait de moi un homme usé, ravagé. Il y a beaucoup d'hommes de mon âge qui sont encore pimpants, jeunes d'allure et de caractère. Mais moi, avec mon angine qui progresse en plus…

– Ce n'est pas que ton angine, mon frère. Tu n'as jamais été jeune de caractère ni flamboyant comme tu as tenté de l'être depuis ton mariage avec elle. Tu as toujours été réservé, calme, posé, très averti, très adulte. Tu vois? Tu as tenté de jouer le jeu et voilà que je te retrouve enfin avec tes cheveux gris. Les teintures, les mocassins, les bagues en or, les chaînes au cou, ce n'était pas toi, tout ça. Tu as toujours voulu que Thérèse soit éblouissante, souviens-toi, mais tu restais effacé, à l'écart, presque dans son ombre. Tu aimais l'admirer dans ses robes à paillettes, ses bijoux, ses fourrures... Tu aimais le beau pour elle, Rhéaume, pas pour toi. Et il en va de même avec l'autre... Tu vois? Je suis encore incapable de prononcer son nom! C'est comme si...

– Non, n'ajoute rien, ne déblatère pas sur son compte. Lucille a quand même de grandes qualités. Chaque médaille a son revers...

– Ah, oui? Lequel dans son cas? Elle a tout fait changer dans ta maison! Même les lustres des plafonds! Elle t'a fait acheter les meubles les plus coûteux qui soient, des tapis mur à mur pour chaque pièce, des bibelots, des tableaux, de la vaisselle, des chaudrons, tout, tout, Rhéaume! Elle t'a presque ruiné, je le sens! Sans parler de sa voiture rouge qui t'a sûrement coûté un bras! Joli revers de médaille! Ne viens pas me dire que cette femme n'est pas en train de te dilapider de tout ce que tu possèdes, mon frère!

– Hélas, je te l'accorde... Avec ses extravagances, Lucille a quasiment vidé mon compte en banque. Heureusement, j'ai des placements... Mais, il faut dire aussi que je l'ai bien choyée, de plein gré. Des fourrures, des toilettes, des bracelets en or... Sans qu'elle me les demande, mais je n'en voyais pas clair, Juliette. Je lui aurais donné mer et monde...

– Et tu viens de te réveiller! Il était temps, tu ne trouves pas?

– Pas tout à fait. Je l'aime encore, Lucille est si belle...

– Allons donc, elle n'est que *flashée*, Rhéaume, pas belle! J'aimerais bien la voir le matin au réveil... Ronde en plus! Loin d'être une vedette! Ce n'est quand même pas Anne Baxter, la Voy... Ah! Seigneur!

– Ne t'emporte pas, Juliette, ne me fais pas regretter ma visite.

– Je m'étais jurée de rester calme, mais mon ton monte malgré moi. C'est de toi que je m'inquiète, Rhéaume, pas d'elle! J'ai peur qu'elle finisse par te faire perdre ta maison.

– N'exagère pas! Je ne suis pas encore ruiné, tu sais, juste un peu moins à l'aise que je ne l'étais. Si je suis plus prudent, plus économe, les choses peuvent se replacer.

– Ah, oui? Et que fais-tu des voyages que tu lui as promis? Elle s'en est vantée toute la soirée pendant le souper des Fêtes.

– Bah, pas loin: la Floride, peut-être, pas le bout du monde.

– Non, non, elle parlait encore de Tahiti, de l'Espagne, du Brésil!

– Pas avec mon angine, voyons! D'ailleurs, il faut que je consulte, j'ai de moins en moins de souffle.

– Ce n'est pas un docteur, mais un avocat que tu devrais consulter, Rhéaume!

– Un avocat? Pourquoi?

– Pour une séparation, voyons! Pour un divorce, si nécessaire!

– Es-tu devenue folle, toi? On vient à peine de se marier... Je n'ai pas du tout l'intention de me séparer de Lucille. Je l'aime, elle m'aime...

– Tu l'aimes! Elle t'aime! Mon œil, en ce qui la concerne! Elle n'aime que ton argent! À moins que par ses faveurs et ses ardeurs...

– Ah! mon Dieu! Si seulement j'avais cela... Ses ardeurs, dis-tu? Ça n'a duré que le temps d'une rose, Juliette.

Le 3 du deuxième mois, les États-Unis décrétaient un embargo sur tous les produits cubains, ce qui laissa Lucille indifférente. Lorsque vint le jour de la Saint-Valentin, Rhéaume, contrairement à ses largesses habituelles, n'offrit que des fleurs à sa douce moitié. Elle aurait pu s'en offusquer, mais elle était bien mal placée pour le faire, elle avait totalement oublié la fête des amoureux. Pas même une carte pour l'homme qui s'imaginait qu'elle l'aimait. Elle le remercia de sa délicate pensée, s'excusa de la distraction de sa part, prétextant un surplus de travail aux studios, mais Rhéaume se sentit affligé d'être ainsi ignoré. Après tout ce qu'il avait fait pour elle! Pas même un baiser sur la joue avec un «je t'aime» tendre et doux. Non, rien du tout! «À notre âge...», avait-elle dit, comme pour se faire pardonner, tout en fulminant en elle-même de n'avoir reçu que des fleurs de sa part, et non une chaîne 14 carats avec un cœur en or se balançant au bout.

Mais c'est à la fin de février que Lucille devait recevoir son premier coup de masse sur la tête. Rentrant de son travail en fin d'après-midi, elle aperçut une Chevrolet Nova d'un vert feuille stationnée dans l'une des entrées de leur garage double. La petite Nova de l'année dont on vantait tant les mérites. Intriguée, elle se demandait bien qui pouvait ainsi leur rendre visite, d'autant plus que la Cadillac de Rhéaume n'était pas en vue dans les parages. Poussant la porte d'entrée, elle se retrouva nez à nez avec son mari qui, confortablement assis dans le salon, parcourait les pages de *La Presse*.

– Dis donc, on a de la visite? À qui est la petite voiture?

– À moi, mon amour. J'ai échangé ma Cadillac contre ce petit bijou de voiture flambant neuf.

La bouche ouverte, elle le regarda pour lui lancer en colère:

– Tu n'as pas fait ça, voyons! Ta Cadillac partie et une petite Chevy Nova à la place? As-tu perdu la tête ou quoi?

– Non, ce sera plus économique, et je n'ai guère besoin d'une grosse et luxueuse voiture pour où je vais.

– Voyons, Rhéaume, ce n'est pas de notre rang! Il y a un jeune père de famille qui habite juste en face du Marché Dionne qui en a une semblable. De la même teinte en plus! Dans son cas, ça va, mais on réside avenue d'Auteuil, nous, on a un *standing* à maintenir.

– Ah, oui? Lequel? Avec tout ce que tu m'as fait dépenser depuis notre mariage, je me demande si le jeune père de famille dont tu parles... Et puis, à quoi bon! Je l'ai achetée, je la garde! Qu'est-ce que ça change pour toi, Lucille? Tu as encore ta grosse Lincoln Continental!

– C'est pour le voisinage, Rhéaume, pour les qu'en-dira-t-on, pour les amis... Tu ne vas tout de même pas t'entêter à garder cette voiture de pauvre! Il n'y a que ceux qui achètent à crédit qui ont des Chevy Nova! Pas toi, pas avec la maison que nous avons!

– Premièrement, le voisinage, je m'en fous! On ne connaît presque personne de toute façon. Et pour ce qui est des amis, il n'y a que les tiens, et c'est toi qui les impressionnes, pas moi!

– Comme si tu ne faisais pas partie de moi!

– Ah, oui? C'est étrange, mais ce n'est pas ce que je ressens. Quand on fait chambre à part, tu sais, faire partie de l'autre...

– Me cherches-tu noise, Rhéaume? Est-ce ta coquine de sœur...

– Laisse Juliette hors de nos propos, elle n'a rien à voir dans nos discussions. J'ai quand même droit à mes opinions, non? Or, pour récapituler, la voiture, c'est réglé et je continue à m'intéresser à ce qui se passe dans le cosmos. J'ai mes habitudes de vie, moi aussi. Dorénavant, je m'habille comme il me plaît et, tant qu'à y être, parlons un peu des voyages anticipés. Je sais que tu rêves de Tahiti et de l'Amérique du Sud, mais moi, le plus loin où j'irai, c'est en Floride ou à Atlantic City. Si tu veux voir le monde entier, Lucille, fais-le à tes frais et avec tes amis, mais ne compte pas sur moi. J'ai des problèmes d'angine et le stress que tu me fais subir ne m'aide en rien. Désormais, c'est ma santé et, après, les allées et venues selon mes capacités.

Il se leva et se dirigea vers la cuisine, la laissant bouche bée, décontenancée par le discours cuisant. C'était la deuxième fois que Rhéaume lui tenait ainsi tête… sans même un sourcil de travers!

La vie poursuivit son cours et, le 4 avril, jour de l'anniversaire de sa femme, Rhéaume lui offrit un superbe sautoir de perles de culture, avec fermoir en or solide. Ce qui était plus raffiné que le pyjama qu'il avait reçu d'elle pour sa fête, en janvier. Si Rhéaume n'avait pas regardé à la dépense, c'était parce que sa «déesse ronde» s'était, depuis sa verte semonce, rapprochée de lui. Plus d'un soir, elle était allée frapper à la porte de sa chambre, ou avait laissé la sienne entrouverte en guise d'invitation. Ce qui fit palpiter de nouveau le cœur de Rhéaume qui retomba amoureux. Lucille, peu sincère, mais adroite et rusée, jouant de sensibilité malgré ses élans troués de coches, avait remis son mari… dans sa poche! Le parc Nicolas-Viel avait repris ses activités avec la fonte des neiges et les mamans s'y promenaient déjà avec leurs petits qui tentaient d'attraper les écureuils. Malgré l'emprise renouvelée sur Rhéaume, Lucille n'avait pas réussi à le convaincre de se départir de sa Chevrolet Nova qu'elle qualifiait de voiture à

«36 mois, 36 paiements». Comme c'était sans doute le cas pour le jeune père à loyer du boulevard Saint-Laurent. Mais Rhéaume l'avait gardée, s'en accommodant fort bien pour ses courses et ses quelques déplacements chez Juliette. Pour les sorties dans les boîtes de nuit auxquelles il se soumettait encore, Lucille prenait sa Lincoln qu'elle conduisait d'une seule main jusque devant la porte où elle descendait, pour qu'on la stationne pour elle, contre pourboire bien entendu. Il la sortait, ils allaient dans les clubs pas trop loin de chez eux, à Vimont bien souvent, où le cabaret *La Feuille d'Érable* présentait, en «grande vedette», des artistes comme Les Jérolas, Alys Robi, Donald Lautrec et plusieurs autres. Lucille aimait l'ambiance de cet endroit, surtout, la table du *ring side* que le placier leur réservait moyennant cinq dollars refilés discrètement. Elle buvait son scotch, lui, une bière ou deux, et ils rentraient après le second *show*. Mais Lucille, remarquée de tous côtés pour la beauté de son visage, adorait être la cible des mâles de son âge ou… légèrement plus jeunes. Rhéaume se pliait à une danse ou deux, un *slow* de préférence, mais sans trop se coller sur sa femme. Il n'était pas fervent de l'exhibitionnisme. Elle l'avait reconquis et c'était pour ça qu'il la sortait encore dans ces endroits où il ne se sentait pas à sa place. Il aurait préféré un bon film, une pièce de théâtre, une opérette… Ainsi qu'il le faisait avec Thérèse, autrefois. Mais Lucille Voyer n'avait rien en commun avec la défunte que Rhéaume… avait tant aimée.

Comme Lucille travaillait encore à longueur de journée ou presque pour les studios, il avait repris son habitude d'aller au parc avec des noix et des croûtes de pain. «Chassez le naturel et il revient au galop», disait le proverbe? Rhéaume Bréard en était le modèle exemplaire! Il s'habillait comme «avant» et il était redevenu aussi «vieux» que lorsque Lucille l'avait connu sur ce même banc. Somme toute, il avait réappris à être «lui-même» et non celui que sa femme avait tenté de façonner. Il se dégageait de plus en plus de l'emprise de Lucille, en dépit de tous les efforts de cette dernière pour le mettre à sa main. «Dans sa poche», pensait-elle? Peut-être… Mais Rhéaume n'avait plus envie de jouer le jeu, de faire croire qu'il aimait les mocassins et les pantalons de velours côtelé. Il était redevenu l'homme sobre de cinquante-sept ans, qui ne cherchait pas à duper les gens. Il se rendait donc au parc vêtu d'un pantalon de laine, d'un coupe-vent gris ou d'une veste à carreaux. Une petite marche de santé qui lui était plus bénéfique que les sorties nocturnes qui lui causaient de l'angine de poitrine. Quoique conciliante sur sa façon d'être, voulant éviter de l'éloigner d'elle à nouveau, Lucille ne le suivait pas dans ses visites au parc lorsqu'elle était en congé. Fini pour elle le temps du banc du bord de l'eau avec un livre sous le bras. Fini… l'hameçon! La nouvelle madame Bréard était au faîte de ses ambitions.

L'été s'écoulait tranquille, Rhéaume avait souvent le nez dans son journal, Lucille dans ses nouveaux petits pots de maquillage dont elle mélangeait les contenus afin de créer des teintes qui deviendraient personnelles à certaines vedettes. Le jardinier venait une fois par semaine pour l'entretien de la pelouse et des fleurs, et le Marché Dionne du boulevard Saint-Laurent était toujours content d'accueillir madame Bréard, qui dépensait beaucoup plus que son austère mari. Au début du mois d'août, Lucille fut fort affligée par le décès de l'actrice Marilyn Monroe, à trente-six ans. À la station de télévision anglophone qu'elle écoutait, on précisait qu'elle était morte d'une… *drug overdose*. Ce qui était bien triste, disait-elle à son mari en ajoutant: «Elle était toujours si bien maquillée dans ses films.» Rhéaume avait acquiescé, même s'il ne l'avait vue qu'une seule fois au cinéma, avec Thérèse, dans l'un de ses premiers films. Mais Lucille les avait tous vus! Parce qu'elle aimait le genre de «femme-objet» qu'elle était. Celle qui n'incarnait que la beauté. À l'instar de plusieurs de ses clientes, strictement belles.

Le 11 août 1962, Rhéaume était ravi de lire qu'en Russie on venait de mettre en orbite les vaisseaux interplanétaires soviétiques *Vostok III* et *Vostok IV*. Il n'en parla pas à Lucille, de peur de la contrarier une fois de plus, car le mois précédent, le 3 juillet plus précisément, il lui avait annoncé que le président de la France, Charles de Gaulle, avait proclamé officiellement l'indépendance de l'Algérie. Ce à quoi elle avait répondu:

— Et puis après? Qu'est-ce que tu veux que ça me fasse! Mon Dieu, que tu es vieux jeu, Rhéaume! Que des nouvelles internationales! Et plates, à part ça!

Vexé, il s'était juré de ne plus rien lui dire, mais le 25 juillet, ce fut plus fort que lui:

— On vient d'annoncer à la radio la mort du juriste Théodore Rinfret à l'âge de quatre-vingt-quatre ans. Il a déjà été juge de la Cour suprême du Canada.

— Ah, oui? Désolée, mais je ne le connaissais pas. Son nom ne me dit rien. Tu sais, moi, ce milieu…

— Pourtant, ton père était juge, Lucille.

Elle avait pâli et haussé les épaules. Ne perdant pas son air d'aller, Rhéaume poursuivit:

— Je ne t'en ai pas encore parlé, je voulais t'en réserver la surprise, mais après avoir fait faire des recherches sur ta famille par un institut généalogique, je ne comprends pas, ils n'ont retracé aucun Gustave Voyer à Toronto, même en remontant jusqu'en 1902.

De pâle qu'elle était, Lucille sentit des rougeurs lui monter aux joues et, soudainement, sans qu'il s'y attende, elle se leva et, pointant un doigt en sa direction, le somma:

— Je te défends de chercher quoi que ce soit sur ma famille, Rhéaume Bréard! Ni sur mon père ni sur ma mère! Mon passé m'appartient, ma vie antérieure n'est qu'à moi! De quel droit…

— Lucille! Pour l'amour du Ciel! Ne te mets pas dans un tel état, je ne croyais rien faire de mal! Je voulais juste tenter de retracer tes ancêtres, quelques photos anciennes, et te les offrir…

— J'ai tout brûlé ce que j'avais d'eux! Surtout ce qui me restait de mon père et de ma mère! Est-ce assez clair maintenant?

— Heu… oui, mais pourquoi? Ils étaient tes parents…

— Non, des égoïstes, et Dieu ait leur âme! Je ne les ai jamais pleurés!

— Tu es pourtant encore si jeune… Tu les as perdus tous les deux? Comment?

— De la même façon que tu as perdu les tiens, Rhéaume. Toi aussi, tu étais jeune quand ta mère est morte, et pas tellement vieux quand ton père est parti. Et comme j'étais fille unique…

— Il doit bien te rester une photo d'eux, un souvenir…

— Non, rien, le vide total! Et je ne veux plus que tu me parles d'eux, tu entends? Tu as épousé la fille, pas les parents!

— Pourquoi refuses-tu de me montrer ton certificat de naissance? Le curé l'a bien vu, lui! Et comment expliques-tu qu'aucun Voyer de ta lignée n'ait de résidence à Toronto si c'est là que tu es née? Pourquoi tout ce mystère, Lucille? Ne sommes-nous pas mari et femme? Personne ne saura donc jamais…

– On n'a rien à apprendre sur moi, Rhéaume. Nous n'avons pas d'enfants, donc aucune nécessité de parler de nos ancêtres. Quant à toi, ça changerait quoi de savoir ce qu'a été mon père pour moi?

– Pas que lui, ta mère aussi! Elle s'appelait Annabelle… je crois. Je n'ai même jamais su son nom de famille, ce qui n'est pas normal…

– Écoute-moi bien, Rhéaume. Une autre question sur eux et je quitte la table! Tout ce que je peux te dire, c'est que j'ai eu une enfance abominable. Ils étaient très sévères avec moi, je n'avais droit à aucune amie. J'ai versé bien des larmes sur l'oreiller rose de ma chambrette richement meublée. J'ai eu des poupées, des jouets, mais aucune copine avec qui les partager. Puis, un début d'instruction dans une école privée…

S'arrêtant, sortant un mouchoir de la manche de son blouson, elle fit mine de s'éponger les yeux. Attristé, Rhéaume lui mit la main sur l'avant-bras pour lui murmurer avec tendresse:

– J'ai compris, ne va pas plus loin, ma chérie. Garde-les pour toi, ces souvenirs qui te chavirent. Ce qui importe, c'est ce que tu es devenue, celle que tu es aujourd'hui. Jamais plus je ne te reparlerai d'eux, c'est juré. Sèche tes larmes…

Elle lui tapota la main en guise de gratitude et se leva pour se rendre à sa chambre afin de retoucher, lui dit-elle, son maquillage… pourtant intact. Se regardant dans la glace, elle laissa échapper un long soupir de soulagement tout en dénouant son chignon pour démêler sa longue chevelure noire. Puis, se regardant une seconde fois, elle esquissa un sourire aussi vil que maléfique. Resté à la salle à manger, terminant son café, Rhéaume se sentait malheureux de l'avoir ébranlée. Davantage coupable d'avoir tenté de s'immiscer dans sa vie privée. S'en repentant déjà, se promettant de confesser ce péché au curé, il avait complètement oublié, dans ses remords, qu'aucun

Gustave Voyer, juge ou avocat, n'avait habité Toronto depuis le début du siècle. Une distraction dont il n'oserait plus se souvenir; il avait juré de ne jamais en reparler. Un coup de maître de… Lucille Voyer, dame Bréard!

Un certain soir, en octobre, sans qu'elle s'y attende, il lui demanda:

— Tu rêves toujours d'un beau voyage, mon amour?

Haussant les sourcils, le regardant, elle répondit:

— Heu… oui, mais avec ton angine de poitrine…

— Elle me suivra, Lucille, je te dois bien ça, tu es si bonne pour moi.

— Tu comptes aller où?

— Bien, que dirais-tu de Madrid?

— En Espagne? Un pays qui me fascine depuis toujours!

— Oui et j'ai même entamé les démarches. Si tu peux te libérer de ton travail, nous partirons dès le début de novembre. Deux longues semaines. Assez pour visiter les plus beaux endroits.

S'agrippant à son cou, elle le fit taire d'un sensuel baiser. Ce qu'elle n'avait jamais fait depuis qu'ils étaient mariés. Étonné, il s'exclama:

— Je ne pensais pas que ça me vaudrait une telle marque d'amour!

Elle lui mit l'index sur la bouche pour ne pas avoir à lui répondre par un aveu et enchaîna:

— J'ai peine à le croire, Rhéaume! Bien sûr que je peux me libérer de mon travail, je ne suis là qu'à temps partiel, je ne leur dois rien. Ah! Mon Dieu! Madrid! L'Espagne! Je vois déjà d'ici la tête de Maxence quand je lui ferai part du projet.

— Alors, voilà ce que j'avais à te dire. Ce sera un de mes cadeaux de Noël, ma chérie. Si tu savais comme je t'aime!

Chapitre 6

Décembre se pointait déjà le bout du nez, et Lucille, joyeuse, fredonnait le refrain d'une chanson de Jean Ferrat, tout en mettant de l'ordre dans ses produits de beauté. Fort heureuse depuis son retour de Madrid, elle n'avait de cesse à répéter à qui voulait l'entendre que l'Espagne était le plus beau pays du monde. Elle avait visité des couvents classiques et baroques, l'Escurial, ancien palais-monastère érigé de 1563 à 1584, dans lequel elle avait pu admirer des tapisseries de Goya et de multiples tableaux de peintres célèbres. Elle était allée au centre d'art contemporain Reina Sofia, s'était gavée dans les meilleurs restaurants et avait adoré se faire courtiser par des Espagnols qui, à cause de ses cheveux noirs lissés en chignon, son lourd maquillage et ses anneaux de gitane, la prenaient pour une des leurs. Elle avait goûté aux meilleurs vins du pays et assisté à une corrida où elle avait fait preuve de sang-froid devant le taureau agonisant alors que Rhéaume, plus sensible, avait détourné son regard de la scène barbare. Elle aurait certes aimé lancer un bouquet de fleurs au matador, tout comme Rita Hayworth l'avait fait à Tyrone Power dans le film *Blood and Sand* mais, hélas, le torero d'une beauté frappante avait dédié son combat à une jolie blonde… plus jeune qu'elle. Néanmoins, ce fut un voyage de rêve durant lequel Rhéaume s'était plié à tous ses caprices. Elle en était revenue couverte de bijoux en or et les bras pleins de bibelots pour rehausser un coin du vivoir fade et sans couleurs. Rhéaume était évidemment rentré épuisé d'avoir tant marché, tant grimpé de collines et de rues en pente; son angine en faisait foi. Il était à bout de souffle et son médecin traitant lui avait remis une ordonnance et l'avait restreint au repos le plus absolu pour un certain temps. Ce que Lucille contestait en lui disant que ce n'était que sa digestion et qu'avec des sels de fruits tout se replacerait. Pour ne pas qu'il perde l'habitude de l'accompagner le samedi soir au cabaret où son *ring side* était réservé. Et Rhéaume s'y rendit en effet une ou deux fois de plus, avant d'éclater:

– Je ne suis plus capable, Lucille! Il y a trop de fumée dans les clubs! J'étouffe, j'en perds mon souffle!

Elle fit mine de comprendre, puisque le temps des Fêtes arrivait. Cette fois, elle invita d'elle-même Juliette à venir réveillonner à la maison, mais cette dernière, prétextant un souper chez des connaissances, refusa poliment. Elle ne tenait pas à revoir Lucille et encore moins à l'entendre raconter son voyage. D'autant plus qu'elle n'avait pas encore digéré que Rhéaume offre l'Espagne… à cette grue! Elle n'attendait que l'occasion pour apostropher son niais de frère qui semblait être retombé en pâmoison devant sa tortionnaire. «L'imbécile, va!» murmura-t-elle en y songeant, n'ayant personne avec qui déblatérer contre cette belle-sœur impudente. À défaut de Juliette, le couple de l'avenue d'Auteuil décida de passer Noël en tête-à-tête, sans invités, avec un sapin décoré au pied duquel on n'apercevait que deux cadeaux. Ils se rendirent à la messe de minuit ensemble, le curé les accueillit avec joie et les paroissiens, fidèles d'une année à l'autre, se montrèrent surpris de leur présence, en remarquant toutefois le manteau de lynx que portait madame Bréard. De retour après le dernier cantique, ils échangèrent leurs présents et Rhéaume fut heureux de découvrir, dans le sien, des gants de cuir véritable avec un foulard de laine aux franges alignées. Le tout, venant d'une boutique huppée pour hommes, où Lucille aimait magasiner. Elle déballa à son tour une petite boîte garnie de poinsettias et retira d'une pochette de velours une gourmette 14 carats avec, à l'extrémité, un énorme bélier en or solide dans toute sa forme. Folle de joie, conquise par le joyau, elle lui demanda cependant:

– Pourquoi toujours des bijoux, Rhéaume? Tu n'as jamais d'autres idées?

– Bien, comme tu as déjà eu le voyage et que, pour les compléments, tu as plus de goût que j'en ai, je préfère te couvrir, telle une reine, de tout l'or de la Terre.

Bouche bée devant cette réponse digne d'un chevalier servant, elle le remercia d'un baiser sur la joue et, après un scotch sans glaçons, elle se mit à bâiller et monta à sa chambre pour se coucher. Sans laisser la porte entrouverte. Comme hier, comme avant-hier, comme depuis leur retour d'Espagne. Considérant avoir déjà payé son voyage «en nature» avant, elle ne pouvait croire qu'elle devait aussi le rembourser... après!

Au jour de l'An, n'ayant rien en vue, les Bréard acceptèrent d'aller réveillonner chez l'ex-collègue de Rhéaume, à l'extérieur de la ville. Lucille avait revêtu ce qu'elle avait de plus coûteux afin d'épater la petite dame qui la reçut encore toute de rose vêtue. Quelque chose de neuf, certes, mais à bon prix. «En rose pour un jour de l'An! En plein hiver! Quelle sotte!» pensa Lucille. Ils mangèrent, ils burent à volonté, et, vers quatre heures du matin, ils reprirent la route, craignant qu'une neige soudaine les force à rester coincés dans ce patelin. Le lendemain, au cours de la matinée, Rhéaume téléphona à Juliette pour lui offrir ses vœux de bonne année ainsi que la santé, et il se fit répondre: «Pareillement!» d'un ton sec. Rien de plus, rien de moins; la vieille fille avait raccroché.

Mécontent, voulant en avoir le cœur net, Rhéaume attendit quelques jours et se présenta chez sa sœur à l'improviste. Surprise de le voir surgir en plein après-midi, et seul de surcroît, elle le reçut cordialement, lui offrant même un café et des carrés aux dattes qu'elle avait cuits dans la matinée. Assis à la table de la cuisine, il la regarda et lui dit:

— Juliette, il faut qu'on se parle. Qu'est-ce qui se passe pour que tu sois si froide avec moi?

— Tu me le demandes? Tu lui as offert un voyage en Espagne…

— Un instant! Je t'arrête tout de suite! Premièrement, ça ne regarde que moi, et je te ferai remarquer, avant que tu l'oublies, que j'ai voyagé tout autant avec Thérèse, dans le temps. Autre chose?

— Thérèse t'aimait! Vous formiez un couple uni…

— Il en va de même avec Lucille! Encore ton nez dans mon couple?

— Rhéaume, bonne sainte Anne! C'est toi-même qui es venu te plaindre d'elle! Tu as déjà oublié tout ce que tu m'as dit? Je t'ai même conseillé de divorcer tellement tu semblais malheureux. Tu te plaignais de son manque d'ardeur, de sa chambre à part. Tu me disais que ça avait duré le temps d'une rose…

La regardant, portant sa tasse à ses lèvres, il lui répondit:

— Désolé, mais je l'aime encore. Ce que j'ai pu te dire n'a plus sa raison d'être. Pour être plus précis, disons que, depuis, le temps d'une rose s'est allongé…

Debout, lui tournant presque le dos, Juliette mit trois doigts sur sa bouche afin de marmonner sans qu'il puisse l'entendre: «La salope!»

L'hiver fut assez froid et, dès février, on parlait d'Elvis Presley qui viendrait, semblait-il, donner un spectacle à Ottawa. Ce n'était pas de l'âge du couple qui préférait encore les *crooners* ainsi que les vedettes locales. Ils allaient de temps à autre au cinéma, dans les boîtes de nuit que Lucille affectionnait ainsi que dans quelques restaurants qui avaient pignon sur le boulevard Henri-Bourassa, à proximité de chez eux. Rhéaume faisait encore des concessions, supportant sans trop s'en plaindre la fumée des cabarets qui décuplait son problème d'angine. Lucille honorait encore des contrats dans les studios de télévision, tout en mettant un terme à sa clientèle privée. Trop de va-et-vient à la maison, selon lui; pas dans le besoin de ce surplus d'argent, selon elle. Pas avec l'avoir que Rhéaume possédait et qu'il tentait de lui cacher le plus possible. De peur que, dans une démesure...

Lorsque Lucille fêta ses quarante-huit ans, Rhéaume lui offrit une montre sur une chaîne en or qu'elle pouvait porter comme un pendentif. Assez cher comme cadeau, mais rien de comparable aux autres fois, ce qui l'inquiéta intérieurement. De plus, depuis quelques mois, elle le sentait s'éloigner d'elle. La porte de chambre entrebâillée n'attirait guère le visiteur empressé qu'il était il y a peu de temps. Intriguée, se demandant ce qu'elle avait pu faire de mal, il lui répondit lorsqu'elle aborda le sujet:
– Rien, voyons! Je t'aime encore tout autant, ma chérie. C'est que mes malaises angineux s'accentuent. Il va me falloir consulter...

– Mais non, ce n'est que ta digestion, tu manges trop riche! Du rôti de porc, de la saucisse, de l'agneau… Tu gruges même les os pour en extraire la moelle! Et comme tu as pris du poids… Regarde! Tu fais du ventre! Il te faudrait faire un peu plus d'exercice, aller au parc comme avant…

– Marcher me cause aussi de l'angine. Non, un bon spécialiste verra…

– Il ne verra rien de plus que moi! Je t'ai acheté un sirop digestif, des sels de fruits, de la menthe en comprimés; prends-les, bon sens! D'autant plus que l'ordonnance du petit médecin que tu as vu l'an dernier n'a rien arrangé… Mange moins, et tu verras que tout va s'améliorer. Mais cesse de te plaindre et de revenir de chez Dionne avec du lard salé, du boudin et de gros saucissons! C'est ton foie qui te cause tous ces problèmes, pas l'angine! Tu manges mal, Rhéaume!

Il allait insister sur l'idée de passer de sérieux examens lorsque le téléphone sonna. S'emparant du récepteur, répondant abruptement, Lucille se tourna vers son mari:

– C'est pour toi. Un homme. Une voix que je ne connais pas.

Rhéaume s'approcha du téléphone et, essoufflé, susurra:

– Oui, allô?

– Rhéaume, c'est toi? Je suis heureux d'entendre ta voix. Je ne te réveille pas…

– Non, non, c'est Jean-Marc? C'est bien toi, n'est-ce pas?

– Oui, c'est moi. Écoute, Rhéaume, il faudrait mettre fin à ce froid entre nous. Le temps a passé et avant qu'on prenne de l'âge… Je suis de passage à Montréal pour quelques jours et j'aimerais bien te rencontrer, aller souper au restaurant si possible.

– C'est que…

– Oui, je sais, ta femme, j'ai su… Ce qui ne t'empêche pas de me revoir, non? On a passé tant d'années à se côtoyer. Je n'irais pas chez toi, bien sûr, mais je suis certain qu'elle ne t'en voudrait pas de retrouver ton beau-frère en dehors de la maison. Tiens! J'ai même une meilleure idée: nous pourrions inviter Juliette à se joindre à nous.

Comme Rhéaume ne disait rien au bout du fil, l'autre enchaîna:

– À moins que tu n'aies plus envie de me revoir. Si tu veux couper les ponts à tout jamais…

– Non, non, surtout pas! J'essayais de penser à un endroit propice.

– J'habite un hôtel du bas de la ville. Que dirais-tu d'un souper chez *Da Giovanni*? Tu te souviens comment j'aimais ce restaurant quand il a ouvert ses portes. Le seul fait de voir le chef faire bouillir ses spaghettis dans la vitrine… Et ce ne serait pas loin pour ta sœur.

– Ça me convient, Jean-Marc, j'y serai. Tiens! Jeudi, ça t'irait?

– Bien sûr, et charge-toi d'inviter Juliette… à moins que tu préfères que l'on soit seuls.

– Non, ça va lui faire plaisir, elle sort si peu, la pauvre.

– Alors, au plaisir, le beau-frère! J'ai hâte de te revoir, de te serrer la main et de faire la paix. Je vis si mal depuis…

– Moi aussi, Jean-Marc, je ne te le cache pas.

– Bon, je te laisse et on se voit jeudi. J'y serai d'avance pour avoir une bonne table.

– D'accord. Et bon séjour à Montréal!

Il avait raccroché et, se tournant vers sa femme, il remarqua le rictus qu'elle avait au coin de la lèvre supérieure. Ses yeux noirs perçants lançaient des dards.

– Ton ex-beau-frère? Celui qui m'avait soupçonnée, humiliée?

– C'est déjà loin, tout ça, Lucille. Il veut faire amende honorable: il tient à s'excuser, à faire la paix.

– C'est à genoux devant moi qu'il devrait s'excuser, ce misérable! Et tu oublies qu'il a aussi douté de toi, cet abruti! Tu vas donc le rencontrer, manger avec lui, rire et t'amuser comme si de rien n'était!

– Non, je vais le revoir au nom de toutes nos années passées, Lucille. Des années qui se sont écoulées bien avant toi…

Il s'était interrompu de lui-même et, le constatant, Lucille hurla:

– C'est ça! Avant moi! Je viens à peine d'arriver, moi! Une intruse, quoi!

– Baisse le ton, s'il te plaît, ça ne m'impressionne pas. Ce que je veux dire, c'est que Jean-Marc était mon seul beau-frère, le seul ami que j'avais. Nous avons même habité sous le même toit au début de mon mariage avec…

– Thérèse! Dis-le, son nom! Ne te gêne pas! Elle était là bien avant moi, elle aussi!

– Lucille! Je te somme de te taire! Un peu de respect pour sa mémoire, je te prie. J'ai décidé de revoir mon beau-frère et je n'ai pas besoin de ta permission. Je ne te demande même pas ton avis.

– Comme ça change du jour au lendemain…, lui dit-elle doucereusement. Un jour, l'amour, l'autre, l'indépendance, pour ne pas dire le rejet. Et ce lâche de beau-frère n'a même pas eu la politesse de m'inviter avec toi!

– Non, tu as raison; c'est Juliette qu'il a invitée avec moi! lui répondit Rhéaume en regagnant le salon alors que, dans le vivoir, sa femme vociférait encore contre celui qu'elle qualifiait… d'enquêteur à «dix cennes» de l'heure!

Il pleuvait en ce jeudi du mois de mai alors que Rhéaume s'apprêtait à se rendre au centre-ville pour rencontrer Jean-Marc. Il avait décidé de passer prendre Juliette qui avait accepté nerveusement l'invitation avec la peur que l'enquêteur, dans son verbiage, dise à son frère qu'ils avaient longuement parlé «d'elle» ensemble.

«Elle!», la maudite comme la qualifiait la vieille fille quand elle marmonnait seule devant sa glace. Dieu qu'elle la détestait... la Voyer! Elle priait chaque soir pour que Rhéaume s'ouvre les yeux et s'en débarrasse avant d'être complètement lavé. Ils arrivèrent à l'heure convenue et repérèrent facilement Jean-Marc, qui les attendait dans une cabine du centre du restaurant. Heureux des retrouvailles, Rhéaume lui dit en l'apercevant:

— Il n'y a pas que moi qui ai pris du poids, à ce que je vois!

— Tu sais, avec l'âge, on s'empâte et on grossit malgré soi, répondit le beau-frère, en lui serrant la main et en délivrant Juliette de son imperméable.

— Et vous, ça va bien, mademoiselle Bréard? Toujours aussi alerte…

— Parce que je surveille ma ligne, moi! répondit-elle en se moquant. Ce qui lui arrivait rarement.

Ils commandèrent de bonnes pâtes et Jean-Marc se récria d'aise, tout comme naguère, devant la sauce à la viande unique de ce restaurant.

— Tu sais, Rhéaume, mes propos ont peut-être dépassé mes pensées quand j'ai parlé de…

— Non, ne dis rien, ne parlons plus de cela; c'est derrière nous, Jean-Marc. Parlons du présent. Comment ça va, toi?

— Bien, toujours dans les enquêtes, mais de moins en moins grosses; je prends ma retraite d'ici un an.

– Enfin! Tu as compris qu'il y avait autre chose dans la vie!

– Heu… pas tout à fait. C'est qu'on m'y pousse. Des plus jeunes veulent prendre ma place, ce qui est normal.

– Comptez-vous rester en Alberta quand même? questionna Juliette.

– Non, je ne crois pas, je songe à revenir ici… Je pensais bien passer ma vie là-bas, je n'avais plus le goût du Québec, mais je me rends compte que bien des choses me manquent. Mes racines sont ici, vous savez, et comme je deviens un vieil arbre…

– Oui, mais tous tes amis sont là-bas, Jean-Marc! ajouta Rhéaume.

– Quels amis? Tu sais, quand on prend sa retraite, les amis prennent le bord, Rhéaume. J'ai connu ça avec un collègue parti il y a deux ans. Plus d'appels ou presque… Mais lui a une femme et des enfants. Et puis, prends ton cas: qui donc as-tu gardé comme ami depuis que tu as cessé de travailler?

– Heu… celui qui m'a servi de père et de témoin à mon remariage. Je l'ai même revu aux Fêtes.

– Rhéaume! C'est toi qui l'avais rappelé pour qu'il te serve de père! s'exclama Juliette. Tu n'en entendais plus parler! Et tu ne l'as revu qu'une fois ou deux depuis. En l'invitant ou en t'imposant chez lui! D'ailleurs, ta femme n'aime pas sa femme qui est pourtant fort aimable.

Lucille venait d'arriver sur le tapis et Jean-Marc en profita:

– Tu es heureux dans ta nouvelle vie, le beau-frère?

– Oui, très heureux. Nous sommes allés en Espagne, Lucille et moi. Nous sortons souvent, les boîtes de nuit, les restaurants…

— Au détriment de sa santé! lança Juliette, en regardant Jean-Marc. Ça ne lui ressemble pas, ce genre de sorties, et avec l'angine qui le mine...

— Tu fais de l'angine? de s'enquérir le beau-frère.

— Je le pensais, mais Lucille prétend que ce n'est que ma digestion ou mon foie...

— Comme si elle était un docteur, elle! clama Juliette. Dites-lui de consulter, Jean-Marc! Moi, il ne m'écoute pas!

— Ta sœur a raison, tu devrais passer des examens, subir des tests...

— Je le ferai, ne crains rien, je n'attendrai pas d'être au plus mal. On a sûrement d'autres choses à parler, non?

— J'y pense, Rhéaume, as-tu encore la petite pendule que Thérèse avait dans le salon? Comme elle venait de ma mère, je donnerais beaucoup pour pouvoir la récupérer.

— C'est que... heu, vois-tu, Lucille a vendu bien des choses.

Sautant sur l'occasion, Juliette s'emporta:

— Elle a tout vendu, Jean-Marc! Il ne reste plus rien de votre sœur dans cette maison, pas même le magnifique lustre du plafond!

— Quand même, pas à ce point..., trancha Rhéaume.

— Voyons! Elle l'a vidée de fond en comble! Même la vaisselle! C'est tout juste si elle a gardé la poubelle!

— Dans ce cas, oublie ça, reprit le beau-frère. Ce n'était pas si important...

— Dites-moi, Jean-Marc, vous faites toujours des enquêtes, disiez-vous? J'aurais une faveur à vous demander.

— Allez-y, mademoiselle Bréard. Si je peux vous être utile...

— J'aimerais que vous tentiez de retracer notre frère, à Los Angeles.

– Tout de même! Pourquoi faire? l'interrompit Rhéaume.

– Parce que le numéro de téléphone de son travail qu'il m'avait donné est hors service et que j'aimerais savoir où il est. Ils ont sans doute déménagé… Et comme je n'ai aucun numéro pour le rejoindre…

– Il n'a qu'à téléphoner, Juliette! Il a ton numéro, lui! On ne peut pas déranger Jean-Marc pour une telle bagatelle.

– Une bagatelle? C'est de mon p'tit frère que je parle, Rhéaume! Le tien aussi! Si pour toi, il est mort et enterré, ce n'est pas le cas pour moi! Je l'ai élevé, cet enfant-là!

– Comptez sur moi, je vais le retracer, lui dit Jean-Marc, fier d'avoir une nouvelle enquête en vue et heureux qu'on s'adresse à lui. Je vais le retrouver dans le temps de le dire. Je vous téléphonerai de Calgary, Juliette, et je vous informerai du moindre détail.

– Je vous en remercie de tout cœur, Jean-Marc, et appelez-moi toujours Juliette comme vous venez de le faire. Mademoiselle Bréard, ça fait trop solennel, trop vieillot… Ne sautez plus d'un nom à l'autre comme vous le faites depuis toujours. Juliette tout court!

Ils terminèrent le repas, se serrèrent encore la main et Rhéaume reprit la route vers le nord de la ville, puisque Jean-Marc s'était offert pour déposer Juliette chez elle. Rentrée sous la pluie, enlevant son imperméable et essuyant ses lunettes, Juliette était heureuse de sa soirée. Le frère de sa chère Thérèse allait retrouver Alain, son p'tit frère! C'était là sa plus grande joie! Et, de surcroît, Jean-Marc avait été discret, il ne l'avait pas trahie, et Rhéaume, de son côté, n'avait pas cherché à savoir qui l'avait renseigné sur son mariage avec Lucille. Somme toute, elle pouvait maintenant respirer. Jean-Marc n'avait pas mentionné un seul mot de leur virulente conversation téléphonique concernant… la Voyer!

Mécontente de ce rendez-vous avec l'ex-beau-frère et Juliette au restaurant, Lucille faisait la tête à Rhéaume, en l'ignorant ou presque depuis l'incident. Pour le punir, elle avait accepté de prendre les bouchées doubles au travail afin de le laisser seul à la maison. Ce dont il ne se plaignait guère, puisqu'il se rendait tous les jours au parc nourrir les canards et les écureuils, comme au temps où Thérèse lui disait de penser aussi aux pauvres petits moineaux. En juin, Rhéaume s'était réjoui lorsque la Russie avait envoyé la première femme cosmonaute dans l'espace, Valentina Terechkova. Ce même mois, le cardinal Giovanni Battista Montini, archevêque de Milan, avait été élu pape et choisi d'être désigné du nom de Paul VI. Monsieur Bréard n'en avait que pour ce qui se passait ailleurs dans le monde, tandis que sa femme s'inquiétait de la montée du FLQ alors qu'on en détenait déjà huit membres et qu'on avait découvert et saisi un arsenal. Mais légère et jouant encore les «jeunes filles», il lui arrivait souvent de ne pas rentrer le soir et d'aller dans les cabarets à la mode du centre-ville avec Maxence et la maigrelette afin d'y applaudir ses vedettes préférées. Ce qui ne dérangeait plus Rhéaume qui voyait bien que son couple se détériorait et que, tôt ou tard, ils en viendraient à une rupture. Car malgré ses dires face à Juliette, il n'aimait plus d'un amour inconditionnel celle qu'il avait épousée en secondes noces. Lucille Voyer n'était plus pour lui ce qu'elle avait été au début de leur vie à deux. Il la trouvait encore ravissante, il lui faisait des compliments, mais sur le plan intime, lettre morte. Ni l'un ni l'autre ne frappait plus désormais à la porte... de l'autre. Avec la fin de l'union charnelle, l'engrenage du dénouement du mariage prenait forme d'une maille à l'autre. Elle avait encore fait mention d'un voyage à Tahiti, le plus grand rêve de sa vie; ils étaient restés... ici! Ils n'avaient pas bougé d'un pouce, pas même à Miami. Rhéaume n'en avait plus la santé, il le savait, mais nonobstant ce fait, lui, si téméraire, aurait certes accepté un déplacement pour lui plaire. Mais là, sans sentiments ou presque, sans affection ou à peine un reste, il n'avait plus l'intention de faire le moindre effort. Lucille, constatant qu'elle le perdait peu à peu, ne fit rien cette fois pour le reconquérir. Elle était sa femme et elle allait le rester envers et contre tout. Davantage contre... tous! Jamais elle n'accepterait un divorce, si c'était là ce qu'il envisageait à plus ou moins brève échéance. «*Over my dead body*», avait-elle dit à une compagne de travail anglophone qui s'en inquiétait pour elle.

Le mercredi 28 août au matin, alors qu'on parlait au bulletin de nouvelles de la marche sur Washington pour la cause des Noirs américains, il en fit part à Lucille qui, terminant sa toilette afin de se rendre aux studios, lui répondit comme d'habitude:

– Que des nouvelles déprimantes avec toi! Jamais rien pour nous remonter le moral! J'imagine qu'il y a aussi une guerre quelque part?

– Laisse faire, je perds mon temps. Toi, à part le maquillage...

– À chacun sa vie, Rhéaume! Toi, c'est l'espace, moi, les studios!

Il tourna les talons et retrouva son fauteuil et son pouf au salon afin de regarder sur le petit écran les nouvelles sportives suivies des prévisions de la météo. Lucille, prête à partir, se choisissait un parapluie dans le placard du vestibule, au cas où... Soudain, sans en être certaine, elle crut entendre Rhéaume l'appeler d'une voix faible. Se rendant au salon, elle le vit, debout, une main sur le mur, l'autre sur la poitrine.

– Qu'est-ce que tu as? Tu te sens mal?

– Mon cœur, Lucille, mon cœur... Appelle une ambulance, je vais tomber... Vite...

– Mais non, sans doute ta digestion, lui dit-elle, en s'approchant de lui pour l'aider à reprendre son fauteuil.

Mais, avait-elle fait quelques pas que Rhéaume tomba par terre et, étendu de tout son long, tentait de balbutier quelque chose tout en gardant les yeux sur elle. Impassible, elle le regardait par terre, ne bronchant pas d'un pouce; on aurait pu croire qu'elle était de marbre. Mais Rhéaume ne put le constater. Terrassé par un violent infarctus, il venait de rendre le dernier souffle. Sans que sa femme lui vienne en aide. Sans même une serviette humectée sur son front. Sans un geste, sans un mot. Lucille resta immobile durant une ou deux minutes puis, replaçant le parapluie dans le placard, revint s'asseoir au salon et observa durant quelques minutes son mari gisant sur le tapis. S'approchant enfin de lui, se rendant compte qu'il était bien mort, elle lui ferma les paupières et, tout doucement, se dirigea vers le téléphone pour composer le numéro des urgences. Et là, comédienne tout autant que celles qu'elle maquillait, elle hurla au bout du fil:

– Venez vite! Mon mari s'est effondré! Il ne respire plus... Je n'en suis pas certaine! Oh! Mon Dieu! Faites vite, c'est sur l'avenue d'Auteuil!

Et elle donna son adresse en se trompant délibérément deux fois dans sa pseudo-nervosité.

Arrivés en vitesse sur les lieux, les policiers et les ambulanciers ne purent que constater le décès de Rhéaume Bréard. Lucille, feignant d'être chavirée, pleurait dans l'autre pièce. Le médecin mandé, qui la réconfortait, lui disait:

– Il va falloir être forte, madame. C'est tout un choc.

Puis, ayant appelé la morgue pour prendre charge de la dépouille, il demanda à Lucille si elle était en mesure, physiquement, de répondre à quelques questions en présence des policiers.

– Oui, allez-y, docteur. Prenez ces fauteuils, messieurs.

– Votre mari était-il cardiaque, madame Bréard?

– Non, pas à ce que je sache. Il prétendait faire un peu d'angine, rien de grave, mais il s'entêtait à ne pas consulter alors que je le poussais à le faire constamment.

– Où étiez-vous lorsqu'il est tombé?

– Dans ma chambre en haut, je terminais ma toilette et je m'apprêtais à me rendre à mon travail. Je n'ai rien entendu, la radio jouait… Ah! Mon pauvre mari! ajouta-t-elle en s'épongeant les yeux pour en faire couler le mascara.

– Vous l'avez trouvé beaucoup plus tard?

– Certes non, il était monté pour me parler du bulletin de nouvelles à peine dix minutes auparavant. Il était redescendu pour écouter les prévisions de la météo, m'avait-il dit. Puis, descendant à mon tour, c'est en prenant mon parapluie dans le placard que j'ai cru voir une silhouette, surtout des jambes, par terre, dans le salon. Je me suis approchée, je l'ai vu étendu, j'ai crié, j'ai failli perdre connaissance, et comme il ne me répondait pas, j'ai vite téléphoné. Je dirais qu'il s'est écoulé environ quinze minutes entre sa venue dans ma chambre et le moment où je suis descendue. Si seulement il avait crié… S'il avait trébuché et renversé une table ou un vase, même avec la radio, j'aurais pu discerner, mais non, pas un bruit.

Lucille sanglotait de plus belle et, regardant par la fenêtre, elle put reconnaître quelques voisins venus s'enquérir de ce qui se passait chez les Bréard à une heure aussi matinale. Les policiers rédigèrent un rapport très sommaire. Ils avaient été appelés avenue d'Auteuil pour y découvrir un homme mort d'une crise cardiaque, donc de cause naturelle. La suite appartenait au médecin.

— Donc, aucune consultation médicale récemment?

— Non et je ne connais pas son médecin traitant. Il avait en horreur les visites à la clinique et comme nous n'étions mariés que depuis deux ans... Je suis sa seconde épouse. Et, depuis notre mariage, fort et en santé, mon mari m'offrait des voyages, nous avons même visité l'Espagne. Il aimait aussi les cabarets, mais il mangeait si mal, si gras... Du lard salé, du bacon, des abats, des saucissons, bref...

S'interrompant pour verser quelques larmes, elle ajouta furtivement:

— Il n'avait que cinquante-huit ans.

— Hélas, c'est un âge qui ne pardonne pas dans ce genre d'attaque. Écoutez, madame Bréard, je vais vous laisser une copie du résumé de notre entretien que je vous prierais de remettre à son médecin traitant quand vous le retracerez. Votre mari a sûrement une feuille de route médicale quelque part. Je vous offre mes condoléances, madame, mais je me demande s'il est prudent de vous laisser seule après une telle commotion. Vous aimeriez que je vous prescrive quelques calmants?

— Non, ce ne sera pas nécessaire, lui répondit-elle en se mouchant. J'en ai toujours à ma portée... De toute façon, je ne serai pas seule longtemps, ma belle-sœur devrait bientôt arriver, mentit-elle.

— Préférez-vous que j'attende qu'elle soit là avant de partir?

— Non, docteur, vous m'avez donné assez de votre temps. J'ai de bons voisins qui prendront la relève, ne craignez rien. Et comme le corps n'est plus là... Oh! j'ai peine à le croire, ajouta-t-elle en simulant des pleurs. Allez, je vous en prie, je vais communiquer avec mon médecin, celui qui me suit une fois l'an, et j'ai beaucoup d'appels à faire, vous comprenez...

Je devais travailler aujourd'hui, je suis maquilleuse d'occasion dans les studios de télévision; il me faut les prévenir.

Le médecin se retira en lui offrant, une fois de plus, sa sympathie la plus vive. Refermant la porte derrière lui, évitant les regards de quelques curieux de la rue, elle se retira dans le salon, là où Rhéaume était mort, tira les tentures, et enfouie dans le gros divan moelleux de son défunt mari, les deux pieds sur «son» pouf de cuir blanc, elle laissa échapper un interminable... soupir de soulagement!

C'est en s'efforçant d'être affolée que Lucille téléphona dix minutes plus tard à sa belle-sœur, Juliette.

– Oui, allô?

– Juliette! C'est Lucille! C'est épouvantable! Je suis au bord de la crise!

– Mais, que vous arrive-t-il? Laissez-moi parler à Rhéaume!

– Je le voudrais bien, mais votre frère...

– Mon frère, quoi? Parlez, bonne sainte Anne!

– Il est décédé, Juliette. Subitement, ce matin. Son cœur a flanché.

À ces mots prononcés d'un ton plus calme, la vieille fille crut défaillir. Elle sentit son cœur ralentir, son souffle se couper, incapable de répondre quoi que ce soit.

– Vous êtes sans doute sous le choc, n'est-ce pas? Imaginez ce que j'ai ressenti lorsque je l'ai découvert sur le tapis du salon. Prenez une chaise, respirez très fort et parlez-moi. Je tenterai de vous expliquer...

– Je n'ai pas besoin d'explications, murmura Juliette d'une voix chevrotante. Rhéaume a fait un infarctus, il est mort sur le coup... C'est épouvantable! Lui qui se plaignait d'angine... Où est-il présentement? Sûrement pas à l'hôpital!

– Non, à la morgue, afin de déterminer la cause exacte du décès. On va procéder à une autopsie et, ensuite, la maison funéraire va s'occuper du corps.

– Une autopsie? Vous les avez laissés faire? Vous savez, pourtant, que mon frère avait horreur des autopsies. Rappelez-vous de son objection lorsque Thérèse...

– Je sais! l'interrompit brusquement Lucille. Oui, je sais, et si j'ai donné mon accord, c'est pour ne pas être soupçonnée de quoi que ce soit, cette fois. Quand une personne décède dans sa propre maison, les spéculations vont bon train. Surtout de la part de ses proches, si vous me suivez bien.

Encore sous l'effet du choc, mais retrouvant sa haine pour sa belle-sœur, Juliette trouva la force de répliquer:

– Pas besoin d'autopsie pour savoir que vous l'empêchiez de se faire soigner. Il souffrait d'angine de poitrine et vous lui avez interdit de voir son médecin en lui donnant des sels de fruits pour ses indigestions, comme vous disiez. Et lui, naïvement, vous écoutait. Je le sais, il m'en a parlé. Or, si vous l'aviez laissé consulter un spécialiste, on l'aurait peut-être sauvé de cette crise cardiaque qui l'a terrassé. Vous avez...

Mais, pour toute réponse, avant même qu'elle ait terminé sa phrase, Juliette entendit un déclic. Lucille avait brutalement raccroché.

Seule dans sa petite maison, pleurant à chaudes larmes le départ de son frère bien-aimé, Juliette ne savait plus à quel saint se vouer. Elle se demandait ce qu'elle allait devenir sans lui; il était son seul soutien. Elle imaginait aussi sa belle-sœur avec l'héritage entre les mains, la maison familiale incluse. La garce! La vile intruse! Celle qui venait de lui jouer la grande scène de la veuve éplorée alors que, deux minutes après, elle était calme et de glace avant de lui raccrocher la ligne au nez.

«Au bord de la crise!», avait-elle osé lui dire, alors que Juliette la sentait plutôt au bord de… la délivrance! D'autant plus que son couple battait de l'aile et que Rhéaume, tôt ou tard, naïf mais pas sot, se serait séparé d'elle. Sauvée par la cloche, la gueuse! Épargnée par… la crise cardiaque! Et elle était seule avec lui au moment du drame. Ce qui trottait drôlement dans la tête de la vieille demoiselle qui savait Lucille capable… du pire!

Juliette attendit que le soir vienne et s'empressa d'appeler Jean-Marc à Calgary. En larmes, toussotant, reprenant son souffle, elle lui fit part du décès subit de Rhéaume dans les moindres détails. Du moins, d'après ce qu'elle en savait par le biais de… la veuve! Jean-Marc fut consterné. Il avait peine à en croire ses oreilles. Il avait pourtant mis son beau-frère en garde sur son état de santé… Quelle mort déplorable! Un arrêt cardiaque brutal en plein été, chez lui, dans son salon. Retrouvant son souffle, la voix éteinte par l'émotion, il finit par dire:

— Mes condoléances, Juliette. Je ne trouve pas les mots…

— Vous allez venir, dites? Vous ne me laisserez pas seule avec elle?

— Je saute dans le premier avion dès demain, j'y serai, ne craignez rien. Il y a peut-être une petite enquête à faire de ce côté… Qui sait?

— Elle lui a fait faire une autopsie. Pour se protéger, m'a-t-elle dit.

— Tant mieux pour elle! Ce qui ne veut pas dire qu'avant… Retenons-nous, Juliette, par respect pour l'âme de ce cher Rhéaume. C'est lui qu'on doit pleurer, c'est pour lui que je viens et, aussi, pour vous.

— Et… et Alain? Aucune nouvelle?

— J'allais justement vous en parler: je l'ai retracé à son nouveau bureau, Juliette. Il m'a dit habiter un quartier pas très riche de Los Angeles. Il se débrouille, mais il n'est pas au-dessus de ses affaires. C'est sans doute pourquoi il ne donnait plus signe de vie.

— Rappelez-le, dites-lui, pour Rhéaume! Jamais je ne croi-rai qu'il ne se dérangera pas pour son frère!

— Le seul empêchement serait sa situation financière. C'est loin, la Californie, et s'il joint à peine les deux bouts...

— Dites-lui que je lui paierai son billet d'avion et que je vais l'héberger; j'ai un petit boudoir avec un divan-lit. Préférez-vous que je l'appelle moi-même? Vous avez son numéro?

— Oui, mais laissez-moi tout ça entre les mains, je serai plus convaincant que vous, Juliette. Vous êtes encore sous l'effet du choc.

— D'accord, occupez-vous-en, mais insistez, Jean-Marc. Dites-lui que je n'ai plus que lui maintenant.

— Comptez sur moi, il viendra. Je suis très persuasif à mes heures et je suis certain qu'Alain ne sera pas indifférent au dé-cès de son frère. Reposez-vous, Juliette, prenez un calmant.

— Non, je laisse ça à la veuve, ces trucs-là! C'est elle qui aime dormir sur ses deux oreilles! Moi, je vais prier pour le repos de l'âme de mon frère. Bonne sainte Anne! Parti si vite! Sans même un adieu...

— Allez, retrouvez votre calme, appelez une amie; ne res-tez pas seule. Je vous téléphonerai dès mon arrivée demain. Soyez forte d'ici là.

Le lendemain, en fin d'après-midi, Jean-Marc débarquait à Dorval. Attendant ses bagages, il en profita pour téléphoner à Juliette:

— Bonne nouvelle! Alain va venir! Il sera ici demain et il accepte votre invitation à loger chez vous ainsi que votre générosité. Un ami lui a fait un prêt pour le billet d'avion, mais il devra le rembourser.

– Bien sûr, je vais tout couvrir! s'exclama-t-elle, fort agitée.

– Il n'a pas pris son billet de retour, comptant passer plus que le temps des funérailles à Montréal. Cela vous va, Juliette?

– Et comment donc! Je l'ai élevé, celui-là! Si vous saviez comme je suis contente, Jean-Marc! Merci à vous! Il sera moins triste pour moi de me rendre au salon funéraire au bras de mon p'tit frère...

– Bon, je vous quitte, les bagages descendent. Je vous rappellerai de mon hôtel pour tous les renseignements concernant le salon, l'église...

– Tout devrait être dans *La Presse* de demain. Vous savez, elle ne m'a pas rappelée, cette chipie! Comme si j'étais une pure étrangère! Mais je vais téléphoner au curé de la paroisse. Il doit avoir les détails, lui, et ce sera plus rapide que de fouiller dans le journal.

– Bon, à plus tard, et préparez-vous à recevoir votre frère.

– Tout est déjà prêt! J'ai même acheté un oreiller neuf juste pour lui!

Juliette était agenouillée devant le corps de Rhéaume et pleurait à chaudes larmes. Jean-Marc, arrivé au salon funéraire avec elle, la consolait du mieux qu'il le pouvait, tout en essuyant, lui aussi, la buée de ses yeux. Au fond du salon, vêtue d'un deux pièces noir avec un rang de perles très sobre au cou, Lucille, sans broncher, assistait à la scène. Jean-Marc, poliment, était venu lui offrir ses condoléances, mais Juliette s'en était abstenue. C'était plutôt à elle, l'intruse, de venir offrir sa sympathie à la sœur du défunt, elle qui avait vécu avec Rhéaume beaucoup plus longtemps que Lucille, mais coriace, celle-ci n'en fit rien, préférant se tenir loin du cercueil et laisser la vieille fille recevoir les visiteurs, plutôt discrets en cette première journée. Alain avait téléphoné, il avait fait de son mieux pour se *booker* un siège d'avion comme il avait dit, mais en ce long congé du début de septembre, il était difficile de trouver place sur un vol, à moins que ce soit en première classe, ce que Juliette, hélas, ne pouvait lui payer. Il avait néanmoins un billet d'avion en main, ça, c'était certain, mais il n'arriverait que tôt le matin des funérailles et de l'enterrement, pas à temps pour voir Rhéaume dans son cercueil puisque, pressée d'en finir, Lucille ne l'avait fait exposer que deux jours.

L'ex-collègue de Rhéaume, celui qui lui avait servi de père, était venu avec sa femme toute vêtue de gris, cette fois. Par décence. Ils avaient sympathisé avec la veuve, bien entendu, ce qui avait irrité Juliette, mais comme elle ne les avait rencontrés qu'au mariage... Jean-Marc se présenta, tint conversation au monsieur, tandis que la femme de ce dernier causait avec une autre dame, une voisine des Bréard, de la perte inconsolable de cet homme si affable. Le soir, il y eut davantage de visiteurs, des gens que Lucille ne connaissait pas. Les vieilles amies de Juliette, des cousins et cousines de Jean-Marc qui avaient connu Rhéaume au temps de son union avec Thérèse, et des badauds des rues avoisinantes qui avaient eu le privilège de le saluer maintes fois au sortir de la messe du dimanche. Et, bien sûr, le gérant et le boucher du Marché Dionne; le pharmacien, Dominique de son prénom, si beau et si gentil, selon Lucille; le gardien du parc où Rhéaume se rendait chaque jour ou presque; d'autres anciens collègues qu'on ne connaissait ni d'Adam ni d'Ève; et des commères du quartier venues dans le but de voir le beau cercueil de bois brun orné de fer forgé, les couronnes de fleurs, le coussin de roses offert par sa veuve, la croix d'œillets de Jean-Marc, et le panier tressé de fleurs sauvages que Juliette avait elle-même déposé.

Le deuxième jour, en après-midi, c'était presque le vide, et Lucille avait hâte d'en finir. Juliette, dans un coin du salon, causait avec Jean-Marc, tandis qu'elle, à l'autre bout, s'entretenait avec le surveillant des lieux ou une paroissienne qui, sans la connaître, partageait sa peine. Le soir venu, aux dernières heures d'exposition, Lucille soupira d'aise lorsqu'elle vit Maxence faire son entrée avec la maigrelette et deux autres maquilleuses, dont l'Anglaise. Une chanteuse populaire que Lucille maquillait pour son émission vint également lui offrir ses condoléances, en compagnie de son mari. Sans négliger pour autant de partager aussi la douleur de la pauvre Juliette qui, mal à l'aise devant la vedette qu'elle reconnaissait, ne sut rien dire d'autre que… merci. À l'heure convenue, pas une seconde de plus, Lucille enfilait son manteau sans même aller s'agenouiller, en guise d'adieu, devant le corps de son mari. Elle quitta précipitamment après avoir donné ses instructions au directeur du salon, et c'est Juliette, éplorée au point d'en être titubante, qui se rendit jusqu'au prie-Dieu pour effleurer une dernière fois, de sa main moite, la main froide de son frère. On aurait dit qu'elle était figée, paralysée de douleur, elle regardait Rhéaume et lui murmurait: «Pourquoi ne pas m'avoir écoutée? Si tu avais consulté… C'est elle, n'est-ce pas?» Jean-Marc dut lui saisir le bras et la diriger en la soutenant vers la sortie. On n'attendait que son départ pour fermer. L'enquêteur, qui avait fait la location d'une voiture pour la durée de son séjour, déposa la vieille demoiselle chez elle, avant de regagner son hôtel. Non sans l'avoir rassurée en lui disant: «Ne vous inquiétez pas, Juliette, Alain va être ici demain.» Elle l'avait remercié d'un sourire, les yeux embués de larmes, et était entrée chez elle en compagnie d'une vieille amie qui l'attendait sur le perron afin de la soutenir de tout cœur dans ces moments de vives émotions.

Le matin des funérailles, déjà Lucille respirait plus librement à l'idée d'être débarrassée de tout ce beau monde qui allait et venait depuis deux jours. Et juste à penser qu'elle ne reverrait plus Juliette lui était un plus grand soulagement que le départ soudain de Rhéaume. Il avait été entendu que la dépouille de son mari reposerait dans la fosse de Thérèse. Juliette tout comme Jean-Marc s'en étaient montrés enchantés. «C'est avec celle qui lui a consacré sa vie que mon frère doit se retrouver», avait maugréé Juliette à Lucille. D'un ton sec, en regardant une gerbe de fleurs et non sa belle-sœur. D'un autre côté, Lucille sauvait ainsi de l'argent: pas de terrain à acheter, ni de pierre tombale, puisqu'on pouvait graver à même celle de Thérèse le nom de son bien-aimé. Le matin du service religieux, les porteurs s'avançaient dans l'église avec le cercueil, suivis par Lucille et, derrière elle, Juliette, triste mais altière, au bras de Jean-Marc. L'église était à moitié remplie; peu de gens s'étaient déplacés, sauf l'ex-collègue et sa dame toute vêtue de gris encore une fois, les vieilles amies de Juliette, un ou deux voisins, quelques paroissiens, des inconnus, des curieux… Les amis de Lucille, Maxence inclus, s'étaient abstenus; ils avaient du travail à n'en plus finir avec les nouvelles émissions de télévision de septembre.

Lucille prit place dans le premier banc du côté gauche, près de la chaire, où le curé rendrait hommage au disparu. Juliette et Jean-Marc, de l'autre côté, l'ignorèrent, sauf pour jeter un coup d'œil à sa toilette. Une fois de plus, la veuve n'avait pas regardé à la dépense. Elle portait une robe noire, mince et transparente dans le haut, avec appliqués de dentelle sur une espèce de *slip*, comme le pensait Juliette et dont on voyait les petites bretelles. Élégante certes, mais pas de circonstance, selon la vieille fille. Pas assez modeste pour une église, sans châle pour couvrir ses épaules qu'on devinait sous la mousseline noire. Plus sobre dans le choix de ses bijoux, elle ne portait que deux minuscules perles noires aux oreilles, aucun collier ni bracelet, pas même une épinglette sur sa robe... du soir! Sur sa tête, un petit chapeau noir en forme de caluron, garni de plumes noires et d'une voilette à larges carreaux qui retombait jusqu'aux lèvres. Très «grande dame», selon quelques paroissiennes qui admiraient son maintien et sa grâce. Elle n'avait pas omis, il fallait s'y attendre, son mascara charbon ainsi qu'une ombre à paupières d'un gris profond. Ses lèvres, d'un rouge vermeil, donnaient seules de l'éclat à ce visage trop sombre sous le lourd maquillage. Même en deuil, Lucille avait fait tourner les têtes en sa direction. C'était beaucoup plus la veuve qu'on venait voir que le curé, les fleurs et le cercueil du défunt. Une soprano chanta l'*Ave Maria* de Gounod, un baryton entama une aria latine liturgique, le curé fit l'éloge du disparu et, à la grande stupéfaction de Juliette, Lucille s'avança la première pour communier. «La gueuse!» marmonna-t-elle, tout en poussant Jean-Marc du coude. Vers la fin du service religieux, quelle ne fut pas la surprise de Juliette d'apercevoir dans le banc derrière elle, son frère, Alain, qui venait de longer l'allée de côté. Émue, retenant à peine ses larmes, elle avait serré sa main de ses doigts tremblants et, Jean-Marc, se tournant à son tour, salua d'un signe de tête celui qu'il avait retracé, mais qu'il reconnaissait à peine, après toutes ces années. L'arrivée soudaine de cet homme avait certes dérangé tout le monde, Lucille incluse qui, regardant de côté, l'entrevit et en resta bouche bée. Jamais elle n'avait vu un si bel homme de sa vie! Athlétique, les traits parfaits, les cheveux châtains sans un soupçon de gris, elle devinait qu'il s'agissait du frère cadet de son défunt mari. Mais Dieu qu'il était beau dans son complet noir avec chemise blanche qui rehaussait le hâle de son teint. Elle le regardait, le regardait encore, ayant peine à s'en dégager, et lui, comme s'il avait senti qu'il était observé, s'était retourné pour la repérer à son tour, en la saluant de la tête. Lucille en fut chavirée! Non seulement il était beau, mais il avait de magnifiques yeux verts, couleur de l'océan. Et son regard profond, séduisant et sensuel à la fois, l'avait bouleversée. Retrouvant son aplomb, elle garda la tête droite jusqu'à la fin de la cérémonie et redescendit l'allée avec un déhanchement plus prononcé qu'à l'arrivée. Sur le parvis, avant que Lucille ne se dirige vers la limousine qui la conduirait au cimetière, Jean-Marc songea à lui présenter son beau-frère. Mais ce dernier le devança et, tendant la main à la veuve, lui dit d'une voix suave qui la troubla:

– Je suis désolé d'être arrivé en retard. Mes condoléances, madame.

Timide, encore sous l'effet de ce qu'elle avait ressenti, Lucille lui répondit:

– Merci, monsieur... Vous êtes Alain, n'est-ce pas?

Chapitre 7

Alain habitait chez Juliette depuis son arrivée et s'y sentait inconfortable. Un divan-lit dans un petit boudoir n'avait pas le luxe auquel il avait été habitué à Los Angeles, malgré ses revers de fortune. Sans posséder de maison, il avait réussi à dénicher un vaste appartement dans un quartier plus modeste, qu'il réussissait à payer tant bien que mal chaque mois. Il ne comptait pas prolonger son séjour à Montréal plus longtemps, mais les regards de la veuve de son frère, lors de la mise en terre, l'avaient laissé perplexe. Lucille, quoique ronde, était une fort jolie femme. Seule dans une grande maison de pierres, qui sait si elle n'avait pas déjà envie... Il n'osait y songer; ce serait faire outrage à la mémoire de Rhéaume, mais c'étaient quand même les sourires et les attentions de la veuve qui le retenaient plus longtemps que prévu chez sa sœur, rue Lacordaire, et ce, même si Juliette lui avait tracé le portrait de cette femme infâme qui avait fait mourir Thérèse, et peut-être Rhéaume, pour s'emparer des biens qui revenaient à la famille. La maison paternelle aux mains d'une étrangère! Elle n'en revenait pas et traitait Lucille de tous les noms, ajoutant même, en regardant Alain: «Demande à Jean-Marc! Lui aussi la déteste! Il sait qu'elle a abrégé les jours de sa sœur!» Un tollé d'accusations contre la veuve de la part de la vieille fille. Parce que cette dernière, au cimetière, avait vu Lucille, avec ses yeux de biche, tenter de charmer son... p'tit frère!

L'intuition d'Alain ne lui joua pas de tour, puisque trois jours plus tard, le vendredi, il recevait un coup de fil de sa belle-sœur qu'il connaissait à peine. Juliette, qui avait répondu, avait mis la main sur l'émetteur du combiné pour dire à son frère, à mots feutrés:

– C'est elle! Pour toi! Je n'en reviens pas! Sans même me demander comment je vais, la garce!

Alain lui mit son index sur la bouche et la pria de sortir pour être seul en conversation avec elle.

– Allô?

– Alain! C'est vous? Que je suis heureuse! Je craignais que vous ne soyez déjà reparti pour la Californie.

– Heu... non, j'ai prolongé mon séjour de quelques jours pour faire plaisir à ma sœur et voir quelques amis de jeunesse. Je suis parti depuis si longtemps. Vous allez bien, Lucille?

– Oui, même si je me remets difficilement de la mort de Rhéaume. Vous savez, une grande maison pour une femme seule... Bon, passons, vous comptez repartir quand?

– Je ne sais trop, d'ici une semaine ou un peu plus, j'ai un billet ouvert pour le retour. Puis-je vous aider en quelque chose?

– Non, non, tout est sous contrôle. Je voulais simplement savoir si vous accepteriez une invitation à souper demain soir. Je cuisine assez bien... Vous aimez les fruits de mer?

– Oui, j'aime à peu près tout, mais demain... Seul? Sans ma sœur?

– C'est que... Juliette et moi, vous savez. Je n'ai rien contre elle, mais votre sœur de son côté... D'ailleurs, je pourrais parier qu'elle ne vous a pas parlé en bien de moi. Que voulez-vous... Elle n'a jamais accepté que Rhéaume se remarie. Je suis donc devenue l'intruse à ses yeux.

– Oui, je comprends, je la connais, elle est tranchante parfois mais pas méchante pour autant. Disons que j'accepte votre invitation pour demain soir. Ce qui me permettra de mieux connaître la belle-sœur que vous êtes et que j'ai à peine entrevue. Et je ne doute pas de vos talents culinaires!

– Voilà qui me fait plaisir! Alors, je vous attends vers six heures, si vous le pouvez. Le temps de prendre l'apéro et tout sera prêt. Vous aimez les roulés de saumon également?

– Oui, j'aime tout ou presque, ne vous cassez pas la tête pour moi. Je serai chez vous à l'heure convenue, et ne m'indiquez pas le chemin: c'était la maison de mon père.

– Oui, je sais, vous l'avez même habitée, n'est-ce pas?

– En effet, jusqu'à la fin de mon service militaire. Je l'ai quittée pour m'exiler en Californie. Mais nous reparlerons de tout ça demain soir, sinon, je n'aurai plus rien à vous apprendre.

Lucille éclata d'un rire franc et, retrouvant son souffle, ajouta:

– Alors, je vous attends, Alain. Avec beaucoup de joie.

– Le plaisir sera pour moi, Lucille.

Juliette, qui s'était rapprochée de la porte close, avait perçu quelques bribes de l'entretien même si son frère parlait à voix basse. L'entendant raccrocher, elle entra et s'écria:

– Lucille! Tu l'appelles par son prénom!

– Voyons, Juliette, je ne suis tout de même pas pour l'appeler madame Bréard. C'est ma belle-sœur, nous sommes du même âge...

– C'est ça! Laisse-toi prendre dans ses filets, toi aussi! Elle est dangereuse, cette femme-là! Jean-Marc pourrait...

En lui souriant, Alain l'arrêta:

– Laisse-moi faire, Juliette. Laisse-moi faire…

La veille, lors du partage d'un pâté chinois avec sa grande sœur, cette dernière lui avait demandé:

– Comment se fait-il que tu ne sois pas marié à ton âge?

– C'est que je n'ai jamais trouvé la perle rare. Pas compliqué, non? Tu sais, les Américaines sont rapides sur le divorce…

– Je veux bien le croire, Alain, mais il y a sûrement de bonnes personnes par là aussi. C'est peut-être toi qui n'es pas endurable! Tu sais, jeune, tu n'étais pas facile. J'ai des souvenirs…

– Ne reviens pas sur le passé, je t'en prie. J'ai mûri, Juliette, je ne suis plus l'adolescent que tu réprimandais!

– Excuse-moi, tel n'était pas mon but. C'est juste que je ne comprends pas… Tu n'as donc aucune femme dans ta vie?

– Non, plusieurs, mais aucune, en effet.

Estomaquée, la vieille fille le regarda et lui répliqua vertement:

– Tiens! C'est bien toi, ça, Alain Bréard! Je te reconnais, va! Coureur de jupons comme dans le temps! Et tu dis avoir mûri? Tu es encore le même vilain garnement! Ah! Toi!

Il éclata de rire, s'approcha d'elle et l'embrassa sur le front. Souriant gauchement, Juliette poursuivit:

– N'empêche qu'avec tout ça, il n'y aura pas de petits Bréard pour perpétuer notre nom. Tu seras le dernier…

– Et pas le moindre! répondit-il en riant.

Pour ensuite la regarder bien en face et ajouter:

– Mais attends! On ne sait jamais! Tu sais, un homme, c'est bon longtemps, Juliette! Pense à Charlie Chaplin…

Elle lui servit le thé, et murmura afin de tout savoir:

– Je suis surprise de constater que tu ne sois pas fortuné après toutes ces années…

– Heu… je l'ai été, j'ai tout perdu. J'ai recommencé, puis de mauvais placements… C'est une jungle, la Californie! Il faut se battre avec ses dents! Comme un requin! La compétition est féroce! Actuellement, je traverse une mauvaise passe, mais peut-être que l'an prochain… Remarque que je me tire d'affaires, je ne suis pas endetté jusqu'aux oreilles, mais je manque de liquidités en ce moment. Me demandes-tu ça pour les billets d'avion, Juliette?

– Mais non, voyons! Je te les donne, je te les offre! Tu es tout ce qu'il me reste, mon p'tit frère, et je ne tiens pas à te perdre.

Le vendredi soir, à l'heure convenue, Alain Bréard sonnait à la porte de la maison de sa jeunesse. Cette grande maison que son père aimait tant, cette résidence encore belle avec une haie bien taillée comme dans le temps. Sans trop savoir pourquoi, il ressentait un pincement au cœur. Comme si les années de son service militaire refaisaient surface. Comme s'il entendait encore son père lui reprocher de le quitter pour s'exiler. Ce père intransigeant, possessif, autoritaire, que, malgré tout, il avait aimé tendrement. Le carillon avait tinté et la grande porte de chêne s'ouvrit sur une Lucille au sourire… éclatant!

– Très heureuse de vous revoir, Alain. Entrez, je vous prie.

Elle avait enfilé une longue jupe noire qui camouflait le gras de ses mollets et avait choisi une jolie blouse de soie rouge piquée de fleurs de dentelle noire. Ses longs cheveux tombaient épars sur ses épaules, ce qui lui donnait une allure plus jeune. Un superbe bracelet en or solide, à son poignet, s'appareillait aux boucles d'oreilles en forme de poire, qui se balançaient à ses lobes. Les yeux très maquillés, le vernis à ongle bien appliqué, le rouge à lèvres rutilant, elle s'était enduite de son *Shalimar* qui ensorcelait la plupart des hommes. Alain, pour sa part, avait opté pour un pantalon de gabardine de teinte beige avec, aux pieds, des *loafers* de la même couleur. Chemise de soie beige à motifs bruns, il arborait une chaînette en or au cou, la seule qu'il n'ait pas vendue, et avait endossé un veston suédé brun uni. Bien coiffé, les yeux plus pervers que verts, il était beau à faire damner une sainte! Il offrit quelques fleurs en gerbe à son hôtesse et s'empressa de la suivre au salon où, en sourdine, la trame musicale de *Porgy and Bess*, de Gershwin, se faisait entendre. La veuve avait pensé à tout! Même au scotch Johnnie Walker qu'elle avait acheté pour lui parce qu'il était, disait-on, le préféré des Américains. Car, selon elle, Alain était beaucoup plus du pays de l'oncle Sam que citoyen canadien. Il accepta le scotch avec quelques glaçons alors qu'elle s'en versait un, nature, pour l'accompagner.

– Je ne reconnais plus la maison, lui dit-il. Tout a changé. Du temps de mon père, on se serait cru à Versailles.

– Oui, je m'en souviens, j'ai vu ce décor au temps où je tenais compagnie à Thérèse avant… Oh! excusez-moi, je ne voulais pas raviver les souvenirs.

– Soyez à l'aise. J'ai connu Thérèse, bien sûr, mais je l'ai perdue de vue durant tant d'années. Rhéaume et moi ne marchions pas toujours main dans la main. Il ne prisait guère le fait que je vive loin de la famille et, en bon frère aîné, il a souvent tenté de me convaincre de revenir pour ensuite graduellement couper les ponts. Mais au fond, on s'aimait bien tous les deux, et son départ subit m'affecte beaucoup. J'aurais tellement aimé lui dire à quel point il m'était cher…

– Je vous comprends, mais la vie en a décidé autrement. Dites-moi, ce nouveau décor vous plaît?

– Heu… oui, même si je ne m'y retrouve pas. C'est comme si on était passé d'un trait de Louis XV à Picasso!

Ils éclatèrent de rire et Lucille remarqua les superbes dents blanches qui illuminaient le sourire d'Alain. Ne sachant trop quoi se dire, c'est elle qui rompit le silence.

– Vous… vous êtes célibataire? Suis-je trop indiscrète?

– Absolument pas, et je suis célibataire, en effet. Ma sœur me le reprochait justement hier. Elle aurait espéré une descendance.

– Oui, j'imagine, mais des enfants… Il y a un âge pour tout, n'est-ce pas? Vous voulez passer à table maintenant?

Alain s'exécuta et prit place sur une chaise moderne non rembourrée, à dossier haut, face au lustre transparent dont elle tamisa l'éclairage. Elle lui servit des fruits de mer de toutes sortes, le saumon en question, des fromages forts, du pain croûté, une salade à l'ail, et lui demanda d'ouvrir la bouteille de vin blanc qu'elle avait mis à rafraîchir dans un seau à glace, ce qu'il fit avec empressement. Un vin blanc plutôt doux, qu'il ne connaissait pas. À Los Angeles, on buvait certes un peu de vin, mais en priorité les vins de la Californie, peu d'ailleurs. Et Alain semblait avoir une nette préférence pour les spiritueux. Lucille, ne pouvant en détacher ses yeux, le regardait sans cesse. Elle le trouvait sublime! Pour la première fois de sa vie, elle sentait son cœur battre à tout rompre. D'étranges sentiments se manifestaient en elle. Était-ce ce qu'on appelait l'amour? Au premier coup d'œil? Elle qui n'avait pourtant jamais aimé… Et ce désir d'être à lui, de se donner… Pour une rare fois, Lucille se sentait lascive, attirée par le mâle, prête à bondir sur sa proie pour l'aimer cette fois, non le détruire. Feignant d'ignorer son ardeur, Alain faisait tout son possible pour la séduire davantage. Comme se pencher pour remplir son verre afin qu'elle puisse entrevoir la toison de sa poitrine bronzée. Sans le moindre coup de foudre pour autant, Alain Bréard devait tout de même admettre qu'elle était superbe. Du visage!

– Vous travaillez dans le domaine du cinéma, Alain?

– Oui, mais le cinéma de répertoire et le théâtre. Je suis agent libre. Je recrute les acteurs potentiels... Ce serait long à vous expliquer, c'est une forme de *casting*, mais ça va beaucoup plus loin.

– Vous devez rencontrer beaucoup d'acteurs et d'actrices, à ce titre?

– Oui, mais qui sont pour la plupart méconnus. Je ne suis pas sous contrat avec les studios de cinéma grand public. Ce qui ne m'empêche pas d'avoir quelques amis dans le milieu, comme Kirk Douglas, Virginia Mayo, Peter Lawford...

– Des noms déjà prestigieux. Quelle chance vous avez!

– Vous vouez un culte aux vedettes, Lucille?

– Non, mais comme je suis maquilleuse, je m'imagine ce que ce serait avec les vedettes d'Hollywood. Ici, à la télévision, l'ampleur n'est pas la même. C'est le métier qui me fascine, pas nécessairement les acteurs.

– Vous n'avez jamais vu Los Angeles?

– Non, pas encore, même si j'ai vécu aux États-Unis avec mon premier mari. Mais New York, et Boston où j'avais une maison, ce n'est pas le faste de la capitale du cinéma.

– Vous êtes donc deux fois veuve, si je vous suis bien.

– Oui, hélas... On pourrait croire que je ne porte pas chance aux hommes! répondit-elle, en souriant.

– Ce qui me surprendrait avec les yeux que vous avez..., se risqua à déclarer Alain.

Ce qui fit baisser le regard de Lucille, par timidité. Mais, enchantée de la remarque, elle sentit son cœur battre encore plus fort. Cet homme de son âge, ce bellâtre libre comme l'air, sensuel comme un Casanova, se devait d'être à elle. Pas ce soir, bien sûr, mais dans un court laps de temps.

– Vous accepteriez un digestif? demanda-t-elle, sans avoir répondu quoi que ce soit au compliment.

– Je vois que vous avez de tout… J'aime bien le cognac.

– Comme Rhéaume! s'exclama-t-elle, pour ensuite s'excuser de cet élan qui n'était guère approprié.

– Vous y pensez encore, n'est-ce pas?

– Oui, encore et souvent, c'est si récent… Nous nous entendions à merveille, vous savez. Nous avions tant de points en commun.

– Puis-je vous demander où vous l'avez rencontré?

– Sur un banc de parc, non loin d'ici. Il lisait; je lisais. Peu à peu, la conversation s'est engagée, sa femme était mourante et comme j'avais fait mon cours d'infirmière…

– Infirmière? Où ça? Aux États-Unis?

– Oui, exactement, mais ce serait aussi long à vous raconter que vous et votre métier. Je n'ai pas l'habitude de regarder en arrière, je suis une femme qui va de l'avant. C'est le présent et l'avenir qui m'importent.

– Vous avez raison, Lucille. Alors, dans ce cas, trêve de questions de part et d'autre. Je reprendrais bien un autre doigt de cognac, si vous le permettez…

– Ah! Mon Dieu! Où avais-je la tête? Je vous néglige.

Elle se pencha pour lui verser ce qu'il avait demandé, et, osant une seconde fois, il lui dit:

– Vous avez un parfum enivrant. Le saviez-vous?

– Non, mais si vous le dites… C'est *Shalimar* de Guerlain.

– Vous le portez à merveille, il vous va à ravir.

– Merci, Alain… Et vous? Cette odeur d'écorce et de fruits des bois?

Il éclata de rire, lui toucha le bras et lui répondit:

– Ce n'est que mon *after-shave*: une bouteille à deux dollars.

– Sur vous, il a l'air d'en valoir un million…, répliqua-t-elle, encore sous l'effet de la main qu'il avait posée sur son bras.

Puis, audacieuse, ne voulant pas perdre de temps, elle lui demanda:

– Ça vous dérangerait qu'on se tutoie, Alain? Je trouve gênant de vouvoyer un beau-frère. Nous sommes de la même famille et du même âge de surcroît.

– Bien sûr que non, Lucille, j'allais tout doucement te le proposer.

– Alors, c'est fait! Nous serons plus à l'aise de cette façon.

– Et plus près…, ajouta-t-il, en la regardant dans les yeux.

Ce qui lui fit baisser les siens, alors qu'agitée elle ne savait plus où donner de la tête.

– Il est déjà dix heures, j'appelle un taxi, je dois partir. Juliette se couche tôt et je ne tiens pas à la faire sursauter en rentrant trop tard.

– Comme tu voudras, Alain, mais dis-moi, crois-tu qu'on pourrait se revoir avant ton départ? Je me sens si seule…

– Bien sûr, chère belle-sœur, mais cette fois, ce sera dans un restaurant. Rien à préparer, se faire servir… Tu dois en connaître qui feraient l'affaire dans les environs?

– Oui, je trouverai, répondit-elle. Fais-moi signe quand bon te semblera.

Elle surveilla d'un coin de rideau l'entrée de son garage et, apercevant des phares d'auto qui l'aveuglèrent, elle laissa échapper:

– Déjà?

Elle le reconduisit jusqu'à la porte, il la remercia, l'embrassa sur la joue et se dirigea vers le taxi commandé. De sa fenêtre, le regardant s'éloigner, Lucille laissa échapper un long soupir. Puis, tremblante, torturée, elle se rendit compte qu'elle l'aimait.

194

La semaine suivante, alors qu'il était encore chez Juliette, cette dernière lui demanda:

— Coudon! As-tu l'intention de passer l'hiver ici?

— Bien, quoi! Tu veux que je m'en aille, la grande sœur?

— Non, ce n'est pas ça, mais ton travail, ton appartement...

— Tout est sous contrôle, ne t'en fais pas. Je suis à mon compte et un agent s'occupe de mes affaires là-bas.

— Tu penses retourner quand, alors?

— Je ne sais pas encore... Dans une semaine, un mois... Mais si je dérange, Juliette, dis-le-moi. Je peux...

— Tu ne me déranges pas, voyons! C'est juste que le petit boudoir et le divan-lit, c'est loin d'être confortable, tu ne trouves pas?

— Ça va, j'ai déjà été dans l'armée, ne l'oublie pas. Et c'était pire que ça! Bon, je sors, je vais aller marcher un peu. Si Lucille téléphone...

— Lucille? Tiens! C'est elle qui te retiens en ville? Ne me dis pas que tu as l'intention de te ramasser avec elle! Pas un autre Bréard avec cette garce! Pour l'amour du ciel, réfléchis, pense à ton frère qui en a arraché...

— Non, ce n'est pas ce que tu penses. Laisse-moi faire et ne me pose pas de questions. Laisse-moi aller...

— Elle va t'avoir, Alain! Elle a plus d'un tour dans son sac, cette gueuse-là! Demande à Jean-Marc! Moi qui croyais en être débarrassée avec la mort de Rhéaume... Tu n'arrêtes pas de me dire: «Laisse-moi faire...» Faire quoi? Pas la fréquenter au moins! Toi, coureur de jupons comme tu l'es...

— Tu es dans l'erreur, la grande sœur. Encore une fois, je te dis de me laisser faire. Si elle appelle, dis-lui que je reviens dans une demi-heure. Mais ne la reçois pas au bout du fil en l'invectivant de bêtises…

— Pas une miette! Je ne lui parle même pas! Et ne crains rien, je prends le message, puis je raccroche! La satanée bonne femme! Et dire que ton frère voit tout ça de l'autre côté! Tu as besoin de ne pas me décevoir à ton tour, toi!

Alain lui lança un sourire et lui souffla un baiser de la main, puis il sortit prendre l'air en empruntant la rue Hoche-laga, pour respirer autre chose que l'humidité du tapis du petit boudoir. Deux minutes ne s'étaient pas écoulées que le télé-phone sonna. C'était Lucille qui rappelait son beau-frère tel qu'entendu entre eux. Juliette avait été polie, mais sèche. «Je lui fais le message», avait-elle rétorqué, avant de raccrocher.

Ils avaient convenu d'aller manger dans un restaurant chi-nois que, finalement, Alain avait déniché au centre-ville, et Lucille lui avait dit qu'elle passerait le prendre vers sept heures, le vendredi soir. À l'heure précise, elle était devant la porte de Juliette dans sa luxueuse Lincoln Continental, ce qui attira l'attention des gamins du quartier qui entourèrent la voiture de luxe conduite par une femme. Regardant la dame de plus près, une fillette dit aux autres: «Ça doit être une actrice pour être belle et riche comme ça!» Ce qui avait fait sourire Lucille qui avait prévenu Alain qu'elle n'allait pas sonner de peur de s'attirer les foudres de sa belle-sœur. Alain, qui la surveillait de la fenêtre, lui fit signe qu'il arrivait et, s'emparant d'un im-perméable acheté la veille, sortit pour se rendre à la voiture, non sans avoir entendu Juliette lui dire encore une fois: «J'es-père que tu sais ce que tu fais, toi!»

Après l'avoir félicitée pour sa superbe voiture, Alain ne put s'empêcher de dire à Lucille qu'il la trouvait ravissante dans ce tailleur noir orné de perles, le chignon bien tressé et maquillée comme les *stars* de la capitale du cinéma. Flattée, elle se disait intérieurement que la soirée augurait bien. Ne voulant pas être en reste, elle lui dit que son *after-shave* sentait toujours aussi bon sur lui et que sa chemise de soie noire sous le veston ocre était de bon goût. Mais c'était son regard qui l'envoûtait. Ces yeux verts qui la fixaient d'une façon… indécente! Lorgnant parfois de côté tout en conduisant, elle remarqua qu'il était aussi beau de profil que de face. Se rendant compte qu'il n'avait pas encore de cheveux gris, elle lui en fit part et Alain répondit: «Si! Deux ou trois aux tempes, mais il paraît que ça ne déplaît pas aux dames!» Soupirant telle une jouvencelle, elle approuva: «Non, pour sûr, au contraire…» Un cœur de gamine! Voilà ce qui battait dans la poitrine de Lucille pour la première fois de sa vie. Elle regardait ses mains fermes, ses jambes droites dans un pantalon ocre comme le veston, sa façon de les entrouvrir, de s'étirer et de prendre des pauses de mâle, même assis… Tout ça la séduisait! Non seulement il était beau, il était sensuel, Alain Bréard. Ce qui était inhabituel chez Lucille, c'était d'avoir envie d'un homme, alors que, toujours, c'étaient les hommes qui avaient eu envie d'elle. Amoureuse, elle l'était! De sa façon d'être comme de son corps! Amoureuse de tout… ce qui était lui!

Le restaurant chinois n'était guère élégant et peu onéreux dans ses prix, mais comme Alain semblait s'y plaire, elle partagea le menu numéro 3 avec lui, avec un seul verre de vin blanc, alors qu'il plongeait dans la bière. Ils parlèrent de tout et de rien; ils rirent beaucoup et, à certains moments, dans des gestes imprévus, leurs mains se frôlaient et elle en frissonnait d'aise. Très sobre avec un seul verre de vin, lui, un peu moins après quatre bières, elle lui demanda s'il accepterait de venir prendre le digestif chez elle. «Il est encore si tôt…», avait-elle insisté. Alain, pour la taquiner, avait rétorqué: «À la condition que tu aies des disques de Peggy Lee.» Le grondant quelque peu, elle lui avait répondu: «Non, je n'ai rien d'elle, mais j'en ai de Colette Bonheur, de Léo Ferré et, pour toi seul, de Abbe Lane qui chante avec l'orchestre de son mari, Xavier Cugat.» Il avait ri et lui avait serré la nuque de ses doigts en guise d'affection. Ce qui avait fait frémir la veuve tout en redoublant ses désirs. Stationnés dans l'entrée de la maison, elle déverrouillait et s'empressait d'ouvrir la portière pour en descendre, mais avant qu'elle puisse mettre un pied par terre, il l'avait attirée contre lui et, sans plus attendre, l'avait embrassée fougueusement. Un long baiser. Rigoureux au départ et de plus en plus suave. Elle sentit sa langue s'enrouler autour de la sienne et elle aurait souhaité que la Terre arrête de tourner. Se relevant de sa fâcheuse position, elle replaça d'un doigt une mèche de son chignon et lui murmura: «Attention, mon amour, les voisins…» Lui, sans avoir prononcé un seul mot tout au long de son «introduction», se contentait de sourire tout en l'enivrant de son regard. Elle lui avait dit «mon amour» sans trop s'en rendre compte, mais comme le terme n'était pas tombé dans l'oreille d'un sourd, Alain Bréard comprit que la première manche était gagnée.

Dans le vaste salon redécoré, elle l'invita à prendre place sur le grand divan de cuir et, tout en retouchant sa coiffure d'une main, lui versa dans un petit ballon de cristal un double cognac avec glaçons. Elle, ne voulant pas perdre ses facultés, se servit un fond de verre de crème de menthe noyée de club soda. Sans autre préambule, elle se rendit au tourne-disque, y posa un microsillon des succès de Cole Porter et revint s'asseoir sur le divan, juste à côté de lui. Sans aucune gêne, elle laissa ses doigts glisser dans les cheveux de l'homme, non sans lui avoir effleuré le cou de son annulaire en passant. Alain, se tournant vers elle, lui sourit et lui offrit, à nouveau, sa bouche sensuelle qu'elle dévora de ses lèvres rouges et pulpeuses. Roulant de côté, il la saisit par la taille, l'attira à lui, et après lui avoir murmuré des mots tendres, se mit à la dévêtir tout doucement. Constatant le fait, Lucille déboutonna la chemise de celui qu'elle convoitait pour y apercevoir une poitrine superbe, velue, virile, avec une odeur de peau bronzée à faire chavirer les plus coriaces. Puis, sentant déjà une main ferme sur l'un de ses seins, elle s'empressa de détacher la ceinture du pantalon d'Alain, de descendre sa braguette et d'y glisser la main droite jusqu'à l'intérieur de son sous-vêtement blanc. Très en forme, prêt à tout, Alain se libéra habilement de tout ce qu'il avait sur le dos alors qu'elle en faisait autant… goulûment! Ils roulèrent sur le tapis et, au septième ciel avec ce corps d'Adonis sur le sien, Lucille avait de ces essoufflements… concrets! Lui demandant s'il ne préférait pas la chambre à coucher, le sommier confortable, il lui répondit tout en la renversant afin qu'elle soit sur lui: «Non, ici, ça fait plus animal!» Conquise, sentant la main de l'homme la palper partout sans délicatesse, elle s'abandonna totalement à lui. D'un roulement à l'autre, ils se rendirent jusqu'au bout du tapis, et lui, à son tour sur elle, laissa son corps ramper indécemment jusqu'à ce que Lucille comprenne ce qu'il attendait d'elle. Un tel désir, normalement plus ou moins bref, perdura longuement sur sa consentante… victime! À tel point qu'il ne lui restait plus que les cheveux de sa partenaire à caresser d'une main fébrile. Puis, jugeant que son propre plaisir avait assez duré, il redescendit du faîte de son ascension et honora Lucille en la pénétrant vigoureusement. Comme une bête! Jusqu'à ce que ses cris de jouissance soient apaisés par des baisers passionnés.

Ils restèrent ainsi, entrelacés, durant on ne sait combien de temps, avant de reprendre le divan où ils s'embrassèrent encore dans un dernier sursaut de gestes... inqualifiables! Elle lui répétait: «Je t'aime, je t'aime.» Lui était resté muet, se contentant de lui sourire tout en se dirigeant, nu, vers le bar où le cognac était en vue. Lucille, légèrement plus pudique, avait enroulé sa blouse sur ses seins et déposé sa jupe sur ses cuisses. Afin de camoufler, lumière moins tamisée, ce qu'elle ne voulait pas qu'il découvre d'un minutieux coup d'œil. Pas lui! Pas avec un tel corps dont elle était déjà l'esclave. «Tu peux me verser une double crème de menthe, mon amour?» lui demanda-t-elle. Fier, beau comme un dieu dans sa nudité la plus totale, il revint avec les deux verres et resta quelques secondes debout devant elle, pour mieux la conquérir de ce que, encore, elle convoitait des yeux. Prenant enfin place sur le divan, sans avoir rien dit jusque-là après avoir gémi comme un chien en rut, il lui murmura: «Tu as été merveilleuse.» Que cela! Mais elle était déjà sous son emprise, il le savait. Elle portait le verre à ses lèvres en glissant encore son autre main sur le bas-ventre de son amant. En soupirant et en songeant intérieurement: «Jamais Rhéaume n'aurait pu me faire l'amour comme ça! Jamais Rhéaume... Dieu ait son âme!»

Juliette s'était levée tôt pour préparer le café de son frère qui aimait le boire très corsé. Quand ce dernier se présenta à la cuisine après sa douche matinale, elle l'accueillit avec un sourire et lui dit:

– Sais-tu que je commence à m'habituer à ta présence? Ça va faire tout un vide quand tu ne seras plus là.

– Trop aimable, la grande sœur, mais tu n'auras pas le temps de trop t'attacher à ton p'tit frère, je pars mardi matin.

– Déjà? J'imagine que c'est le travail qui t'attend...

– Tu sais, j'ai une vie en Californie, un boulot, des amis. Je suis très heureux d'être revenu ici, de te retrouver… Dommage que je n'aie pas revu mon frère de son vivant, mais que veux-tu… J'ai quand même renoué avec mes racines, j'ai apprécié ta jolie petite maison, ta joie de vivre…

– Oh! Pour la joie de vivre, tu sais… Avec Rhéaume parti, je n'ai plus personne, sauf de vieilles amies.

– Mais tu m'as encore, moi, voyons! Je ne t'abandonnerai pas!

– Je veux bien te croire, mais tu vis si loin, et à se voir une fois l'an…

– Oui, je sais, mais tu pourrais venir, toi aussi, te déplacer un peu. Ça te forcerait à voyager, Juliette.

– Non, n'y pense pas! Moi, l'avion, j'ai peur de ça! Et voyager seule, à mon âge…

– Il y a d'autres moyens de transport: le train, l'autobus… C'est long, je l'avoue, mais quand rien ne presse. Tu pourrais même convaincre une de tes vieilles amies de t'accompagner, je serais en mesure de vous héberger.

– Une amie? Tu veux rire! Elles sont toutes cassées comme des clous, Alain! La pension de vieillesse pour certaines et des bas de laine à moitié remplis pour d'autres. Je suis la plus à l'aise avec ma petite maison payée et ce que j'ai pu mettre de côté. Non, oublie ça, je t'attendrai puisque tu reviendras, et tu pourras encore habiter chez-moi.

– Merci de ta générosité, Juliette, tu es de plus en plus fine en vieillissant. On dirait que tu t'assouplis.

– Pas le choix! Quand on n'a plus personne, on baisse un peu les bras! Du temps de Rhéaume… Bof, passons…

– Si tu te rapprochais un peu de Lucille, elle pourrait…

Juliette, les yeux sortis des orbites, l'interrompit:

– Ne prononce plus jamais son nom devant moi, Alain! La garce! La damnée! Avec Rhéaume parti, je n'ai plus aucun lien de parenté avec elle! Ah! La démone!

– À ce que je vois, tu l'haïs vraiment.

– L'haïr? C'est pire que ça! Si je pouvais la réduire en miettes… Chaque fois qu'elle me vient en tête, je lui souhaite tellement de mal que je dois m'en confesser! Quand je pense qu'elle se la coule douce dans la maison achetée par le père et qui revenait à la famille! Avec la sacoche bourrée de l'argent de notre frère! Elle, une étrangère! Une femme venue de nulle part, rencontrée sur un banc de parc! Quand je pense à Rhéaume… Que le Tout-Puissant l'accueille, mais Dieu qu'il ne voyait pas clair, celui-là!

– Sans doute, mais n'y pense plus, tu fais monter ta pression pour rien, Juliette. Oublie le passé, va de l'avant! Regarde, il fait soleil dehors! Tu devrais aller faire un tour.

– Ça tombe bien, je dois me rendre au presbytère. On doit préparer une petite soirée pour souligner le dixième anniversaire de prêtrise de notre vicaire. Avec mes vieilles amies, comme tu dis.

– Moi, j'en profiterai pour faire des appels en Californie.

Elle fronça les sourcils et il s'empressa d'ajouter:

– Ne t'en fais pas, Juliette, juste un ou deux. Je sais que je te dois beaucoup d'appels longue distance depuis mon arrivée, mais je te promets de te les rembourser dès que je serai de retour dans mes affaires.

Juliette s'empressa de tout ranger et, chapeau cloche sur la tête, sac à main au poignet, souliers lacés aux pieds et manteau d'automne sur le dos, elle franchit la porte en disant à son frère qu'elle serait de retour vers quatre heures, à temps pour lui préparer, pour souper, des cigares au chou comme dans le temps. Resté seul, Alain se déboucha une bière et, s'emparant du téléphone, fit effectivement deux appels à Los Angeles. Un, assez bref, un autre beaucoup plus long à frais virés et à voix basse, au cas où sa sœur reviendrait, sans qu'il y prenne garde, chercher un papier oublié. Puis ayant mis les choses au clair avec son pays d'adoption, il composa le numéro de Lucille qui l'accueillit fébrilement lorsqu'elle l'entendit au bout du fil.

— Enfin! Toi, mon amour! Si tu savais comme je suis heureuse d'entendre ta voix! Je pense à toi nuit et jour...

— Allons, n'en mets pas trop, tu ne me vois pas mais je suis en train de rougir.

— Tant mieux! Moi, je suis en train de souffrir, loin de toi! Dis, tu peux revenir ce soir? Un si beau samedi...

— Non, je ne peux pas, Lucille. J'ai promis à Juliette de souper avec elle et de l'accompagner à un petit concert paroissial en soirée, mentit-il. Je l'ai beaucoup négligée, tu sais... De plus, j'hésite à te le dire, mais je repars pour la Californie mardi qui vient.

Un long silence au bout du fil, et d'une voix tremblante:

— Tu repars? Tu t'en vas? Pas déjà, Alain? Et moi? Oh! Excuse-moi. De quel droit... Je m'égare, je crois.

— Oui, Lucille, et ça me gêne terriblement. Tu sais, il n'y a pas eu d'engagement entre nous. Un rapprochement, oui...

— Un rapprochement? Que cela, Alain?

— Non, ce n'est pas ce que je voulais dire... Je ne trouve pas les mots.

— Nous avons fait l'amour, Alain! Comme des déchaînés! Et je suis follement amoureuse de toi, tu le sais! Tu m'as également avoué ton attachement, ta complaisance, ton contentement...

– Je ne retire aucune de ces paroles, Lucille, tu es exceptionnelle dans les bras d'un homme! Dans les miens, du moins...

– Parce que je t'aime, parce que je suis à tes genoux, mon bel amour! Jamais je n'ai aimé comme je t'aime, Alain, et ton départ me brise le cœur.

– Tu savais pourtant que j'allais repartir... Ma vie est là-bas...

– Oui, je le comprends et je l'accepte, mais j'en suis déchirée, j'en suis meurtrie... Tu ne vas pas repartir sans me revoir, non? À défaut de ce soir...

– Je peux te voir demain, Lucille, passer l'après-midi avec toi, si tu le désires, mais lundi, je dois préparer mes valises, régler des affaires par téléphone...

– Alors, demain! Oui, demain toute la journée! Et je te promets de te laisser partir en paix ensuite. Jusqu'à ce que tu reviennes... Tu pourrais être chez moi à dix heures demain matin?

– Si tôt? Je parlais de l'après-midi...

– C'est que j'aimerais que tu m'accompagnes à la messe de onze heures. Pour une raison bien spéciale, tu verras. Ensuite, on prendra un léger dîner, et l'après-midi nous appartiendra. Ne me refuse pas cette joie, je t'en prie.

– Il y a si longtemps que je suis allé à la messe... Juliette me le reproche sans cesse. Mais comme tu sembles y tenir, je t'accompagnerai, Lucille. Je serai chez toi en matinée.

– Tu veux que je passe te prendre?

– Non, surtout pas! Je ne veux pas que Juliette me voie partir avec toi. Ne créons pas inutilement d'embêtements. Je sauterai dans un taxi et j'arriverai à l'heure convenue.

– Je vais te préparer un café fort, mon amour, avec un doigt de cognac pour le rehausser.

— En autant que tu puisses le partager…
— Non, désolée, moi, je vais communier.

Après avoir dit à Juliette, en ce dimanche de fin de septembre, qu'il allait rencontrer un homme d'affaires, Alain sauta dans un taxi et se retrouva avenue d'Auteuil. Lucille lui ouvrit avec un grand sourire et le fit passer à la salle à manger où un copieux déjeuner l'attendait, le cognac déjà dans le café. Somptueuse dans un tailleur d'automne d'un vert olive, elle avait ajusté sur sa tête un grand chapeau noir et vert qui, retombant d'un côté, laissait voir son chignon de l'autre. Maquillée, émeraudes aux lobes d'oreilles comme au poignet, elle regarda Alain dans son complet marine avec chemise blanche et cravate rayée, pour lui dire:
— Dieu que tu es beau! On dirait un acteur de cinéma!
— Allons, n'exagère pas… Je n'ai plus l'âge des jeunes premiers.
— Et puis? C'est à ton âge que les hommes sont superbes! Jeunes, ils ne sont que mignons, comme les petits chanteurs du palmarès de la télévision.
— On s'y rend à pied ou en voiture?
— Pour un coin de rue? À pied, voyons! À ton bras, mon amour! Comme des tourtereaux!
— Tu ne crains pas les qu'en-dira-t-on, Lucille?
— Je m'en moque éperdument! Et tu vas voir qu'ils vont retrouver tout le respect qu'ils me doivent, une fois rendus à l'église, s'ils le perdent en cours de route.

Ne comprenant pas trop ce qu'elle voulait dire, Alain lui offrit son bras, et c'est sur une avenue ensoleillée qu'ils suscitèrent, en ce dimanche matin, les chuchotements de quelques badauds. Comme d'habitude, Lucille prit place à l'arrière, sur le côté, dans son banc préféré qui était toujours libre. La messe commença et, au moment du sermon, le curé fit d'abord mention des deux décès de la semaine pour ensuite fixer Lucille de sa chaire et dire à voix haute: «Je profite de l'occasion qui m'est accordée pour remercier, du fond du cœur, madame veuve Rhéaume Bréard pour sa générosité envers les œuvres de la Saint-Vincent-de-Paul. Madame Bréard a remis un chèque de mille dollars pour venir en aide aux démunis. Une somme inespérée qui s'ajoute à vos dons et qui a fait le bonheur de nos bénévoles, dont je me fais le porte-parole pour lui exprimer leur profonde gratitude.» Or, comme il regardait en sa direction pendant ses remerciements, la plupart des têtes se tournèrent pour voir la bienfaitrice qui, hautaine, affichait un léger sourire. Lucille avait en effet offert ce montant au curé à la condition qu'il le souligne en chaire à la messe de onze heures, le dimanche choisi par elle. Et la veille, elle avait opté pour le lendemain sachant qu'Alain serait à ses côtés, afin d'en mettre plein la vue à ceux et celles qui la regardaient de haut. Au moment de la communion, elle emprunta l'allée secondaire pour s'y rendre, mais revint par celle du centre, afin que tous puissent l'admirer de la tête aux pieds. Endimanchée, altière, sûre d'elle-même, et riche à souhait d'après son don de quatre chiffres. Désormais, on la respecterait, on la saluerait, on irait même jusqu'à s'incliner devant la paroissienne la mieux nantie et la plus charitable du quartier. Du moins, le croyait-elle.

À la sortie de la messe, alors que tous les regardaient, Lucille et Alain empruntèrent le trottoir où le soleil resplendissait afin que les émeraudes de son bracelet scintillent sur son long gant noir où elle le portait. Alain, embarrassé, peu habitué d'être le point de mire, lui murmura:

– Tu l'as fait exprès, n'est-ce pas?

– Quoi? lui demanda-t-elle naïvement.

– Lucille! À d'autres, pas à moi! Tu voulais qu'on nous voie ensemble. Tu le souhaitais! Tu as offert ce montant pour que toute la paroisse se rende compte que la veuve avait déjà un autre homme dans sa vie.

– Bon, si tu veux, mais je l'ai fait parce que je suis fière de toi, mon amour. Je l'ai fait parce que je t'aime… et aussi, pour être plus en vue dans la paroisse. On avait tendance à m'ignorer. On aimait bien Rhéaume, mais moi, c'était comme si j'avais pris la place de Thérèse. Là, j'ai tout rétabli d'un coup sec! J'ai été plus que généreuse, je l'admets, mais on va dès maintenant oublier monsieur Bréard et se concentrer sur sa veuve. D'autant plus que le curé n'en croyait pas ses yeux quand il a vu le chèque.

– Ouf! Nous voilà rendus. Tu me donnes des sueurs froides, toi! Te rends-tu compte que plusieurs personnes savent que je suis le frère de Rhéaume? Que les plus âgés se souviennent de moi? J'ai habité cette maison autrefois. Que vont-ils penser, Lucille? À mon bras, déjà… Tu ne crains pas de faire triste figure en agissant de la sorte?

Ayant retiré son grand chapeau, ses gants, ses bijoux et ses escarpins neufs qui lui serraient les pieds, elle s'approcha de lui, le poussa jusqu'au sofa de soie rose du boudoir et se jeta sur lui pour l'embrasser à bouche que veux-tu. Le souffle coupé, la cravate dénouée par la main habile de sa compagne, Alain se prêta de bonne grâce à toutes les mauvaises intentions de celle qui venait de… communier! Roulant une fois de plus sur le tapis, les vêtements éparpillés un peu partout, on ne voyait plus que deux corps presque nus qui, tout en s'unissant l'un dans l'autre, laissaient échapper des gémissements que l'on pouvait entendre du trottoir, par la fenêtre ouverte.

Habile, séducteur-né, Alain l'honora encore mieux que la première fois et Lucille, noyée dans les plaisirs de la chair, lui enfonçait sans s'en rendre compte ses ongles rutilants dans les muscles du dos. Ce qui déplut à son partenaire qui s'en mordit les lèvres, mais la jouissance fut si intense que la «respectable paroissienne» hurla telle une bête prise en charge. Lui, plus modéré, respirait tout de même avec peine, après lui avoir tout donné. Assouvi tout comme elle, il sentait son membre se détendre alors qu'elle insistait encore d'une main disgracieuse. Puis, dernier atout, le langoureux jeu de langues qui la renversait à lui en faire vibrer les lèvres. Repus, totalement épuisés, collés l'un contre l'autre, elle retrouva le souffle pour lui dire:

– Si tu savais comme je t'aime, mon amour!

Souriant, il lui caressait la nuque sans rien dire, ce qui lui fit ajouter:

– Sais-tu que tu ne me rends jamais cet aveu? M'aimes-tu, Alain? M'aimes-tu autant que je t'aime?

– Bien sûr, répondit-il, tout en pianotant des doigts sur l'un de ses plantureux seins.

En plein cœur de l'après-midi, ils se rendirent au parc Nicolas-Viel, là où elle avait connu Rhéaume. Alain avait insisté; il voulait voir les écureuils et les canards que son frère aimait tant, ainsi que ce banc où ils avaient échangé tant de propos. Lucille aurait préféré passer la journée au creux de son lit avec lui, mais elle accepta de le suivre. Avec peine, car elle n'aimait guère ressasser le passé… et pour cause. Mais, ne pouvant rien lui refuser et pas mécontente de voir les gens les regarder alors qu'elle glissait sa main dans la sienne, elle prolongea même de quinze minutes leur promenade… d'amoureux. Assis sur le même banc où Lucille lisait naguère, elle lui demanda:

— Je ne te vois jamais lire… Tu n'aimes pas?

— Je lis tellement de scénarios pour le boulot… Mais j'ai toujours un livre pour l'avion. Au retour, je terminerai *Tender Is The Night* de Francis Scott Fitzgerald. Tous ses romans ont été adaptés au cinéma et je me demande pourquoi, parfois… Celui-là ne m'emballe pas, je l'avoue.

— Peut-être écrivait-il pour les femmes?

— Est-ce une raison pour que son roman ne me touche pas? Je suis pourtant sentimental… Les hommes aussi peuvent être sensibles, tu sais.

Pour toute réplique, elle pressa sa main dans la sienne, et appuyée sur son épaule, elle lui demanda:

— Une autre chose que j'ai remarquée: tu ne fumes pas, Alain?

— Non, depuis longtemps. J'ai fumé au temps de mon service militaire, mais rendu en Californie, je n'aimais pas le goût des cigarettes américaines et j'ai cessé. Disons que j'ai troqué cette habitude contre le scotch Johnnie Walker que je venais de découvrir, ajouta-t-il en riant. Mais, tu sais, mon père avait une sainte horreur du tabac. Aucun de ses enfants n'a eu la permission de fumer, il aurait fallu le faire à son insu. Ma mère est morte jeune de la tuberculose, et les poumons, c'était sacré. D'ailleurs, Rhéaume était aussi fort ennuyé par les fumeurs. Pourtant, Thérèse fumait quand elle était jeune. Ce qui irritait mon père quand elle venait à la maison. Il n'osait le lui dire, mais il s'éloignait d'elle lorsqu'elle allumait une Black Cat. Rhéaume a tout fait pour la dissuader de fumer, mais elle ne l'écoutait guère… Et regarde ce qui lui est arrivé. Je ne sais trop si elle a continué de fumer plusieurs années encore après mon départ, mais ça n'a sûrement pas aidé sa cause. Tu sais, toute cette fumée dans les poumons…

– Oui, j'imagine. D'ailleurs, Rhéaume ne voulait plus aller dans les cabarets avec son début d'angine. Il suffoquait comme s'il avait été asthmatique.

– Et toi, Lucille, tu n'as jamais fumé?

– Oui, une seule fois, je devais avoir quinze ou seize ans, et je me suis mise à tousser dès la première bouffée. C'était tellement mauvais! Jamais plus je n'ai retouché à la cigarette par la suite. De toute façon, avec le métier que je fais, j'aime avoir la peau saine et les dents blanches. Si tu voyais les dents jaunes de Maxence et d'Yvette, des proches collègues à moi qui fument comme des cheminées. C'est assez pour en avoir des haut-le-cœur.

– Ce qui n'est pas notre cas, Lucille, et voilà sans doute pourquoi nos baisers sont si prolongés.

Elle lui serra le genou pour ensuite lui caresser le cou et lui dire:

– Dieu, que je t'aime, toi! Tu as le don de me chavirer d'une seule phrase… Et dire qu'il a fallu toutes ces années pour qu'on se croise…

– Mieux vaut tard que jamais, tu ne trouves pas? Le destin nous a fait emprunter bien des sentiers avant…

Elle lui avait mis la main sur la bouche, histoire d'avoir un peu de son haleine chaude sur les doigts:

– Ne me parle pas du destin, ne ressasse rien, il y a assez de ton départ qui me bouleverse…

Ils regagnèrent la maison, puis ce fut l'heure: Alain devait rentrer, il l'avait promis à Juliette, disait-il. Avec, pour une fois, des larmes sincères sur les joues, Lucille le supplia de rester jusqu'au soir, de souper avec elle, de reprendre la scène du boudoir dans la chambre, mais Alain se désista. Il lui fit comprendre qu'il devait partir, mais qu'il allait revenir, tout en lui murmurant: «Sois raisonnable, Lucille, je serai peut-être de retour en janvier.» Parce qu'ils tournaient un film de répertoire en pleine saison des Fêtes, ajouta-t-il. Elle disait vouloir aller le rejoindre, mais il lui fit promettre de n'en rien faire, se réservant ce voyage «à deux» pour plus tard. Elle voulait ses numéros de téléphone; il refusa. C'était lui qui allait l'appeler dans ses moments libres, lui dit-il. Se rendant compte qu'il fronçait les sourcils quand elle devenait insistante, elle s'amenda juste avant qu'il ne perde patience et lui promit de ne pas bouger, de l'attendre. Satisfait, il lui jura de prendre de ses nouvelles régulièrement et l'embrassa à presque l'étouffer avant de la quitter. Un baiser qui, il le savait, la laisserait marquée.

Lundi, jour de pluie, Alain se consacra à boucler ses valises et, profitant de l'absence de Juliette qui s'occupait de ses bonnes œuvres, téléphona à Calgary à frais virés pour que sa sœur n'en sache rien.

– Jean-Marc? C'est Alain!

– Dis donc! Pas mal chanceux, toi! Je m'apprêtais à sortir et je n'aurais pas été de retour avant des heures. Quel bon vent t'amène? Pas une mauvaise nouvelle, au moins?

– Non, non, tout va bien. Un service seulement, si tu le peux, si tu en as le temps.

– Dis toujours, on verra bien.

– Toujours enquêteur dans l'âme, Jean-Marc? Même quasi retraité?

– Plus que jamais! J'ai même trouvé le voleur qui a dévalisé notre restaurateur du coin! En un tour de main!

– Tu es donc l'homme que je cherche. Je voudrais que tu remontes une filière, que tu enquêtes sur une personne.

– Bien sûr, laquelle?

– Lucille Voyer.

Jean-Marc, abasourdi au bout du fil, finit par lui demander:

– Ta… ta belle-sœur? Tu veux que j'enquête sur elle? Sur quoi au juste?

– J'aimerais que tu fouilles son passé, que tu retraces ceux qui l'ont connue. Je veux savoir d'où elle vient, ce qu'elle a fait avant, où elle est née… Je sais que ce que je te demande peut me coûter cher, mais je te promets de te rembourser toutes tes dépenses, si tu veux bien me faire confiance. Jusqu'au dernier sou, je te le jure!

– Ne te donne pas la peine, Alain, je vais le faire pour rien. J'ai des économies et ça va me faire plaisir de les employer à décortiquer le passé de cette femme. Quels que soient les déplacements, je me charge de tout. J'ai encore un poids sur le cœur…

– Écoute, je ne te demande pas de la condamner, Jean-Marc, juste d'enquêter. Comme c'est là, elle vient de nulle part. Tu pourrais commencer par…

– Ne me dis pas quoi faire, Alain, laisse-moi aller, et je te reviendrai avec tout ce que je trouverai au fur et à mesure… Donne-moi les numéros où te rejoindre à Los Angeles.

Alain s'exécuta et Jean-Marc, refermant son calepin, lui demanda:

– Tu retournes quand en Californie?

– Demain! Voilà pourquoi je t'appelle aujourd'hui, mais je compte revenir en janvier, chez Lucille, cette fois.

– Là, je ne te suis pas…

– Elle est amoureuse de moi, Jean-Marc, follement éprise… Écoute, je t'expliquerai tout ça de Los Angeles. C'est une longue histoire et ce coup de fil va finir par te coûter un bras.

– Pas d'importance, mais tu peux compter sur moi. Et tu vas voir, Alain Bréard, que mes enquêtes sont judicieuses. Et discrètes! Pas un mot à Juliette, n'est-ce pas?

– Surtout pas! Je t'appelle en son absence.

– Alors, bon retour et appelle-moi de là-bas n'importe quand. À frais virés, si tu es un peu serré. J'ai du lousse, moi, et je ne sais pas trop quoi faire avec…

Alain le remercia et raccrocha avant que l'enquêteur, qui était un moulin à paroles, lui raconte sa vie. Au même moment, Juliette franchissait le seuil de la porte avec un sac d'épicerie dans les bras.

– Pour ton dernier souper, que dirais-tu d'un bon foie de veau avec du riz ou des patates pilées? Je t'ai même acheté une couple de bières pour fêter ton départ!

Alain, heureux de la tournure des événements de tous côtés, la serra dans ses bras tout en lui répondant:

– Avec des patates que je vais piler si tu le permets. Je me souviens des tiennes avec des mottons! lui lança-t-il en riant de bon cœur.

Le lendemain, en matinée, Alain Bréard était à bord de l'avion qui le ramenait dans son pays d'adoption. Avec un journal anglophone sur les genoux, un sourire en coin et un scotch avec glaçons que venait de lui servir l'hôtesse. Sur la petite table devant lui, un porte-documents dans lequel il avait enfoui des tas de notes susceptibles d'être utiles à Jean-Marc, ainsi que le roman de Scott Fitzgerald qu'il se promettait de terminer en cours de route. Dans sa tête, mille images se succédaient. Celles de sa vie réelle, celles de sa «nouvelle existence», celles de son enfance avec son père, Juliette et Rhéaume, et celle de la maison de l'avenue d'Auteuil, sa dernière résidence, avant de quitter, naguère, le Canada pour les États-Unis.

Chapitre 8

S
ous le chaud soleil de la Californie, Alain avait pu oublier les pluies automnales qui s'étaient manifestées avant
son départ de Montréal. De retour à son travail qu'il qualifiait de «minable», il songeait à tout ce qu'il avait laissé
derrière lui. Face à une situation financière précaire, accablé
de dettes, celui qui avait cru faire fortune en s'exilant, vingt
ans plus tôt, se rendait compte que les portes des producteurs
lui étaient de plus en plus fermées. Parce que la réputation
d'«Alan», comme on l'appelait là-bas, le précédait partout où
il se présentait. Il avait failli réussir, mais son ambition avait
causé sa perte ainsi que celle de ceux qui lui avaient fait
confiance. Depuis, il avait végété d'un studio à l'autre et, dans
l'incapacité d'atteindre un autre podium, il avait baissé d'éche-
lon de plus en plus. Là où il travaillait, une petite compagnie
indépendante qui tournait des documentaires, il n'était pas
«producteur» ni «recruteur», comme il le disait, mais simple
«monteur» à bas salaire.

Or, depuis sa venue à Montréal, sachant qu'il réussirait
davantage à faire, en quelque sorte, «sa marque» ici, un tas
d'idées lui trottaient dans la tête. Mais pour y parvenir, il se

devait d'avoir un pied-à-terre dans la métropole, en l'occurrence, la maison de Lucille. D'autant plus qu'elle avait déjà appartenu à sa famille. Et comme Lucille l'aimait à en rêver chaque nuit, il se fit un devoir de l'appeler fréquemment pour lui donner de ses nouvelles, prendre des siennes et répondre à ses «je t'aime» par un «moi aussi, ma chérie». Ce qui avait conquis davantage le cœur de celle qui ne jurait plus que par lui. Lucille! Lucille Voyer! Sa flamme… sa bouée! Avec Jean-Marc qui lui donnait des résultats de son enquête au compte-gouttes, Alain se sentait comme un funambule sur deux fils à la fois. D'un côté, le beau-frère de son défunt frère qui s'acharnait à retracer les pistes de l'étrangère; de l'autre, l'amour inconditionnel que lui vouait cette même «étrangère», dont il pouvait certes tirer profit. Pour l'honneur de la famille? Pour venger Juliette qui maugréait encore contre l'intruse? Sans doute, mais d'abord pour lui qui avait reniflé, dans cette maison, une odeur de richesse et, dans les bras de Lucille, celle d'un bien-être à portée de la main. Confus dans ses propres pensées, il avait hâte que janvier s'amène afin de troquer le soleil de Los Angeles contre les neiges de Montréal. Il lui fallait souffler davantage sur la braise avant que la flamme ne s'éteigne. À l'insu de Juliette et de ses pâtés chinois, cette fois. Juste entre lui et la paroissienne la mieux «nantie», si l'on se fiait à ses dons de charité. Il comptait les quelques mois, les interminables jours qui le séparaient de celle qui lui ouvrirait, dès lors, ses draps. En pleine réflexion, dérangé par la sonnerie du téléphone, il sursauta. C'était Jean-Marc qui lui débita d'un trait: «Une chance que la veuve t'a dit qu'elle avait eu une maison à Boston! C'est là que je viens de trouver le premier bout de laine du tricot! J'en ai déjà appris pas mal, Alain, mais je garde ça pour moi pour l'instant. La maille est encore trop courte!»

En décembre, après avoir causé plusieurs fois avec Lucille, Alain lui annonça qu'il arriverait chez elle autour du 15 janvier et qu'il y resterait tout le temps voulu, puisqu'il bénéficiait de longues vacances après le documentaire tourné en période des festivités. Ce qui avait ravi la jolie veuve qui se morfondait en attendant d'être, une fois de plus, dans les bras de celui qu'elle considérait maintenant comme son «amant». Ce qui ne gêna nullement Alain lorsqu'elle lui fit part du «terme» qu'elle utilisait à son égard. Pour se sentir davantage affermi comme «amant» de sa belle-sœur, il lui fit parvenir pour Noël douze roses rouges entourées de poinsettias blancs. Ce qui fit battre d'amour et d'enthousiasme le cœur de la veuve, même si le cadeau n'était guère dans les prix de ceux qu'elle recevait de feu Rhéaume. Le présent d'Alain était pour elle un aveu doublé d'une marque d'affection et de tendresse. Plus encore, puisque les roses rouges étaient symboles de… l'amour! Elle aurait voulu le choyer à son tour, lui faire parvenir quelques douceurs, mais il refusa de lui donner une adresse. Il la pria de les lui remettre en main propre dès son arrivée. Elle accepta, plus fébrile encore dans l'attente et souhaitant que cette fin d'année surgisse au plus tôt. Seule, néanmoins, elle invita Maxence et la maigrelette pour un petit réveillon en exhibant la photo d'Alain à son collègue masculin qui tomba à la renverse devant la beauté de l'homme. Tout comme Yvette qui, envieuse, se demandait bien ce que Lucille avait de plus qu'elle. À la messe de minuit, vêtue comme la dernière impératrice de Russie, madame veuve Bréard déposa dans l'assiette, au moment de la quête, un billet neuf de cent dollars qui fit hausser les sourcils du marguillier. Elle savait qu'il s'empresserait de dire à tous que son généreux don surplombait de beaucoup les pièces de monnaie et quelques billets verts de son assiette. Maxence et Yvette, ayant remarqué le geste et le montant,

217

sursautèrent. Ce qui avait fait dire à la maigrelette, de retour à la maison pour le réveillon: «Si t'en as de trop, Lucille, y'a pas juste l'assiette de la messe qui est vide. Y'a ma sacoche aussi!»

Lucille était certes enchantée de jeter, enfin, son calendrier périmé et d'accrocher celui de 1964 sur un des murs de sa cuisine, mais elle ressentait un certain chagrin face à certains événements qui l'avaient marquée en cette fin d'année. Plus que la mort de Rhéaume, le décès de la chanteuse Édith Piaf, survenu en octobre 1963, l'avait remuée. Elle aimait beaucoup la voix langoureuse et rauque de cette interprète dans les textes profonds qu'on écrivait pour elle. Et certaines chansons comme l'*Hymne à l'amour* et, *Non, je ne regrette rien* se prêtaient si bien à ce qu'elle éprouvait pour Alain. Le 22 novembre, comme tant d'autres elle avait été bouleversée par l'annonce de l'assassinat de John F. Kennedy, son «cher président» qu'elle trouvait si bel homme! Celui qui avait rendu Rhéaume presque jaloux... un certain temps! Puis, le 29 novembre, l'écrasement du DC-8F à Sainte-Thérèse, faisant 118 morts, l'avait traumatisée. Elle savait que son bien-aimé prenait souvent l'avion, qu'il allait revenir en avion, et elle n'osait s'imaginer... Elle en frissonnait d'inquiétude. L'année qui s'était éteinte avait aussi mis un terme à la série télévisée *The Untouchables*, qu'elle suivait régulièrement pour y voir le séduisant Robert Stack qui incarnait Eliot Ness, un homme sans sourire, mais d'aspect... si viril! Malgré tout, Lucille s'était attachée au téléroman *Septième nord* qui mettait en vedette Monique Miller, Benoît Girard et tant d'autres comédiens, et elle aimait aussi regarder *The Man from U.N.C.L.E.*, une nouvelle série d'action avec David McCallum et Robert Vaughn. Seule, la plupart du temps, elle s'était également remise à la lecture comme passe-temps et avait découvert *La belle histoire de Versailles* d'Alain Decaux, tout en écoutant des microsillons de jazz, dont celui de la chanteuse Peggy Lee qu'Alain aimait tant et qu'elle avait trouvé chez Archambault. Ainsi s'entrebâillait janvier dans la somptueuse demeure de l'avenue d'Auteuil. Travaillant encore pour les studios de télévision, pour ne pas «mourir d'ennui», disait-elle à ses collègues, elle attendait impatiemment le retour d'Alain prévu pour le 11 janvier. Elle avait fait provision de tout ce qu'il aimait, le scotch Johnnie Walker inclus, et avait aménagé une jolie chambre à coucher, avec lit double, dans celle que Rhéaume occupait de son vivant. Car cette fois, pas question de faire l'amour sur un coin de tapis ou un divan!

Manteau de lynx sur le dos, joli tailleur vert en dessous, les cheveux épars sur les épaules, bottillons de cuir noir aux pieds, maquillée telle une gitane, Lucille Voyer, veuve Bréard, attendait à l'aéroport de Dorval que l'avion de son bel amant se pose. On la regardait, on l'admirait, et personne ne fut surpris de la voir se jeter dans les bras d'un bel homme dès que les passagers firent leur apparition. Avec un sans-gêne surprenant, se foutant du monde entier, elle l'encercla de ses deux bras et l'embrassa sur les lèvres, tout en lui murmurant:

– Si tu savais comme tu m'as manqué, mon amour!

– Lucille, je t'en prie… Pas en public…, lui répondit-il, tout en s'en dégageant pour lui offrir galamment le bras.

– Excuse-moi, Alain, c'était la joie après l'attente…

– Ça va, ma chérie… Le moment est aussi intense pour moi, n'en doute pas, mais je suis un peu plus timide… Viens, je vais maintenant prendre mes bagages.

Une courte attente et les deux valises ainsi que le *club bag* d'Alain étaient en vue sur le carrousel qui recevait, de la chute,

le chargement de ce vol. Alain se saisit de ce qui lui appartenait, et pendant qu'il longeait l'allée avec Lucille à son bras,
les gens purent envier son magnifique bronzage qui contras-
tait si bien avec ses dents blanches.

— Pas chaud ici, en janvier. J'avais oublié…, dit-il en
souriant.

— Ne crains rien, la maison est bien chauffée, et le scotch
et le cognac sont recommandés pour contrer le froid.

Il pressa sa main dans la sienne, ce qui la rassura, et ils
montèrent enfin à bord de la Lincoln que le préposé du *valet
parking* avait garée tout près de son guichet. Lucille emprunta
le chemin du retour sans s'arrêter nulle part, se contentant de
lui demander s'il avait fait un bon voyage et s'il allait séjour-
ner longtemps chez elle.

— Aussi longtemps que tu voudras bien me garder! lui
répondit-il.

— Cesse de me taquiner, Alain… Je te garderais éternelle-
ment, moi!

Ils arrivèrent à la maison, et descendant de la voiture,
prenant ses valises et son sac, Alain lui dit:

— Le vent n'a pas plus d'allure que dans le temps!

Elle pouffa de rire et lui rétorqua:

— Non, surtout pas! C'est moi qui lui ai commandé de te
faire sentir les affres du froid! Pour mieux te réchauffer ce soir,
mon amour…

Ils entrèrent et, enfin au salon, Alain laissa échapper un
«ouf» de soulagement. Lucille lui mijota un poulet en casse-
role avec quelques légumes, ce qu'il apprécia d'autant plus
qu'il n'avait guère bien mangé sur l'avion, assis en classe…
économique! La regardant, lui souriant, il finit par lui dire:

— Sais-tu que j'ai troqué le soleil contre la neige par amour
pour toi, ma chérie?

Lucille en resta bouche bée. Autant il avait été avare d'aveux et de mots tendres lors de leurs premières rencontres, autant il devenait généreux dans ses déclarations du moment. Elle se rendait compte, enfin, qu'il l'aimait autant qu'elle et était envahie de tout le bonheur qu'elle comptait vivre auprès de lui... Non, avec lui! Le soir venu, Alain rangea tous ses vêtements dans le placard de la chambre d'invités mais, avec un tantinet d'élégance, la veuve lui fit savoir qu'il ne coucherait pas là, mais bien dans la chambre au lit double avec une literie dernier cri, allant des draps de satin noir aux taies d'oreillers d'un rouge ardent. Même allumées, les lampes étaient discrètes, l'éclairage était d'ambiance et de bon goût. D'autant plus que Lucille, aussi belle était-elle, avait des défauts corporels à cacher à celui qu'elle aimait et qui, de son côté, avait conservé quasi intacts les attributs de sa jeunesse. D'où l'impudeur de se déshabiller devant elle ou de se lever nu pour aller se verser un scotch, sachant très bien qu'elle l'observait. Une petite mise en scène qui n'avait pas échappé à la veuve lors de leurs derniers ébats, sans toutefois lui déplaire. Elle se prêtait à tous ses jeux, en autant qu'elle puisse le «dévorer» des yeux, après avoir conjugué ce verbe sans scrupule sur lui, à l'extrémité d'un moelleux tapis, abîmé... depuis!

Ce soir-là, badigeonnée de *L'Air du Temps* et suave dans un déshabillé transparent d'un rouge pourpre, Lucille se glissa sous les couvertures avant lui pour le laisser se dévêtir devant le grand miroir et avoir ainsi le bonheur de le contempler de dos comme de face en même temps. Dieu qu'elle le trouvait beau, son mâle de presque... cinquante ans! Car elle ne l'oubliait pas: tous deux allaient franchir, l'année suivante, en 1965, ce cap «éprouvant» à quelques semaines d'intervalle. Lucille, la première, au début d'avril; lui, à la mi-mai. Quinquagénaires!

Comme ce terme sonnait vieux! Ce qui l'irritait déjà, elle, alors que lui, plus terre à terre, sachant où il allait, ne se souciait guère des années qui s'accumulaient. Parce que, physiquement, il avait le dessus sur elle, et davantage parce qu'elle l'aimait… aveuglément!

La nuit qui s'écoula fut différente des autres. Plus normale, moins animale. Ils avaient fait l'amour comme un couple qui s'aime avec le cœur et non seulement la chair. Ils avaient échangé des serments, redoublé d'ardeur dans les aveux fort rassurants et s'étaient caressés avec plus de décence, plus de «bienséance» que les fois précédentes. Quoique, pour ne pas paraître soudainement «vieux jeu», Alain avait insisté du regard et par quelques gestes sur son fantasme le plus cher qu'elle comblait à merveille. Ils s'endormirent dans les bras l'un de l'autre, mais juste avant de fermer les yeux, il lui avait murmuré: «Te rends-tu compte que nous serons l'un à l'autre toute la nuit, cette fois, ma chérie?» Elle avait répondu en laissant glisser sa main sur son corps nu: «Non, mon amour, toute la vie!»

Deux jours s'écoulèrent sans qu'ils sortent de la maison. Parce qu'il faisait froid et qu'Alain n'y était plus habitué, et aussi parce que Lucille se sentait bien avec celui qu'elle choyait de mille et une façons. Petits déjeuners au lit, café corsé, dîners dignes de traiteurs et élégants soupers avec le whisky, le vin, les digestifs… alors que son amant, dans un léger pantalon de lin, affichait une barbe de deux jours comme celles des cow-boys du cinéma. Ce qui allumait Lucille qui n'avait d'yeux que pour tout ce qui faisait viril… Elle avait passé sa vie avec des collègues comme Maxence, ou des hommes peu intéressés, comme Harry, ou quasi impotents, comme Rhéaume, cet époux de courte durée dont elle ne parlait plus ou presque.

Parce qu'Alain lui avait demandé de laisser son frère reposer en paix, que ça le gênait quelque peu de vivre sous son toit dans les bras de sa veuve. Mais ils n'allaient pas rester ainsi emmurés tout l'hiver à cause du froid et de quelques tempêtes. Constatant que son amant n'avait que des vêtements d'été, sauf un complet quatre saisons assez usé, elle lui suggéra d'aller avec lui dans un grand magasin et de l'habiller de la tête aux pieds pour la froide saison. Voyant qu'il hésitait, se rendant compte qu'il n'était guère fortuné, elle lui dit:

– Tu n'as pas à t'en faire, c'est moi qui paye tout, mon amour!

Mal à l'aise, il lui répondit:

– Écoute, Lucille, je ne veux pas me sentir entretenu…

– Alain! Voyons! On a tous nos difficultés dans la vie! Et si je suis capable de donner mille dollars au curé pour ses œuvres, imagine ce que je peux dépenser pour l'homme que j'aime!

Il avait souri, acquiescé de la tête… Mais Lucille ne savait pas encore que tout ce qu'elle lui mettrait sur le dos dans ce grand magasin ne serait que le début de tout ce qu'il entrevoyait en échange de ses… loyaux services!

La boutique huppée du centre-ville avait fait de bonnes affaires ce jour-là: trois complets, quatre vestons plus sportifs et quatre pantalons assortis, une douzaine de chemises dont quatre blanches avec poignets doubles, six cravates, trois paires de boutons de manchettes avec pierres véritables, des chaussures de toutes sortes, des bas, des sous-vêtements, un long paletot noir avec ceinture croisée, des foulards de laine et de soie, des bottillons bruns, d'autres noirs, des mouchoirs de poche en quantité… mais pas de pantoufles ni de pyjamas. Alain aimait être pieds nus le soir, dans un pantalon léger, torse nu, sourire aux lèvres, scotch à la main. Une facture qui frisait les trois mille dollars et que Lucille régla d'un chèque vite signé. On leur fit des courbettes, on les remercia chaleureusement et, après leur départ, les proprios de l'endroit se demandaient qui était ce bel homme qui remplaçait si vite Rhéaume Bréard, leur fidèle client de tant d'années.

Alain se sentait comme un millionnaire et encore plus comme un *play-boy* lorsqu'elle lui tendit la deuxième clé de sa luxueuse Lincoln en lui disant: «Prends-la quand tu voudras, mon bel amour.» Lui qui, aux États-Unis, avait peine à verser les mensualités de sa Ford usagée. Mais la générosité de sa belle-sœur ne s'arrêtait pas là. Un matin de la fin de janvier, après une nuit charnelle qui l'avait rassasiée, elle lui versa le café et lui dit:

– J'ai ouvert un compte à ton nom à la banque et j'y ai déposé vingt mille dollars, mon amour. Je ne veux plus que tu te sentes entretenu, comme tu disais. Je veux que tu sois libre de tes dépenses, de tes allées et venues, bref, de tout ce qui peut te satisfaire.

N'en croyant pas ses oreilles, faisant mine d'être mal à l'aise, il lui répondit sur un ton quelque peu réprobateur:

– Voyons! C'est impensable, Lucille! Tu ne peux pas faire ça, c'est presque le prix d'une maison que tu m'offres là!

– Disons plutôt un bungalow de l'autre bord de la rivière… Non, tu n'as pas à être étonné du geste. Je t'aime profondément, Alain, et rien n'est trop beau ni trop gros pour toi, même ce montant. Je te veux libre de tes convoitises tout en te gardant à moi seule…, lui dit-elle en lui caressant la nuque d'une main, l'abdomen de l'autre.

Assoiffée de ses baisers, affamée de son corps, Lucille ne voulait rien perdre d'Alain. Elle y mettait donc le prix, ce que son amant, en la remerciant, avait vite compris. Il l'entoura de ses bras musclés, l'attira à lui sur sa chaise et l'embrassa avec plus de vigueur que de coutume pour qu'elle oublie, dans son délire, qu'elle venait de lui faire don d'une petite fortune.

Il téléphonait régulièrement à Los Angeles. Chez un ami qu'il faisait passer pour un partenaire en affaires quand elle était là et, à frais virés, ailleurs, quand elle sortait sans lui pour une commande d'épicerie. Les fins de semaine, c'étaient les cabarets, les planchers de danse, les grands restaurants où, en noble chevalier servant, Alain l'accompagnait en lui offrant le bras, alors qu'elle glissait, dans sa poche de veston, une somme d'argent pour les dépenses de la soirée. Afin de ne pas insulter le «mâle» qu'il était en payant pour lui. Et mine de rien, Alain Bréard, la tête haute comme s'il était au-dessus de ses affaires, payait tout en laissant de généreux pourboires avec l'argent de sa maîtresse. Il dansait bien cependant, très bien même. Le tango comme le mambo, ce qui permettait à Lucille d'être vue sur la piste et de damer le pion aux jeunes femmes de trente ans qui n'avaient ni son apparence ni son talent. Et quel danseur que cet agile beau-frère, comparé à feu Rhéaume qui valsait comme un vieux… en s'enfargeant dans ses pieds! Un *slow* dans les bras d'Alain, c'était voluptueux. Habile séducteur, sa joue appuyée contre sa joue, il lui murmurait des mots doux alors que l'orchestre jouait *It's Magic* que Gordon MacRae chantait si bien sur disque. Un soir, alors qu'ils prenaient un verre au *Café Rockliffe* où ils dansaient souvent, Lucille reconnut, à la table voisine de la leur, le jeune père de famille qui habitait en face du marché Dionne et qui prenait un verre avec sa jeune épouse. Il la salua et elle lui sourit en lui faisant un signe de la tête. Lorsque Alain lui demanda qui il était, elle lui répondit évasivement: «Bah, un jeune homme qui habite rue Saint-Laurent, juste en face du marché, et qui me salue poliment quand je le croise. Mais je ne le connais que de vue, pas de nom, cependant.» Sans oser ajouter qu'elle s'était obstinée avec Rhéaume au sujet de la Chevy Nova qu'il avait achetée, la même que ce jeune père. Un simple locataire d'un haut de duplex qui n'était pas de leur rang, avait-elle précisé à Rhéaume, dans le temps. Pourtant! En ce samedi soir, à la table voisine de la sienne, le gars supposément aux «36 mois, 36 paiements» était au même niveau qu'elle. Tout comme sur la piste de danse où, dansant à ses côtés, il était, pouvait-on dire, d'un cran plus élevé. Car la jeune et magnifique épouse du beau blond à loyer dansait le merengue beaucoup mieux qu'elle!

Tout semblait fonctionner à merveille pour Lucille Voyer, veuve de Rhéaume Bréard. Ce qu'elle appréhendait avec angoisse, cependant, c'était le moment où il lui dirait qu'il allait repartir, retourner là où sa «carrière» l'attendait. Ce dont elle n'avait pas encore discuté avec lui de crainte de maladroitement l'y inciter. Entre-temps il était là, à prendre tout d'elle, y compris l'argent qu'elle glissait dans ses poches, sans qu'il touche un seul sou de son compte en banque. Ce qui ne la dérangeait nullement car, en retour, il lui donnait tout de lui… au lit! Mais tout allait trop bien pour que rien n'entrave son fabuleux destin. Un matin, après le déjeuner, le téléphone sonna et ce fut Lucille qui répondit:

– Oui, j'écoute.

– Lucille? C'est Juliette! Je n'ai rien à vous dire à vous, mais passez-moi Alain!

– C'est que…

– Non, pas ce petit jeu avec moi, s'il vous plaît! Je sais qu'il est là, une de mes amies a une cousine qui habite votre quartier, vous comprenez? Passez-moi mon frère au plus vite!

Lucille, interloquée, colla sa main sur le micro du combiné et dit à Alain:

– C'est Juliette! Elle sait que tu es ici! Une amie nous a vus ensemble…

Il hocha la tête, se gratta la nuque, respira fort, et prit l'appareil:

– Juliette! Quelle surprise! J'allais t'appeler…

– Menteur! Hypocrite! Tu es venu à Montréal sans me le dire pour être avec cette… Avec elle! Et je n'en aurais jamais rien su si la cousine de ma vieille amie ne vous avait pas aperçus à la messe! Elle t'a reconnu, elle avait assisté au service de Rhéaume à Saint-Nicolas. Le monde est petit, hein?

– Je n'avais pas l'intention de repartir sans passer te voir, Juliette. Mais à t'entendre me parler sur ce ton, à me traiter de menteur…

– Je suis à bout de nerfs! J'ai eu l'air d'une folle quand elle m'a appris ça! Mon frère à Montréal sans m'avertir de son arrivée! Mets-toi à ma place! Tu aimerais ça être traité de la sorte? Je sais que sa maison est plus confortable que la mienne, mais je suis ta sœur, moi, pas une étrangère!

Comme elle pleurait au bout du fil, Alain se sentit mal et lui murmura:

– Je vais aller te voir, Juliette…, je vais tout t'expliquer…

– Quand? insista-t-elle, en se mouchant.

– Demain soir, pour le souper, si le pâté chinois est prêt.

– Je t'attends, mais tu as besoin d'avoir une bonne excuse pour m'avoir fait ça, toi! Je me suis sentie si humiliée…

– Allons, ravale un peu ta fierté, ce n'est pas la fin du monde, n'en fais pas un drame…

– Un drame? C'est une trahison! Bon, je t'attends, mais ne t'avise pas de venir avec elle, sinon je l'étripe devant toi, la belle-sœur!

– Alors, d'accord, et n'oublie pas que j'aime bien ton pouding au pain également.

Il avait raccroché et, Lucille, contrariée, lui dit:

– Il fallait qu'elle l'apprenne, qu'elle vienne perturber notre bonheur, la vieille fille! Et puis, cette cousine de sa vieille amie, comment a-t-elle pu te reconnaître?

– Elle habite la paroisse, elle a assisté aux funérailles de Rhéaume. Elle m'a sans doute vu une seconde fois lors du don que tu as fait publiquement au curé.

– Chipie, va! Et il fallait qu'elle colporte la nouvelle à une vieille folle qui l'a transmise sur la rue Lacordaire à une autre vieille...

– Non, Lucille, pas de mots de la sorte à l'endroit de Juliette. Elle m'a élevé comme une mère; je lui dois mon enfance... Non, ne parle jamais en mal d'elle devant moi.

Constatant qu'il avait été irrité par la rigueur de ses termes, Lucille se ravisa et s'excusa de son emportement, prétextant que l'énervement...

– Ça va, ma chérie, mais ne t'en fais pas, je vais revoir Juliette et me tirer d'embarras avec elle. Je trouverai bien les mots qu'il faut.

– Vas-tu lui dire que je t'aime, que tu m'aimes et que...

– Pas encore, Lucille, donne-moi un peu plus de temps pour le faire.

– Mais elle va sûrement se demander...

Il l'interrompit pour lui dire:

– Laisse-moi faire. Laisse-moi aller...

Juliette semblait l'attendre de pied ferme. Dès qu'Alain se présenta chez elle, il n'eut pas le temps de lui dire quoi que ce soit que la vieille fille, les bras croisés, la lèvre dure, lui lança:

– Je ne peux pas croire que c'est chez elle que tu habites durant ton voyage d'affaires! Je sais bien que ce n'est pas grand chez moi, mais de là à t'installer chez cette garce! Ah! la vilaine! Tu...

– Écoute, Juliette, laisse-moi au moins t'expliquer.

– Bon, ça va, je t'écoute pendant que le pâté chinois cuit au four, mais tu as besoin d'avoir une maudite bonne excuse, le p'tit frère!

– Je te ferai remarquer que je n'ai pas d'excuses à te fournir, la grande sœur! lui rétorqua Alain d'un ton sévère. Je suis en ville depuis quelques jours seulement. Un voyage d'affaires confidentiel. J'aurais pu aller à l'hôtel, mais comme ça m'aurait coûté les yeux de la tête, j'ai pensé me réfugier chez elle, dans la maison de notre défunt frère, pour être plus précis. J'ai trop de *stock* avec moi cette fois pour habiter chez toi. Tu n'as pas l'espace requis et, de plus, mes rendez-vous sont dans le nord de la ville, ce qui est plus pratique pour tout le monde, mentit-il.

– Qu'à cela ne tienne! Tu aurais pu, au moins, me prévenir de ton arrivée. Sais-tu ce que c'est que d'apprendre d'une pure étrangère que mon frère est en ville? J'ai eu l'air bête, tu ne peux pas savoir comment! C'est comme si tu avais voulu me cacher quelque chose... Je ne savais plus quoi leur dire!

– Bien simple, dis-leur que je voulais te surprendre, arriver chez toi comme un cheveu sur la soupe!

– Tu penses que je crois ça, moi? Me prends-tu pour une cruche?

– Non, mais libre à toi de me croire ou pas. S'il en est ainsi, Juliette, ce sera mon dernier voyage par ici... Moi, perdre la confiance de mon unique sœur...

– Tu... tu ne la perds pas, voyons, ça ne va tout de même pas créer un froid entre nous...

— Il n'en tient qu'à toi, Juliette. Moi, je suis de bonne foi...

— Bon, bon, oublions tout ça et passe à table avant que le pâté chinois ne soit plus mangeable. J'ai acheté quelques bières...

Alain, soupirant d'aise, mangea copieusement et fit oublier à sa sœur tout ce qu'elle avait sur le cœur, en lui disant que la maison de Lucille n'avait aucun cachet. Il lui révéla qu'elle l'avait hébergé avec joie parce qu'elle n'aimait pas être seule sous ce toit, qu'elle avait peur la nuit...

— Est-ce qu'elle a peur que Rhéaume vienne lui tirer les orteils, la gueuse? Tu sais, quand on craint la nuit, c'est qu'on n'a pas la conscience claire, mon p'tit frère! Moi, celle-là..., grimée comme une fille de joie... J'aime mieux me taire, ça va me mettre tout à l'envers encore une fois! Mais toi, Alain, les affaires, ça va mieux? Tu as pu te payer un billet d'avion, cette fois?

— Oui, sur ma carte de crédit, parce que, du côté *business*, ce n'est pas encore reluisant, mais c'est déjà mieux que l'an dernier, plus prometteur.

— Penses-tu revenir vivre au Canada un jour?

— Oui, c'est possible, mais je ne sais pas si ce sera à Vancouver, Toronto ou Montréal. On en a parlé, les collègues et moi, on songe même à une succursale dans une ville anglophone de préférence. Mais moi, je ne détesterais pas retrouver mes racines, me sentir encore chez moi, même si ça fait vingt ans que je suis parti, mentit-il pour se rendre au bout de sa stratégie. Au fait, j'ai une faveur à te demander...

— Vas-y! Si tu as besoin d'aide sur le plan pécuniaire...

— Non, pas cette fois. Comme je te le disais, ça promet de ce côté-là. Ce que je voudrais savoir, Juliette, c'est s'il y a une banque ou une caisse populaire où tu fais affaire dans le coin.

– Bien sûr, la Caisse populaire Notre-Dame-des-Victoires. C'est là que je dépose tout mon argent depuis que je suis ici. La caisse de la paroisse, quoi!

– Crois-tu qu'il me serait possible d'y ouvrir un compte en me servant de ton adresse? Comme si j'habitais ici?

– Rien de plus facile, nous avons le même nom. Je peux m'y rendre avec toi dès demain, si ça t'arrange.

– Oui, demain ou le jour suivant... Je t'appellerai quand je serai prêt.

Il avala le quart de son pouding au pain, but une tasse de thé avec elle et sauta dans un taxi en lui disant qu'il devait rencontrer un homme d'affaires vers dix heures au bar d'un hôtel. Pour ne pas prononcer le nom de la belle-sœur et raviver la rage de sa Juliette. C'était d'ailleurs pour cette raison qu'il n'avait pas emprunté la voiture de Lucille. Mais c'est directement sur l'avenue d'Auteuil qu'il se fit conduire, où Lucille, dans un vaporeux déshabillé noir, l'attendait. Se jetant à son cou, elle l'embrassa et lui demanda:

– Ça s'est bien passé? Pas trop scandalisée de te savoir chez moi, ta sœur?

– Pas scandalisée, mais plutôt choquée. Elle aurait préféré que j'habite chez elle, mais j'ai tout arrangé, et elle a retrouvé le sourire.

– Après avoir craché tout son venin sur moi, j'imagine?

– Lucille! On s'était dit qu'on ne parlerait plus d'elle sur ce ton!

– Oui, c'est vrai, tu as raison, excuse-moi, mon amour. Je te sers un scotch?

– Non, ouvre d'abord une bonne bouteille de vin rouge, Juliette n'en avait pas. Elle m'avait acheté quelques bières, ce qui était tout de même aimable de sa part.

De son côté, pensive depuis le départ de son frère, Juliette se réjouissait à l'idée qu'Alain voulait ouvrir un compte à sa petite caisse populaire. «Mais pour quoi faire?» se demandait-elle, tout en lavant la vaisselle. Avait-il l'intention de venir s'installer non loin de chez elle? Avait-il une maison en vue dans le quartier Hochelaga? Elle soupira. Il ne fallait pas qu'elle se fasse de fausses joies. Mieux valait attendre et le laisser faire, le laisser aller, comme il l'avait si souvent répété. Mais un compte au nom de son frère à la Caisse populaire Notre-Dame-des-Victoires, avec son adresse à elle, c'était plus que prometteur pour son faible cœur qui battait un peu plus fort, ce soir-là.

Lucille, pressentant que son «bel amour» allait bientôt repartir pour la Californie, sentait déjà le cafard l'envahir. Or, dans un élan, plus insistante cette fois, elle lui dit:

– Je ne sais trop quand tu vas reprendre l'avion, Alain, mais si tu étais gentil, tu me laisserais le prendre avec toi.

– Non… je ne peux pas. Pas encore, du moins.

– Si c'est ta situation financière ou ton appartement qui te gênent là-bas, tu n'as pas à t'en faire, j'habiterais à l'hôtel et je n'y resterais qu'un mois, quitte à te voir le soir seulement.

– Même pas, il m'arrive souvent de travailler en soirée.

– Alors, de temps en temps, durant tes congés. Ne me refuse pas cette joie, je t'en prie. Ça me couperait de l'hiver, moi aussi.

– Non, Lucille, je suis désolé, mais je ne peux te ramener avec moi. Je travaille là-bas, moi, je ne suis pas un vacancier. J'ai un partenaire en affaires, celui que j'appelle souvent, et il pourrait froncer les sourcils de voir ma maîtresse s'immiscer dans notre vie professionnelle.

— Loin de moi cette idée, je me ferais discrète…

— À magasiner sans cesse? À m'attendre? Non! Voilà qui me stresserait de te savoir seule dans un hôtel et de compter sur moi. J'ai besoin d'une entière liberté à Los Angeles. C'est mon gagne-pain là-bas. L'homme que je suis ici n'est pas le même qui *ride* à cent milles à l'heure aux États-Unis. Tu comprends? Non, fais-moi confiance, le moment viendra où tu pourras constater tout ce que je vis là-bas. Sois patiente, Lucille.

— Patiente, patiente… Jusqu'à ce qu'on se marie, toi et moi? lança-t-elle en l'air.

— On ne sait jamais, répondit-il sérieusement.

Abasourdie, n'en croyant pas ses oreilles, convaincue que ce n'était qu'une plaisanterie, elle se risqua timidement:

— Ai-je bien compris? As-tu dit…

— Oui, j'ai dit «on ne sait jamais», ma chérie. N'était-ce pas là ce que tu voulais entendre?

— Alain! Quel bonheur! Comme je t'aime! Non, je ne m'attendais pas à cela, mais ce serait le… le plus beau jour de ma vie. Et si tel est le cas, je suis prête à attendre pour la Californie.

— Pas si vite, Lucille, je n'ai que présumé… Mais il se pourrait qu'avec le temps… Au fur et à mesure de notre amour grandissant.

— Tu es l'homme le plus extraordinaire de la Terre! Ne serait-ce que pour l'idée, que dirais-tu de la fêter demain, dans un chic restaurant?

— Je ne dis pas non… Je commence à aimer le vin rouge, tu sais.

Il l'embrassa passionnément. Comme seul Alain Bréard pouvait le faire. Exactement comme l'acteur du récent documentaire sur «l'amour» qu'ils avaient tourné à Los Angeles. Le lendemain, c'est à la salle à manger d'un chic hôtel qu'ils célébrèrent l'événement à peine évoqué. Pour Lucille, c'était clair: elle allait devenir sa femme tôt ou tard. Pour lui, c'était une autre histoire, mais il n'en laissa rien paraître.

Le lundi qui suivit, alors que Lucille sortait pour un rendez-vous professionnel, lui avait-elle dit, Alain en profita pour se rendre à la banque où elle lui avait ouvert un compte et, en moins de temps qu'il ne faut pour le dire, il fit transférer cinq mille dollars de son avoir aux États-Unis. Puis, sautant dans un taxi, il se rendit chez Juliette après l'avoir appelée et, avec elle, il se rendit à la Caisse populaire Notre-Dame-des-Victoires ouvrir un compte à son nom et à l'adresse de sa sœur, avec un dépôt de vingt dollars seulement. Laissant Juliette en plan, il revint à la banque du nord de la ville et, en deux temps trois mouvements, fit suivre quatorze mille dollars à la caisse du quartier Hochelaga, après avoir encaissé mille dollars en argent comptant, qu'il garderait à portée de la main. Puis, pré-textant un déménagement, il ferma tout bonnement le compte, quitta la banque, et se rendit au club le plus près pour enfiler une bière suivie d'un scotch et se remettre ainsi de son bref tour de force. Argent placé ailleurs, compte fermé, Lucille ne saurait pas où était passé le butin de sa générosité, si jamais elle s'en informait. Car toute transaction effectuée tombait sous le coup de la plus stricte confidentialité.

Lorsque Lucille revint en fin de journée, Alain était confor-tablement installé au salon, regardant un documentaire sur le Pérou en dégustant une bière. Elle s'approcha de lui, l'em-brassa, et lui murmura à l'oreille:

– Viens voir dans le garage, mon amour. Suis-moi au sous-sol!

Intrigué, il remit ses bas et ses souliers, et la suivit de bon gré. Elle ouvrit la porte qui communiquait avec la demeure, et quelle ne fut pas la surprise d'Alain d'apercevoir une luxueuse Corvette flambant neuve, couleur *Daytona Blue* avec des pneus à flancs dorés. La plus rare et la plus coûteuse de l'année 1964. Étonné, il la regarda et elle lui dit:

– Je me suis débarrassée de la Lincoln, elle était trop grosse, trop difficile à stationner. Je l'avais assez vue… Celle-ci est plus sportive, plus dynamique, plus jeune d'allure… Et regarde ce que j'ai pour toi!

Avant qu'il ne puisse dire un mot, elle lui glissa un porte-clés de cuir noir dans la main, et ajouta:

– Celle-là, elle est à toi, mon amour! Je l'ai mise à ton nom! Je la garderai ici, bien sûr, durant tes intervalles à Los Angeles, mais c'est ta voiture, non la mienne. Et j'en assumerai les coûts et les dépenses, des assurances jusqu'à l'essence.

– Lucille! Je ne peux accepter! C'est démentiel!

– Non, c'est tout à fait normal, et ne me fais pas l'injure de la refuser. C'est au nom de notre amour…

– C'est de la pure folie! Tu me rends vraiment mal à l'aise…

– Tu n'as pas à l'être, Alain, elle va me servir aussi. Disons que c'est une voiture pour deux, mais qu'elle est à ton nom parce qu'il est plus normal que ce soit l'homme qui en ait la possession dans un couple.

– Mais… nous ne sommes que des amants, Lucille!

– Nous formons quand même un couple et comme tu m'as dit «on ne sait jamais», j'ai de bonnes raisons de croire…

L'interrompant d'un long baiser, glissant sa main sur l'un de ses seins tout en la serrant contre lui, il lui murmura:

– Sais-tu que tu m'étonnes de plus en plus, toi? Quelle merveilleuse femme tu es, Lucille! Mais tout de même…

Ils remontèrent et elle se jeta sur lui avant de lui mijoter un souper. Encore quelque peu sous l'effet de la bière et du scotch, Alain se laissa sournoisement «agresser» par celle qui l'aimait, puis pour se l'approprier davantage, il se mit en frais de la dévêtir sauvagement, déchirant presque ses bas de nylon noirs, pour lui faire brutalement l'amour sur le bras d'un divan. Jusqu'à ce qu'elle se plaigne de contentement. Jusqu'à ce qu'elle entre dans la phase... de crier grâce!

Alain avait prévu repartir au début de mars, mais comme il avait dit à Lucille qu'il pouvait rester passablement longtemps cette fois, elle s'y accrocha si bien qu'il décida de poursuivre les saisons dans sa vaste maison. Il lui avait dit qu'il lui faudrait retourner à Los Angeles de temps à autre pour ne pas perdre le contact avec les affaires, mais que ces allers-retours allaient s'avérer coûteux... Elle lui avait répondu, en l'embrassant: «Je te les paierai tous, mon amour! Du premier au dernier! En autant que tu reviennes chaque fois. Tu comptes en faire plusieurs?» Il sembla calculer puis lui répondit: «Non, trois ou quatre tout au plus, mais je devrai repartir en novembre au plus tard. Nous aurons un autre tournage important...» Quoique plus tard que prévu, ce départ éventuel peinait déjà Lucille, qui l'aurait certes gardé plus longtemps. Mais comme il lui avait promis de revenir dès la fin de l'hiver afin d'être là pour son prochain anniversaire, elle acceptait mieux le fait de le perdre pour quelques mois. D'autant plus que l'idée de devenir sa femme, même si elle ne lui en parlait pas, la séduisait entièrement. Ayant délaissé ses activités aux studios de télévision durant le séjour de son amant, elle rappela Maxence et lui demanda s'il aurait besoin de ses services dans ses moments libres. Ce qu'il accepta avec empressement; ils étaient débordés et la maigrelette n'avait guère le talent de Lucille pour rendre belles certaines comédiennes qui ne l'étaient pas. Voilà qui adoucirait sans doute l'absence, se disait-elle, car sans son «bel amour» dans sa vie comme dans son lit, la veuve Bréard se sentait bien… démunie!

Pour déjouer Juliette, Alain l'avait informée qu'il repartait en Californie et qu'il ne reviendrait pas avant le printemps suivant, en espérant ne pas être repéré par la cousine de la vieille amie qui se ferait un devoir de le trahir encore une fois. «Nous garderons nos doigts croisés pour qu'elle ne nous voie pas, cette emmerdeuse!» avait-il dit à Lucille. D'autant plus que, ne sachant qui elle était, ils ne pouvaient éviter d'être aperçus par «la cousine» en question. Mais tout en parlant avec Juliette de son départ, il n'avait pas prévu sa réaction:

— Ne me dis pas que tu étais encore chez elle, Alain? Pas tout ce temps-là?

— De qui parles-tu? Ah! de la belle-sœur? Bien sûr que non, voyons! J'ai loué une petite chambre d'hôtel pour la fin de mon séjour. Jamais je n'aurais abusé de son hospitalité…

— Elle ne s'en serait pas plaint, la garce! Mais comme tu as eu la bonne idée de te tenir loin d'elle après notre entretien, ça me rassure énormément. Moi, juste à te savoir chez elle, c'est bien simple, j'aurais eu peur pour toi! C'est la peste, cette femme-là!

— Bon, oublie tout ça! Je dois te laisser, j'ai un rendez-vous en fin d'après-midi. Je ne pourrai pas aller chez toi avant mon départ, mais je t'embrasse, la grande sœur! Et je vais t'appeler souvent, ne crains pas.

— Je n'en demande pas plus, Alain, car seule au monde…

— Tu ne l'es pas, je serai toujours là! À moins que le bon Dieu…

— Ne dis pas des choses pareilles! Un frère de parti avant moi, c'est déjà inacceptable, pas deux, bonne sainte Anne!

C'est moi l'aînée, c'est toi le benjamin. Il serait plus normal que tu m'enterres, tu ne trouves pas?

— Ne crains rien, je suis en bonne santé, je n'ai pas hérité des malaises de Rhéaume, moi. Ça devait venir d'un de nos grands-pères, cette angine-là!

— Oui, du côté maternel. Il est mort du cœur avant d'avoir cinquante ans, le pauvre homme. Papa l'avait à peine connu avant d'épouser sa fille.

— Bon, il faut vraiment que je raccroche, Juliette! Le temps me presse! Je t'embrasse encore une fois et je te donne de mes nouvelles dès mon arrivée à Los Angeles.

— Merci, Alain, et bon voyage. Sois prudent, prends garde à toi!

Après un dernier baiser au bout du fil, il raccrocha, puis regardant le téléphone, il reprit son souffle et laissa échapper:

— Ouf!

À l'affût des nouvelles de tous les continents, Alain suivait les bulletins de Radio-Canada pour être au courant de ce qui se passait dans le monde. On annonçait que les Communes avaient adopté un projet de loi par lequel la Trans Canada Airline devenait officiellement Air Canada. Le 6 mars, le roi Paul de Grèce avait rendu l'âme et, à vingt-trois ans seulement, Constantin lui succédait, devenant ainsi le plus jeune monarque d'Europe. Quatre jours plus tard, Élisabeth II d'Angleterre donnait naissance à son quatrième enfant, un garçon. Décidément, la monarchie était en évidence, et pour changer un peu d'ambiance et de «célébrité», on apprenait le 15 mars 1964 que la belle Elizabeth Taylor avait épousé Richard Burton au *Ritz-Carlton* de Montréal. Ce qui avait fait sourire Alain, mais qui avait emballé Lucille qui s'était écriée: «Imagine! Elizabeth Taylor à Montréal! La superbe Cléopâtre!

J'aurais tout donné pour pouvoir la maquiller pour son mariage!» Le 4 avril, jour de ses quarante-neuf ans, Lucille fut comblée avec une bouteille de champagne et une fin de semaine dans une auberge reconnue des Laurentides. Un cadeau que la veuve apprécia plus que tout l'or du monde! Une grande chambre rustique, des coupes bien remplies, des mets raffinés, un lit défait en plein cœur de l'après-midi et des ébats à n'en plus finir jusqu'à ce qu'elle en soit... courbaturée! Lorsque son tour arriva, le 17 mai, Alain n'accepta qu'une petite sortie pour célébrer humblement la dernière année de sa quarantaine. Un souper au restaurant et le retour à la maison, mais Lucille, ayant tenu à souligner davantage l'anniversaire, se fit une joie de lui offrir une montre en or importée de Suisse, nichée dans un magnifique coffret de velours noir. Cette fois, Alain la remercia sans lui dire que c'était... trop! Tel un gigolo!

Le temps s'écoula et, d'un aller à un retour, Lucille attendait l'homme de sa vie, chaque fois avec le même désir d'être à lui! Ce qui rassurait beaucoup Alain qui craignait qu'avec le temps la passion s'atténue et qu'un nouveau venu s'immisce dans sa vie. D'autant plus qu'elle avait été courtisée par un producteur dernièrement; elle lui en avait parlé en riant. Ce qui lui fit prendre conscience qu'il ne fallait pas trop espacer ses déplacements. Il se doutait fort bien que son seul avantage était ce qu'il lui apportait dans l'intimité. Bestialement, la plupart du temps. Parce que Lucille, malgré son lit douillet, avait repris l'habitude du bras d'un divan ou d'un coin de tapis. Lubriquement! Parce que son «bel amour» devenait plus indécent, plus exigeant, quand le décorum était inexistant. Ce qui la pâmait!

Alain avait opté pour un congé sans solde jusqu'à la fin de l'année, sans toutefois le dire à Lucille, et personne ne s'y opposa à Los Angeles, d'autant plus que la compagnie pour laquelle il travaillait ne roulait pas sur l'or. Il leur promit, néanmoins, qu'il serait là pour le documentaire qu'ils tourneraient durant le temps des Fêtes. Ce qui n'entravait pas les allers-retours que la veuve payait. À peine parti qu'elle s'ennuyait déjà, qu'elle tournait en rond... Il la suppliait d'être raisonnable mais, dans le fond, il était enchanté de son emprise sur elle: il avait si peur de la perdre. S'il fallait...

Trois saisons à s'aimer sauvagement, à se dire des mots tendres, à resserrer les liens, la date du départ pour Los Angeles était inscrite sur la page du calendrier qu'on tournerait en novembre. Lucille en était peinée, certes, mais résolue à l'attendre avec son cœur, ses tripes, quitte à passer un autre Noël à boire du scotch... pour deux. Alain, tel que promis, avait téléphoné à Juliette à deux ou trois reprises, mais de Montréal et non de la Californie, sans que la grande sœur se rende compte qu'il ne s'agissait pas d'un... «longue distance».

L'automne s'étiolait et Alain, quoique navré, commença à préparer Lucille à son éventuel départ. Mais l'année avait été trop intense, trop belle, pour que la veuve s'incline, tel que promis, devant le fait réel. Elle avait peine à s'imaginer... sans lui! Surtout en ce temps des Fêtes qui venait et qu'elle célébrerait seule dans l'ennui le plus mortel. Il la raisonna le plus gentiment possible et lui fit promettre de faire comme lui, de dormir paisiblement et d'attendre que le printemps les réunisse à nouveau pour un autre bon bout de temps. Dormir paisiblement? Écouter les chœurs à la radio après être allée seule à la messe de minuit? Voilà qui était demander beaucoup à une femme frivole de quarante-neuf ans, mais par amour pour lui, elle lui promit de l'attendre sagement, d'hiberner telle une marmotte jusqu'à ce qu'il vienne la sortir de son terrier. Il lui avait dit: «J'ai un contrat à honorer, ça risque d'être long, mais je te promets d'être de retour pour ton anniversaire, Lucille. Je t'appellerai souvent, je t'écrirai des mots d'amour, je ferai tout pour que tu te sentes moins seule…» Le regardant comme s'il était un grand gamin, elle lui caressa la joue d'une main douce et lui répondit: «Si tu savais comme je t'aime, Alain. Oui, je vais t'attendre, oui, je vais dormir et penser à toi… Mais, ce soir, amoureusement, j'aimerais que tu m'aimes comme je t'aime lorsque c'est moi qui doit m'incliner… J'aimerais que ce soit toi, cette fois…» Et le vœu de Lucille Voyer, veuve Bréard, se concrétisa pleinement puisque son bel amant lui fit l'amour… irrespectueusement!

Pour ne pas se sentir chagrinée, Lucille était sortie en cette journée où Alain empilait son linge dans ses valises pour son retour en Californie le lendemain. Elle était triste, mais heureuse, parce que la nuit avait été merveilleuse. Elle se promettait bien d'aller le reconduire à l'aéroport, afin d'avoir un dernier baiser de sa part. Public, encore une fois. Ce qu'elle aimait par-dessus tout, pour être enviée de quelques femmes sans «mâle» de cette espèce dans leur vie. Exhibitionniste en plus, au point qu'elle comptait s'habiller de rouge sous son long manteau de chinchilla noir, pour attirer davantage les regards. «Des emplettes de quelques heures», lui avait-elle dit, ce qui donnait à Alain le temps requis pour entrer en communication avec Jean-Marc à Calgary, à frais virés, espérant de tout cœur qu'il soit là. La chance fut de son côté:

– *Hello? Hi!*
– Jean-Marc? C'est Alain! Ça va, toi?

– Alain! Content de t'avoir au bout du fil! J'ai laissé un message pour toi à Los Angeles, croyant que tu étais déjà de retour.

– Non, je pars demain, je suis encore «chez elle»... Tu saisis?

– Encore? Tu joues avec le feu, toi! Ça fonctionne bien de ton côté?

– Oui, tout va tel que prévu... Pas facile cependant, ce long séjour. Tous ces allers-retours dont je te parlais.

– Qu'est-ce que tu mijotes donc? Tu m'intrigues, toi!

– Je voulais juste consolider le lien, ne rien gâcher... Tu sais, si j'étais reparti pour ne revenir qu'un an plus tard, c'était risqué. Loin des yeux, loin du cœur... Et comme Lucille est de nature changeante, je risquais de tout perdre.

– Sans doute, mais voici de quoi te consoler: j'avance, Alain, j'avance dangereusement. J'ai été bloqué un certain temps – l'été, les vacances –, mais d'un indice à l'autre j'ai fini par me rendre à Boston et, avec le seul prénom de son mari, j'ai pu retracer dans les archives locales tous les accidents de la route impliquant un Harry. Et j'ai été béni des dieux, j'ai trouvé! Il s'appelait Harry Lawrence, un homme de son âge qu'elle avait épousé civilement et qui est mort sept mois plus tard dans un étrange accident. C'est vrai qu'elle était avec lui et qu'elle a réussi à sauter de la voiture avant qu'elle plonge dans le ravin, mais, fait curieux, on n'a jamais résolu le mystère de ce bête accident. C'est comme si la voiture avait été sabotée et qu'une manette, dissimulée sous le *dash* ou le siège, avait désactivé les freins. On a fini par clore le dossier parce que tout était en charpie, la supposée manette aussi, mais j'ai réussi en entrer en contact avec une sœur du défunt qui m'a dit, sans détour, que c'était sa femme qui s'en était débarrassé afin d'hériter de la maison, de ses assurances et de son compte en banque. Il n'était pas millionnaire, mais assez à l'aise. De plus, la Lucille, du temps de son mariage avec Harry, s'appelait Lucy Horner. Elle changeait sans doute de nom comme de chemise, mais je n'ai pas réussi à retracer l'endroit où on lui émettait, de la sorte, de faux certificats de naissance. Un trafiquant de je ne sais où, mais je finirai bien par trouver. Là, avec la sœur de Harry qui la déteste, soit dit en passant, j'ai une autre piste à suivre jusqu'à Toronto. Je vais m'y rendre après les Fêtes, mais ce que je cherche à trouver, c'est d'où vient Lucille, qui elle était avant d'être une fausse Américaine avec un nom d'emprunt.

— Arrête, Jean-Marc, j'en perds des bouts! Tu es époustouflant!

— Je sais, mais ne crains rien, je te ferai suivre un rapport détaillé, Alain.

— D'accord, mais toutes ces dépenses, ces déplacements…

— Ne t'en fais pas. Ça me permet de voyager et, finalement, je fais toutes ces recherches au nom de ma défunte sœur, comme à celui de Rhéaume qui n'a pas eu plus de chance que Harry avec elle. Lucille Voyer, si tel est son véritable nom, n'a qu'à bien se tenir. Comme j'ai en main un bout de la corde, je vais la grimper jusqu'à l'autre, en contournant les nœuds. Bon, je te laisse, Alain, et je te reparlerai lorsque tu seras de retour chez toi.

Le lendemain, tel que mis en scène, le scénario se déroula. La dame, vêtue de rouge avec le chinchilla noir sur le dos, maquillée à outrance, embrassait effrontément ce bel homme dans «la quarantaine», que plusieurs lui enviaient. Une larme perla sur la joue de Lucille, et lui, embarrassé, se contenta de baisser les yeux. Il disparut dans la foule des passagers, sachant qu'il laissait derrière lui une femme qui, hélas pour elle, l'aimait éperdument.

Chapitre 9

Jean-Marc Duclos n'avait donné signe de vie qu'une seule fois. Il avait découvert encore du nouveau, mais il préférait attendre et se rendre le plus loin possible dans son enquête. Ayant peu d'amis, il avait accepté l'aimable invitation de ses voisins pour un petit réveillon après la messe de minuit. Quelques bières de trop, il dut l'admettre le lendemain avec la gueule de bois. Il dormit une partie de la journée pour se remettre de ses abus, pâtés à la viande et œufs dans le vinaigre inclus! Mais dès le jour suivant, pimpant, il profita de la journée pour commencer à monter un dossier solide, en fin limier qu'il était, comme s'il se fût agi d'une enquête au temps où il travaillait pour la justice. Il avait aussi bénéficié des derniers beaux jours de l'automne pour recouvrir ses arbustes et mettre un peu de couleur sur les murs du salon de son intérieur. Sachant qu'Alain tuait également le temps, cette pause lui convenait fort bien. De moins en moins jeune, essoufflé de temps en temps, trop gras pour sa courte taille, il consultait régulièrement son médecin qui lui disait de moins manger, de mettre la bière de côté, de se reposer davantage, de moins se déplacer, de profiter de sa chaise berçante… Exactement ce que Jean-Marc ne voulait pas entendre, lui qui avait entre les mains la plus belle investigation de sa carrière. Pour épater Alain, bien sûr, et venger la mémoire de… Thérèse.

Janvier 1965 se leva paresseusement à Los Angeles tout comme à Montréal où Lucille, ayant compté les jours, était ravie de ne plus entendre de cantiques de Noël et de voir les sapins extérieurs scintiller en moins grand nombre. Elle avait passé ce temps des Fêtes seule, sans personne, sauf celui qu'elle aimait, au bout du fil, quand il pouvait l'appeler. Ce qui lui permettait de traverser ces jours de solitude, à en rêver. Car Alain Bréard avait le verbe aussi facile que le doigté… en amour. Et elle en était subjuguée. Plongée dans *Le troisième œil*, une aventure mystérieuse de T. Lobsang Rampa, elle écoutait en sourdine le premier microsillon de l'actrice Yvonne De Carlo qui chantait d'une voix grave et suave des succès comme *Blue Moon* et *The End of a Love Affair*. Ce dernier titre lui donna quelques frissons. Elle n'osait s'imaginer qu'un jour Alain puisse se lasser d'elle. Alors que, de son côté, c'était lui qui s'en inquiétait. Le 24 janvier, on annonçait à la télévision que Sir Winston Churchill venait de mourir d'une attaque cardiaque à quatre-vingt-dix ans, alors que le lendemain, on apprenait que l'archevêque de Québec, monseigneur Maurice Roy, avait été élevé au cardinalat. Ce qui avait permis au curé de faire mention en chaire de cet honneur en demandant aux paroissiens d'être encore plus généreux que de coutume afin d'allumer des cierges pour la béatitude du cardinal. Ce qui lui valut de la part de Lucille un billet neuf de vingt dollars. Le 11 février, les employés de la Régie des alcools du Québec votaient en faveur de la fin de leur grève qui avait duré deux mois. «Enfin!» s'était écriée Lucille, qui avait pu s'y rendre et faire provision de scotch, de vin et de digestifs pour celui qu'elle attendait. Le 21 février cependant, c'était une bien triste nouvelle qu'on pouvait entendre partout, même à Los Angeles. Malcolm X, le leader du mouvement nationaliste noir, avait été assassiné lors d'un discours public qu'il donnait à New York. Pour Lucille, c'était un fait divers, alors que pour Alain, qui vivait aux États-Unis, la mort brutale de celui pour lequel il avait beaucoup de considération fut un choc. Le 17 mars, l'ex-roi Farouk d'Égypte mourait à Rome à quarante-cinq ans et, le 28 mars, un violent tremblement de terre au Chili avait fait 400 morts. «Que des mauvaises nouvelles!» se disait Lucille qui, replongeant dans son roman, anticipait fébrilement le moment où son bien-aimé serait dans ses bras. Ce qui ne devait pas tarder...

Le samedi 3 avril 1965, l'avion venant de Los Angeles se posait à Dorval pour y laisser descendre les passagers, dont Alain Bréard, que Lucille attendait avec une vive impatience. C'était la veille de son anniversaire, et elle jubilait à l'idée de fêter ses cinquante ans dans les bras de l'homme qu'elle aimait plus que tout au monde. Le chiffre indiquant le demi-siècle ne lui faisait plus peur puisque son «bel amour» allait, lui aussi, le porter sur ses épaules le mois suivant. Et puis qu'était-ce donc qu'être quinquagénaire avec une vie sexuelle plus explosive qu'à trente ans? Lucille s'en foutait donc éperdument et, comme de coutume, elle embrassa son amant fougueusement à la vue de tous dans cet aéroport bondé de gens. Tout en lui murmurant après les mots d'usage: «Ta corvette t'attend!»

Après une nuit torride, un enchantement pour le cœur et le corps, Lucille s'étirait encore mollement alors qu'Alain, recouvert d'un coin de drap et assis dans le lit, lui disait:

– Pourquoi ne pas inviter tes amis de studios pour ta fête, Lucille? Un tel événement doit être célébré en grand.

– Non, juste à deux, mon amour. Toi et moi. D'ailleurs, des collègues ne sont pas nécessairement des amis, mais plutôt des connaissances de parcours. Dès que je ne fais plus partie du décor, que je cesse de travailler temporairement, je n'entends plus parler d'eux.

– Tu me disais pourtant être allée avec eux dans les cabarets, les restaurants…

– Oui, parfois, après le travail… Mais c'était au début ça, au temps où Rhéaume ne voulait plus sortir, mais avec toi, c'est différent. Ne me fais pas ressasser le passé, Alain, je ne voudrais pas parler en mal de ton frère, tu comprends? Mais, avec toi, je passerais ma vie entre ces murs. Est-ce assez clair?

– Je suis pourtant bien ordinaire, je n'ai rien pour susciter un tel intérêt… Je me demande encore ce que tu me trouves…

– Je t'aime! l'interrompit-elle. Je t'aime de tout mon être, Alain! Que puis-je ajouter d'autre? Je t'aime à en devenir folle!

Éberlué, perplexe, Alain ne savait plus quoi ajouter. Elle l'aimait vraiment, cette femme-là, et il se sentait extrêmement mal à l'aise de ne pas être aussi sincère qu'elle dans ses aveux. Il l'aimait bien pourtant; elle le choyait comme aucune autre n'avait su le faire… Il s'en voulait un peu d'être un «visage à deux faces» avec elle, mais comme le processus était enclenché…

Le soir, après avoir endossé un soyeux complet noir et une chemise blanche avec cravate à motifs rouges et gris, il regarda Lucille qui, vêtue d'un pantalon noir avec un long manteau du même tissu ouvert sur une blouse rouge avec des filaments dorés, avait fière allure. Couverte de somptueux bijoux en or sertis de rubis, elle n'avait pas opté pour le chignon, mais pour une coiffure souple et dégagée qui lui donnait un air plus jeune. Car quoique ravie d'être du même âge à un mois près de celui qu'elle aimait, Lucille avait quand même ressenti le tressaillement de celles qui quittent à tout jamais la quarantaine. Au volant de sa Corvette, la main gantée de cuir souple sur le volant, Alain l'amena, cette fois, dans un chic cabaret de l'ouest de la ville pour célébrer son anniversaire. Ils assistèrent au spectacle qui se voulait du genre Folies Bergère et, après avoir dansé, collés l'un contre l'autre sur la chanson *It's Been a Long Long Time*, à laquelle le maître de cérémonie ne rendait pas justice, ils quittèrent l'endroit pour aller manger chez *Magnani*, rue Lajeunesse, un restaurant italien réputé, où ils se gavèrent de pâtes et d'escalopes de veau à la Marsala, le tout arrosé d'un vin rouge corsé que leur suggéra le serveur. À un certain moment, Alain se leva, se rendit au vestiaire, fouilla dans la poche de son élégant imperméable suédé et revint à la table avec une petite boîte ficelée d'un ruban blanc pour l'offrir à Lucille avec complaisance. Celle-ci s'empressa de l'ouvrir pour y découvrir une broche en forme de paon, dont la queue était sertie de pierres de toutes les couleurs. Un très joli bijou de fantaisie, mais plaqué or seulement. Une création de la collection *Mille Fleurs* qui était très connue, aux États-Unis, dans ce qu'on appelait le *costume jewelry*. Lucille le remercia vivement, l'embrassa «discrètement» cette fois, épingla la broche sur le col de son long manteau, mais, au fond d'elle-même, elle était déçue. Alain n'était guère généreux avec ses cadeaux, comparativement à ceux de Rhéaume au temps de leur union. Pour ses cinquante ans, il aurait pu se forcer, songeait-elle, en refermant la petite boîte de peluche bleue. D'autant plus qu'elle avait garni son compte en banque d'une petite fortune et qu'elle lui avait fait don d'une Corvette dernier cri. Mais à le voir lui sourire avec tendresse, à l'entendre lui demander avec délicatesse: «Elle te plaît?», elle décela en lui, une fois de plus, un grand gamin qui l'avait choyée de peu… mais de fort bon cœur. Sans parler de la sortie, du souper… Elle ferma donc les yeux sur ce banal incident en lui répondant: «Merci, Alain, elle est superbe!» Sachant toutefois que le plus beau présent de cet anniversaire, il allait le lui donner en fin de soirée, au creux de son lit ou… vulgairement par terre!

Quelques jours plus tard, alors qu'il était seul à la maison, Alain réussit à joindre Jean-Marc à Calgary. Ce dernier lui avait laissé deux messages à Los Angeles, mais comme c'était le jour du départ, il avait préféré attendre d'être à Montréal pour le rappeler.

— Comme ça, tu es encore chez elle pour un bout de temps! s'exclama Jean-Marc.

— Oui, c'est le meilleur endroit pour moi. J'ai tout à portée de la main; c'est vaste; elle m'aime…

— Sois prudent, elle est habile, la Lucille. Tu peux tomber dans son piège comme ton frère. La chair est faible, tu sais.

— Voyons! J'ai l'âge de raison, non? Tu ne parles pas à un freluquet de vingt ans, Jean-Marc, je vais en avoir cinquante le mois prochain!

— Oui, je sais… mais ton frère était plus vieux que toi quand il a mordu à l'hameçon. L'âge n'a rien à voir avec les sentiments.

— Rhéaume était aveuglé par elle, ce qui n'est pas mon cas.

— Bon, espérons-le, mais que veux-tu savoir au juste?

— Tout, bon sens! Tout! Il n'y avait rien qui vaille dans tes messages! Tu es allé à Toronto?

— Oui, et le fil se démêle encore plus, mais je ne peux pas te dire tout ça au téléphone, j'ai douze pages sur elle devant moi! Il faudrait qu'on se rencontre, que tu passes par ici, avant de rentrer en Californie.

– Bien, c'est que je ne suis pas à quelques jours près de repartir… J'arrive à peine et je veux que mon séjour soit plus profitable cette fois.

– Disons qu'ils l'ont été à date, non? Tu n'as pas à te plaindre!

– D'accord, mais je veux resserrer les liens davantage.

– À ta guise, mais il faudra se voir pour la suite de mon investigation.

– Pourquoi ne viens-tu pas à Montréal? Cette fois, c'est moi qui te défraie le passage, si tu acceptes.

– Peut-être, mais pas avant la fin du mois; je suis en plein casse-tête dans cette affaire et je ne veux pas perdre de morceaux. Pour ce qui est du passage, j'ai les moyens, ne crains rien. Je t'ai répété dix fois que c'était aussi important pour moi que pour toi, cette enquête-là.

– C'est que je suis mal à l'aise… Mais, passons… Écoute, avant de raccrocher, redis-moi au moins ce que t'a révélé la sœur de son mari de Boston. Tu disais qu'elle la détestait?

– Ce n'est pas le mot! Elle avait les yeux sortis de la tête juste à penser à cette abominable «Lucy», comme elle disait. Mais si tu veux des détails, je te dirai que ta belle-sœur avait forcé Harry à l'épouser, selon les propos de sa sœur. Elle a commencé par lui annoncer qu'elle était enceinte de lui après un mois et demi de fréquentations. Il l'a crue plus ou moins, mais quelques semaines plus tard, en voyage à Las Vegas, elle a profité du fait qu'il était saoul comme une botte pour le traîner jusqu'à la *Wedding Chapel* où l'on se marie instantanément et, avant qu'il ne dégrise de son abus de scotch, elle était devenue légalement madame Harry Lawrence. La sœur de Harry voulait la tuer quand elle a appris le stratagème.

Harry disait à la famille qu'il l'avait épousée alors qu'il était quasi inconscient. Jamais il n'avait été ivre à ce point-là avec la même quantité d'alcool ingurgité. Il était sûr qu'elle avait déposé quelque chose dans son scotch, mais comment le prouver? Et c'est sept mois plus tard, alors qu'il la menaçait de faire annuler son mariage pour cause d'ébriété involontaire, que l'accident est arrivé. Comme elle avait réussi à lui faire acheter une maison et qu'il n'avait pas de testament, elle est devenue son unique héritière en tout, même de ses parts dans la compagnie. Elle s'est retrouvée avec «le motton» et c'est à ce moment-là qu'elle est partie pour Toronto. C'est tout ce que je peux te dire pour l'instant, Alain, la suite me demanderait un après-midi complet.

– Alors, quand on se verra, si je comprends bien.

– Exactement! Devant un bon repas bien arrosé. Tout ce que je peux ajouter, c'est que c'est à Toronto que Lucy Horner est devenue Lucille Voyer. La source, c'est que la jeune veuve avait écrit au bureau de poste de Boston et donné une adresse à Toronto pour faire suivre son courrier. Une grave erreur de sa part.

Alain faisait discrètement certains des appels à frais virés à Los Angeles, d'autres devant Lucille, et le printemps suivait son cours malgré un fond froid qui persistait encore en avril. Ils sortaient beaucoup, ils buvaient et s'amusaient passablement tous les deux, c'était la belle vie, quoi! Et c'était encore elle qui payait pour tout, malgré l'argent qu'elle lui avait donné. En profitant des nuits qui se succédaient, alors que de cœur et de corps il la… remboursait! Il lui avait dit qu'il comptait rester jusqu'à la fin de mai ou presque, ce qui emballa Lucille qui avait mis un terme définitif à son travail dans les studios. Elle en avait assez d'avoir à se rendre au cœur du centre-ville pour maquiller des supposées vedettes alors qu'elle était plus riche que la plupart d'entre elles. Une retraite choisie, planifiée depuis des mois, pour l'année de ses cinquante ans. Tout ce qu'elle voulait jusqu'à la fin de ses jours… c'était lui! Que lui, qu'elle aimait de tout son être, elle qui n'avait jamais aimé un autre homme… avant lui! Lui, encore et toujours! Avec ses tempes qui commençaient à grisonner, ses bras musclés, son sourire franc et son merveilleux savoir-faire… au lit! Maxence lui avait dit: «Fais attention, Lucille, tu l'aimes trop, tu risques de t'en lasser», et elle lui avait ri en plein visage. Il avait ajouté: «Tu es trop jeune pour prendre ta retraite, il n'est pas toujours là… Que vas-tu faire pour combler le vide quand il repartira?» Elle n'avait rien répondu; elle ne l'écoutait plus. Pour elle, Alain serait toujours présent… même absent. Dans ses pensées les plus sentimentales, dans ses idées les plus… infernales! Dans le bon sens du mot, bien entendu, puisque l'enfer avec lui, c'était le paradis dans le creux d'un lit. Elle l'aimait tant qu'elle ne lui posait plus de questions. Ni sur Los Angeles ni sur son emploi, pas même sur sa sœur. Sur rien! Comme s'il lui avait tout dit, lui qui, parfois songeur, parfois l'esprit vengeur, s'inquiétait de savoir s'il n'allait pas la dévaster totalement quand viendraient le jour et l'heure.

Le mois de mai s'était levé avec le soleil déjà ardent et les lilas odorants des jardins en fleurs. Les oiseaux venaient encore se percher sur les rebords des fenêtres mais, hélas, la main de Thérèse n'était plus là pour leur donner des miettes de pain. Celle de Lucille, au contraire, les chassait du revers pour qu'ils ne laissent plus de fientes sur les bordures de ciment ou le balcon de l'ancienne chambre devenue boudoir. Lucille et Alain recommencèrent à se rendre au parc et à y arpenter les allées, main dans la main. Tout comme Rhéaume lors de ses promenades, Alain aimait regarder la rivière et apercevoir les premiers yachts s'y hasarder. De plus, à l'instar de son frère, il aimait donner des noix aux écureuils, ce qui rendait Lucille mal à l'aise puisque, avec ce geste, surgissaient des images du passé qu'elle ne voulait plus revoir, même en pensée.

– Je devrais peut-être prévenir Juliette de mon passage. J'ai peur qu'elle ne l'apprenne et qu'elle en soit folle de rage.

– Non, Alain, n'en fais rien, je t'en supplie. Nous n'avons pas joué de malchance jusqu'à ce jour; gardons encore nos doigts croisés. Si ta sœur apprend que tu es chez moi…

– Je lui dirais que j'habite à l'hôtel, voyons!

– Même à cela, elle voudra que tu ailles chez elle. Elle te suivra partout, elle te fera épier et ça va tout gâcher.

– Tu n'es pas un peu trop possessive, Lucille?

– Alain! Tel n'est pas le cas! Je tente juste de protéger l'accalmie dans laquelle nous vivons présentement. Ta sœur est une tempête! Comment peux-tu me traiter de possessive, moi qui te laisse ton entière liberté?

Constatant qu'il l'avait insultée et risquant qu'elle ne s'écarte, ne serait-ce que d'une virgule, de lui, il lui serra la main et reprit:

– Excuse-moi; je me suis mal exprimé. J'ai parlé sans trop penser… Tu es plutôt protectrice, ma chérie.

– Je préfère ce terme. Oui, je te protège d'elle! Non pas que je veuille t'en éloigner mais, si elle te prend en charge, elle va te suivre à la trace. Tu le sais, pourtant… Tu es encore pour elle «l'enfant» qu'elle a élevé. Elle t'aura sans cesse à l'œil.

– C'est vrai; je ne devrais pas l'oublier… Juliette, c'est presque ma mère. Pour moi, elle est ma sœur, mais dans ses tripes à elle…

La paroissienne

– Voilà! Tu as tout compris, mon amour. Tu veux bien qu'on rentre à la maison? Je trouve le vent de plus en plus frisquet quand le soleil se cache.

Ils reprirent le sentier qui les menaient au boulevard Gouin et, de là, descendirent sur Grande-Allée, histoire de changer de décor en cours de route, avant de regagner l'avenue d'Auteuil et de se retrouver dans le boudoir: lui, avec un journal sur les genoux; elle, avec les deux tasses de café qu'elle venait de préparer. Il ouvrit le téléviseur et tomba sur une comédie américaine qu'il regarda avec un tantinet d'intérêt. Lucille, peu captivée par cette émission dépassée, préféra se refaire une beauté et prévoir quelques déplacements avec lui, avant de se sentir, tel qu'avec feu Rhéaume, comme… deux retraités!

– Ne pourrions-nous pas faire un petit voyage tous les deux à la fin du mois, Alain?

– Heu… non, je devrai penser à rentrer, à planifier la saison de travail. D'ailleurs, je dois appeler mon partenaire cet après-midi.

– Au moins, une fin de semaine dans une auberge… Comme l'an dernier…

– Lucille! Ta maison vaut toutes les auberges! Dis, tu n'es pas bien avec moi? Que nous deux, libres comme l'air, l'un à l'autre?

Elle avait lu un peu d'inquiétude dans ses yeux «d'enfant» et, se blottissant contre lui, l'encerclant de sa main aux longs ongles vernis, elle lui répondit:

– Je passerais ma vie avec toi! Seuls! Ici, si ça te plaît! Oublie les déplacements, Alain, je suis déjà si gâtée de t'avoir sous mon toit. En demander plus serait faire preuve d'ingratitude…

– Il lui sourit, l'embrassa avidement et, comme pour taquiner un peu ses sens, il glissa sa main gauche dans l'encolure de sa robe blanche. Puis se rendant compte qu'elle en frissonnait d'aise, il lui dit:

– Ce soir, ma chérie, ce soir... Ce sera comme au premier soir.

Retrouvant son souffle, Lucille lui rétorqua:

– C'est toujours un premier soir avec toi, une première fois... Quel bonheur que d'être à toi! Je t'aime, Alain, je t'aime... follement!

Rassuré, il lui proposa un petit dîner dans un restaurant chinois du boulevard Henri-Bourassa, ce qu'elle accepta. Mais pour la première fois, même sûr de lui, Alain Bréard demeurait préoccupé par les quelques signes de lassitude de la part de Lucille. S'il fallait qu'elle en vienne à... Non, il n'osait l'imaginer. Un éloignement de la part de sa dulcinée et c'était... le naufrage! Il lui fallait donc, dès lors, nager un peu plus vite, pour éviter... de se noyer!

Alain avait convenu avec Jean-Marc de le rencontrer un soir de la semaine suivante dans le *lounge* d'un hôtel du centre-ville. Prétextant un rendez-vous avec un Américain de passage, il avait dit à Lucille qu'il s'absenterait en après-midi, mais qu'il reviendrait à temps pour le souper. Ce qu'elle accepta sans se méfier, ne sachant rien ou presque du travail de son «bel amour», sauf ce qu'il avait bien voulu lui en dire, en plus d'être impliqué dans une firme de documentaires. Alain, au volant de sa Corvette qu'on lui enviait, stationna à l'entrée de l'hôtel et laissa ses clés au valet qui lui avait ouvert la portière. Se dirigeant vers le *lounge*, il repéra vite Jean-Marc qui, malgré la cinquantaine avancée et son ventre proéminent, avait tout de l'homme en bonne santé. Installé à une petite table en retrait, une bière Molson devant lui, il attendit qu'Alain commande un Johnnie Walker sur glace pour entamer la conversation:

– Tu as l'air d'un prince de Galles avec tes vêtements. C'est elle qui t'achète tout ça? Elle t'entretient, la veuve de ton frère?

– Bah! Si on veut, mais je n'étais pas tout nu dans la rue, tu sais. J'avais quand même de quoi me mettre sur le dos avant d'arriver ici.

– Aie! C'est pas en Californie qu'on porte des complets *Made in England*! Pis, c'est pas de mes affaires! Tu peux agir comme bon te semble, Alain, je te fais confiance. Moi, j'ai une «commande» et je la respecte. J'enquête pour toi et ça me plaît. Pas facile ton mandat. Elle a tout un parcours, cette femme-là! Mais comme j'aime les défis...

– Tu as du nouveau?

– Tu parles que j'en ai! Après mes trouvailles à Boston, comme je te l'ai dit, j'ai été mis sur la piste de Toronto. D'un registre à un autre, d'un renseignement à un dossier, j'ai fini par trouver que c'était là qu'elle était devenue Lucille Voyer. Je ne sais pas qui est le trafiquant de certificats qui la traite si bien, je ne suis même pas sûr de le retracer, mais *no wonder* que Rhéaume n'ait rien trouvé sur son supposé père, juge et avocat: il n'a jamais existé, Alain. C'est même pas à Toronto qu'elle est née! Si on brosse un tableau de ce que j'ai découvert, Lucille Voyer s'est mariée avec Rhéaume sous un nom d'emprunt, munie d'un faux baptistaire. Ce qui annulerait son mariage si on veut aller jusque-là... Même mort, Rhéaume pourrait être libéré de sa seconde épouse!

– Pas si vite, Jean-Marc, j'ai peine à te suivre. Et je ne veux rien faire qui puisse engager des frais... D'autant plus qu'avec son faussaire...

— Ouais, elle a plus d'un tour dans son sac, je le sais. Et ne t'en fais pas si je parle trop vite, un rapport détaillé va t'attendre à Los Angeles. Tu pourras donc lire, à tête reposée, tout ce que je te lance aujourd'hui.

— Donc, si je te suis, Lucille Voyer, ce n'est pas sa véritable identité.

— Pantoute! Un nom fictif qu'elle a choisi à Boston ou ailleurs, et que son bandit a mis sur un certificat, avec des détails sur sa famille inventée. Imagine! Fille d'un avocat devenu juge, ça se glisse bien dans une conversation, non?

— Mais pourquoi être partie de Boston pour se retrouver à Toronto?

— Elle ne se déplace jamais sans un bon motif, à ce que je vois. Il serait plus juste de dire sans un bon poisson au bout de l'hameçon! Après la mort de Harry, pressée d'en finir avec sa belle-famille, surtout sa belle-sœur, elle a consulté des journaux de l'Ontario qu'elle avait fait venir et a trouvé dans les annonces classées la demande d'un vieux bonhomme qui se cherchait de la compagnie. Une femme en bonne santé pour s'occuper de sa maison, de ses repas... Un homme fortuné, il va sans dire. Lucille, intéressée par le poste, a vite répondu en se disant infirmière, en forme, dans la trentaine, et le vieux a mordu quand il a vu sa photo. Mais pas folle, Lucille qui avait du talent pour le maquillage s'était aussi déniché un emploi dans un grand salon de beauté. Pour ne pas être entièrement à la charge du vieux et l'entreprendre lentement. Comme pour Rhéaume! Parce que le bonhomme en question avait un fils qui vivait pas loin de chez lui avec sa femme et leurs deux enfants. Donc pour ne pas faire peur au fils et à la bru, Lucille rencontra le vieux et se fit engager, mais à temps partiel pour commencer.

— Il n'a pas de nom, ce vieux-là?

– Oui, oui, monsieur Latimer. Son prénom, je l'ai quelque part, mais c'est pas important, tu vas voir.

Alain commanda un autre scotch; Jean-Marc, une troisième bière. Puis ayant croqué quelques croustilles du panier tressé posé sur la table, le limier poursuivit:

– Deux ans ou presque à se rendre chez lui quatre fois par semaine, à lui préparer ses repas, à s'occuper de ses vêtements, de sa literie, et le vieux s'en était drôlement amouraché. Il avait pas loin de soixante-dix ans, tu sais. Or une poulette dans la trentaine, pour lui, c'était inespéré. Il aurait voulu l'avoir constamment sous son toit, mais il détournait le sujet dès qu'elle parlait de mariage. Il y avait une relation intime entre eux, mais le vieux, avec un cœur usé et une prostate endommagée, n'était pas capable de la satisfaire, tu comprends? Alors, pourquoi se marier? N'empêche qu'elle le faisait dépenser à tour de bras! Une voiture de l'année, des vêtements de qualité, un vison – celui qu'elle avait sur le dos quand Rhéaume l'a connue – son loyer payé, ses comptes réglés à chaque fin de mois en plus d'un généreux salaire hebdomadaire dans les quatre chiffres. Imagine! Elle l'avait l'affaire! Et de l'autre côté, elle travaillait et fréquentait des hommes de son âge pour ses plaisirs passagers; la plupart du temps mariés, c'était moins compliqué.

– Mais, d'où tiens-tu tous ces renseignements, Jean-Marc?

– De la bru, voyons! Y'a rien comme une femme en colère pour en descendre une autre! Sa bru la détestait, tout comme la sœur de l'autre, avant. Elle la voyait dilapider l'argent de son beau-père dont elle tenait à hériter. D'ailleurs, d'après ce que je vois, les sœurs, les femmes et les filles de ses victimes, quand il y en avait, ont toutes détesté Lucille! Même Juliette!

– Oui, je sais. Non seulement ma sœur jappe quand on parle d'elle, elle serait même prête à la mordre jusqu'aux os!

Jean-Marc éclata de rire et poursuivit:

– Tu vois? Haïe par les femmes comme ça ne se peut pas! Mais le vieux Latimer était quasiment prêt à l'épouser et il y songeait de plus en plus, Lucille l'avait presque convaincu. Malheureusement pour elle, le vieux a levé les pattes avant de lui passer la bague au doigt. Une crise cardiaque! Trois mois avant l'événement, selon la bru qui me racontait ça en riant. Et Lucille a pris le bord! Cul par-dessus tête avec toutes ses affaires! Parce qu'elle était quasiment installée dans la spacieuse maison de Latimer quand il a pété au frette! La bru, avec le fils du défunt derrière elle, a mis la Voyer dehors avant qu'elle puisse leur offrir ses sympathies. Mais mariage ou pas, elle avait quand même fait la passe avec lui. Meublée à neuf dans son appartement, habillée comme une princesse, des fourrures, des bijoux, pas une dette, elle n'a eu qu'à reprendre son boulot payant qui l'attendait et régler ses comptes comme tout le monde dorénavant. Mais comme elle sortait avec des hommes en moyens, elle n'allait pas souvent dans sa sacoche, la Lucille! Puis de là, elle est retournée à Sudbury où elle avait déjà vécu, paraît-il…, mais je suis rendu là, Alain, pas plus loin.

– Tu as quand même fait du chemin. Tout un enquêteur, toi! Moi, je n'aurais pas su par où commencer.

– C'est pas fini, attends! Je t'ai caché des choses pour te faire languir et ce n'est pas honnête de ma part. Là, je vais aller mettre mon nez à Sudbury parce que j'ai retrouvé une coiffeuse qui travaillait au même centre de beauté qu'elle à Toronto. Et tiens-toi bien: selon cette dame qui veut que je taise son nom, Lucille aurait grandi à Sudbury. Elle aurait été élevée par une tante qui n'avait pas d'enfants à elle. C'est ce lien que je veux maintenant resserrer. Parce que, après le vieux, elle est restée tranquille un bon bout de temps, se contentant de la générosité de ses amants jusqu'à ce qu'on lui propose un travail à Montréal.

– Est-ce vraiment par hasard qu'elle a rencontré mon frère?

– Peut-être, je n'en sais rien... Rhéaume avait encore Thérèse, mais elle avait sans doute appris qu'elle était très malade. Pourquoi se serait-elle installée dans le nord de la ville, alors qu'elle travaillait dans les studios de télévision du bas de la métropole? Et pourquoi se rendre au parc le matin? Il se peut que le sort l'ait servie gratuitement, qu'elle ait eu la chance de tomber sur Rhéaume sans le chercher vraiment puisqu'elle n'a pas changé de nom cette fois. Mais ça, c'est toi qui pourrais le lui soutirer, Alain, tu vis avec elle!

– Un bien grand mot, je suis de passage... Et à quoi bon la questionner, ça risquerait d'éveiller des soupçons.

– Peut-être as-tu raison... Mais, de passage, comme tu dis, c'est un peu fort, non? De la façon dont tu es choyé et avec la voiture que tu as... Fais attention, mon gars, l'argent risque de te faire fermer les yeux... S'il fallait que j'enquête de la sorte et que tu en tombes amoureux...

– Ne crains rien, je sais où je m'en vais. Laisse-moi faire de mon côté, Jean-Marc, j'ai ma petite idée. Et avec tout ce que tu viens de me dire...

– Oui, méfie-toi, elle est capable, la Voyer! Elle a une tête...

– Ne doute pas de la mienne, j'ai vu neiger, tu sais. Je n'en suis pas à mon premier hiver... Dans les deux sens du terme! Bon, il faut que je rentre, mais dis-moi: le rapport va suivre à Los Angeles?

— Oui, dès demain, et après mon retour de Sudbury, je t'appelle.

— Tout ça va te ruiner, Jean-Marc, je suis de plus en plus mal à l'aise…

— T'en fais pas, je te le répète: je fais ça pour Thérèse.

Comme le 17 mai 1965, jour de l'anniversaire d'Alain, tombait un lundi, Lucille avait décidé de le fêter le dimanche soir dans l'un des restaurants les plus huppés de la métropole. Une table discrète cependant, avec vue sur un parc et, à la fenêtre à carreaux, des rideaux de velours rouges noués d'un cordon blanc. Elle avait commandé du champagne et un vin hors de prix qui allait de pair avec le filet mignon, le caviar, bref, un doux mélange de ce qu'ils avaient de plus cher à la carte. Alain protesta en lui disant que c'était trop, mais elle le fit taire d'un baiser tout en lui offrant un petit coffret enrubanné de rouge. Alain, une fois de plus, la réprimanda en ouvrant l'écrin intérieur qui contenait des boutons de manchettes en or avec de véritables onyx et, enroulé dans une petite boule blanche, reposant sur les précieux bijoux, un billet de banque de mille dollars.

— Lucille! Tu exagères! Je ne peux accepter un tel cadeau!

— Allons, prends-le, mon bel amour, je n'ai que toi à choyer.

— Tout de même! C'est trop, Lucille, c'est démesuré!

— Pour un homme comme toi? Non! Surtout pas le jour de ses cinquante ans. Et comme ton amour pour moi est sans limites…

Alain la regardait; il semblait vraiment ému. Au fait, il l'était. Il avait peine à croire que la femme qu'il avait devant lui était celle que Jean-Marc lui décrivait de jour en jour. Mal à l'aise d'être ainsi gâté, il l'était davantage en pensant à la broche plaquée or en forme de paon qu'il lui avait donnée pour son anniversaire le mois dernier. Il se disait, intérieurement, qu'il aurait pu se forcer, la combler davantage, devinant bien qu'il allait être avantagé le mois suivant. Mais il ne souleva pas son erreur de jugement et se contenta de serrer sa main dans la sienne, tout en avalant le cognac que le garçon de table venait de lui servir. Ils causèrent longuement. Elle anticipait un départ imminent de sa part avec un tel regret qu'il dut la consoler en l'entourant d'un bras, tout en enfouissant de la main gauche le billet de banque dans sa poche.

— J'aimerais que tu sois là sans cesse, que toi et moi formions un couple.

— Nous en formons déjà un, ma chérie. Je suis plus souvent ici que là-bas.

— Oui, je sais, mais ce n'est pas ce que je voulais dire…

Sautant sur l'occasion, jouant de naïveté dans la crainte de la voir s'éloigner, il lui demanda:

— Que veux-tu, alors? Parfois, j'ai peine à te suivre.

— C'est pourtant simple, Alain, je voulais dire un couple uni. Oui, uni dans le sens propre du terme.

— Tu reviens avec ça? Tu es restée accrochée à mon «on ne sait jamais»? Tu… tu veux dire, mariés?

— Heu… oui, marmonna-t-elle.

— Pourquoi pas? s'exclama-t-il, en lui serrant les doigts.

Stupéfaite, ahurie, n'en croyant pas ses oreilles, Lucille parvint à lui dire d'une voix tremblante:

— Tu… tu accepterais de m'épouser, de devenir mon mari?

— Bien sûr, Lucille, avec joie!

— Alain! Tu es divin! Je m'attendais tellement à un refus…

— Pourquoi? Ne t'ai-je pas prouvé mon amour plus d'une fois? Ne t'ai-je pas laissée derrière moi, tant de fois, avec l'impression qu'un jour…

– Oui, bien entendu, mais de là à faire le grand pas… Toi, un célibataire endurci.

– Que tu as su conquérir, ma chérie. Mais je te préviens: je veux quelque chose d'intime, un mariage civil si possible.

– Intime, oui, mais pas civil. Je suis veuve, tu es célibataire… J'aimerais devenir ta femme devant Dieu et les hommes, Alain. Discrètement, à l'église, tôt le matin… Que nous et les témoins.

– Si c'est là ce que tu désires, je ne m'y opposerai pas, mais je ne peux t'épouser avant l'automne; j'ai trop de choses à régler là-bas avant de m'installer définitivement ici.

– Ça ira, je comprends tout ça, mon amour. Octobre? Novembre?

– En octobre, ça pourrait aller, j'aurai amplement de temps pour bien m'organiser. Mais tu t'arranges avec tout. Moi, les curés…

– Il n'aura besoin que de ton extrait de baptême, Alain. Que cela! Il te connaît; il me connaît; je suis sa plus fidèle paroissienne. Ah! si tu savais comme je suis heureuse! C'est le plus beau moment de ma vie! Jamais je n'oublierai le dimanche de tes cinquante ans, mon amour: le jour où tu auras fait vibrer mon cœur en me disant… oui!

Le curé, d'abord surpris de l'approche de madame veuve Rhéaume Bréard, fit mine d'être réjoui, sachant pourtant que la paroisse entière allait froncer les sourcils. Mais il s'avisa de n'en laisser rien paraître et félicita la veuve pour ce bonheur éventuel. Lucille lui demanda d'en garder le secret pour l'instant, qu'il était trop tôt pour qu'on le sache, et il lui promit de rester bouche cousue. Comme le mariage avait été prévu pour le samedi 16 octobre, il avait tout le temps requis pour la publication des bans. Il se devait d'être le dévoué complice de celle qui déposait des billets de banque chaque dimanche dans son assiette. Mais Lucille partie, il ne put s'empêcher de murmurer la nouvelle à l'un de ses marguilliers… le mari de la cousine de la vieille amie de Juliette.

Chapitre 10

L e mois de mai tirait à sa fin lorsque Alain décida de réintégrer sa ville d'adoption, Los Angeles. Quoique navrée de le voir partir, Lucille n'en fit pas un drame cette fois. Elle savait qu'il reviendrait au mois d'août et que, deux mois plus tard, elle allait devenir sa femme. «Enfin! Un bonheur réel!» se disait-elle en songeant à ses mariages précédents. Heureuse d'avoir trouvé l'amour à cinquante ans, elle misait sur l'avenir pour enterrer tous les travers de son passé. Elle avait peine à croire qu'Alain était le frère de feu Rhéaume. Le jour et la nuit! Rhéaume, si vieux quoique jeune, et Alain, si jeune encore, en pleine maturité. Elle voyait son futur mari comme un «grand gamin» et personne n'aurait pu la contredire puisque c'était elle qui l'encourageait à rester puéril, en lui remettant sans cesse de l'argent, les clés d'une voiture et des cartes de crédit à son nom. Bref, elle le gâtait comme un enfant, cet homme de son âge qui la remerciait cavalièrement... sur un matelas! Sans ce talent pour les plaisirs charnels, qui sait si Alain Bréard aurait pu conquérir cette femme mal aimée, sans cesse déçue par ceux qui l'avaient précédé. Aussi beau qu'à vingt ans, plus séduisant qu'à trente ans, l'homme de cinquante ans n'en était pas moins à son dernier versant de… Don Juan! Il n'avait plus de temps à perdre, il le savait, et c'est pourquoi il lui fit l'amour comme un dieu grec avant de sauter dans l'avion qui le ramènerait à son poste de «monteur» pour un petit studio de tournage de documentaires. Los Angeles, le soleil constant ou presque, mais loin du faste de l'avenue d'Auteuil où il vivait tel un prince sans avoir à lever le petit doigt. Quoique là-bas, où il vivait depuis tant d'années…

Une semaine après son retour en Californie, après avoir parlé deux ou trois fois avec Lucille pour entretenir ses «bons sentiments», Alain se décida à téléphoner à Juliette pour prendre de ses nouvelles. La vieille demoiselle, acerbe comme toujours, lui cria en reconnaissant sa voix:

– Tu es venu à Montréal sans m'en aviser! Espèce de traître, va!

– Mais non, qu'est-ce que tu chantes là?

– Pas de menteries par-dessus tout ça! Tu as du front, toi! Je t'ai fait parvenir mes vœux à ton bureau pour tes cinquante ans et tu ne m'as même pas remerciée! Me prends-tu pour une cruche, le p'tit frère? Puis, là, laisse-moi reprendre mon souffle parce que ce qui suit est inimaginable! Tu la maries! Tu vas épouser cette saleté de belle-sœur! Tu es venu pour manigancer tout ça dans mon dos? Je te renie mon frère! J'aime mieux crever toute seule que de dépendre d'un hypocrite comme toi! Tu ne réponds rien, hein? Tu es coincé, n'est-ce pas?

– Non, mais tu ne me laisses pas placer un mot, Juliette! Tu cries comme une déchaînée! Si seulement tu te taisais une minute, si tu prêtais l'oreille…

– D'accord, j'écoute, mais je me demande bien ce que tu pourras répliquer. J'ai tout su par la cousine de mon amie qui est la femme du marguillier de la paroisse de la… Je me retiens! Le curé l'a renseigné! Tu la maries cet automne, cette gueuse-là! Là, je ne me retiens pas! En octobre qui vient à part ça!

– Oui, c'est vrai, tu n'as pas tort, les arrangements sont faits. Mais laisse-moi au moins t'expliquer…

– Non, pas au bout du fil à longue distance! Si tu as été capable de te déranger pour elle, fais-le pour ta sœur, mon p'tit frère, et viens t'expliquer chez moi!

Avant même qu'Alain puisse rajouter un mot, Juliette avait raccroché. Pris au piège, en furie contre le curé, Alain téléphona à Lucille pour lui faire part de l'indiscrétion qui s'était rendue jusqu'à sa sœur. Outrée qu'on n'ait pas respecté le secret, Lucille se rendit l'après-midi même au presbytère et là, assise en face du curé, elle lui débita:

– Moi qui pensais que votre oreille était comme un confessionnal! Vous m'aviez promis la discrétion sur notre mariage, et voilà que la sœur de mon futur mari l'a appris par la cousine de son amie, la femme de votre marguillier! C'est comme ça que vous honorez la parole donnée, monsieur le curé?

Rouge de honte, ne sachant où regarder, le curé lui répondit:

– Madame Bréard, je vous en prie, un marguillier, ce n'est pas le grand public. Il voit les registres…

– Non, rien n'est encore inscrit et un marguillier, ce n'est pas un vicaire! Vous êtes fautif; vous aurez à vous en confesser. Et comptez-vous chanceux que je ne change pas d'idée pour aller finalement me marier dans une chapelle du centreville! Un mariage aussi intime, ça se célèbre n'importe où! Et comptez-vous encore plus chanceux que je demeure une paroissienne, car sans mes largesses, votre charge ne serait pas aussi aisée. Surtout pas avec les dix cennes que vous donnent de la plupart des gens!

– Il me fallait tout de même inscrire la date et l'heure de l'événement à venir… Ne serait-ce que pour les réserver…

– Sans doute, mais dans un registre sous clé, pas à la portée du marguillier, des dames de sainte Anne et des enfants de cœur!

Le laissant bouche bée, sans même le saluer, madame veuve Bréard sortit la tête haute, sachant qu'il aurait à réciter… l'acte de contrition!

Lucille revint à la maison, se calma avec un double scotch et, lorsque Alain la rappela le soir venu, elle s'empressa de lui faire part de ses remontrances envers le curé. Se réjouissant de sa détermination et de sa considération pour lui, il lui dit:

– Je savais que tu saurais lui parler, Lucille! Ton curé n'a pas été très discret, il a commis une maladresse et il le sait. Imagine ma stupeur au téléphone avec ma sœur. J'avais même commencé par nier être venu à Montréal quand elle m'a tout défilé. Plus mal pris que ça…

– Oui, je présume, mais comme elle l'aurait appris tôt ou tard… Là, c'est fait! Elle a dû me descendre comme ce n'est pas possible!

– Évidemment! Juliette ne te porte pas dans son cœur, tu le sais. Mais cette fois, c'est sur moi qu'elle déversait sa rage. C'est moi qui lui mentais au bout du fil. De toute façon, elle ne sera pas présente à notre mariage. Je ne veux pas d'une sœur rebelle et amère avec une figure d'enterrement. Qu'elle reste chez elle!

– Tu m'en vois ravie, mon amour. Je craignais sa présence…

– Alors, ne t'en fais plus, il n'y aura que ton témoin et le mien. Il faut maintenant que je raccroche, Lucille, j'attends un appel important.

– D'accord mais, juste avant, nous n'avons rien planifié comme voyage de noces.

– Pour moi, c'est décidé, ce sera Los Angeles! Ne t'avais-je pas dit un jour que nous le ferions à deux, ce voyage?

Faisant mine d'être folle de joie, Lucille lui répondit:

– Je verrai donc d'où tu viens, ce que tu fais, tes amis…

– Oui, et encore plus, ma chérie, parce que nous ferons ensemble le tour de la Californie: Santa Barbara, Malibu, tout ce que tu voudras!

– Comme je t'aime, Alain! Dieu que le Ciel est bon pour moi!

Elle lui souffla un baiser, raccrocha et se servit un Johnnie Walker nature. Heureuse de la décision d'Alain, certes intéressée par la découverte de la Californie, elle était tout de même passée à côté, pour une seconde fois, de l'endroit «béni» qu'elle comptait lui suggérer: Tahiti! Le rêve de sa vie!

De son côté, encore sous l'effet du choc et fulminant sans cesse depuis sa conversation avec son frère, Juliette, pour en finir avec sa «guerre des nerfs», composa le numéro de la «garce», comme elle l'appelait, pour hurler au bout du fil dès que l'autre eut décroché:

– Vous n'avez pas honte, Lucille Voyer? Un Bréard ne vous a pas suffi, il vous fallait l'autre aussi? Pour le faire mourir à petit feu…

Mais la vieille fille, aussi enragée était-elle, n'eut d'autre choix que de s'arrêter: Lucille avait raccroché. «Ah! la gueuse!» marmonna-t-elle, en composant le numéro de sa vieille amie pour se lamenter:

– Sais-tu ce qu'elle a fait, la damnée? Elle m'a fermé la ligne au nez!

Alain laissa une semaine s'écouler puis, encore embarrassé face à sa sœur, il décida de la rappeler pour tenter de lui expliquer ce qui se passait, sans trop lui en divulguer cependant:

– Juliette? C'est moi! Écoute, reste calme, je vais tenter de t'éclairer sur ce que je fais...

– Je n'ai pas besoin de ta lanterne, Alain, tu la maries! Que peux-tu ajouter à cela? Tu en es tombé amoureux, toi aussi? Coudon! Est-ce qu'elle verse un élixir dans le vin, cette peste? Rhéaume en premier, puis là, toi!

– Juliette... Juliette... je t'avais demandé de me laisser faire.

– Laisser faire... laisser faire... Te laisser faire quoi? Te marier avec celle qui a fait mourir ton frère? C'est inconcevable! Sans parler de Thérèse... Tu sais, «la pilule de trop», comme disait Jean-Marc; si ce n'est pas elle, je me demande bien qui...

– Juliette! Arrête! Tu vas me rendre fou!

– Difficile de l'être plus que tu l'es, mon pauvre p'tit frère! Il faut vraiment que tu sois tombé sur la tête pour t'être amouraché de cette femme-là! Pas même belle, pis pas maigre, la garce! Grimée jusqu'aux oreilles, oui! Parfumée comme une fille de rue, oui! Mais pas distinguée pour autant! Nous en étions débarrassés, Alain! Elle avait pris le bord dans mes pensées avec la mort de Rhéaume et là, à cause de toi, je vais encore l'avoir dans les pattes!

– Bon, je me rends compte qu'il est inutile de tenter de discuter avec toi, la grande sœur. Tu es bornée et tu parles sans arrêt, sans même prendre la peine de m'écouter. J'irai te voir à mon prochain passage, ça ira peut-être mieux face à face.

– Non, Alain, quand tu reviendras, passe tout droit, ne remets plus jamais les pieds chez moi! Si tu la maries, oublie-moi, c'est fini! Si tu te réveilles à temps et que tu changes d'idée, d'accord, rappelle-moi. Mais je préfère rester seule jusqu'à la fin de mes jours plutôt que de voir mon p'tit frère avec la Voyer à son bras! T'as compris, Alain? C'est elle ou moi!

– Je te quitte sur ces mots, Juliette, je n'irai pas plus loin. Ce que tu viens de me dire est clair et précis. Je vais donc m'éloigner pour un certain temps, puis on verra plus tard...

– C'est ça! répondit-elle, tout en raccrochant l'appareil.

Seule dans son petit salon, la main tremblante sur sa tasse de thé, fort agitée par la discussion, Juliette se mit à pleurer. Elle ne pouvait pas croire que son «préféré», celui qu'elle avait élevé, avait été embobiné par... cette saleté!

Contrairement à feu Rhéaume, Alain Bréard ne se préoccupait pas trop de ce qui se passait dans le monde, à moins que ça touche les États-Unis où il vivait depuis déjà longtemps. La catastrophe minière qui avait fait 300 morts à Bhori, en Inde, l'avait laissé indifférent. Il était plus porté sur les défis sportifs et, de ce temps-là, sur l'évolution des arts et du cinéma. N'ayant pas vraiment réussi dans son domaine, il suivait quand même d'assez près la carrière des acteurs. Il voyait les nouvelles vedettes surgir et regrettait de ne pas s'être lancé plutôt de ce côté, surtout avec la tête qu'il avait... naguère! Il téléphonait régulièrement à Lucille qui disait s'ennuyer de lui terriblement. Il lui répondait d'être patiente, que l'été avançait, et qu'au début d'août elle allait être dans ses bras. Lucille lui confia avoir trouvé une robe somptueuse pour leur mariage et lui, moins éloquent, lui avait expliqué que son élégant complet noir avec une chemise blanche et un nœud papillon allait être de circonstance. Il lui disait sortir très peu, travailler très fort à un documentaire sur la médecine d'hier à aujourd'hui, et de n'être allé au cinéma qu'une seule fois pour voir le film *Of Love and Desire*, avec Merle Oberon et Curt Jurgens, un film assez récent, mais sorti sans tapage. Un film comme tant d'autres, quoi! Avec une coche au-dessus des films d'Elvis Presley, cependant. Lucille regardait la télévision, sortait très peu sauf pour magasiner et, dans sa solitude, s'était replongée dans la lecture de biographies et de romans. Un soupir, un baiser soufflé au bout du fil et ils raccrochaient: elle, heureuse de sentir que le moment de son retour se rapprochait de jour en jour; lui, plus ennuyé qu'enchanté de voir les semaines si vite s'écouler.

Alain était en train de ranger quelques vêtements lorsque la sonnerie du téléphone tinta. Répondant, tout en ayant un cintre dans l'autre main, il reconnut la voix de Jean-Marc:

— Attends, je passe dans mon bureau, lui dit Alain. Je veux être attentif à tout ce que tu me diras et prendre des notes si nécessaire.

Il traversa dans l'autre pièce et, soulevant le combiné, fit un signe de la main: on raccrocha l'autre téléphone pour lui.

— Je suis tout à toi! J'avais tellement hâte d'avoir de tes nouvelles. Il y a des développements? Tu es allé à Sudbury?

— Oui, mais avec un petit retard comme tu peux le constater. J'avais une affaire à terminer à Calgary. Je n'ai pas pu me déplacer tel que prévu, mais là, c'est fait. J'en arrive à peine, mais pas avec les mains vides, comme on dit.

— Que veux-tu dire?

— Bien, premièrement, c'est là que Lucille a grandi. Elle a été élevée par une cousine par alliance du côté de sa mère. Une jeune veuve, sans enfants, qui ne demandait pas mieux que de prendre la gamine en charge. Elle n'est plus de ce monde, mais j'en ai appris beaucoup d'une vieille institutrice qui enseignait à Lucille, jadis, et qui était amie avec la cousine. Une corde pleine de nœuds mais, au fur et à mesure, grâce à elle et aux archives, j'ai quasiment tout découvert. C'est d'ailleurs de Sudbury que Lucille se serait rendue aux États-Unis, mais ça, je n'en suis pas sûr, il me manque un maillon. Chose certaine, j'ai maintenant son nom véritable, mais je t'en réserve la surprise. Pour l'instant, tout ce que je peux te dire, c'est qu'elle est de souche acadienne, et que ce n'est pas facile d'obtenir des renseignements au bout du fil dans ce coin-là.

— Elle viendrait donc du Nouveau-Brunswick?

— Non, des Îles-de-la-Madeleine! Une vraie de vraie!

— Je ne comprends pas, Jean-Marc, les gens de cette région ont un accent… On a déjà fait un reportage…

— Oui, en effet, mais comme elle a été adoptée à l'âge de deux ans et que la femme du cousin était d'origine montréalaise, la petite a grandi avec notre vocabulaire, pas celui de ses parents.

— Dis-moi son nom! Ne me fais pas languir!

— Non, non, laisse-moi au moins la joie de me rendre jusqu'au bout de la ficelle. Je pars pour les Îles dans deux jours.

— Ça va être long, ce voyage-là?

— Bah! quatre ou six jours tout compris, les renseignements avec!

— Tu dépenses une fortune, Jean-Marc, ce n'est pas normal!

— Non, mais ça me fait voir du pays en maudit! Ça faisait longtemps que je n'étais pas sorti de Calgary, sauf pour aller à Montréal. Je prends donc ces déplacements comme des vacances, Alain, pas comme des corvées. Et comme j'adore enquêter…

— Oui mais, si possible, ne perds pas trop de temps cette fois: je retourne à Montréal au début d'août, tel que promis.

– Encore? Chez elle?

– Évidemment... où veux-tu que j'aille? Juliette ne me parle plus, elle m'a presque renié.

– Pourquoi? Qu'as-tu fait?

– Rien encore, mais je lui ai annoncé que Lucille et moi allions nous marier en octobre.

Plus un mot au bout du fil, un souffle coupé et, lentement...

– Tu plaisantes, non? C'est une farce?

– Non, la date est choisie, le curé est avisé.

– Ben là, je ne comprends plus rien! Tu me fais enquêter, tu me fais voyager à travers le Canada pour savoir d'où elle vient et, en cachette, dans mon dos, tu te prépares à la marier. Me fais-tu marcher ou...

– Non, non, ne t'emporte pas, il y a assez de ma sœur qui a grimpé dans les rideaux. Ne crains rien, Jean-Marc, fais-moi confiance, je ne te décevrai pas.

– Tu pourrais me dire au moins ce que tu concoctes. Moi, être pris entre deux feux, j'aime pas ça pantoute, tu sais!

– Laisse-moi aller, et puisque tu gardes le secret de son nom, laisse-moi en garder un que nous échangerons dès qu'on se retrouvera. C'est un *deal*, Jean-Marc?

– Si on veut, ça ne peut pas être plus clair. Avoue que Juliette a eu raison de te renier à l'annonce d'une telle nouvelle. Elle a dû perdre connaissance, la pauvre fille.

– C'est de sa faute, elle ne m'a pas laissé une seconde pour lui expliquer quoi que ce soit. Elle était comme un volcan au bout du fil!

– Oui, c'est son genre, mais que veux-tu, elle la déteste, la Voyer! En ce qui nous concerne, si je comprends bien, dès que je reviens de ce dernier voyage, je fais un saut à Montréal et je te vide mon sac en échange du tien!

– En plein ça! En ce moment, je ne peux pas trop parler…

– Parce que tu n'es pas seul?

– Bien… tu comprends…

– Chenapan! Une future femme en ville et une fille dans ton appartement! Thérèse avait donc raison quand elle disait que t'étais pas mal *wild* et pas toujours fidèle…

– Pas à ce point-là, tout de même, tu comprendras… J'étais bien jeune dans le temps… Mais reviens vite, Jean-Marc, chaque jour compte maintenant.

Dimanche 8 août 1965, et Alain était à bord de l'avion qui le ramenait à Montréal, comme il l'avait promis à sa «bien-aimée». Mieux nanti cette fois, et pour cause, il avait réservé un billet en première classe, désirant profiter des avantages d'être traité comme un «invité» et non un simple passager. Il avait choisi le hublot pour regarder le ciel sans fin et subir moins violemment la turbulence de l'appareil au-dessus du Grand Canyon. Il aurait souhaité être seul, mais le siège de l'allée avait aussi été vendu à un jeune homme dans la vingtaine qui semblait vivre dans l'aisance, si on se fiait à sa tenue vestimentaire. Beau de surcroît, Alain croyait qu'il était un jeune acteur en herbe, genre «fils à papa» qui tentait sans cesse sa chance. Mais le jeune homme, prénommé Stéphane et qui semblait aimer la vodka avec jus d'orange, l'informa qu'il était modèle pour les catalogues de grands magasins et, qu'à l'occasion des agences américaines avaient recours à ses services pour des réclames publicitaires. Pour l'impressionner, Alain lui confia qu'il était dans le domaine du cinéma, ce qui fit ouvrir grands les yeux de son compagnon de route qui s'empressa de remettre ses coordonnées à celui qu'il prenait pour un recruteur de talents. Alain joua quelque peu le jeu, puis fatigué de causer avec le gars qui rêvait de faire du cinéma, il s'appuya sur l'oreiller qu'on lui avait offert, prétextant une nuit blanche et un besoin de rattraper un peu de sommeil. Le jeune homme sortit un livre de poche, genre *thriller*, qu'Alain ne connaissait pas, et s'y plongea tout en allumant une cigarette. Alain, retrouvant sa quiétude, se mit à songer à tout ce qui se tramait à l'horizon. Mélancolique, peu fier de lui par moments, il redevenait confiant, sûr de ne pas être quelqu'un d'impitoyable quand il pensait à d'autres qui, avant lui… Il revoyait le visage de Lucille; il revivait leurs ébats sur le divan, le tapis et le lit… et il fermait les yeux dans un *mea culpa* d'un instant. C'était elle qui devait en avoir beaucoup sur la conscience, pas lui! Il réussit tant bien que mal à dormir une heure ou deux, et on leur servit à manger. Le jeune homme, toujours souriant, lui demanda s'il avait réussi à récupérer, et Alain le lui confirma de la tête tout en portant à ses lèvres le Cinzano sur glace qu'on venait de lui servir en guise d'apéro.

À l'aéroport, après un voyage plus paisible que de coutume, il descendit suivi de son jeune compagnon et, apercevant Lucille, il la prit dans ses bras et l'embrassa avec chaleur. Le jeune homme, remué par la scène, lui serra la main et offrit son plus joli sourire à la dame. Longeant le couloir aux bagages, Lucille demanda à Alain:

– Qui était-il? Il voyageait en première classe?

– Oui, un fils à papa qui est modèle pour des catalogues et des réclames publicitaires. Il m'a remis sa carte, il rêve de devenir acteur.

– Remarque qu'il en a la tête… Tu peux l'aider?

– Non, pas vraiment. Il n'est pas du genre que l'on cherche pour nos documentaires. Je le vois mal en forêt avec des lions en cages… Et, des Tab Hunter comme lui, on en a des tonnes aux États-Unis.

Lucille appuya sa tête sur son épaule, retira un fil blanc de sa manche de veston et lui dit avec tendresse:

– Tout ce qui importe, c'est toi et moi, mon amour. Dès octobre… pour toujours!

Chapitre 11

Jean-Marc Duclos s'en donnait à cœur joie avec toutes les péripéties de son enquête dans le but de démasquer Lucille Voyer et, si possible, de l'incriminer sur l'un ou l'autre de ses nombreux délits. En route pour les Îles-de-la-Madeleine, il avait fait escale à Montréal et mangé à l'aéroport avant de reprendre un autre vol, un DC-3 de la Maritime Central Airways, qui faisait un arrêt à Charlottetown avant de se rendre aux Îles. Quel périple! Plus turbulent cette fois! Il avait négocié un séjour dans une petite auberge pour quelques jours seulement, le temps d'aller rencontrer une certaine veuve à Cap-aux-Meules. Il arriva sain et sauf et trouva que, pour un début de septembre, c'était plus frisquet dans ce coin-là que dans les prairies de l'Alberta. Il finit par dénicher, faute de taxi ce jour-là, une camionnette appartenant à un Acadien de l'endroit et qui faisait la navette entre l'aéroport et les gîtes et auberges des environs pour quelques dollars. Il arriva enfin à son lieu de séjour et se délecta d'un souper préparé par l'aubergiste elle-même: une espèce de *stew* au porc avec légumes variés qu'il avala d'un trait ainsi que la pointe de tarte au sucre qui complétait le repas. Tout figea dans son estomac. Le bouilli de la mère, certes bon mais trop gras, ne passa pas, et la tarte lui donna des maux de ventre qu'il réussit à soulager avec le Bromo Seltzer qu'il avait dans ses bagages. Il rota une partie de la nuit et, le lendemain, pour déjeuner, il se contenta d'une brioche au gingembre et d'un thé fort.

L'aubergiste, curieuse de savoir qui était cet étranger aux Îles en septembre, le questionna pour apprendre qu'il était investigateur et qu'il était là par affaires. Il l'avisa que sa mission était confidentielle et lui demanda de ne pas parler de lui à qui que ce soit, mais la brave dame, trop fière d'avoir l'honneur de l'héberger, se vanta à une amie d'avoir «une police» de l'Alberta dans son auberge! La nouvelle se répandit au village comme une traînée de poudre. Content de voir qu'il suscitait de l'intérêt, Jean-Marc endossa un complet gris avec chemise blanche et cravate marine et, enfilant son long imperméable pour mieux impressionner l'entourage, demanda à un voisin de le conduire chez la dame avec qui il avait rendez-vous. À son retour, le «chauffeur privé» traversa chez l'aubergiste pour lui raconter: «J'l'ai laissé chez la veuve à Hervé, le fils à Delphus, mais je m'demande ben c'qui cherche là. A l'a rien, la bonne femme!»

En effet, elle n'avait rien ou presque, la veuve d'Hervé Lapierre, elle habitait une bicoque. Sept de ses neuf enfants, tous grands, avaient quitté les Îles et les deux qu'il lui restait gagnaient leur croûte au village pour faire vivre leur mère. Après s'être présenté et avoir accepté une tasse de thé, Jean-Marc prit place dans une chaise berçante avec son calepin à la main. C'était là qu'allait se dénouer le nœud de sa très longue enquête. La veuve, une femme grande et maigre avec les cheveux poivre et sel, lui apprit que Lumina Lapierre, celle sur laquelle Jean-Marc enquêtait, était la sœur de son défunt mari. Fille de Delphus qui buvait comme un trou et de Georgine qui n'arrivait pas à joindre les deux bouts, la Lumina s'était montrée vilaine dès ses premiers pas. À deux ans, jalouse de l'arrivée de son petit frère Hervé, elle le «tapochait» quand il dormait et le pinçait au sang quand il s'amusait par terre avec un jouet. «Juste pour le plaisir de l'voir brailler», ajouta la veuve, pour appuyer ses dires. Jean-Marc prenait des notes, accepta une seconde tasse de thé et avala, enfin, un biscuit à la farine d'avoine que la «veuve à Hervé» lui avait offert.

Delphus, presque toujours saoul, mourut très jeune d'une «indigestion aiguë», neuf mois après la naissance d'Hervé, continua-t-elle. Seule et sans le sou, aux prises avec sa méchante Lumina et un bébé en bas âge, Georgine accepta d'envoyer la petite chez une cousine par alliance de son défunt mari qui, veuve elle aussi et sans enfants, habitait Sudbury, en Ontario. Lumina partit donc par bateau, avec sa petite valise, sous la garde d'une voyageuse, et c'est ainsi qu'elle se retrouva chez cette «tante» éloignée qui l'accueillit à bras ouverts. Georgine plaça ensuite Hervé en pension chez une voisine, et gagna sa pitance ainsi que celle de l'enfant en travaillant pour les pêcheurs de hareng du village. La cousine de Sudbury, contente d'avoir une petite à élever, la gâtait beaucoup trop, selon sa mère qui s'en informait de temps à autre. Lumina, fière d'être une fille unique, d'avoir une grande chambre à elle seule, de jolies robes, des poupées, des gâteaux et des bonbons, jouait à la petite fille «riche», écrivait la «mère adoptive» à Georgine. Mais elle avait peu d'amies: elle les pinçait quand elle était jalouse ou qu'elle manquait un saut à la corde. Une habitude que la «tante» lui fit passer en la pinçant à son tour jusqu'à ce qu'elle en pleure. «Pis on l'a plus r'vue jusqu'à c'que sa mère, la Georgine, meure à son tour, seize ans plus tard!» s'exclama «la veuve à Hervé» en déposant les deux tasses vides dans l'évier. Jean-Marc se délectait de l'histoire. Non seulement il savait d'où venait Lucille, mais avec une belle-sœur à la langue si bien pendue, il apprenait les quatre vérités de celle sur qui il était venu enquêter. Mais, sans le savoir encore, Jean-Marc n'avait pas fini d'aller de surprises en... surprises!

Lumina, alias Lucy, alias Lucille, avait dix-neuf ans lorsqu'elle apprit le décès de sa mère qu'elle n'avait jamais revue. Mais curieuse, ayant un bon bagage d'éducation, elle avisa la cousine éloignée qui l'avait adoptée qu'elle voulait s'y rendre et, par le fait même, retrouver son frère Hervé dont elle ne se souvenait plus. C'est ainsi que, belle comme un cœur, «la Lumina à Delphus», comme l'identifiaient les gens des Îles qui s'en souvenaient encore, se retrouva à Cap-aux-Meules pour les funérailles de sa mère qui, on s'en doute, ne lui firent pas verser la moindre larme. Hervé, dix-sept ans à ce moment-là, sur le point d'épouser celle qu'il fréquentait, accueillit sa sœur sous le toit familial sans empressement. Trop guindée, la Lumina, pour une fille des Îles. Et sans le moindre accent acadien, ce qui, à première vue, faisait d'elle une étrangère. «Ben habillée itou!» ajouta la veuve en regardant Jean-Marc qui relisait ses notes sans se hâter. Il était donc évident qu'une aussi jolie fille ne passerait pas inaperçue. Mince, les cheveux noirs et longs, la poitrine généreuse, elle était aguichante, la fille de celle qu'on venait de mettre en terre. Trois jours plus tard, elle sortait avec le plus beau gars de la région, Maurice, le fils aîné d'Émile, qui la demanda en mariage sept jours plus tard. Devant son peu d'enthousiasme, Maurice lui fit miroiter son argent amassé, la maison que son père voulait lui acheter et, soudainement «intéressée», Lumina accepta et pria sa «tante» de Sudbury de lui faire parvenir tous ses effets et ses vêtements par bateau. Sans l'inviter à ses noces pour autant. Comme si la «tante adoptive» n'avait été là qu'en «attendant». Et ce, durant tout près de dix-huit ans! Lumina n'avait que deux idées en tête: voler de ses propres ailes en devenant une femme aisée sans avoir à travailler, et sortir «au plus sacrant» de la cabane d'Hervé qui était sur le point de s'écrouler.

Lumina épousa donc Maurice, le pêcheur de homard «pas mal beau, pis pas mal riche», selon la veuve Lapierre. Mais un an plus tard, on ne savait comment c'était arrivé, Maurice s'était noyé en se promenant en chaloupe... avec elle! «On disait qu'y avait pogné une crampe en se baignant pis qu'sa femme avait crié quand a l'avait vu couler à pic, précisa-t-elle. Mais j'ai toujours eu pour mon dire qu'y avait queq'chose de louche dans c't'affaire-là! Maurice savait nager, y'aurait pu s'agripper...» La veuve soupira et poursuivit son récit au grand bonheur de Jean-Marc qui en perdait des bouts, parfois, à cause de son accent, mais qui prenait des notes à n'en plus finir. Pour résumer ce qu'elle lui disait avec force et détails: Lumina avait enterré son mari, hérité de son compte en banque et de la maison qu'elle avait ensuite vendue pour aller s'installer à Havre-Aubert avec Joachim, un veuf dans la soixantaine qui avait huit enfants, tous mariés. Ce qui avait fait jaser tout le village qui avait eu vent des frasques de Lumina. On ne la regardait plus, on la croisait sans la saluer et les enfants de Joachim la fuyaient. Le plus vieux, Edmond, lui avait hurlé en plein visage qu'elle avait marié leur père pour son argent. «Parce qu'a l'avait marié, la bougresse!» précisa la belle-sœur, en ajoutant qu'Hervé et elle n'avaient pas été invités aux noces.

– En avait-il de l'argent, au moins, le vieux Joachim? questionna Jean-Marc.

– Ben, pas mal! Besogneux comme y l'avait été. Une dizaine de mille piastres pour sûr! Parce qu'y grattait, l'père Joachim, y dépensait que pour le strict nécessaire, pas une cenne de plus.

– Mais, là encore, un an plus tard, selon ce que j'ai entendu entre les branches, Joachim était retrouvé mort? ajouta Jean-Marc.

– Oui, raide comme une barre! Un violent arrêt du cœur! Y prenait plus ses médicaments pis, selon les huit enfants du vieux, c'était la Lumina qui l'avait fait crever.

– Une autre manne qui tombait? osa Jean-Marc.

– Faut croire! Toujours est-il qu'avec l'argent récolté pis la vente de la deuxième maison, a l'a sacré l'camp pis on l'a pus jamais r'vue, Hervé pis moé! s'exclama la veuve.

Jean-Marc en était resté sidéré. Il était venu aux Îles pour s'assurer de la véritable identité de Lucille, et voilà qu'il la retrouvait avec deux mariages consécutifs, deux morts suspectes et deux veuvages pas mal avantageux. Voyant que la veuve d'Hervé semblait en avoir terminé avec son «témoignage», Jean-Marc Duclos referma son calepin, mais l'Acadienne aux mains usées par les corvées ajouta de son cru:

– Pas d'enfants! A devait être stérile, la Lumina! Parce que Maurice, son premier mari, avait la forme pour lui en faire au moins douze. Y'est mort trop vite, mais a l'aurait pu être au moins en famille après un an d'mariage! C'était un chaud lapin, l'Maurice à Émile! Mais non, le ventre plat, la Lumina. Pis Joachim, malgré son cœur fatigué, si on en croit son plus vieux, y'était encore vert, vous savez!

De retour à son auberge, satisfait de ce qu'il avait inscrit dans son calepin, Jean-Marc se mit à refaire ses valises pour prendre le vol du lendemain. Pour son dernier souper à l'auberge: du hareng, du homard et des crustacés en quantité, il s'abstint de reprendre de la tarte au sucre, de peur d'avoir besoin encore une fois de ses sels digestifs. Dans la soirée, causant avec la patronne des lieux, il lui avoua que le sujet de son investigation était une certaine Lumina Lapierre, «la fille à Delphus», et l'aubergiste lui dit qu'elle ne l'avait pas aimée, cette «vlimeuse-là!» «A l'avait semé le trouble partout, pour ensuite retourner d'où a v'nait», avait-elle ajouté.

– Avec l'argent du vieux Joachim et celui de Maurice? insista Jean-Marc.

– Ben entendu! Moi, Maurice, son premier mari, j'l'ai ben connu, vous savez. Un vrai gars de par icitte, tout un mâle, fin, pis pas piqué des vers, j'vous l'dis!

– Et elle, Lumina, elle était comment? se risqua-t-il à lui demander.

– C'était une tannante de belle fille, mais sournoise et malhonnête. A parlait plus à son frère, ni à sa fiancée, devenue la veuve Lapierre, celle que vous avez rencontrée. Mais vous savez pas l'pire, vous!

– Quoi donc?

– Ben, son deuxième mari, le vieux Joachim, y'était pas encore froid qu'a couchait déjà avec un autre gars, mais a l'a ensuite planté là, celui-là. Y'aurait ben voulu la suivre, le snoreau, mais Lumina lui avait dit de déguerpir, qu'a voulait pas d'un autre Acadien dans sa vie.

Hochant la tête, se grattant le cou, l'aubergiste ajouta:

– A voulait pas qu'on sache qu'a l'était Acadienne parce qu'a l'avait pas l'accent pis qu'a parlait mieux que l'monde de par icitte! Ah! la vilaine!

287

Jean-Marc, éberlué, notait ces quelques aveux de plus dans le but d'avoir un autre témoin en main, si le cas s'avérait nécessaire. Elle lui dit aussi que lorsque le bateau leva l'ancre, personne n'avait cherché à savoir où s'en allait «la Lapierre», deux fois veuve, deux fois riche. Souhaitant ne plus jamais la revoir, le père de Maurice, les enfants de Joachim et même son propre frère, Hervé, trempèrent leurs doigts dans l'eau bénite «pour que l'bon Dieu la chasse pis que l'diable l'emporte!» laissa tomber la brave dame tout en insistant pour que l'enquêteur, «l'homme de la police», croque dans une pointe de sa tarte aux noix.

À bord de l'avion qui le ramenait à Montréal, Jean-Marc Duclos mettait ses notes en ordre tout en buvant une bière que l'on venait de lui servir. Le temps étant plus clément, il n'eut pas à se plaindre de turbulences et accepta sans rouspéter une poche d'air qui avait fait tomber son verre. «Donc, Lumina Lapierre, de Cap-aux-Meules à Sudbury, puis de retour aux Îles-de-la-Madeleine où elle épousa, l'un à la suite de l'autre, Maurice, un jeune pêcheur qui s'était mystérieusement noyé, et Joachim, un rentier qui était mort du cœur après avoir cessé de prendre ses médicaments», marmonnait le limier, en récapitulant le suivi pour le classement de ses notes. Tant de ravages en moins de quatre ans! songea-t-il. Son unique frère était hélas maintenant décédé, mais sa veuve, fort heureusement, n'avait rien oublié de cette belle-sœur... dégénérée! De retour à Sudbury chez sa «tante» d'adoption, Lumina n'y resta que le temps de s'emparer de quelques babioles qui s'y trouvaient encore et repartit vers de nouveaux horizons, sans même embrasser, ingrate comme elle l'était, celle qui s'était dévouée pour elle durant toutes ces années. Et c'est à partir de là qu'on perdit toute trace d'elle, car la cousine par alliance finit par rendre l'âme et les compagnes d'antan avec lesquelles elle devait communiquer perdirent tout lien avec elle. Disparue dans la brume, la belle Lumina que Sudbury oublia en un rien de temps. Une autre piste surgit beaucoup plus tard, alors qu'elle était au début de la trentaine, à Boston, avec Harry cette fois. Qu'avait-elle donc fait au cours de ces années égarées? Un semblant de cours d'infirmière aux États-Unis? Des choses peu honnêtes avec celui qui lui fournissait tous les faux documents qu'elle utilisait? Mystère! Elle seule le savait, cœur fermé à clé, aucun journal intime à feuilleter… Mais Jean-Marc en avait assez pour remettre un dossier étoffé entre les mains d'Alain. Avec aucune preuve à l'appui, cependant, pour l'incriminer. Quoique, parfois, la peur de celle qui se fait pointer du doigt…

De son côté, de retour chez sa promise en août, Alain avait décidé de ne pas perdre de temps. Constatant que Lucille s'affairait de plus en plus aux préparatifs de leur lune de miel, il fit mine de s'y intéresser tout autant, en lui vantant les mérites du chaud soleil de *Malibu Beach* et de l'eau bleue et bénéfique de l'océan Pacifique. Il lui promit aussi, après mûre réflexion, de poursuivre leur périple jusqu'à San Francisco et lui donna même le choix de vivre ici ou avec lui là-bas, après l'union tant souhaitée. Incertaine, elle lui répondit qu'elle allait voir si elle préférait la vie de californienne à Los Angeles à celle de paroissienne de Saint-Nicolas dans sa vieille maison de pierre. Car, avec le temps, quoique fière et dépensière, Lucille s'assagissait doucement. Ce qu'elle espérait de tout son être, c'était de vivre enfin un bonheur paisible dans les bras d'Alain. Été comme hiver, afin de chasser de sa mémoire toutes ces images noires de jadis et de… naguère!

Le samedi 11 septembre, alors qu'après une nuit mouvementée ils prenaient le petit déjeuner sur la véranda, Lucille regarda Alain et lui dit:

– Dieu, que tu es beau! Même décoiffé, mon amour… Et comme tu sens bon…

– Mon *after-shave*, Lucille, mon *Aqua Velva* de toujours.

– Tu n'aimerais pas essayer une eau de toilette? *Canoë* de Dana par…

Elle s'arrêta sec, se rendant compte qu'elle allait lui suggérer le *Canoë* qu'elle avait fait porter à Rhéaume, au temps de leur union. Elle reprit:

– Ou plutôt une eau de toilette de Givenchy ou du Danemark…

– Non, je n'aime pas ce qui sent trop fort, trop longtemps.

– D'accord, Alain, je ne dis plus rien. D'ailleurs, toi, juste avec un pain de savon… C'est l'odeur de ton corps qui m'enivre…

Sentant le moment opportun, il lui caressa la nuque, le cou, les épaules, un sein, puis afficha un air triste.

– Qu'est-ce que tu as? Tu sembles ailleurs… Quelque chose ne va pas?

– Non… non, tout va. Je pensais tout simplement…

– Tu pensais à quoi? Tu as l'air songeur, tu as même soupiré…

– Bah, rien de particulier… Juste une pensée comme ça… Mais, c'est de l'enfantillage, je crois. Passons…

– Surtout pas! À quoi penses-tu, mon bel amour?

– Tu tiens vraiment à ce que je te le dise, Lucille?

– Bien sûr! N'avons-nous pas parlé de doux partages? Je serai ta femme dans un mois, Alain, ne me cache plus rien.

– Bien, c'est que… Bon, puisque tu insistes! Je me rends compte que je n'ai rien à moi, Lucille, rien pour émouvoir la femme qui sera mienne, rien pour impressionner qui que ce soit. Comme c'est là, j'ai l'air d'un homme entretenu. La voiture, les vêtements, la montre en or... Si seulement j'avais quelque chose à moi pour prouver à tous combien je t'aime, ma chérie.

– Comme quoi? Je ne te suis pas...

– La maison, Lucille! lança-t-il, en lui caressant le bras.

– La maison? Mais elle est déjà à moi, à nous prochainement.

– Oui, mais je serais le plus heureux des hommes si je pouvais te prendre dans mes bras et te faire franchir le seuil de «ma» maison. Je me sentirais tout autre...

– C'est de... non, pas de l'enfantillage, mais est-ce bien nécessaire?

– Je suis un sentimental, Lucille, tu le sais. Je suis un homme de scénarios et celui-là serait le plus beau. Le mari, souriant, heureux, franchissant le seuil de sa demeure avec celle qu'il a choisie. J'aurais, pour une fois, quelque chose à moi...

– Mais, ça changerait quoi? Ce ne serait qu'un don de plus, non? Comme l'argent, comme la voiture... D'ailleurs, tous savent que la maison est à moi.

– Tu pourrais leur dire que j'en détenais les plus grosses parts, que c'était aussi la maison des Bréard.

– Si c'est une question d'ordre familial, de sentiment d'appartenance, je te comprends maintenant. Comme cette maison a été à ton père, à ton frère, tu la sens de ton sang, de tes racines, de ton enfance. C'est ça, non?

– Oui, Lucille, et je ne sentirais pas «ce don», pour employer ton expression, comme je l'ai senti pour la voiture et le reste. L'ayant déjà habitée, j'aurais l'impression de ne l'avoir jamais quittée. La maison de feu mon père dans laquelle entrerait ma femme! Je sais que ça te semble du cinéma, tout ça, mais je suis vulnérable et sensible quand le passé me trouble à ce point. Et une donation, ce n'est pas tout à fait un don, ma chérie. Pas quand on a encore le cœur en bandoulière…

– Grand enfant, va! Mais si ça peut te rendre heureux, pourquoi pas? Tu vois? Fragile comme tu l'es avec les souvenirs, c'est ici qu'il nous faudra vivre, Alain, pas ailleurs. Dans ces murs où tout a commencé entre nous… J'aurais peur que la force de notre amour s'étiole là-bas, tu comprends?

Il acquiesçait de la tête tout en lui caressant le genou, la cuisse, et, frémissante, elle ajouta pour clore le sujet et passer à autre chose:

– Pour la maison, tu souhaiterais que j'avise le notaire avant le mariage?

– Bien entendu, sinon, à quoi bon rêver d'en franchir le seuil avec ma femme dans mes bras.

Il avait appuyé sur «ma femme» pour qu'elle en ressente une émotion et, voyant que l'effet se manifestait, il se leva, se pencha vers elle et laissa glisser sa langue de son front jusqu'à ses lèvres pour sceller «le pacte» d'un baiser… inventé!

Lucille, sentant de longs frissons lui parcourir l'échine, laissa ses doigts glisser dans l'entrejambe de son futur mari, tout en lui murmurant entre deux zestes de salive:

– Nous ferons cela dès lundi, mon bel amour. Que pourrais-je donc te refuser? Je te donnerais ma vie!

Le soir venu, ils avaient invité Maxence et la maigrelette à venir prendre un verre à la maison. Arrivés assez tôt pour profiter des amuse-gueule, ils félicitèrent Lucille pour sa superbe robe de satin rouge et, rencontrant Alain pour la première fois, ils restèrent pantois. Yvette le dévorait des yeux et ricanait nerveusement à la moindre blague qu'il se permettait.

Maxence, pour sa part, avait murmuré à Lucille en revenant de la salle de bains: «Il est magnifique! Encore plus beau que sur sa photo! Quel sourire! Quel corps! Tu en as de la chance, toi!» Pour ensuite soupirer d'envie. Au cours de la soirée, Lucille sollicita son collègue pour qu'il lui serve de témoin une fois de plus, ce qu'il accepta avec enthousiasme. Regardant Alain, elle lui demanda:

— Et toi? Qui donc va te servir de père, mon bel amour?

— Un marguillier! J'en ai déjà parlé avec le curé. Mais ne sois pas inquiète, pas celui qui est le mari de la cousine de la vieille amie…

Ils éclatèrent de rire tous les deux et Lucille en profita pour lui caresser le genou afin d'en mettre plein la vue à ses invités qui riaient également sans n'avoir rien saisi de la blague. Ils parlèrent ensuite de tout et de rien et, pour rassurer son «bel amour», elle annonça à Maxence et Yvette qui ne quittaient pas le bellâtre des yeux:

— Alain va me faire franchir le seuil de sa maison dans ses bras. Parce que cette maison est à lui, non à moi. C'est l'héritage des Bréard, mentit-elle. Ce qui fit plus que «rassurer» Alain qui, ravi de la révélation inattendue, laissa échapper, derrière le verre qu'il portait à ses lèvres, un long soupir de soulagement.

Jean-Marc était descendu de l'avion à Montréal et, ne sachant trop comment atteindre Alain à l'insu de Lucille, il loua une voiture et alla se garer non loin de la résidence de l'avenue d'Auteuil. Patiemment, dissimulé derrière un journal, il observait du coin de l'œil la maison de pierres dans l'espoir que Lucille en sorte seule. Ce qui se produisit le lendemain, en après-midi, alors qu'il était revenu à son poste et qu'elle partait avec la voiture d'Alain. Jean-Marc repéra vite une cabine téléphonique et, de là, composa le numéro de téléphone de Lucille en souhaitant qu'Alain ne soit pas sous la douche. Au troisième coup, ce dernier décrocha:

— Oui, allô?

— Alain! Enfin! Ça fait deux jours que je suis planté dans ta rue à guetter le départ de Lucille pour t'appeler! Pas facile de te joindre quand tu es chez elle, toi!

— Jean-Marc! Tu es de retour? Comment pouvais-je savoir? Tu aurais pu téléphoner et raccrocher lorsque c'était elle qui répondait. Je t'aurais rappelé quelque part… Et puis, si tu avais laissé un message au numéro que je t'ai donné à Los Angeles, je l'aurais su, j'appelle au bureau au moins trois fois par semaine.

— Qu'importe, je t'ai maintenant! Écoute, il faut qu'on se rencontre, j'ai tout en main: son passé au complet ou presque. Toujours intéressé?

— Et comment donc! Plus que jamais! Pourquoi ne pas nous retrouver dans un endroit discret? Je lui dirai que j'ai reçu un appel d'un collègue de travail de passage et que je dois le rejoindre au *Ritz-Carlton*. Mais, en ce qui nous concerne, pourquoi pas à ton hôtel? Où es-tu descendu?

— Dans un petit hôtel de la rue Sherbrooke. Je te donne l'adresse. Tu peux venir quand?

— N'importe quand! Ce soir, si tu veux!

— Voilà qui m'arrangerait. J'aimerais bien rentrer à Calgary et m'occuper de mes arbustes et de mon terrain, mais seulement après t'avoir vidé mon sac en échange du tien, tu t'en souviens?

— Évidemment! Et le *deal* tient encore, ne crains pas!

— Alors, ce soir à huit heures, ça t'irait? Il y a un petit bar à gauche juste en entrant…

Après avoir pris note des informations nécessaires, Alain lui promit d'être là à l'heure. Jean-Marc, quelque peu épuisé par tous les déplacements sans parler du guet de deux jours au coin de la rue, sortit de la cabine téléphonique, monta dans sa voiture de location et se dirigea vers son petit hôtel où il comptait bien faire une sieste avant d'entamer la soirée.

Lorsque Lucille rentra de sa course avec des sacs de provisions plein les bras, Alain n'eut aucune peine à lui faire «gober» son supposé rendez-vous avec le collègue en question qui, avant de repartir pour la Californie, avait quelques contrats à lui faire signer.

— Je ne rentrerai pas tard, ma chérie. Tu m'attendras, dis?

— Bien sûr, mon amour. M'endormir sans toi? C'est mal me connaître…

Elle s'était approchée comme pour le taquiner de ses charmes, mais il l'avait gentiment retenue en lui chuchotant:

— Non, je te préfère toute nue! La nuit! Sur un drap de satin, ma chérie…

Lucille avait ri de bon cœur et s'était contentée d'un baiser.

Le petit hôtel en question n'était guère invitant, mais le bar était discret et, à part un homme qui buvait sa bière en causant avec le barman, ils étaient seuls, installés dans un coin plus effacé, les verres sur la table, Jean-Marc avec un dossier dans les mains.

— Alain, voici le rapport complet sur Lumina Lapierre.

— Sur qui?

— Lumina Lapierre, alias Lucy Horner, alias Lucille Voyer et combien d'autres. J'ai perdu un peu sa trace en cours de route, entre autres je ne sais pas qui est son faussaire, mais j'ai recueilli assez de détails pour que tu saches d'où vient cette femme.

– Alors, je t'écoute, Jean-Marc, je suis tout ouïe.

Solennellement, Jean-Marc étala quelques feuilles et, en bon investigateur, commença à raconter à partir de la naissance de Lucille jusqu'à son arrivée dans les parages de Rhéaume, le seul qu'elle ait peut-être rencontré par hasard. Alain écoutait et avait peine à en croire ses oreilles. Deux mariages aux Îles-de-la-Madeleine, deux morts suspectes, son frère Hervé dont elle n'avait jamais parlé, sa «tante adoptive» de Sudbury finalement trépassée, et Harry dont il connaissait l'histoire, ainsi que le vieux qu'elle avait failli déplumer à Toronto avant de rencontrer Rhéaume. Tant d'hommes, aucun amour véritable et des fins étranges pour chacun d'eux. Sans parler de Thérèse dont la vie de toute évidence, avait été abrégée... Cette femme sans scrupules qui, pourtant, semblait l'aimer éperdument puisque c'était maintenant elle qui donnait en abondance et sans méfiance. Même sa maison!

Le compte rendu sur Lumina Lapierre achevé, ils firent une pause. Alain lui posa quelques questions sur les Îles-de-la-Madeleine et Jean-Marc lui vanta la beauté des lieux, l'accueil chaleureux des Madelinots, sans oublier de lui dire qu'il n'avait jamais mangé un si bon homard de sa vie. Mais il lui parla aussi du bouilli qu'il avait trouvé trop gras et de l'embonpoint qu'il avait pris en quelques jours seulement parce que trop bien traité, trop nourri, trop gourmand, goûtant de la tarte au sucre à la tarte aux noix! Après avoir commandé deux autres verres, Alain Bréard s'empara du dossier de «l'enquêteur» en se promettant bien de le mettre en lieu sûr, mais Jean-Marc, peu rassuré, le prévint:

– Il ne faudrait pas qu'elle le découvre, Alain. Tu ne préfères pas que je le garde avec moi pour le moment?

– Bien non, comment pourrais-je l'étudier? Je dois l'apprendre par cœur pour le jour où il me servira.

– Bon, comme tu voudras. Moi, je rentre demain. Mission accomplie, mon gars. Le retraité va reprendre sa vie paisible.

– Non, pas tout de suite, je t'en prie. Je sais que tu es fatigué, que tu veux t'occuper de tes arbustes et te détendre un peu. C'est bien mérité, crois-moi, mais j'aurais encore besoin de toi. Reste une semaine de plus, Jean-Marc. Que cela! Je vais payer ton hôtel de ma poche…

– Pourquoi aurais-tu encore besoin de moi?

– N'est-ce pas à mon tour de vider mon sac? Alors, écoute-moi bien.

Avalant une gorgée de son Johnnie Walker, Alain lui défila d'un trait où il en était avec elle, avec sa vie, avec ses projets. La bouche ouverte, ayant peine à croire ce qu'il entendait, Jean-Marc commanda deux autres consommations et lui dit:

– Dans ce cas, Alain, je reste. Tu vas avoir besoin de moi. C'est lourd et risqué ce que tu t'apprêtes à faire.

Souriant et détendu, levant son verre comme pour trinquer avec son partenaire, Alain Bréard répondit simplement:

– Tu crois?

Le lendemain, d'une cabine téléphonique, Alain téléphona à Juliette qui, alarmée, voyait déjà d'un mauvais œil octobre venir. Il la supplia de reprendre son souffle et lui demanda de patienter jusqu'au samedi suivant alors qu'il irait en personne lui prouver qu'il était de bonne foi, qu'il l'aimait énormément. Elle promit de l'attendre, heureuse de reconnaître enfin, au bout du fil, «l'enfant» qu'elle avait élevé.

Une autre semaine se leva sur un lundi de pluie fine et Lucille, enchantée de sa nuit avec l'homme qui s'étirait d'aise à ses côtés, lui murmura à l'oreille: «C'est ce matin que nous passons devant le notaire, mon amour.» Il lui sourit, la caressa, l'embrassa et la serra contre son cœur. À onze heures, ce même avant-midi, après quelques papiers vite signés chez un notaire qui, les sourcils froncés, l'avait scruté d'un œil suspect, Alain Bréard était devenu l'unique propriétaire... de la maison de feu son père.

Chapitre 12

Jeudi 16 septembre, un mois jour pour jour avant son mariage, Alain, plus fatigué que de coutume après une nuit agitée, avait peine à avaler son café, pourtant léger. Il n'avait presque pas dormi, souffrant d'anxiété face à ce qu'il appelait, depuis quelque temps, «la journée». Lucille, nettement plus en forme, s'était levée du bon pied et comptait se rendre chez le dentiste en matinée puis dans un grand magasin et, après avoir avalé une bouchée, chez le coiffeur pour une teinture en après-midi. Tout cela au centre-ville. Bref, une assez longue absence que son «bel amour» attendait avec impatience. Elle partit après l'avoir embrassé et lui avoir fait remarquer: «Tu n'as pas bonne mine, toi.» Ce à quoi il avait répondu: «Une légère migraine, rien de grave. Un cachet d'aspirine et ce sera réglé.» Elle était alors sortie en lui adressant son plus joli sourire tout en ajoutant: «Je serai de retour pour le souper. Et pourquoi pas le restaurant?» Il avait acquiescé d'un signe de tête.

Lucille avait à peine tourné le coin de la rue au volant de la Corvette, qu'Alain s'empara nerveusement du téléphone.

Composant le numéro du presbytère, il demanda à parler au curé qui, par chance, était là, et non en visite paroissiale.

– Allô, j'écoute.

– Monsieur le curé, c'est Alain Bréard à l'appareil.

– Alain Br... Mais, oui! Où donc avais-je la tête? Le frère de ce cher Rhéaume! Comment allez-vous, monsieur Bréard?

– Assez bien, merci, mais j'ai une mauvaise nouvelle pour vous. Je voudrais, par cet appel, annuler le mariage prévu entre Lucille Voyer et moi.

Sursautant, ayant peine à croire ce qu'il venait d'entendre, le curé lui demanda:

– Mais pourquoi donc? Un empêchement? À un mois près, si je ne m'abuse... Vous êtes sérieux, monsieur Bréard?

– Très sérieux, et comme je n'ai pas à vous révéler cet empêchement...

– Il serait plus honnête de le faire, mon brave homme.

– Rien ne m'y oblige, monsieur le curé. Je suis désolé, mais j'annule tout simplement. Vous n'aurez qu'à rayer ce mariage prévu de votre registre, rien de plus. D'ailleurs, aucune publication n'a encore été faite.

– En effet, j'allais l'inscrire dans le bulletin paroissial de la semaine prochaine, mais je m'en abstiendrai. Madame Bréard est au courant de votre appel?

– Non, justement, et j'ai une autre faveur à vous demander.

– Laquelle?

– J'aimerais que ce soit vous qui le lui annonciez. Elle passerait au presbytère en fin d'après-midi. Elle est absente pour une partie de la journée, mais comme je sais où la joindre, je lui ferais le message que vous désirez la voir.

– Un instant! Pourquoi ne pas le lui dire vous-même, monsieur Bréard?

– Parce que ce sera plus officiel venant de vous.

– Si je comprends bien, c'est vous qui annulez le mariage, pas elle.

– En effet, voilà pourquoi j'ai besoin de votre appui.

– Dans ces conditions, c'est moi qui lui causerai le choc, non? C'est moi qui devrai faire face à son désarroi, à ses vertiges... Ce que vous me demandez là est épouvantable!

– N'êtes-vous pas un homme de Dieu? Son confesseur en plus? Est-ce si difficile pour un curé d'apprendre une mauvaise nouvelle à une de ses paroissiennes? N'est-il pas de votre devoir...

Se sentant rappelé à l'ordre, le curé l'interrompit:

– C'est bon, je le ferai, mais elle va sûrement me demander la raison... Habitez-vous encore sous le même toit?

– Oui, et en ce qui concerne «la raison», vous lui direz de s'adresser à moi, que vous n'en savez rien. En un mot, vous l'avisez et vous me la retournez. Ce qui n'est pas compliqué. Mais, venant de vous, l'annulation lui paraîtra indéniable et je serais étonné que Lucille insiste pour en connaître la cause.

– Je ferai mon devoir, monsieur Bréard, mais ce ne sera guère facile...

– Pas plus que lorsque vous donnez l'extrême-onction à un moribond pour ensuite annoncer à sa femme que vous lui avez fermé les yeux.

– Oui, bien sûr, mais entre porter les derniers sacrements et servir d'intermédiaire... Enfin passons... À quelle heure madame Bréard pourrait-elle être au presbytère?

– À l'heure qui vous conviendra, monsieur le curé, mais pas avant quatre heures, car elle sera chez le coiffeur.

– Alors, quatre heures quinze, ça irait?

– Oui, le *timing* serait bon.

– Pardon?

– Je disais que le moment serait bien choisi. Je l'aviserai du fait que vous désirez la voir et, mission accomplie de votre côté, vous n'aurez qu'à lui suggérer de venir s'expliquer avec moi.

– Oui, oui, j'ai compris. Dommage que vous ne m'en donniez pas la raison, j'aurais pu la lui divulguer en douceur...

– Non, je m'en charge. Merci et au revoir, monsieur le curé.

Un grand pas de fait! Le mariage était annulé! Alain s'essuyait le front, la migraine était vraiment tenace avec tout ce stress qui l'angoissait au fur et à mesure que la journée s'écoulait. Vers dix heures, il téléphona à l'hôtel où Jean-Marc séjournait et, le joignant au bout du fil, il lui dit:

– Tu peux sauter dans un taxi et venir me rejoindre, le premier geste est accompli: je viens d'annoncer au curé que j'annulais le mariage. J'aurai grandement besoin de toi, Jean-Marc. J'ai des tas de choses à fourrer dans les valises et j'ai un mal de tête qui ne veut pas me lâcher. Viens vite, ça va m'aider.

– Je serai chez toi d'ici trente minutes, mais c'est bien de cette façon, celle que tu m'as décrite, que tu veux procéder? Tu n'as pas changé d'idée?

– Non, le même scénario, pas un seul retrait; j'ai hâte d'en finir!

– Alors, j'arrive! Pour le mal de tête, prends du Bromo Seltzer, c'est peut-être ta digestion qui est bloquée!

Alain marchait de long en large devant les sacs de voyage qui traînaient par terre, ouverts. La journée fatidique n'allait pas être de tout repos pour lui. Jean-Marc arriva comme il l'avait dit et, rassuré, moins seul pour asséner son coup bas,

Alain lui demanda de l'aider à mettre les effets de Lucille dans les sacs et les deux valises. Une tâche qu'ils accomplirent en vitesse et avec précision, en terminant avec les fourrures que Jean-Marc entassait dans un sac, alors qu'Alain vidait l'armoire de la salle de bains de tous les articles de toilette qui lui appartenaient. Bref, en moins de deux heures, tout était emballé ou presque. Les objets oubliés allaient suivre. Jean-Marc Duclos, malgré son calme apparent, avalait de travers le sandwich au jambon qu'Alain lui avait offert. La nervosité de ce dernier déteignait un peu sur lui.

— Calme-toi, Alain, tu me transmets tes ondes négatives!

— Facile à dire, mais quand on ne sait pas à quoi s'attendre...

— Elle ne va quand même pas te planter un couteau dans le dos!

— On ne sait jamais! C'est tout un choc que je lui réserve... Elle pourrait m'arracher les yeux avec ses ongles!

— Alain, *for God's sake*, prends sur toi! Je serai là, juste derrière la porte. J'interviendrai s'il le faut. Mais change de comportement, sois plus sûr de toi, sinon c'est elle qui va t'avoir dans un tournant.

— Tu as raison, il faut que je prenne sur moi. Je n'ai qu'à penser à Rhéaume, à tous les autres...

— Là, tu parles! Fonce, Alain! Tu n'as rien sur la conscience, toi!

En début d'après-midi, peu avant deux heures, Alain était certain que Lucille était rendue chez son réputé coiffeur de l'ouest de la ville. Prenant son courage à deux mains, il téléphona et demanda à la réceptionniste si madame Bréard était déjà là.

— Elle vient tout juste d'arriver, je vous la passe, monsieur.

Alain, retrouvant son aplomb, attendit quelques secondes:

– Oui, allô?

– Lucille? C'est moi.

– Qu'y a-t-il mon bel amour? Tu t'ennuies déjà?

– Non, c'est que….

– Oh! Attends! Tu sais, le dentiste, il m'a fait mal avec sa piqûre pour geler. Une si petite carie! Impossible de manger, ce n'est pas tout à fait dégelé. Un peu plus et je retournais à la maison, mais avec ce rendez-vous chez le coiffeur, j'ai tué le temps dans les grands magasins de la rue Sainte-Catherine.

– J'imagine que tu pourras prendre une bouchée dans le coin…

– Non, j'attendrai d'être au restaurant ce soir. Ça tient toujours?

– Heu… en principe, oui, mais j'ai reçu un appel du curé. Il aimerait que tu passes au presbytère avant de rentrer. Il a des formalités…

– Ah, non! j'ai déjà tout signé! Je vais plutôt l'appeler, je n'ai pas envie de le voir, celui-là. Il parle trop!

– Lucille! C'est sans doute important. Un court arrêt… Vas-y et dis-lui que tu es pressée, que tu as une sortie.

– Il aurait pu te dire de quelle formalité il s'agissait! Tu es le futur mari, pas n'importe qui! Ah! Quel imbécile!

– Allons, ne le traite pas de la sorte devant les coiffeurs, ce n'est guère élégant. Fais ce petit détour, ne le laisse pas te garder longtemps et, après, nous pourrons nous préparer pour la sortie.

– Bon, j'irai, c'est sur mon chemin… Mais là, je te laisse avant que Gérard s'impatiente. Je ne suis pas sa seule cliente. Je t'embrasse, mon amour, je t'aime, je…

– Pas trop, Lucille, on t'écoute.

– Et puis? N'est-ce pas normal pour une femme éprise de parler de la sorte à son futur mari? Tu devrais voir: Gérard sourit; les autres aussi. Cette fois, c'est vrai, je raccroche, on veut me faire belle.

– À plus tard, Lucille.

– Et n'oublie pas de mettre ton plus bel habit, mon amour!

Ils raccrochèrent, et Lucille, incommodée par cette visite à faire au curé, avait été quelque peu déçue d'entendre Alain lui dire «à plus tard, Lucille» et non «à plus tard, ma chérie».

Après avoir raccroché, la sueur encore au front, Alain regarda Jean-Marc qui lui dit:

– Bien joué. Un point de plus en ta faveur.

– Ne calcule rien, je t'en prie, c'est déjà assez pénible… S'il fallait qu'elle appelle le curé au lieu de s'y rendre? Tout est possible avec elle…

– Qu'à cela ne tienne. Le curé n'aurait pas d'autre choix que de lui dire au téléphone que le mariage est annulé. Elle reviendrait donc ici et tout se poursuivrait comme tu l'as planifié…

– Tu as raison… Tu as toujours raison! Dieu que je suis bête! Mais je suis tellement nerveux et j'ai encore ce fichu mal de tête.

– Il ne te quittera pas, endure-le, c'est l'anxiété qui le nourrit… Demain, tu ne le sentiras plus.

– Je sais, je sais, mais d'ici ce soir, quel enfer…

– Dis-moi, Alain, la maison, elle est à toi maintenant, mais les meubles, les tableaux, les lampes, les tapis?

– Lucille me l'a cédée avec tout son contenu, meubles inclus, sauf ses effets personnels, bien entendu. C'est elle qui a ajouté cette clause chez le notaire qui me regardait de travers. Je t'avoue que moi, je n'y aurais pas pensé.

– Il faut vraiment qu'elle t'aime pour faire une telle chose…

– Arrête! Ne tourne pas le fer dans la plaie! Je me sens assez mal à l'aise comme ça! C'est chien ce que… ça m'angoisse terriblement. Je n'ai pas l'habitude de faire mal…

– Alain! Pense à Rhéaume! Il est au cimetière à cause d'elle, j'en suis sûr! Elle aurait sans doute pu le sauver…

– Oui, je sais, mais c'est avec elle que j'ai vécu, pas avec lui. Je l'ai quand même leurrée, cette femme-là.

– Ah, non! Pas de culpabilité! Commence pas à ramollir, toi! Tu l'as dit: tu as été un honnête homme toute ta vie. C'est elle qui a été fautive et sans scrupules. Pense à tous ces hommes, pense à Maurice mort noyé dans la vingtaine, à Harry qui a perdu la vie dans la trentaine. C'est pour tous ceux qu'elle a malmenés que tu te révoltes, Alain, pas juste pour ton frère. Plus diabolique qu'elle…

– Oui, je sais, et je vais lui faire face, ne crains pas. Mais ça va être le plus dur affrontement de ma vie, je le sens!

Lucille avait quitté le salon de coiffure vers trois heures trente. Pimpante, les cheveux d'un noir jais avec ses quelques cheveux gris camouflés par la teinture, elle arborait un superbe chignon tressé de main de maître dans lequel le coiffeur avait agrafé une rose dorée. Maquillée à outrance, vêtue de rouge, sa couleur préférée, elle se sentait très belle, mais ennuyée d'avoir à perdre du temps avec ce vieux curé. Elle stationna non loin du presbytère et, d'un pas alerte, se dirigea vers la porte où elle sonna. Une domestique à la tête blanche lui ouvrit:

– Bonjour, madame Bréard. Donnez-vous la peine d'entrer, je vais prévenir monsieur le curé de votre arrivée. Passez à la salle d'attente, il sera avec vous dans les minutes qui suivent.

Lucille fit les cent pas dans cette petite salle, reluquant entre les fougères les photos de l'église depuis sa fondation, ainsi que celles des curés qui avaient précédé celui qu'elle allait rencontrer ce jour-là. Le voyant pénétrer dans la pièce, solennellement, sans grand enthousiasme, Lucille devina sur-le-champ que quelque chose n'allait pas.

– Madame Bréard, prenez un siège, je n'en aurai que pour quelques minutes. Comme il n'y a personne d'autre que vous et moi, ce sera discret, n'en doutez pas.

– Discret? Pourquoi donc? Ne suis-je pas ici pour remplir un formulaire ou quelque chose du genre?

– Heu… non, pas exactement… J'ai une mauvaise nouvelle pour vous, madame Bréard: le mariage est annulé.

Étonnée, croyant à une méprise, elle balbutia nerveusement:

– Annulé? J'ai bien compris? Il y a sûrement erreur, nous sommes à…

– Oui, je sais, l'interrompit-il, nous sommes à un mois de l'événement, mais le mariage a été annulé ce matin.

– Voyons donc! Par qui?

– Par votre futur mari, madame, au bout du fil.

– C'est sûrement une mauvaise blague de la part de quelqu'un, j'ai parlé à Alain juste avant de…

Elle s'était arrêtée. Elle ne comprenait guère, mais sa méfiance habituelle venait d'éclaircir ses pensées.

– Juste avant de venir me voir, madame Bréard, je sais, c'est lui qui m'a demandé de vous informer personnellement de l'annulation. Et ce n'était pas quelqu'un d'autre, j'ai causé assez longuement avec lui pour le reconnaître. D'ailleurs, ne vous a-t-il pas téléphoné lui-même pour vous aviser de passer me voir?

– Mais, voyons, c'est impossible! Nous parlions encore des témoins hier… Il me disait avoir réservé un de vos marguilliers!

– Ah, oui? Je n'en savais rien, et pourtant…

– Écoutez, monsieur le curé, je n'ai pas de temps à perdre et je n'aime guère cette situation embarrassante. Pourquoi Alain aurait-il annulé notre union? Quelle raison vous a-t-il donnée?

– Aucune et c'était là son droit. Il préfère vous en parler lui-même.

– Voyons donc! Êtes-vous de manigance? Comment pouvez-vous accepter une annulation sans raison valable? Vous parlez à votre plus généreuse paroissienne, monsieur le curé, ne l'oubliez pas et ne jouez pas avec moi!

– Madame Bréard, je vous en prie, calmez-vous! Vous êtes ici au presbytère, n'élevez pas le ton, vous devenez impolie. On peut annuler un mariage le matin même des noces si l'un des deux conjoints décide de répondre «non». Alors, un mois avant…

– Passez-moi un téléphone, je veux en avoir le cœur net!

– Non, madame, pas ici, vous êtes à deux pas d'un lieu saint. Rentrez à la maison et expliquez-vous avec lui. Je n'ai fait que mon devoir en vous en informant. J'ai tout tenté pour qu'il le fasse lui-même, mais il a insisté pour que vous l'appreniez de moi, pour que ce soit plus officiel. J'ai déjà rayé l'événement de mon registre, madame Bréard. Juste avant qu'on songe à publier les bans.

– Si vous êtes de connivence, je ne remettrai plus jamais les pieds dans votre église et les dons que je vous faisais…

– Pas de menaces, ma chère dame, vos dons étaient faits au bon Dieu, pas à moi.

– C'est quand même pas le bon Dieu qui se promène en Oldsmobile, monsieur le curé!

Le laissant sans réplique, elle tourna les talons, regagna sa voiture et eut peine à reprendre son souffle. Tardant à repartir, inquiète jusqu'aux tripes, elle ne pouvait s'imaginer qu'Alain puisse faire une chose semblable. Pourquoi? Il l'aimait, elle l'aimait… Pour quel motif? La tête lui tournait, elle avait des rougeurs au front, sa main tremblait sur le volant. Puis elle se décida et démarra pour vite se stationner, un coin de rue plus loin, dans l'entrée de la maison. Le souffle court, elle regarda et ne le vit pas à la fenêtre comme de coutume quand il entendait le moteur gronder. Retrouvant sa fierté, la tête haute, plus ou moins calme cependant, elle grimpa les marches et déverrouilla la porte de chêne.

Dès qu'ils avaient entendu le moteur de la Corvette s'éteindre, Jean-Marc s'était dissimulé dans la cuisine où elle ne pourrait le voir, alors qu'Alain, dans le salon, l'attendait de pied ferme avec un scotch à la main. De pied ferme, mais d'une main faible, car il avait peine à tenir son verre tellement l'affrontement l'angoissait. Surgissant telle une louve, l'apercevant, au lieu de crier, Lucille lui dit tout doucement:

– Dis-moi que ce n'est pas vrai, Alain, dis-moi que je rêve…

Il la regarda, baissa les yeux puis, les relevant, il lui répondit:

– C'est pourtant le cas, je ne peux pas t'épouser, Lucille.

– Mais… mais, pourquoi?

Pour toute réponse, il lui tendit une photo sur laquelle on pouvait le voir avec une femme et un enfant. Ahurie, elle le regarda. Comme elle ne semblait pas comprendre, il ajouta:

– Ma femme, Linda, et mon fils, Steve.

Lucille crut défaillir. Laissant tomber la photo sur la table, elle se versa un scotch et lui dit avec colère:

– Tu es marié, Alain? Tu étais marié…

– Je le suis encore. Depuis quinze ans. Linda travaille avec moi aux États-Unis. Notre fils a treize ans.

Figée par la stupeur, effondrée, elle lui dit sans encore s'emporter:

– Donc, tu m'as dupée depuis notre rencontre. Tu m'as laissé croire que tu étais libre, tu m'as fréquentée, tu as même accepté de m'épouser et, durant tout ce temps, je t'ai cru, je t'ai aimé… Et je viens de te céder ma maison, Alain.

– La maison de Rhéaume, Lucille. La maison des Bréard. Celle qui nous revenait de droit et dont tu t'es emparée. Tu as même avoué devant tes amis qu'elle était notre héritage.

Ne l'écoutant pas, elle poursuivit:

– Je t'ai donné de l'argent, je t'ai acheté une voiture, des vêtements, des bijoux…

– L'argent de Rhéaume, Lucille, et l'auto comme tout le reste a été payé avec l'argent de mon frère.

Les yeux maintenant remplis de hargne, l'écume à la lèvre, elle enchaîna:

– Sais-tu que tu es monstrueux, Alain Bréard? Ta femme sait-elle que tu m'as fait l'amour plus d'une fois comme un animal?

– Oui, elle était au courant de notre liaison, mentit-il. Cela faisait partie du défi…

– Un défi? Lequel? Reprendre la maison pour payer tes dettes? Sais-tu que c'est de l'escroquerie ce que tu as fait, minable petit producteur? Mais tu ne vas pas t'en tirer comme ça, crois-moi! Je vais te traîner en justice!

Le ton avait monté et, bien armé grâce au dossier, Alain se préparait à abattre ses cartes mais, sans le laisser répondre, elle ajouta d'un ton méprisant:

– Comment peux-tu, lâche que tu es… Je n'ai jamais mis personne dans la rue, moi!

– Non, tu les as mis six pieds sous terre, Lumina Lapierre!

À ces mots, Lucille devint blême et se leva pour s'agripper à un fauteuil. Voyant qu'il la bravait du regard, elle lui dit:

– Tu as fouillé dans mon passé… Comment as-tu osé? Et puis, qu'est-ce que ça change, un lieu de naissance? Qu'est-ce…

– Ça change tout! Tu t'es mariée avec Rhéaume sous un faux nom avec un faux certificat de baptême! Même avec mon frère mort, ce mariage pourrait être annulé! Et puis là, tu vas t'asseoir et m'écouter, la Lapierre!

À son nom répété de façon familière, Lucille ne put s'empêcher de réagir et, d'un bond, lui lança le contenu de son verre au visage.

– Tu vas me respecter, Bréard, sinon…

– Sinon quoi? Tu vas peut-être tenter de me noyer comme tu l'as fait pour Maurice, Lumina?

Stupéfaite, la bouche ouverte, elle avait le visage crispé par la honte, et à ce moment, un bruit parvint de la cuisine:

– Qui est là? cria-t-elle à Alain. Ta femme? Ta sœur?

Les portes battantes s'ouvrirent et Jean-Marc fit son apparition. En l'apercevant, elle fut deux fois plus en furie et lui cria:

– Espèce de salaud! Vous étiez son complice! Je vais vous dénoncer, je vais vous faire incarcérer!

– Vraiment, madame? Sous quel motif? Celui d'avoir retracé vos origines et éclairci votre douteux passé? Continue Alain, tu n'as rien à craindre, parle-lui encore de Maurice.

Blanche comme un suaire, écrasée, Lucille réussit à s'asseoir dans un fauteuil et ne sachant que dire, elle entendit Alain lui débiter:

– Tu avais deux ans quand ta mère t'a donnée en adoption à la cousine de Sudbury. Parce que tu tapochais ton petit frère, Hervé, que tu le pinçais jusqu'au sang. Et tu faisais la même chose chez ta tante à tes petites copines, jusqu'à ce que celle qui t'élevait te pince à son tour pour te faire comprendre. Puis tu es retournée à Cap-aux-Meules aux Îles-de-la-Madeleine pour les funérailles de ta mère. Ton frère Hervé n'est plus de ce monde mais sa veuve, ta belle-sœur, mère de neuf enfants, se souvient de ton passage. Pas seulement elle, Lucille, tout le village! Maurice, le jeune pêcheur de homard que tu as épousé et qui s'est noyé mystérieusement l'année suivante... C'est bien cela, Jean-Marc?

– Oui, et vous étiez dans la chaloupe, madame.

– Un gars qui savait nager et qui est mort d'une supposée crampe. Alors qu'il n'aurait fallu qu'une bouée ou simplement lui tendre une rame. Tu me suis, Lucille? Une maison à toi, son compte en banque, la maison vendue, et ton arrivée chez le vieux Joachim, en âge d'être ton grand-père! Pour ses beaux yeux, j'imagine?

– Arrête, Alain! Tu me dégoûtes! C'est un tas de mensonges!

Mais sûr de lui, parti sur son élan, Alain poursuivit sans merci:

– Les enfants de Joachim te détestaient! Le plus vieux souhaitait que tu crèves en chemin mais non, c'est le vieux qui a levé les pattes un an plus tard, faute d'avoir pris ses médicaments pour le cœur. Comme si on le lui avait conseillé... Mais passons. Une autre maison vendue, l'argent du vieux à ton nom, veuve une deuxième fois et, finalement, le bateau pour quitter les Îles et retourner à Sudbury, la sacoche bien remplie. À partir de là, après avoir fui l'Ontario, traces perdues…

– Vous avez manqué de souffle, monsieur l'enquêteur? lança-t-elle d'un ton moqueur à Jean-Marc.

– Pour mieux le retrouver, madame. Continue, Alain.

– Harry Lawrence, ça te dit quelque chose, Lucy Horner?

Elle pâlit davantage, regarda Jean-Marc et lui lança d'un ton désagréable:

– Vous êtes une belle ordure!

– Merci, madame, c'est ce que je me suis fait dire toute ma vie! Vous savez, les investigateurs, ce n'est guère considéré, mais…

– Tu es mal placée pour le traiter de ce nom! hurla Alain. Tu as forcé l'Américain à t'épouser! Et ensuite, maison acquise, argent dans ton compte, il a péri dans un accident, mais pas comme tu l'avais dit à Rhéaume ou à d'autres: les freins de sa voiture ont manqué à un moment bien précis. Compte-toi chanceuse que sa sœur n'ait pas insisté pour qu'on enquête davantage. Une fois de plus mariée sous un faux nom comme avec d'autres, sans doute, dont on n'a pas de trace. Lucy Horner n'a jamais existé! Si la sœur de Harry l'apprenait, Lucille, elle pourrait encore te réclamer l'argent que son frère t'a laissé. Je te regarde et tu me fais peur! Tu crois vraiment que j'aurais épousé une femme aussi fautive?

– Fautive ou pas, tu étais marié, Alain Bréard! C'est inconcevable ce que tu as fait là! Répugnant même! Avec la bénédiction de ta femme! Sans doute une gourde pour te laisser jouir avec moi comme un cochon de la pire espèce! Lui as-tu raconté en détail ce que nous faisions dans un lit, toi et moi? Ou sur le bras du divan comme sur le coin du tapis? Même vous, Jean-Marc, en seriez scandalisé! Une bête de sexe, ce monstre-là!

Furieuse, les yeux sortis des orbites, on sentait qu'elle aurait voulu tuer celui qu'elle avait tant aimé. D'autant plus que, faisant fi des injures, Alain continuait:

– Puis après Harry, le vieil Anglais de Toronto qui aurait pu être dépouillé, mais qui est mort de sa belle mort avant d'être ruiné. Celui qui payait toutes tes dépenses alors que tu le trompais avec d'autres, plus jeunes. Celui qui t'a donné ton manteau de vison, Lucille! Celui qui t'a comblée de tout ce que tu possédais quand tu as rencontré Rhéaume.

Anéantie ou presque, elle ne parlait plus. Elle avait peine à croire qu'en un seul après-midi tout soit détruit. Son amour fou pour lui, son mariage prochain et son «aisance», puisqu'elle sentait déjà qu'elle sortirait de cette «trahison» dépossédée de tout. Or, pour tenter de sauver ce qu'elle croyait être en droit de s'attendre, elle changea d'attitude et se mit à sangloter en disant à Alain:

– Ne me parle plus de Rhéaume, je t'en supplie. Je n'ai rien pu faire pour lui, il est mort sur le coup. Et vous, Jean-Marc, cessez de me harceler avec le décès de votre sœur, je ne lui ai pas donné de narcotiques, je n'en avais pas le droit. J'ai été toute ma vie une victime des circonstances, Alain, et au moment où le bonheur me souriait enfin, voilà que je reçois un coup de masse sur la tête. Tout s'effondre... Notre mariage, notre belle vie à deux, notre voyage de noces en Californie. Quel être immonde tu as été... Me faire miroiter un avenir sous le chaud soleil de Los Angeles, alors que tu avais une femme et un enfant installés dans ton appartement et dans ton cœur. Comment as-tu pu me jouer une telle comédie? C'est odieux! C'est inhumain, Alain! Je ne méritais pas un tel sort. Je n'ai rien à me reprocher, je te le jure!

314

– À d'autres! lança-t-il, quoique attendri devant ses larmes. Écoute, Lucille, je ne te veux pas de mal pour autant. Tout ce que je te demande, c'est de partir, de t'éloigner de moi, de ne jamais revenir.

– Rends-moi au moins la maison, tout ce qui s'y trouve m'appartient. Pars, toi! C'est à toi à sortir de ma vie… Tu t'y es infiltré, tu as abusé de mes largesses. Garde la Corvette, retourne d'où tu viens, mais laisse-moi au moins ce qui était à moi…

– Non, Lucille. Que tes vêtements et tes effets personnels qui sont déjà prêts à te suivre. Dois-je te répéter que nous pourrions faire annuler ton mariage contracté avec Rhéaume? Alors n'insiste pas. Tu pars avec ce que tu as sur le dos et en taxi, la voiture est à moi. Tout est à moi. C'est l'héritage de mon frère que j'ai repris, Lucille. Pour le partager avec ma sœur. Les biens de la famille, quoi!

– Il te fallait être sournois à ce point pour tout reprendre? Il te fallait me ruiner? Tu aurais pu me demander…

– Tu sais très bien, Lucille, pour ne pas dire Lumina, que c'était la seule façon de rendre justice à Rhéaume. Tu l'avais presque délesté de sa fortune avant qu'il rende l'âme. Tu as encore de l'argent? Alors pars, disparais, tes bagages sont prêts. Tu as appelé le taxi, Jean-Marc?

– Misérable! Espèce de lâche! Voleur! Dévaliser une veuve! S'emparer de ses biens! Il y a des tribunaux pour les gigolos de ton espèce!

Sur ces mots, déchaînée, elle arracha la rose dorée de son chignon et la lui lança en plein visage! Puis apercevant dans l'un des sacs son unique portrait de noces avec Rhéaume pris devant le buisson fleuri, elle s'en empara, le piétina et le projeta sur le mur en lui criant:

– Garde aussi ton imbécile de frère! Je ne veux plus jamais revoir la face d'un Bréard!

– Si j'étais vous, madame, je n'irais pas plus loin, lui dit Jean-Marc, parce qu'il y a aussi des tribunaux pour les femmes de votre genre. Si j'ouvre mon dossier au lieu de le refermer, vous risquez fort de vous retrouver dans de mauvais draps. Il ne me manque que quelques preuves… Vous auriez donc intérêt à partir sans laisser de traces, sans faire de bruit, vous comprenez? Cette fois, la partie est perdue. Voilà le taxi qui arrive, je peux vous aider avec les bagages…

Le regardant d'un air hautain, elle lui répondit:

– Non merci, le chauffeur en viendra à bout. Je ne veux pas de vos mains sales sur mes sacs de voyage. Et que le diable vous emporte, Jean-Marc! Vous êtes un minable! Vous… vous ne valez pas plus cher que votre sœur qui était une épave!

Jean-Marc faillit sortir de ses gonds, mais Alain le retint.

– Elle nous cherche, ne réagis pas. Laisse-la partir, laisse-la vite sortir de ma vie.

Le chauffeur s'empara des sacs et des valises, et dit à sa cliente:

– Il va falloir vous asseoir à l'avant, madame. Il n'y a plus de place à l'arrière avec le *stock* que vous avez. Le coffre aussi est plein. Vous partez pour un long voyage?

Voyant qu'elle ne répondait pas, il revint à la charge:

– Vous allez où avec tout ça?

– Je vous le dirai en cours de route, monsieur, pas devant eux.

Alain la regardait descendre les marches et, le cœur un peu serré malgré tout, lui dit sans élever le ton:

– Tu peux toujours appeler s'il te manque des choses… Avec une adresse à faire suivre…

Se retournant, le regardant avec des yeux de louve, elle lui répondit doucereusement:

– Pas nécessaire, il me reste encore quelques sous, comme tu dis. Pas beaucoup, mais assez pour subsister jusqu'à…

Avec un sourire narquois qui en disait long, elle ajouta:

– Jusqu'à ma prochaine destination, Alain Bréard.

Installée dans la voiture, elle regarda la maison de pierres une dernière fois et Alain put discerner des larmes sur ses joues. Ému, se retournant pour que l'épuisement ne le rende pas vulnérable, il allait refermer la porte lorsqu'elle lui cria de la fenêtre de la voiture:

– Je te souhaite de pouvoir dormir ce soir, avec ce geste sur la conscience! Tu verras, les remords ne s'effacent pas!

La regardant, retrouvant son hostilité, il lui répliqua:

– Foi de Lumina?

La voiture se mit en marche et Lucille, ébranlée par les événements soudains, semblait avoir perdu la raison. Ce qui inquiéta le chauffeur qui lui demanda encore une fois:

– Pour aller où avec tout ça, madame?

Les yeux dans le néant, elle lui répondit:

– Je ne sais pas, mais commencez par passer devant l'église dont vous voyez le clocher. J'étais la paroissienne la plus riche du quartier et ma générosité va sûrement manquer au curé. Puis continuez, descendez en ville, je trouverai un hôtel quelque part. L'homme que vous avez vu, mon «mari», m'a tout pris. Il m'a volée, puis trahie!

– Vous devriez le dénoncer à la police, madame.

Regardant le chauffeur avec ses yeux noirs maquillés de gris, elle lui fit presque peur en lui criant, dans un état second:

– Est-ce que je vous ai demandé votre opinion?

Restés seuls, Alain et Jean-Marc, sentant leur tension se relâcher, décompressaient en prenant un verre. Embarrassé, pantois, tournant en rond, le nouveau propriétaire des lieux dit à l'investigateur:

— J'avoue que je me sens mal dans cette affaire. Je l'ai dépossédée de tout. Sans compter tout ce qu'elle m'avait donné… J'ai l'impression d'avoir fait un coup bas.

— Ne commence pas à regretter ton geste, toi! Pense à tout ce qu'elle a fait aux autres! Elle était en train de ruiner ton frère, et si l'angine ne s'était pas chargée de le délivrer de cette criminelle, elle aurait trouvé le moyen de le faire trépasser, Alain! Comme elle l'a fait avec les autres! Bref, tous ceux et celles qu'elle voyait comme des obstacles, Thérèse incluse! Une seule plainte déposée de la part de la sœur de Harry et je suis certain que la justice s'en serait chargée. On n'aurait plus entendu parler d'elle! Cette femme est une vipère! Pense à son premier mari, un gars de vingt-quatre ans, fort et en pleine santé. Un jeune homme dans la fleur de l'âge qu'elle a laissé se noyer. Elle a dû se dépêcher de ramer, la démone, de s'éloigner de lui pis le regarder couler. En restant de marbre! Comme son cœur, Alain! Non, tu n'as pas à t'en faire. Il fallait un vengeur pour tous ceux qui ont été ses victimes et c'est toi que le destin a choisi. Je suis certain que, de l'autre côté, Rhéaume, Thérèse et les autres, doivent être fiers de la voir payer sur Terre les méfaits qu'elle a commis. Tu les as vengés, Alain! Elle a fini de se servir des hommes comme s'ils étaient des bêtes de somme! Tu aurais pu être le suivant, tu sais. On a beau être bon au lit, c'est pas un passeport à vie, ça! Un autre plus jeune serait arrivé, elle aurait pu flancher et, en te comparant, elle se serait peut-être tannée et aurait tenté de t'écarter de sa route… Dieu, merci, tu étais marié! C'est sans doute ce qui t'a empêché de tomber dans ses griffes. Je me demande même comment elle aurait réagi si je n'avais pas été là pour t'assister cet après-midi. Folle comme elle est, dans une crise de rage comme avec la photo… Mes menaces lui ont fait peur. Elle a préféré s'éclipser en douce sachant qu'en poussant un peu l'enquête, j'aurais pu la faire emprisonner. Non, tu n'as pas à éprouver ni remords ni regrets, Alain. Tu as fait ton devoir; tu as repris les biens de la famille, rien de plus. Tu as été plus habile qu'elle: tu l'as déjouée…

– Je suis d'accord avec bien des parties de ton discours, mais avoue qu'il contient plusieurs hypothèses. Je ne crois pas qu'elle m'aurait laissé pour un autre avec le temps. Elle était très éprise et, l'âge avançant… Et si j'ai pu la déjouer, comme tu dis, c'est parce qu'elle m'aimait, Jean-Marc. Et c'est ça qui me rend mal à l'aise. Pour la première fois, elle aimait vraiment un homme à qui elle a tout donné aveuglément… J'ai quand même trahi sa confiance. J'ai un peu de difficulté à m'enlever cela de la tête, malgré tout ce que tu viens de dire, Jean-Marc. Ce matin, c'était encore le paradis pour elle et, d'un coup sec, je la plonge en enfer.

– C'est encore moins pire que pour les hommes qui lui avaient fait confiance et qu'elle a enfouis dans un cimetière!

Pensif, laissant échapper un soupir, Alain s'exclama tout bas:

– Heureusement que tu es là pour me redonner bonne conscience, toi!

– Parce que tu n'as rien à te reprocher! Moins que rien! Tu as mis un terme à ses manigances et elle peut se compter chanceuse d'être libre avec encore un compte en banque. Elle va se remplumer, t'en fais pas. Ce genre de femmes ne change pas. C'est de la mauvaise graine de la naissance jusqu'à la mort. Elle va se renflouer quelque part, je le sens. Mais tant pis pour les suivants! Moi, j'ai vengé Thérèse, et toi, Rhéaume.

Sans savoir qu'on allait aussi en venger quatre autres, sans compter ceux qu'elle a peut-être éliminés au cours des années dont on n'a pas trouvé trace.

– Tu as raison, Jean-Marc. Je dois passer à autre chose, j'ai une femme et un fils qui m'attendent en Californie. Linda a été très patiente en me laissant partir si souvent, si longtemps. Elle a aussi été fort indulgente, sachant que Lucille était éprise de moi… Remarque que je compte sur ta discrétion… Bon, je reprends le cours de ma route, mais je te demanderais de rester avec moi quelques jours. Pour être franc, je crains ses représailles, je n'aimerais pas la voir surgir en pleine nuit… Tu saisis?

– Alors, je vais rester, j'ai tout mon temps et mes arbustes attendront. Mais dès maintenant, il faut changer toutes les serrures de la maison ainsi que le numéro de téléphone. Je vois qu'elle a laissé les clés de la voiture sur la table… Rien d'autre à signaler, Alain?

– Non, je ne vois rien d'autre dans l'immédiat. Tu as pensé à tout dans ce que tu viens d'énumérer. Passe-moi mon carnet d'adresses sur la table à côté de toi, j'ai le numéro d'un bon serrurier près d'ici.

Le soir venu, encore sous le coup de la stupéfaction et de la rage, Lucille, seule dans une petite chambre d'hôtel avec ses bagages en consigne, se demandait comment se sortir de cette impasse. Consciente qu'elle aurait pu être poursuivie en justice avec tout ce que l'enquêteur avait dans ses dossiers, tout ce qui lui importait maintenant, c'était de sauver sa peau. Elle avait certes encore à la banque quelques milliers de dollars, mais pas assez pour assurer sa survie indéfiniment. Elle jonglait, elle vociférait, elle s'emportait contre l'homme qu'elle avait aimé et qui l'avait dupée. Le premier véritable amour de sa vie, le seul, l'unique, et elle avait été trompée. Juste retour du balancier, si elle avait songé un instant à tous ceux qu'elle avait bernés. Mais Lucille s'en voulait de s'être laissée prendre au piège. Elle aurait dû se méfier du fait qu'il lui interdisait de lui téléphoner lorsqu'il était en Californie. Elle aurait dû se douter qu'un tel homme, aussi mâle, aussi viril, aussi séduisant qu'Alain Bréard devait avoir une ou plusieurs femmes dans sa vie. Mais le coup était dur à encaisser. Non seulement il avait une femme dans sa vie, mais une épouse en bonne et due forme, et un fils de treize ans en plus. Comme elle se trouvait gauche d'avoir été aussi naïve. Habile, il avait fait en sorte qu'elle en tombe amoureuse. Aveuglément! En y allant d'abord des vertus du corps, puis de celles de son cœur. Il l'avait séduite sur un tapis! Sur un grossier coin de tapis, elle qui ne prisait pourtant guère l'inconfort. Puis sur un bras de divan en l'embrassant si fougueusement qu'elle aurait pu jurer qu'il l'assaillait. Il lui avait fait aimer «l'homme», elle qui ne s'était jamais laissée prendre au point d'en jouir, par aucun. Il l'avait contrainte à tout faire, même des bassesses, elle qui faisait mine, avec les autres, d'apprécier de simples caresses. Fallait-il qu'elle l'ait aimé, ce monstre d'homme! Il avait repris la maison, ce n'était pas ce qui l'insultait le plus, ce n'était guère une perte, elle y tenait si peu. Mais il avait fait injure à son intelligence et déjoué sa méfiance et son discernement pour en faire un paquet qu'il avait jeté aux ordures. La perte de sa dignité, quoi! Voilà ce qui grondait dans le cœur de pierre de la présumée meurtrière. Comme elle le haïssait, Alain Bréard, ce soir-là! Comme elle lui en voulait de s'être servi de son savoir-faire et d'avoir abusé d'elle, physiquement, pour parvenir à ses fins. Elle en serrait encore les poings! Du jour au lendemain, la paroissienne altière et respectée du curé se retrouvait avec «son linge», telle une criminelle, dans une quelconque chambre d'hôtel.

Prenant une grande respiration, chassant pour un instant ses noires pensées, elle composa le numéro de téléphone de Maxence. De retour de sa longue journée de travail, épuisé, il répondit faiblement:

— Bonsoir… Qui est là?

— Maxence? C'est Lucille! Je ne te dérange pas?

— Non, pas du tout, je me remets du boulot. J'écoutais un microsillon de Claude François et je…

— Écoute, Maxence, j'ai besoin de ton aide, le mariage est annulé.

— Quoi? Annulé? Qu'est-il arrivé? Ton beau Alain…

— Je l'ai quitté! Ça ne fonctionnait plus, je le redoutais comme la peste!

— Tu l'as quitté? Pourquoi ne pas l'avoir mis à la porte, Lucille?

— Parce que… je te l'ai dit ainsi qu'à Yvette lors de votre visite: la maison était à lui. Son frère lui en avait légué la majeure partie et il avait racheté ma part. C'est donc moi qui ai dû partir avec mes effets personnels. Mais qu'importe, je n'aurais pas été heureuse avec lui.

— Lucille! Tu l'aimais tant! Tu le trouvais si séduisant!

— Oui, je sais, mais je me suis ouvert les yeux juste à temps. Cet homme était un profiteur, il m'aurait lavée de tout mon argent! Bref, je n'entrerai pas dans tous les détails, mais comme c'est là, je me retrouve dans une petite chambre d'hôtel avec six sacs de voyage et deux valises pleines. Crois-tu être en mesure de m'héberger Maxence? Juste le temps de me remettre sur pied?

– C'est que… heu, je ne vis plus seul, Lucille. Je ne voulais pas en parler trop tôt, mais j'ai rencontré… Et là, je n'ai plus de place. À deux, tu sais…

– Oui, je présume… Je suis heureuse pour toi cependant. Mais dis-moi: penses-tu que la maigrelette…

– Yvette? Voyons, Lucille! Elle vit dans un trois pièces avec sa vieille mère malade!

– Bien, là, je suis mal prise! Je n'ai pas l'intention de louer quoi que ce soit, je dois partir bientôt pour Toronto.

– Pour un voyage ou pour t'y installer?

– Heu… Ni l'un ni l'autre, mais j'ai une amie en banlieue dans ce coin-là qui pourrait sans doute m'aider à reprendre mon souffle, mentit-elle.

– Alors pourquoi ne pas t'y rendre plus tôt?

– C'est probablement ce que je vais faire, mais à défaut de m'héberger, pourrais-tu me rendre au moins un service?

– Dans la mesure du possible, oui.

– Je voudrais ne prendre avec moi que le strict nécessaire, deux sacs de voyage tout au plus: mes cosmétiques et mon sac à main. Je prendrais mon imperméable noir, mais je n'ai pas envie de trimballer tout le reste. Tu accepterais de garder, pour quelques jours, mes autres vêtements et mes manteaux de fourrure? Que ça, Maxence!

– Oui, pas de problème; j'ai un grand *locker* dans lequel je peux tout ranger. Tes fourrures, je les garderai en haut, cependant. Tu les reprendras quand, tes affaires?

– Je te ferai parvenir une adresse où les faire suivre, et je te dédommagerai, bien entendu. Donc, ça pourrait aller?

– Absolument! Si ça peut t'être utile, Lucille.

– Tu m'enlèves une épine du pied! J'appelle un taxi et je te fais livrer les bagages et les fourrures dès ce soir. Ça te va?

– Heu… oui, je suis pas mal crevé, mais à deux, on va en venir à bout. Comme tu sais où tu t'en vas, tu n'aurais pas un numéro de téléphone à me laisser au cas où…?

– Oui, mais il faudrait que je le retrouve dans le pêle-mêle de ma sacoche… Tiens! Je vais faire mieux, je vais t'appeler de chez elle dès que je serai rendue.

– Comme tu voudras, Lucille, mais dis-moi: comment a-t-il pris ton départ soudain, ton gars? Qu'est-ce qui a fait virer le vent à une telle vitesse? Il semblait si charmant…

Retrouvant sa fureur, Lucille lui hurla presque au bout du fil:

– Qu'il aille au diable! Quel faux jeton! Quel monstre! Ne me parle plus jamais de ce sale individu, Maxence!

La nuit avait été calme sur l'avenue d'Auteuil. Aucune manifestation, pas le moindre coup de fil de la part de celle qu'on redoutait. Le lendemain, devant l'insistance de Jean-Marc qui avait de l'expérience, les serruriers étaient venus, le téléphone était débranché et un nouveau numéro confidentiel lui serait attribué le jour suivant. Jean-Marc n'avait pas laissé Alain d'un pouce, il était devenu en quelque sorte son garde du corps. Quelques comptes arrivèrent par la poste et Alain s'empressa de les régler. Personne dans l'entourage ne savait encore que madame Bréard s'était évaporée. Pas même le curé qui venait de perdre la paroissienne qui l'aidait, selon elle, «à mettre de l'essence» dans sa grosse Oldsmobile. La dame d'en face avait bien vu le taxi arriver et madame y monter avec moult bagages, mais elle crut à un voyage précipité. Aucun voisin n'allait s'inquiéter d'elle, ni la chercher. Lucille Voyer-Bréard, hautaine et distante avec eux, n'était guère prisée de son entourage. La journée s'écoula donc sans bruit, Alain se détendit et finit par se mettre en tête qu'il n'avait rien à se reprocher. Avec l'aide de Jean-Marc, bien entendu, qui lui martelait sans répit qu'il n'avait fait que son devoir en vengeant toutes les proies de cette louve meurtrière. En début de soirée, les deux hommes allèrent manger des mets chinois sur le boulevard Henri-Bourassa et, de retour, ils regardèrent un peu la télévision après s'être servi: un Johnnie Walker pour Alain, une bière Molson pour l'enquêteur. Puis privé de téléphone pour encore douze heures, Alain se rendit à la cabine la plus proche et, composant le numéro de sa sœur, il lui dit:

— J'arrive demain, Juliette. J'en ai long à te raconter. Je pense que je serai chez toi pour une partie de la journée. Et puis… un bon pâté chinois avec du ketchup Heinz, ça ferait bien mon affaire!

Une autre nuit calme, sans dérangement, et très tôt, grâce à l'influence du limier, le téléphone était rebranché. Prenant le petit déjeuner sur la véranda avec Jean-Marc, malgré le vent frisquet, Alain lui demanda:

— Tu es certain que ça ne te dérange pas de passer la journée ici? Tu sais, Juliette serait fière de te revoir, mais avec tout ce que j'ai à lui apprendre, il serait préférable que je sois seul avec elle.

— Bien sûr! Ne t'en fais pas pour moi. Je vais me promener dans le quartier, je vais même aller au parc où Rhéaume aimait se rendre. Après, je me commanderai quelque chose au restaurant chinois pour souper et je regarderai la télévision. Pas plus compliqué que ça!

— Je me demande ce que je ferais sans toi. Tu as le don de me remonter le moral comme ça ne se peut pas… Juliette va certainement nous réinviter demain. Elle ne te laissera pas repartir sans t'avoir remercié, elle ne jure que par toi!

– Une brave femme, celle-là, Du tempérament, certes, mais du cœur au ventre. Allez, va te préparer, Alain, ne la fais pas attendre. Tu n'as que de bonnes nouvelles à lui annoncer.

Il était dix heures trente en ce beau matin ensoleillé lorsque la voiture d'Alain se gara juste à la porte de la maison de sa sœur, rue Lacordaire. Dès qu'elle perçut le bruit du moteur puis la portière se refermer, Juliette courut à sa fenêtre, souriante, mais avec un tantinet de méfiance dans le regard, cela se devinait. Ouvrant à son frère, ce dernier entra et la serra dans ses bras en lui disant:

– Je suis content de te revoir, la grande sœur!

Étonnée d'une telle effusion, elle s'en dégagea, le regarda et lui demanda:

– Mais qu'est-ce qui te rend aussi heureux? Je ne t'ai jamais vu comme ça, toi!

– Attends! Donne-moi d'abord un bon café et viens t'asseoir en face de moi. Dans la cuisine, tiens! J'en ai long à te raconter, comme je te disais…

Juliette lui versa un café, prit place en face de lui et il s'exclama, comme pour mieux la surprendre:

– Le mariage est annulé! Je n'épouse pas Lucille Voyer!

– Bonne sainte Anne, merci! Tu t'es ouvert les yeux à temps?

– Non, Juliette, j'avais un empêchement majeur. Voilà pourquoi je ne peux marier Lucille, ni qui que ce soit d'autre, ajouta-t-il, tout en poussant la photo en sa direction.

La prenant entre ses doigts minés par l'arthrite, Juliette y jeta un coup d'œil, et comme elle semblait ne rien comprendre, il ajouta d'un ton suave:

– Je te présente ta belle-sœur, Linda, ainsi que ton neveu, Steve. Je suis marié, Juliette, depuis un bon bout de temps. Notre fils a déjà treize ans.

La bouche ouverte, complètement subjuguée, la vieille fille balbutia:

– C'est... c'est donc dire qu'il y a un petit Bréard pour perpétuer le nom que nous portons? Mes vœux sont exaucés, Alain! Comment as-tu pu me cacher ça si longtemps? Ils parlent français, ces deux-là?

– Linda se débrouille fort bien et Steve s'exprime dans les deux langues. Tu n'as rien à craindre; tu n'auras pas à baragouiner ton anglais quand tu les rencontreras.

– Comme je suis heureuse! Il te ressemble, ton fils, Alain, il a ton air canaille quand tu étais gamin. Et ta femme est très belle avec ses cheveux blonds jusqu'aux épaules, son beau sourire. Quel âge a-t-elle? Que fait-elle dans la vie?

– Linda a trente-neuf ans. Pas mal plus jeune que moi, ça! Nous nous étions rencontrés sur un plateau de tournage. Depuis, elle a changé de vocation, elle est secrétaire médicale. Elle travaille dans une clinique où plusieurs médecins se succèdent à longueur de journée. C'est une femme épatante, Juliette, tu vas l'aimer. De plus, ce qui va te faire plaisir: elle est catholique.

– Bonne sainte Anne, soyez bénie! Je vais de surprises en surprises, mon p'tit frère! Comme tu peux voir, je ne suis pas toujours grincheuse! Regarde, j'ai la larme à l'œil, je suis très émotive, tu sais...

– Je n'en ai jamais douté et je préfère tes larmes de joie à des larmes de chagrin. Jusque-là, ça te plaît mon histoire?

– Et comment donc! Mais... la Lucille... Le mariage annulé... Et puis, comment as-tu pu songer à l'épouser, étant marié?

– J'y arrive, ne me fais pas sauter d'étapes. Verse-moi donc un autre café, s'il te plaît, le fond de ma tasse est tiède.

Juliette s'exécuta et, agitée, s'en versa un autre également.

– Je n'ai jamais eu l'intention d'épouser Lucille Voyer, Juliette.

– Bien... pourquoi être allé jusqu'au presbytère?

– Ça faisait partie de ma tactique. Je me suis rendu jusqu'au bout ou presque, avec Lucille, pour reprendre la maison familiale. Et c'est fait, Juliette! Elle l'a mise à mon nom un mois avant le supposé mariage. Je sais que je n'ai pas joué franc jeu, mais c'était la seule façon que je voyais de récupérer la maison, ne sachant pas encore que son mariage avec Rhéaume aurait pu être annulé. Ce que je t'expliquerai au fur et à mesure de notre conversation.

N'en croyant pas ses oreilles, Juliette sentait de grosses larmes lui couler sur les joues. Elle se mouchait, mais ne savait quoi ajouter. Elle avait un neveu qui portait fièrement leur nom, Alain avait repris la maison des Bréard, tout le reste était sans importance pour elle.

– Tu sais, il m'a fallu jouer de séduction pour la convaincre de la remettre à mon nom. Si tu savais comme je l'ai fait languir... Que de promesses... D'ailleurs, Linda, qui me soutenait dans ma démarche, a fermé les yeux sur cette fausse passade sans importance, sachant très bien que je n'aimais qu'elle. Un flirt tout au plus, rien de concret... mentit-il. Je ne visais que notre bien-être à tous.

– Mais où est-elle, la Lucille? Comment ça s'est terminé? Elle a dû te menacer? C'est une furie, cette vilaine-là!

– Non, elle n'a pas pu me provoquer parce que Jean-Marc, qui a été mon complice dans cette affaire, en avait trop appris sur elle. Lucille Voyer est en réalité Lumina Lapierre, une Acadienne originaire des Îles-de-la-Madeleine, mais c'est une si longue histoire… Permets-moi de l'abréger, Juliette, en te disant tout simplement qu'avant Rhéaume elle a eu trois maris et un vieil amant qui a levé les pattes avant de l'épouser. Mais trois maris dont deux sont morts tragiquement et l'autre d'une crise du cœur faute de médicaments.

– Comme Rhéaume! La salope! La gueuse!

– Ne t'emporte pas, elle n'en vaut plus la peine. Son premier mari s'est noyé alors qu'elle était avec lui dans la chaloupe et le troisième a dévalé un ravin avec sa voiture dont les freins ont lâché. Deux morts mystérieuses et suspectes! Le premier n'avait que vingt-quatre ans, le troisième, trente-deux seulement. Le second était plus vieux et très malade, mais elle a réussi à le «laver» malgré les hauts cris de ses huit enfants. Plus diabolique que Lumina, alias Lucy, alias Lucille, cherche-la! Si Jean-Marc n'avait appris de son passé que sa véritable identité, nous aurions pu faire annuler son mariage avec Rhéaume: un mariage contracté avec un faux certificat de baptême, ça s'annule sur-le-champ. Nous aurions pu la poursuivre et tout récupérer de cette façon, mais mon plan a mieux fonctionné et ce fut plus rapide et moins onéreux. Tu sais, les démarches en cour et, ensuite, avec l'archevêché… Mais là, je me sens essoufflé, la grande sœur. Ai-je vraiment à t'en dire davantage?

– Non, j'en sais assez, Alain. Mais j'avais raison, je l'avais bien flairée et je savais qu'elle était une damnée, cette grimée-là! Faire ce qu'elle a fait à tant d'hommes! Il n'y a pas de punition assez sévère pour elle! À défaut de la prison, j'espère qu'elle brûlera au bout de la fourche du diable!

– Je l'ai mise à la porte, Juliette, elle est partie je ne sais où, mais je t'assure qu'elle n'en menait pas large avec le dossier que Jean-Marc avait monté sur elle. Je l'avais appris par cœur pour mieux la désarçonner le moment venu. Elle m'a injurié, bien sûr, mais elle est partie en taxi avec son linge et ses effets personnels. Six sacs de voyage et deux valises!

— Ne crains-tu pas qu'elle revienne? Qu'elle tente de se venger? Tu lui as tout pris, dis-tu? Ses meubles aussi?

— Elle m'avait cédé la maison avec tout son contenu, sauf ses vêtements. Ce fut un tour de force, crois-moi! Avec un peu de flair et un tantinet de méfiance, c'est elle qui aurait pu avoir ma tête! Cette femme est une destructrice!

— À faire peur, Alain! ajouta Juliette en faisant son signe de croix.

— Ne crains rien, elle ne reviendra pas. J'ai fait changer les serrures, le numéro de téléphone, et Jean-Marc est sur les lieux pour quelques jours encore. Il me sert de garde du corps, dit-il, mais je douterais que Lucille tente quoi que ce soit. Elle a trop peur d'être accusée pour l'un de ses méfaits, surtout celui de son troisième mari, tombé dans un ravin. Non, elle va plutôt avoir tendance à disparaître, à s'éloigner de la ville. Mais dernier point, Juliette: qu'allons-nous faire de notre maison?

— Ta maison, Alain! C'est toi qui l'as récupérée! Moi, j'ai la mienne et, à mon âge, elle me suffit. Tu ne comptes pas t'y installer, je présume?

— Hélas, non, pas avec ma famille. Notre vie est là-bas, Juliette. Linda a un bon emploi, j'ai le mien... Je me vois mal en chercher un nouveau à Montréal à mon âge.

— Alors, vends-la ! Au plus sacrant! Afin que les souvenirs s'effacent avec elle!

— C'est ce que je comptais faire et nous diviserons l'argent.

— Non, tout va à toi. Je n'ai besoin de rien, moi. Ma maison est payée, je retire une pension, c'est nettement suffisant pour une femme seule dans la soixantaine. Et j'ai des économies,

Alain! Beaucoup plus qu'il n'en faut pour mes modestes besoins.

– C'est quand même notre héritage, Juliette, pas seulement le mien…

– Je te fais don de ma part, mon p'tit frère. Tu vis en appartement à Los Angeles? Avec une femme et un enfant? Alors, prends cet argent qui te reviendra et achète-toi une maison là-bas. Il n'y a rien comme d'avoir un chez-soi, tu verras… De toute façon, sans ton intervention, nous n'aurions jamais revu la couleur de cette maison. Elle nous avait tout pris, la garce! Débarrasse-toi de son mobilier, il est affreux! Vends tout, Alain, et rentre vite chez toi avant qu'elle ne te retrace. Je me méfie tellement d'elle… Elle est capable de tout, la salope!

– Je te le répète, je doute qu'on la revoie. Elle est d'ailleurs partie avec un compte en banque, elle n'est pas ruinée…

– L'argent de Rhéaume! Même ça, tu aurais dû lui arracher! C'est une voleuse, une criminelle, cette grosse femme-là!

Alain, souriant d'aise, lui dit:

– Ne t'emporte pas, Juliette, oublie-la. Avec l'argent qu'il lui reste, elle n'ira pas loin. Elle dépensait à tour de bras.

– Que le diable l'emporte! Mais je vais quand même prier la bonne sainte Anne ce soir. Pour que Lucille, la… Lu… quoi, disais-tu?

– Lumina.

– Bien, pour que la Lumina paye un jour tous ses péchés mortels en enfer!

Juliette sortit une fesse de jambon du réfrigérateur et en découpa quelques tranches pour son frère.

– Tiens! Il est presque midi! Tu dois avoir un creux! Du jambon et des œufs frits, ça te va? Je vais te faire aussi des *toasts* et j'ai de la confiture à la rhubarbe. T'as perdu du poids, toi! Faut que j't'engraisse!

– J'avoue que tout ce qui s'est passé m'a coupé l'appétit, mais dis-moi, Juliette, si je vends les meubles et la maison assez rapidement, ça te dirait de connaître le petit gars qui porte le nom des Bréard?

– Ce serait ma plus grande joie! répondit-elle, d'une voix tremblante.

– Alors, il n'en tient qu'à toi, la grande sœur.

– Quoi? Tu vas revenir avec lui? Avec ta femme aussi?

– Non, Juliette, c'est toi qui vas venir avec moi en Californie. Je vends tout et tu montes dans l'avion avec moi pour rencontrer ton neveu et sa mère. Nous avons de la place pour une invitée, tu verras. Et puis, nous irons tous ensemble trouver une maison.

– C'est que moi, l'avion…

– Avec moi, en me tenant la main, tu n'auras peur de rien, la grande sœur. Et ta bonne sainte Anne va te protéger, ne crains pas. Tu n'auras jamais vu le ciel de si près… C'est beau la Californie, le soleil brille sans cesse à ce temps-ci de l'année. Ne me refuse pas cette joie, Juliette.

– Bien… je ne dis pas non. Ce serait mon premier voyage.

– Et pas le dernier, tu verras, tu auras encore envie de revenir l'année prochaine. Et nous, de temps en temps, nous viendrons par ici. Je veux que Steve connaisse la ville qui m'a vu naître, nous irons même sur l'avenue d'Auteuil pour lui montrer la résidence de son grand-père. Que les bons souvenirs, Juliette, car jamais plus je ne parlerai d'elle. Lucille Voyer, ou qu'importe tous ses noms, est bannie à vie de mes pensées. J'aimerais qu'il en soit de même pour toi. Nous parlerons au petit de son oncle Rhéaume et de sa tante Thérèse.

Nous irons voir l'église Saint-Nicolas, nous nous rendrons au parc où Rhéaume donnait des noix aux écureuils…

Au moment où Alain allait terminer sa phrase, le téléphone sonna. C'était Jean-Marc qui l'appelait pour lui dire qu'un agent immobilier du quartier, en quête de maisons, promettait de vendre la sienne toute meublée dans le temps de le dire, si le propriétaire voulait bien signer avec lui, le cas échéant. Penaud, il ajouta:

– Je m'excuse, c'est moi qui ai vendu la mèche en causant avec lui. Je me renseignais; j'ai peut-être parlé trop vite… C'est parce qu'il connaît un jeune couple qui doit se marier et qui cherche une maison meublée dans le coin… Et prêt à payer, Alain! L'avenue d'Auteuil, c'est pas donné!

– Tu m'en vois ravi! J'en parlais justement avec Juliette qui me conseille de me départir de cette maison au plus vite. Je l'appellerai dès demain et j'espère que ça va fonctionner. Remarque que les meubles risquent de ne pas être de leur goût…

– Au contraire! Il m'a dit que les jeunes voulaient du moderne! Et comme le père de la future mariée est en foin… Selon moi, d'après la mine de l'agent, c'est presque dans le sac! Il semble savoir ce qu'ils cherchent ces deux jeunes-là!

– Tant mieux! Une seconde, Jean-Marc, Juliette veut te parler.

Alain passa le combiné à sa sœur qui s'exclama:

– Jean-Marc! Merci de tout mon cœur! Alain m'a raconté et, grâce à vous, quelle délivrance! Je vous dois beaucoup, vous savez!

– Non, rien du tout, Juliette, je l'ai fait pour Thérèse. Rappelez-vous combien je l'aimais… Et vous, contente de la bonne nouvelle? Alain à dû vous parler de sa femme pis de votre neveu?

– Je ne pensais jamais être aussi comblée! Quel bonheur! Et voilà que mon frère s'est mis en tête de m'emmener en Californie pour les rencontrer! J'ai peur de l'avion, je n'aime pas les hauteurs, mais avec une grosse médaille de sainte Anne dans ma sacoche…

– En plein ça! La meilleure protection qui soit! Ma mère, c'était celle de sainte Thérèse qu'elle avait toujours sur elle. Même dans sa poche de tablier! D'où le prénom de ma sœur, comme vous le savez.

– Merci pour Alain, merci de l'avoir soutenu et d'avoir démasqué la… Je me tais, j'ai promis à mon frère de ne plus en parler mais, sans vous, elle aurait vécu toute sa vie dans une maison payée à la sueur du front de mon père. Ah! la…

Alain avait froncé les sourcils, mais constatant que Juliette n'avait pas utilisé de termes désobligeants, il laissa échapper un soupir de soulagement.

– Dites donc, Jean-Marc, que faites-vous, seul, dans cette maison sans vie?

– Je surveille, j'attends. Je ne voulais surtout pas déranger le tête-à-tête que vous aviez avec votre frère. J'imagine que l'émotion a été forte.

– Oui, mais là, j'ai fini de me moucher! Alors, monsieur l'enquêteur, en fin d'après-midi fermez la maison à clé, sautez dans un taxi et venez vite nous rejoindre pour le souper. Je vais faire un pâté chinois et, comme disait ma défunte mère: «Quand il y en a pour deux, c'est qu'il y en a pour trois!»

Alain, touché par les paroles de sa sœur, se leva pour la serrer contre son cœur. Comme lorsqu'il était petit et qu'il lui encerclait la jambe pour s'y coller la joue. Comme jadis, quand elle l'élevait et qu'il l'aimait… comme une mère!

Ce même soir, seule et abandonnée, écoutant de la musique dans sa petite chambre d'hôtel, Lucille se sentait accablée. Face à une situation financière inquiétante, elle avait en outre perdu à tout jamais le seul homme qu'elle avait aimé. À la radio, Charles Aznavour chantait *L'amour, c'est comme un jour…* et elle fut prise d'une violente tristesse. Les yeux posés sur les rideaux, elle sentait les mots envahir son âme meurtrie et quelques larmes glisser sur son visage démaquillé. La main tremblante sur l'appareil téléphonique, elle composa très lentement le numéro de la maison de pierres avec l'intention de raccrocher, pour entendre une dernière fois le son de sa voix. Que sa voix, son souffle… Car elle l'aimait encore. Hélas, au bout du fil, un message enregistré lui déchira le cœur: *Il n'y a pas de service au numéro que vous avez composé.*

Épilogue

Lucille, lasse de se morfondre dans cette petite chambre d'hôtel avec ses bagages, avait fouiné dans les petites annonces sans rien trouver qui vaille dans... ce qu'elle cherchait. Elle entra donc en contact avec son faussaire qui, moyennant une forte somme d'argent, avait accepté de lui dénicher un emploi susceptible de l'intéresser en plus de lui fournir, bien sûr, une nouvelle identité. Rassurée, la veuve rejetée quitta cet endroit de piètre qualité pour s'installer dans un plus chic hôtel jusqu'à ce que son comparse lui donne de ses nouvelles. Peu de temps après, elle recevait par courrier, un nouveau certificat de naissance, deux fausses cartes d'identité et un permis de conduire falsifié au nom de Ruth Wilson habitant à une adresse fictive de la rue Islington à Toronto. Une rue réelle, mais une adresse inexistante avec, sur les faux papiers, une date de naissance qui lui donnait cinq ans de moins que son âge. Munie de ces «attestations» qu'elle apprit par cœur, elle parvint assez vite à oublier Lucille Voyer ainsi que tous les autres pseudonymes employés depuis sa triste jeunesse. Le falsificateur de certificats et de bien d'autres documents lui avait dit: «Si je te trouve quelque chose, ça risque d'être aux États-Unis parce que moi, le Canada...» Ce à quoi elle avait répondu, en anglais évidemment: «Le plus loin possible sera le mieux. Mais tu me connais, tu sais ce que je veux, n'est-ce pas?»

Lucille Voyer n'eut pas à attendre trop longtemps dans sa chambre d'hôtel. L'escroc la rappela dès le lendemain pour lui dire qu'il avait trouvé, grâce à une agence de placements, une offre intéressante à Buffalo, dans l'État de New York, pas tellement loin de Niagara Falls. Un homme dans la cinquantaine avancée cherchait une femme distinguée afin d'assister son épouse, gravement malade, confinée dans son lit ou presque. Il désirait une *nurse* ou une dame de qualité qui aiderait sa femme à traverser ses pénibles et derniers moments.

«Tiens! Une autre Thérèse!» songea Lucille. L'homme d'affaires bien nanti n'avait qu'un fils de vingt-sept ans qui n'habitait plus sous son toit. Ayant postulé sous le nom de Ruth Wilson avec l'adresse à Toronto, mais avec un casier postal et une photo, il était évident que le demandeur, James Farrell de son nom, allait être emballé par l'apparence de celle qui répondait à sa requête, même si elle venait du Canada. Dans le résumé de sa demande d'emploi, il était stipulé qu'elle avait été infirmière, il y a vingt ans. Or, belle, douée, quarante-cinq ans à peine... Après avoir jeté toutes les autres demandes au panier, l'homme d'affaires n'attendait plus qu'un coup de téléphone de Ruth Wilson, d'autant plus qu'elle acceptait, sans avoir tenté de les faire augmenter, les gages qu'il comptait lui verser. Avec le gîte, bien entendu, dans sa maison cossue de cette ville prospère.

Lucille lui téléphona de son hôtel et l'Américain, conquis par le timbre de voix de «Ruth Wilson», l'enjoignit à venir s'installer à Buffalo dès que possible. De son côté, Lucille trouvait qu'il avait une voix grave et suave, une voix d'acteur de cinéma, ce qui la comblait d'aise au départ. Comme elle parlait un excellent anglais qu'elle avait perfectionné à Boston avec Harry, son troisième mari, elle eut quand même la prévoyance de l'aviser qu'il pouvait détecter un tout petit accent, sa mère étant d'origine canadienne-française. Monsieur Farrell se montra enchanté et pria la dame «si distinguée» de venir dès qu'elle en aurait la possibilité, qu'il ne retenait aucune autre candidature que la sienne. Lucille, voulant bénéficier d'un juste répit avec tout ce qu'elle venait de vivre, lui demanda s'il pouvait l'attendre jusqu'à la mi-octobre, qu'elle avait des choses à régler, qu'on ne quittait pas tout du jour au lendemain, et l'homme d'affaires se montra conciliant, heureux d'avoir, lui semblait-il, trouvé la perle rare.

Après avoir téléphoné à Maxence pour lui dire qu'elle partait en Ontario pour un court séjour afin d'oublier, ce dernier lui demanda quand elle comptait reprendre ses bagages qui encombraient sa remise. Son compagnon se plaignait du peu d'espace qu'il leur restait. Lucille lui promit de faire suivre le tout dès qu'elle aurait une adresse disponible puisque, après son voyage de détente, elle comptait s'établir à Toronto, mentit-elle. Maxence goba tout ce qu'elle lui dit et s'informa de celui qui lui avait tout pris, la laissant dans la rue avec «son linge», rien de plus. «Non, je ne veux rien savoir de lui! D'ailleurs, tu as déjà reçu ça, toi, un appel repentant d'un voleur, d'un sans-cœur?» Insistant pour savoir si elle avait au moins tenté de le rappeler, elle eut un soupir d'impatience: «Bien sûr que j'ai essayé, Maxence, mais sa ligne était débranchée. Lâche en plus, le salaud!»

Alain avait prolongé son séjour de quelques semaines. Il ne pouvait partir avant que la maison soit vendue et que tout soit réglé chez le notaire. Le jeune couple, plus qu'intéressé par la résidence de leurs rêves, n'avait pas hésité à demander, après inspection sommaire des lieux, à ce que tout soit conclu avec promptitude, et Alain s'y prêta de bonne grâce après avoir trouvé un autre notaire… que celui de Lucille. Le père de la jeune mariée offrit à Alain de lui acheter sa Corvette pour en faire cadeau à son futur gendre, mais comme Jean-Marc la reluquait de l'œil, Alain ne put passer outre au fait qu'après l'avoir tellement aidé, la priorité lui revenait. Il voulut la lui offrir avec ses compliments pour le remercier de l'avoir toujours soutenu dans sa décision de reprendre la maison. Car sans tous les déplacements de Jean-Marc pour peindre enfin le triste portrait de Lucille, Alain ne s'en serait peut-être pas tiré à si bon compte. Mais Jean-Marc refusa carrément. Il tenait à la payer, puis reprendre la route de l'Alberta au volant de la Corvette *Daytona Blue* et se départir là-bas de sa vieille Plymouth. Après arguments des deux côtés, Alain réussit à le convaincre de lui laisser au moins enlever du prix de vente tous les frais de séjour de sa longue enquête. Ou presque! Car Jean-Marc insistait encore sur le fait qu'il avait agi aussi pour Thérèse, mais Alain, habile, l'avait «menacé» de la vendre au père de la mariée s'il n'acceptait pas son offre finale. Jean-Marc dut donc se plier, gêné de voir Alain perdre de l'argent, mais au fond, à bien y penser, elle ne lui avait rien coûté, cette automobile: c'était un cadeau de Lucille.

Installé chez Juliette qui préparait minutieusement son voyage afin de rencontrer sa belle-sœur et son neveu en Californie, Alain téléphonait chaque jour à Linda pour la tenir au courant des développements et rassurer Steve qui s'en ennuyait, en lui disant que *daddy* rentrerait bientôt. Pour de bon, cette fois. Linda avait déjà déniché une maison. Pour l'auto neuve, ils verraient plus tard: la Ford 1960 tenait encore le coup. Et comme les voitures étaient moins chères aux États-Unis... Début octobre, tout était signé chez le nouveau notaire et le jeune couple pouvait enfin prendre possession de la maison des Bréard, de père en fils, sur l'avenue d'Auteuil. Alain y avait jeté un dernier regard, et ses sentiments allaient des souvenirs d'antan aux épouvantables cauchemars récents. Le samedi 9 octobre, il montait à bord de l'avion avec Juliette et cette dernière, morte de peur au moment du décollage, avait prié intérieurement: «Bonne sainte Anne, faites que ça ne s'écrase pas, cet engin-là!»

De sa chambre d'hôtel, Lucille Voyer avait eu elle aussi bien des choses à régler. Mais au diable les comptes personnels qu'elle traînait encore dans son sac à main: elle avait maintenant une nouvelle identité. Elle s'occupa donc de petits placements qu'elle avait ici et là pour les encaisser et les faire transférer dans son compte en banque. Elle fit don à Maxence de tous ses produits de beauté entassés dans un sac en échange de l'entreposage qu'il mettait à sa disposition. Ce qui calma un peu le conjoint «grognon» du maquilleur. Puis avec un plan bien défini en tête, elle attendit quelques jours pour que les transitions se fassent et se rendit en taxi à l'institut bancaire de son ancien quartier. Face au gérant, elle donna ses instructions concernant l'argent que son livret affichait. Une somme assez rondelette de laquelle elle retira cinq mille dollars en coupures américaines. Non pas en mandats, mais en *cold cash,* comme elle l'avait précisé. Après avoir signé plusieurs documents, elle sortit de cette banque avec un sac bien rempli, sauta dans un taxi et, rendue à son hôtel, monta à sa chambre, bien nantie pour sa nouvelle vie à Buffalo. Sans aucun détour par l'avenue d'Auteuil: elle craignait trop d'y apercevoir celui qui avait causé sa perte. Pour ce qui était de la maison, elle en avait fait son deuil comme de toutes les autres. En se disant, intérieurement, qu'une vieille maison de pierres avait l'aspect d'un monastère. Donc, pour les vieux! Pas pour elle! Pour les vieux comme Rhéaume et Thérèse... dans le temps!

Par un curieux hasard, le 9 octobre au matin, alors qu'Alain s'envolait pour Los Angeles avec sa sœur, Lucille montait à bord de l'autobus qui devait la conduire à Niagara Falls, après plusieurs arrêts en cours de route. Elle avait deux valises et un sac de voyage que le chauffeur plaça dans la soute à bagages et elle garda son sac à main ainsi que sa précieuse mallette qui contenait quelques articles de toilette, ses verres fumés et un roman format de poche de Pierre Moustiers, *La mort du pantin*, qu'elle comptait lire en chemin. Dans le double fond de sa mallette, des liasses de billets américains, qu'elle destinait à une banque de Buffalo dès qu'elle serait bien installée chez son nouvel employeur. Sous le nom de Ruth Wilson, bien entendu. Car dès qu'elle quitta l'hôtel où elle résidait à Montréal, pour elle, Lucille Voyer n'existait déjà plus.

L'avion se posa à l'aéroport de Los Angeles quinze minutes avant que l'autobus de Lucille, parti plus tard, atteigne Niagara Falls après ses nombreux détours. Juliette, encore secouée par l'atterrissage, avait du mal à reprendre son souffle, d'autant plus que ce premier vol lui avait occasionné un mal d'oreilles à se courber de douleur. Ce qui avait fait sourire Alain... pour se retenir d'en rire. Car il était drôle de voir cette vieille dame se replier sur les genoux en se bouchant les oreilles de ses doigts, comme le bambin d'environ quatre ans qui en faisait tout autant sur le siège d'en avant. Elle se remit peu à peu de sa surdité passagère marchant vers le carrousel des bagages où une très belle femme blonde et un gamin d'environ douze ou treize ans tentaient d'attirer l'attention d'Alain. Les apercevant, il courut vers eux, enlaça Linda d'un bras et serra de l'autre le petit gars contre lui, en leur disant: «*Gee! I missed you!*» Puis voyant que Juliette, émue, n'osait avancer d'un pas derrière lui, il la tira et dit à Linda et Steve, en français: «Je vous présente ma sœur, Juliette, ta tante, Steve, la seule parente qu'il me reste.» Linda, intimidée par l'austérité de la vieille fille, lui tendit la main pour lui dire: «Enchantée, madame. Non, Juliette! Ici, c'est le *first name that we use...* Comment on dit ça en français, Alain?» Il sourit, et c'est Steve qui la tira d'embarras en la reprenant: «C'est le prénom qu'on utilise, *mom*. Mais je pense que tante Juliette a compris.» Ravie, affichant un doux sourire, Juliette s'approcha de sa belle-sœur et, la serrant dans ses bras, lui dit: «Alain m'a tellement parlé de vous ces derniers temps, Linda, que j'ai l'impression de vous connaître depuis longtemps.» Puis serrant la main de son neveu passablement grand pour son âge, elle lui dit: «Je suis heureuse de te rencontrer, Steve. Tu es quasiment un homme à ce que je vois. Le dernier à porter le nom des Bréard, à moins que, plus tard, tu nous surprennes avec une marmaille!» Le garçon, gêné, avait souri. Il n'avait d'ailleurs pas tout saisi du verbiage de sa tante, surtout le mot «marmaille» qui sonnait comme du chinois pour lui. Bagages récupérés, tous s'engouffrèrent dans la voiture de Linda qui annonça à son mari, en cours de route: «*Honey*, je pense que j'ai trouvé la plus jolie maison des alentours.» Puis, regardant Juliette par le rétroviseur, elle lui demanda: «Vous allez venir la visiter avec nous, n'est-ce pas? Demain, c'est le *open house* et je ne voudrais pas qu'on me l'enlève sous le nez!» Juliette acquiesça de la tête, puis regardant son frère, sa femme et son charmant neveu, elle se rendit compte qu'elle avait enfin une famille à aimer. Finalement, contrairement à ses idées, le p'tit dernier qu'elle avait élevé avait très bien tourné. Une autre vie s'offrait à lui, à eux tous désormais. Grâce à l'héritage de leur défunt père qu'ils venaient de toucher et au «courage» d'Alain pour le récupérer. Fière de lui, Juliette n'avait néanmoins pas oublié tout à fait «la garce» et ses méfaits. Il y a de ces visages qui ne s'effacent jamais, même avec les vagues de la mer, sur le sable de la plage.

Lumina Lapierre, alias Lucy Horner, alias Lucille Voyer, alias Ruth Wilson, le dernier nom en lice sur ses papiers d'identité, avait tout jeté de Lucille Voyer, même son permis de conduire. Elle en avait déjà un autre qui faisait état de sa fausse adresse à Toronto. Arrivée à Niagara Falls après un long périple, elle était ravie de voir ces chutes ainsi que le lieu où on avait tourné *Niagara*, le suspense dans lequel Marilyn Monroe avait joué avec Joseph Cotten. Elle repéra vite le petit hôtel où elle avait réservé une chambre par téléphone la veille, et paya d'avance, argent comptant, le séjour d'une semaine qu'elle allait y effectuer. Mais elle tenta le plus possible de passer inaperçue, tout comme elle l'avait fait à bord de l'autobus, alors qu'un homme seul aurait souhaité engager la conversation au cours de certaines haltes. Fort heureusement, sa voisine de siège était une dame âgée d'origine polonaise qui parlait à peine l'anglais et qui sommeilla une bonne partie du voyage. Lors des escales, Lucille sortait pour se délasser les jambes et commander un sandwich qu'elle allait manger dans l'autobus pour éviter tout contact avec les autres. À son arrivée, elle était montée directement à sa chambre avec balcon et vue sur les chutes. Elle continua d'être discrète, craignant de rencontrer parmi les touristes des personnes qu'elle aurait pu côtoyer lors de son boulot de maquilleuse dans les studios. En octobre, cependant, Niagara Falls ne regorgeait pas de visiteurs comme en juillet et août. Et comme c'était plutôt frisquet, peu de touristes se promenaient dans les rues après avoir visité les chutes, imperméable sur le dos, ce dont Lucille s'était abstenue, bien entendu. Lorsqu'elle descendait à la salle à manger, c'était pour y choisir un coin discret et se plonger dans son livre. Ce qui fit en sorte que personne ne la dérangeait. Les serveuses, habituées à sa présence, la servaient en anglais et l'appelaient *Mrs. Wilson*. Sans se rendre compte que leur cliente lisait un roman… en français! Mrs. Wilson, malgré les gentillesses multipliées de la part du personnel, restait sur ses gardes. Pas la moindre familiarité. Que de légers sourires et un merci poli à la fin du repas. Il fallait qu'elle demeure «un mystère» pour l'entourage. Elle avait peur des questions, des intrusions possibles dans sa vie privée. Le seul fait de dire qu'elle habitait rue Islington à Toronto aurait pu la trahir. Qui sait si l'une d'entre elles n'avait pas une parente qui habitait la même rue? Comme elle avait payé rubis sur l'ongle son séjour, on n'insista pas pour avoir son adresse. Dans le registre, on n'inscrivit que «Ruth Wilson, Toronto, Canada», tel que demandé par la cliente de passage.

Dans son anonymat ou presque, dans sa discrétion, Lucille parvint quand même à s'informer à un kiosque touristique des moyens de transport pour Buffalo. On lui suggéra l'avion à partir de Toronto, ou bien le train qui partait également de la ville reine, ou encore l'autobus qui, tous les deux jours, se rendait de Niagara Falls jusqu'à Buffalo, et plus loin encore. Mais Lucille, jouant la carte d'une personne démunie malgré son imperméable dernier cri, leur demanda s'il n'y avait pas un autre moyen moins onéreux pour se rendre à Buffalo un samedi ou un dimanche, de préférence. L'idée de Lucille était de se présenter à monsieur Farrell comme une dame distinguée et instruite, mais pas bien riche. Autrement, pourquoi une femme de son importance aurait-elle cherché un emploi de cette nature? Il fallait que James Farrell la sente au bout de ses sous pour qu'elle puisse tirer profit de sa stratégie. On l'informa donc qu'un résident des alentours, possédant un vieux minibus scolaire, conduisait souvent des touristes jusqu'à Buffalo, pas plus loin. Vivement intéressée, Lucille rencontra l'homme qui la prévint qu'il ne pouvait pas prendre plus de douze passagers et qu'il s'arrêtait souvent en cours de route, avec certains détours, pour livrer des colis ou en faire la cueillette. Il comptait partir le samedi suivant et comme il n'avait que sept passagers d'enregistrés, ainsi que trois autres qui s'étaient annoncés, il restait de la place si Ruth Wilson voulait se joindre à eux. Il lui fit un prix, tenant compte de ses trois bagages à tasser dans la petite soute aménagée derrière son véhicule usé, et l'avertit en tout dernier lieu qu'il partait toujours le soir et qu'une bonne partie du voyage s'effectuait donc de nuit, ce qui voulait dire à la noirceur, sans aucun paysage à admirer pour les passagers. De plus, il la déposerait, ainsi que ceux qui descendaient à Buffalo, à un petit terminus non loin d'une gare et la personne qui l'attendait devrait aller à sa rencontre… en pleine nuit! Tout cela pour un prix dérisoire! Il l'avisa, enfin, de s'apporter de quoi manger et boire, car il n'arrêtait nulle part en chemin, sauf dans un *rest area* pour les petits besoins. De toute façon, tous les marchands et restaurants étaient fermés la nuit. S'étant assuré que Mrs. Wilson avait tous les papiers requis pour traverser les lignes américaines, il réclama un acompte, soit la moitié du tarif, au cas où elle ne se présenterait pas. Lucille le paya sans hésiter et, ayant répondu à toutes les conditions, lui demanda s'il pouvait, à cause de ses bagages trop lourds pour elle, venir la prendre à son petit hôtel à l'heure convenue. Ce qu'il accepta de bon cœur. Le minibus de nuit venait donc de s'enrichir d'une voyageuse de plus. Ce qui faisait le bonheur de Jerry, le chauffeur, que tout le monde des alentours connaissait.

Le samedi soir, 16 octobre, Lucille attendait avec tous ses bagages dans le hall du petit hôtel. Le portier, tout comme les serveuses, était étonné de voir une dame aussi soignée emprunter, pour se déplacer, le «tacot» de Jerry. Le transporteur des pauvres, quoi! Elle avait avisé monsieur Farrell qu'elle arriverait en pleine nuit et il l'avait quelque peu réprimandée de ne pas avoir pris le confortable autobus de jour. Il aurait tout défrayé, avait-il ajouté. C'était justement ce qu'elle voulait entendre, car, la sentant dans une situation précaire, il n'en serait que plus généreux avec elle. Elle avait néanmoins été morose toute la journée. C'était en ce jour, ce samedi précis qu'elle devait épouser Alain Bréard. Elle s'imaginait sortant de l'église à son bras, même s'il lui avait avoué s'être moqué d'elle en étant déjà marié. Il fallait l'avoir vraiment aimé pour en arriver à oublier sa femme et son fils et se voir partir en voyage de noces avec lui! Obnubilée par cet homme qui lui avait si bien fait l'amour, elle maudissait encore le sort de lui avoir joué ce sale tour. Malgré le coup bas, en dépit de la trahison d'Alain Bréard, elle était convaincue que ce dernier la regretterait autant qu'elle. Puis sortant de sa rêverie, elle redevenait «la vilaine» qu'elle était, en le maudissant de son poing. Une randonnée de nuit en autobus scolaire jusqu'à Buffalo pour «torcher» une autre Thérèse: voilà ce qui l'attendait, alors qu'Alain, un mois plus tôt, lui avait fait miroiter la Californie avec les palmiers de Malibu, les boutiques de

Rodeo Drive et les spectacles à grand déploiement de San Francisco… Quelle ironie!

Pour être à la hauteur de la situation, pour ne pas avoir l'air plus à l'aise que les autres voyageurs, Lucille, alias Ruth, s'était peu maquillée ce soir-là, se promettant bien de le faire juste avant que Jerry la dépose au petit terminus où monsieur Farrell l'attendrait. Après lui avoir confié ses bagages, Lucille monta à bord de l'autobus scolaire avec son sac à main et sa mallette et, voyant que la plupart des voyageurs, sauf un homme âgé, avaient pris place à l'arrière et au centre, elle s'installa sur le premier banc derrière le chauffeur, séparé de lui par une vitre qui évitait ainsi toute conversation. À sa droite, sur un siège d'une seule place, l'homme âgé et pauvrement vêtu la salua d'un signe de tête. Jetant un regard furtif sur les autres, elle se rendit compte que ses compagnons de route n'étaient guère des gens de qualité. Trois jeunes dans la vingtaine dont l'un, cigarette au bec, buvait un Coke en avalant un sandwich tandis que les deux autres, un gars et une fille, croquaient dans une pomme ou mâchaient un *chewing gum*. Une femme dans la trentaine avec ses deux enfants turbulents, un couple mal assorti dont le mari jurait à chaque phrase dans un anglais galvaudé, une fille d'environ dix-huit ans, lunettes sur le bout du nez, le teint blafard qui semblait s'intéresser à l'un des gars du dernier banc, alors que celui-ci agissait comme si elle n'existait pas. Lucille sentait que le voyage allait être long et pénible. D'autant plus que l'autobus dégageait une odeur d'huile et que son siège double, du côté libre, était lacéré en plein centre. Juste bon pour y déposer son sac à main. Le chauffeur, constatant que c'était bruyant à l'arrière, rappela tout ce monde à l'ordre. Il demanda aux jeunes d'avoir un peu de respect pour les personnes âgées et fit savoir à l'homme qui sacrait comme un charretier de surveiller son langage, qu'il y avait des enfants à bord, sinon, il allait le faire «débarquer» au... *first stop!* Lucille, décontenancée, se demandait si elle n'avait pas un peu exagéré en choisissant un voyage de si basse classe. Elle avait presque envie de descendre, mais pour aller où? Retourner à l'hôtel et attendre jusqu'au lendemain pour l'autocar plus approprié? Sans savoir si la chambre était encore libre? Avec ses bagages en plus? Non! Elle y était, elle y resterait. D'autant plus que Jerry semblait avoir le ton qu'il fallait pour mettre les gens aux pas. Les passagers, soudainement, le «sacreur» inclus, ne parlaient plus, ils murmuraient entre eux. Les enfants dissipés s'étaient assagis après un froncement de sourcils du chauffeur. Le véhicule se mit finalement en branle avec un bruit de moteur assourdissant. Et sans aucun problème, tous les passagers, y compris Ruth Wilson, traversèrent les lignes américaines.

À un premier arrêt pour livrer un colis non loin du poste douanier, Lucille en profita pour demander au chauffeur, en donnant l'adresse de James Farrell: «Est-ce qu'il y a des églises dans ce coin-là?» Jerry regarda le bout de papier et lui répondit: «Oui, madame, je connais Buffalo comme le creux de ma main et d'après le nom de l'avenue que je vois là, il y a une église catholique à un coin de rue et une église protestante à deux coins, côté ouest. Vous n'aurez que l'embarras du choix. C'est un beau quartier que celui-là!» Lucille sourit, le remercia et, replongée dans ses pensées, elle se promettait d'être, selon les convictions religieuses de la famille Farrell, une paroissienne respectée... de l'une ou l'autre église. Car son succès reposait sur les liens qu'elle tissait avec le curé ou le pasteur, selon les circonstances. Non seulement son «succès» par le biais de sa générosité, mais aussi ses «mariages» à cause de son assiduité. Reprenant la page marquée d'un signet du roman qu'elle lisait distraitement, elle trouvait néanmoins que Jerry roulait vite. Comme pressé d'en finir, maintenant qu'il avait été payé, avec ses livraisons et ses passagers. Et cette petite route secondaire dans le noir ne laissait entrevoir que des champs déserts et, parfois, des lueurs venant d'une ferme ou d'une maison isolée. Ils avaient traversé St. Johnsburg – elle avait eu le temps de lire l'enseigne – quand il se mit à pleuvoir très fort avec des vents venus on ne savait d'où. Une tempête qui ne semblait guère déranger le chauffeur qui en avait vu d'autres. Sur le banc à la droite du sien, recroquevillé, le vieux monsieur dormait. Sur les genoux de sa mère, un des enfants tentait de s'assoupir et, à l'arrière, les jeunes si bruyants au départ s'étaient tus. L'un des gars était assoupi alors que l'autre embrassait sa blonde à bouche ouverte, avec une main baladeuse sous sa jupe. N'eût été du vrombissement du moteur, on aurait pu l'entendre gémir. L'homme qui jurait avait le nez fourré dans un journal et la fille à lunettes, seule et craintive, regardait encore de côté le garçon qui dormait dans l'espoir qu'il se réveille, qu'il la remarque et qu'il devienne aussi vicieux, avec elle, que l'autre l'était avec sa blonde. Après un long détour, l'autobus traversa doucement Getzville où Jerry avait un colis à cueillir, puis de retour sur la route principale, il pesa lourdement sur l'accélérateur. La pluie tombait de plus belle et, dans une courbe, l'impact. Un lourd camion venant en sens inverse avait heurté de plein fouet le minibus de Jerry. Sans que personne, sauf la fille à lunettes, ait eu le temps de pousser un cri.

Les secours mirent du temps à arriver, et l'on entendait des plaintes et des pleurs à bord du minibus, renversé sur le côté par la force du choc. Des patrouilles enfin surgirent de

partout et des ambulanciers suivirent, alors que la pluie cessait graduellement. On se rendit vite compte que le chauffeur
du camion n'avait que de légères contusions. On s'affaira donc
à tenter de dégager les corps coincés et ensanglantés des passagers de l'autobus scolaire. Jerry, le chauffeur, était mort sur
le coup. Son corps, projeté à l'extérieur, gisait sur la chaussée
glissante. Les ambulanciers partirent avec les blessés dont un
des enfants qui avait un bras presque arraché. Puis on fit tris-
tement le décompte: trois morts, deux blessés graves, et les
autres, moins mutilés, ceux qui prenaient place sur les ban-
quettes à l'arrière du véhicule. Trois morts: le chauffeur, un
homme âgé, et une femme qu'on ne pouvait identifier tellement elle était défigurée: Lucille Voyer! Oui, Lucille Voyer,
alias Ruth Wilson, venait de perdre bêtement la vie avant
d'avoir mis les pieds à Buffalo. Parce qu'elle était assise juste
derrière le chauffeur. Au plus mauvais endroit quoique, de
l'autre côté, en avant aussi, le vieux monsieur avait péri, coincé
sous la carcasse du véhicule. Les sirènes hurlaient, on trans-
portait les blessés de toute urgence à l'hôpital le plus près des
lieux de l'accident. Puis après un travail laborieux d'une nuit,
on put dégager les corps des morts et les transporter à la
morgue avant de les remettre à leur famille. Le jour se leva,
la pluie avait cessé, le soleil se pointa et monsieur Farrell
attendait en vain madame Ruth Wilson. Jusqu'à ce que le préposé de la petite gare, non loin du terminus improvisé, l'avise
de l'accident.

Les journalistes étaient sur les lieux, la radio parlait du
terrible accident et, à Niagara Falls, à l'hôtel où avait logé
Lucille, on plaignait de tout cœur cette belle Mrs. Wilson de
ne pas avoir survécu. Le corps du chauffeur fut remis à sa famille, celui de l'octogénaire fut réclamé par ses enfants, dont

l'un habitait Buffalo. Mais personne ne s'intéressa au corps de la troisième victime. On avait cependant retrouvé la mallette et le sac à main de Lucille que la compagne du «sacreur», qui les avait remarqués, identifia comme appartenant à la dame, puisqu'elle avait été la dernière à monter dans l'autobus avant le départ. Après de minutieuses fouilles, on trouva ses papiers d'identité ainsi que la forte somme d'argent dans le double fond de sa mallette défoncée. Tout ce qu'on avait, c'était son nom, Ruth Wilson, avec une adresse sur la rue Islington à Toronto, ainsi qu'un certificat de naissance attestant qu'elle était née à Toronto et baptisée dans une paroisse que le faussaire avait choisie au hasard. Aucun numéro de téléphone, aucune photo. On ne pouvait même pas s'imaginer à quoi ressemblait cette femme tellement elle était défigurée. Pour l'âge, les passagers lui donnaient entre quarante et cinquante ans, mais ses papiers attestaient qu'elle en avait eu quarante-cinq en juillet dernier, elle qui était pourtant native du Bélier.

On tourna en rond longtemps, et le corps refroidi dans un tiroir de la morgue attendait qu'on le réclame ou, du moins, qu'on l'identifie formellement. Les enquêteurs, poussant leurs recherches, se rendirent compte que l'adresse mentionnée était inexistante et que personne de ce quartier ne connaissait de Ruth Wilson, de près comme de loin. En remontant jusqu'aux archives de l'église, on se rendit compte que Ruth Wilson n'y avait jamais été baptisée et que les noms de ses parents étaient fictifs. Avec minutie, on scruta de plus près ses papiers et son permis de conduire pour finalement constater qu'ils étaient contrefaits eux aussi. Cette femme voyageait donc sous une fausse identité, et comme rien ne pouvait les éclairer, les investigateurs, se grattant la tête, étaient déconcertés. Ils se rendirent chez James Farrell à Buffalo, qui les informa qu'il ne la connaissait pas, qu'il l'avait engagée par le biais d'une agence par correspondance, et qu'il n'avait reçu d'elle qu'un court résumé et une photo qu'il avait été obligé de lui retourner, à sa demande, avant son arrivée. Il se souvenait qu'elle était jolie, les cheveux noirs, très maquillée, mais rien de plus. Elle lui avait dit avoir été infirmière dans son jeune temps mais, hélas, il ne pouvait en rien les aider davantage. Ruth Wilson n'était pas parvenue à destination: il ne l'avait donc jamais vue. On enquêta du côté de l'agence, mais comme tout avait été fait par téléphone, d'abord avec un homme, puis avec elle... De toute façon, c'était avec monsieur Farrell que l'agence négociait. On alla même voir du côté des empreintes digitales, mais peine perdue, Ruth, tout comme Lucille ou Lumina, de son nom réel, n'avait pas de casier judiciaire. Inutile de se risquer avec un relevé dentaire: sa mâchoire avait été littéralement broyée. Il ne restait plus rien, sauf quelques mèches de cheveux, de ce joli visage qui avait fait tant de ravages. Comme elle avait séjourné à Niagara, on alla s'enquérir à l'hôtel où on la décrivit comme une femme très belle et réservée, qui ne parlait pas beaucoup aux gens mais qui était souriante et affable. Le registre, néanmoins, ne leur dévoila qu'un nom et une ville, rien de plus. Encore Toronto! Là où, pourtant, elle était inconnue. On en déduisit quand même qu'elle était de l'Ontario et on lança des avis de recherche dans quelques journaux de Toronto, sans penser à le faire dans ceux de la province entière. On aurait certes pu avoir un peu de chance du côté de Sudbury... D'autant plus qu'on n'avait qu'une description, aucune photo de la dame en question. On répéta le même manège aux États-Unis dans le secteur où elle se dirigeait, mais sans résultat. Si, au moins, on l'avait fait à Boston... On se demandait si l'escroc qui lui servait de complice avait eu écho de l'accident et de la mort violente de sa cliente. Mais, à quoi bon! Il était bête de penser qu'un rat, sentant le piège, daigne sortir de son égout. Si seulement on avait songé à percer le mystère au Québec. Qui sait si Maxence, le curé, le gérant du Marché Dionne ou son coiffeur, Gérard... Mais non, on préféra clore le dossier après un mois et mettre ainsi un terme à l'investigation jusqu'à ce qu'un jour, peut-être, on décide de rouvrir l'enquête.

L'argent de Ruth Wilson fut confié et gardé dans les coffres de la justice de l'État de New York, tout comme ce qu'on avait pu récupérer de ses vêtements dans une valise écrabouillée du minibus. Dans son sac à main qu'on garda en lieu sûr, on trouva de petits effets personnels comme un rouge à lèvres, une ombre à paupières et un bijou sans valeur... une broche en forme de paon. Tout ce qui se trouvait dans la mallette avait été broyé ou éparpillé sous l'impact, sauf l'argent du double fond. À côté d'elle, on avait retrouvé quelques pages d'un roman déchiré, sans même s'arrêter sur le fait qu'il était en français. On avait tout simplement hâte d'en finir avec cette sale affaire qui traînait en longueur. Un mois plus tard, las d'attendre, juste avant l'hiver et avec l'accord du maire des lieux, le corps de Ruth Wilson fut déposé dans un cercueil de bois et enterré dans une fosse commune du coin du cimetière. Avec, gravé sur la plaque de métal à la suite des cinq autres noms de personnes mortes dans la dèche ou abandonnées: Ruth Wilson, 1920-1965. Que cela! En se basant sur les faux documents faisant état de son identité et de son âge.

Mais ce que personne ne savait, c'est que Ruth Wilson, au temps où elle était encore Lucille Voyer, alors qu'elle s'était rendue à la banque de son quartier, ne l'avait pas fait que pour se procurer de l'argent américain. Ce jour-là, avec l'aide du gérant, elle avait fait suivre aux Îles-de-la-Madeleine le reste de sa fortune. Quelques milliers de dollars qu'elle léguait à la veuve de son frère et à ses neuf enfants. Afin qu'ils aient, contre vents et marées, une existence plus aisée, leur avait-elle écrit, en signant *Lumina Lapierre* du jet d'encre d'une plume de fantaisie. Le seul bon geste de sa vie!